ALL MASTER

올마스터 11
박건 퓨전 판타지 장편소설

초판 1쇄 찍은 날 § 2009년 9월 4일
초판 1쇄 펴낸 날 § 2009년 9월 11일

지은이 § 박건
펴낸이 § 서경석

편집장 § 문혜영
편집책임 § 주소영
편집 § 정서진 · 문정흠

펴낸곳 § 도서출판 청어람
등록번호 § 제1081-1-89호
등록일자 § 1999. 5. 31
어람번호 § 제1-1071호

주소 § 경기도 부천시 원미구 심곡1동 350-1 남성B/D 3F (우) 420-011
전화 § 032-656-4452 팩스 § 032-656-4453
http://www.chungeoram.com
E-mail § eoram99@chollian.net

ⓒ 박건, 2005

ISBN 978-89-251-1919-9 04810
ISBN 89-5831-823-6 (세트)

※ 파본은 구입하신 서점에서 교환하여 드립니다.
※ 저자와 협의하여 인지를 붙이지 않습니다.

Contents

제70장 반목 /7

제71장 올 마스터, 그랜드 마스터 /41

제72장 심판의 날 /97

제73장 주시자 /155

제74장 내가 바라는 것 /171

제75장 멸망하는 세계 /219

제76장 아수라 /257

에필로그 그 후의 이야기 /287

마치며 /341

반목

Chapter 70

반목

전능화(全能花) 신드로이아.
 그것은 세계를 구성하고 또한 유지해 나가는 힘이다. 그것은 세계를 세계답게 하는 조화의 원천. 신드로이아는 총 네 송이에 불과하지만 지성을 가진 생명체가 살고 있는 행성이라면 대부분 자리하고 있다. 물론 신드로이아 자체는 한 차원에 하나뿐이지만 전능의 권능을 가진 신드로이아에게 객체 수란 그리 중요한 문제가 아닌 것이다.
 어떤 행성이 있어 생물체가 살 만한 환경에 이르게 되면 그곳에는 신드로이아가 피어 생명을 잉태한다. 그렇다. 그 별에 사는 이들에게 있어 신드로이아야말로 창조주라고 할 수 있는 존재. 신드로이아는 그 별에 사는 생명에게서 문명을 만들어 발전시키며 외적 존재로부터 행성을 보호한다. 그 대상이 천족이든 마족이든, 또한 먼저 과학을 발전시켜 다른 행성을 넘보는 외계인이든 일단 그 행성에 신드로이아가 피어 있는 한 그 어떤 존재도 거기에 간섭하지 못한다.

신드로이아의 수호 안에서 지성체들은 스스로를 발전시켜 나간다. 그리고 그들의 과학, 혹은 문명이 발전하면 발전할수록 필연적으로 행성 자체를 병들게 한다. 그것은 대부분의 지성체가 마찬가지. 극히 드물게 그렇지 않은 경우가 있기는 하지만 말 그대로 그건 소수일 뿐, 대부분의 지성체들은 자신의 행성을 더럽히고야 만다.

하지만 신드로이아는 물론 그 행성의 생명 또한 그것을 원망하지 않는다. 그들에게 남은 것은 자신의 아이들이 자신들을 벗어나 자립하는 것뿐이기 때문이다.

신드로이아는 단지 생명을 잉태하고 보살핀다. 그리고 마침내 그 생명이 다 자라면 그들을 우주로 놓아준다.

신드로이아는 것은, 이 세상에 존재하는 모든 생명을 보살피는 어머니의 이름이었다.

　　　　　　*　　　　*　　　　*

새하얀 공간에는 오직 나와 녀석만이 서 있다. 내 앞에 있는 것은 기다란 머리칼에 육감적인 몸매의 여인. 하지만 나는 그 몸매나 머리칼이 가짜라는 것을 알고 있다.

"…쳇."

뭐가 마음에 들지 않는 건지 눈살을 찌푸리는 석구. 하지만 더 시치미 떼도 소용없다는 걸 느낀 것일까? 녀석은 순순히 대답한다.

"하지만 어떻게 안 거야? 아주 최근까지 모르는 눈치라 온갖 핑계거리랑 스토리까지 새로 다 짜서 준비해 놨는데."

"웃음."

"웃음?"

이해를 못하겠다는 듯 고개를 갸웃거리는 석구를 향해 한숨 쉬며 말한다.

"간단한 말이야. 네 녀석의 그 음흉한 미소는 한 번 보면 잊을 수가 없으니까."

"앗, 음흉하다니, 너무해."

심하다는 듯 말하면서도 왠지 모르게 즐겁게 웃는다. 언제나 그렇듯 밝은 분위기. 하지만 그렇다고 해서 나까지 밝은 분위기로 있을 수는 없는 상황이니만큼 차분하게 묻는다.

"왜 제니카지?"

"응? 뭐가?"

"실체. 왜 석구가 아닌 제니카를 본체로 했는지 묻고 있는 거야. 설마 지금 이 상황이 되어서도 장난을 치고 있는 건 아닐 테고."

예전부터 이상하다고 생각했다. 왜 다크와 카인은 핸드린느를 견제하기 위한 카드로 제니카가 아닌 나를 선택했는가? 물론 난 유저 중에서도 상당히 강한 축에 속하지만 제니카는 예전부터 지금까지 계속해서 최강이다. 될지 안 될지도 모르는 올 마스터보다야 강대한 그랜드 마스터 쪽이 더 매력적인 건 당연한 일인데 대체 어째서?

지금 녀석을 추궁하고 있을 정도로 상황이 여유롭지 않다는 것 정도는 알고 있지만 그럼에도 나는 녀석을 노려본다. 아니, 애초에 이 녀석은 비밀이 많아도 너무 많다! 그 정체가 뭔지, 목적이 뭔지, 도대체 알 수 있는 것이 아무것도 없는 것이다. 녀석과 알게 된 지 벌써 20년이 다 되어가는 나조차도 그럴 정도라면 그건 이 녀석이 고의적으로 자신을 감추고 있다는 말. 하지만 그럼에도 석구는 언제나 그랬듯 태연할 뿐이다.

"음~ 그건 이상하네."

"뭐가?"

"네 생각 자체가 이상하다고. 왜 혜림의 정체가 석구라고만 생각하는 거야? 석구의 정체가 사실은 혜림일 수도 있는데."

"…하?"

전혀 뜻밖의 말에 당황한다. 아니, 황당해한다. 뭐, 뭐라고? 멈칫하는 나를 향해 녀석은 재미있다는 듯 웃는다.

"물어도 될까? 내가 왜 석구라고 생각해?"

"바보 같은 소리를… 넌 남자잖아?"

너무나 당연한 소리다. 아니, 당연한 걸 떠나 이제 와서 그게 무슨 일이란 말인가? 애초에 난 녀석과 20년 가까운 시간을 함께 보냈다! 어렸을 적 녀석의 눈에 띄게 되어 잡혀가게 된 후부터 나는 녀석과 언제나 함께해 왔는데 그런 녀석의 성별조차 모른다는 게 말이나 되는가? 하지만 녀석은 그런 내 확신에 아랑곳하지 않고 말한다.

"하지만 잘 생각해 봐. 넌 내가 벗은 모습을 본 적 있어? 볼일을 보는 모습은?"

"그건……."

기억을 되짚어보다 할 말을 잃어버린다. 그렇다. 그러고 보니 정말로 한 번도 나는 녀석의 성별을 확인한 적이 없다. 그냥 녀석이나 주변 사람들의 말에 따라 남자라고 생각하고 있었을 뿐이니까.

"하, 하지만 반팔 티 같은 건 입고 다녔잖아? 그때 틀림없이 가슴이 없었어!"

내 외침을 녀석은 너무나 간단히 부정한다.

"가슴이 없다고 꼭 남자인 건 아냐."

"……."

진지하기까지 한 목소리에 혼란스러워한다. 뭐, 뭐야? 그러니까 지금

'그' 석구가 여자라 말하고 있는 건가? 하지만 혼란스러워하는 내 모습에 석구인지 혜림인지 알 수 없는 녀석, 아니, 이 명칭은 이상하니 그냥 제니카가 나을 것 같군. 그래, 제니카는 다시 웃었다.

"흠~ 뭐, 예전부터 알고 있던 거긴 하지만 너도 참 바보다. 물론 지금 내 말도 꽤 그럴듯하기는 하지만 어디까지나 말뿐이잖아? 내 말이 전부 거짓말일지도 모르는데 간단히 믿어버리다니."

"……."

또 말을 바꿔 버리는 녀석의 모습에 어이없어한다. 아니, 그러니까 결국 남자라는 말이야, 여자라는 말이야? 하지만 내가 뭔가 더 말하기 전 위험신호가 머릿속을 강타한다.

웅—

하나의 파동이 거대하게 일어나 주변을 훑고 지나간다. 그것은 접촉하는 모든 존재를 먼지로 만들어 버릴 정도로 난폭한 차원 진동(次元振動). 하지만 난 카이더스와 여명의 검을 교차시켜 그것을 흘려보냈고, 제니카는 자동적으로 떠오르는 결계로 그 파동을 막는다.

"공격은… 아닌 것 같군."

그렇다. 만약 공격이었으면 조금 더 집중되었겠지. 게다가 우리를 아는 상대라면 이렇게 약한 걸 공격이라고 내밀지는 않았을 테고. 말하자면 이것은 현상(現象). 나는 어느새 새하얗기만 하던 배경이 변했다는 것을 깨달았다.

"어머, 벌써 오신 거예요? 뚫릴 걸 예상하긴 했지만 너무 빠르다."

"핸드린느."

그곳에 그녀가 있었다. 검은색 드레스에 회색빛 머리칼을 가진 10대 초반의 소녀. 그 모습은 숲 속의 성에 살고 있는 공주 같아 더없이 귀엽고 고귀해 보이지만, 그녀의 손에는 흑색의 마검이 들려 있고 발아래에는 산맥만큼이나 거대해 보이는 사자가 쓰러져 있다. 하지만 저 사자는 뭐지? 핸드린느가 쓰러뜨린 건가? 의아해하는데 제니카가 휘파람을 분다.

"와우~ 이건 신드로이아를 지킨다는 수호 신수(守護神獸)잖아? 그 전투력만은 최상위 급 투신에 맞먹는다고 들었던 것 같은데 마족공 따위가 쓰러뜨리다니."

"어머, 따위라고 하지 마요. 마계에선 마족공이라고 하면 꽤 엘리트인데."

장난스럽게 웃는 그녀의 모습에 혼란스러워한다. 왜냐하면, 그녀에게서 느껴지는 영압이 너무나 막대했으니까. 뭐지? 이해할 수 없다. 이렇게나 거대한 영압이라니.

이건…….

마치 다크나 카인을 보는 듯한 느낌이 아닌가?

화악!

그때 다시금 세계가 변한다. 어느새 우리가 서 있는 곳은 맨 처음 들어섰던 공간처럼 백색으로 가득 차 있는 곳. 하지만 이번에는 느낌이 조금 달랐다.

"…꽃?"

"와! 바로 눈치채는 거예요? 꽤 커서 인식하기가 힘들 텐데."

장난스럽게 웃는 핸드린느의 모습에 내 짐작이 정확하다는 걸 깨닫는다. 그래, 꽃. 꽃이었다. 하지만 그녀의 말대로 쉽게 인식할 수는 없다. 뭔가 다른 문제가 아니라, 그저 순수하게 그 꽃이 너무나 '거대했기' 때문이다.

"헤에… 이게 그 소문의 신드로이아인가?"

신기하다는 듯 주위를 살피는 제니카와 마찬가지로 나 역시 신드로이아를 살폈다. 그것은 어마어마한 크기의 꽃. 황당하군. 이 정도 크기라면 어지간한 소국 정도는 꽃잎 한 장만으로도 덮어버릴 수 있을 정도다. 그나마 올 마스터가 되면서 얻은 지각 능력이 아니었다면 난 이게 꽃이라는 사실조차 깨닫지 못했겠지.

"와! 드디어 여기까지 왔네요."

핸드린느는 신드로이아의 꽃잎 위에 서서 감개무량한 표정을 지었다. 온통 새하얀 꽃잎 위에서 더욱 도드라지는 검은색의 드레스. 나는 생각했다. 대체 이 소녀는 어떤 목적 때문에 이렇게나 신드로이아를 원하고 있는 것일까. 물론 신드로이아는 대단하다. 그것은 세계의 관리자(管理者)로서 세계를 세계이게 하는 존재. 하지만······.

"한 가지 물어봐도 될까, 핸드린느?"

"흠~ 뭐, 별로 제가 뭔가 답변해 줄 입장은 아닌 것 같지만··· 좋아요, 뭐가 궁금하죠?"

"대단한 건 아냐. 대체 네가 왜 이렇게까지 신드로이아를 원하는 건지 알 수 없어서."

"또 바보 같은 질문을 하시네요. 말했잖아요, 되찾을 뿐이라고."

전해지는 힘은 엄청나다. 말도 안 되는, 숨이 막힐 정도의 영압. 지금의 나는 분명하게 강해져 상대가 마족공이라고 해도 문제없이 상대할 수 있을 텐데 예상되는 결과는 절망뿐이다.

"하지만 어리석은 일이야, 핸드린느. 아무리 너라고 해도 신드로이아를 직접적으로 흡수하는 건 도박이라는 걸 잘 알 텐데."

"흥, 미안하지만 그 정도는 처음부터 알고 있어요."

"하지만 그러다 실패하면······."

"죄송하지만 도박이 아니에요. 저 나름대로의 확신이 있어서 하는 거니까."

"무슨 확신?"

"자신에 대한 확신. 틀려도 후회하지 않을 거라는 확신. 실패해 소멸

해도 상관없다는 확신."

슬픈 목소리다. 대체 어떤 소망이 이 녀석을 이렇게까지 몰고 가는 걸까.

"솔직히 말하자면, 나는 아직도 네가 그걸 정말로 흡수할 수 있을지에 대해 좀 회의적이야. 아니, 설사 그게 가능하더라도……."

너무나 위험한 일이다. 그것은 그저 그런 힘의 결정이 아니다. 차라리 고위급 신의 영혼 쪽이 더 흡수하기 쉬우리라. 물론 그녀 역시 아무 생각 없이 저지른 일은 아닐 테지만 그럼에도 이것이 너무나도 위험한 일이라는 걸 부정하지는 못하겠지. 실패에 대한 결과는 오직 영혼의 소멸뿐이다.

"지금이라면 그만둘 수 있어. 아직 늦지 않았다."

"우~ 너무해. 이제 와서 무슨 소리를……."

"예전에 나한테 했던 부탁 기억해?"

"에?"

멍청한 표정을 짓는 핸드린느를 향해 손을 내밀며 언젠가 가족이 되어 달라며 나에게 손을 내밀었던 그녀의 모습을 떠올린다. 이번에는 반대의 상황이다.

"같이 가자, 린느."

"……!"

별로 그녀에게 원망은 없다. 나에게는 분노도, 슬픔도, 후회도 없다. 솔직한 심정을 말하자면, 내가 이렇게까지 인간들을 위해 싸울 필요조차 없지 않나 하는 의문까지 가지고 있다. 아니, 정확히 말하자면, 이제 와서 인간을 지킨다는 말도 무색하지 않나? 이미 현존하는 인류의 99.999% 이상이 죽어버렸다. 하지만 그럼에도 그녀를 막아야 한다면, 그것은 아마도 약간의 의무감과 변덕, 그리고…….

그녀 자신을 위한 일이 되겠지.
"…시끄러."
"린느."
"시끄러! 시끄러! 시끄러워!! 이제 와서 걱정하는 척하지 말아요!!"
 소리치는 순간 어마어마한 타격을 입고 밀려난다. 그것은 영체 그 자체를 찢어발기는 외침. 하지만 타격이 클 뿐, 난 그 타격을 무사히 견딘다. 그것은 [대행자] 타이틀이 가지는 영체 강화(靈體强化) 능력. 그렇군. 예전 읍이 예견했던 공격이 이거였나. 예전에는 싸우기 전에 대행자 타이틀을 장착하라고 했지만 지금은 올 마스터 타이틀로 모든 타이틀 효과가 발동되고 있어 자동으로 영체 강화가 적용된 것이다.
 "호오, 부끄러워지니까 공격이라니… 이것참, 귀여운 타입의 적이네."
 "…그래, 그러고 보니 당신도 있었죠."
 말하는 순간 쩡! 하고 제니카의 몸이 십여 미터 이상 밀린다. 회피는커녕 방어도 불가능할 정도의 공격이었는데 그럼에도 제니카는 무사하다. 그녀의 주위로 떠오른 마법진이 핸드린느의 공격을 어느 정도 흡수했기 때문이다.
 "인간이 멸신기(滅神技) 디제너레이션(Degeneration)을 막아?"
 "이 정도야 가볍지."
 물론 그렇게 말해도 얼굴색이 창백한 걸 보면 정말 가볍게 막은 건 아닌 모양. 하지만 그럼에도 방금 그 공격을 별문제 없이 막은 건 대단하다. 그 공격은 어지간한 궁극주문보다도 훨씬 강력한, 그냥 단순히 그 안에 담긴 마력의 많고 적고를 떠나 상상할 수 없을 정도로 '상위'의 힘이었으니까.
 "후후, 후후후, 좋아요. 그렇게 죽고 싶다면……."
 "아직 내 이야기 안 끝났는데."

오오오—!!

몇십 갑자의 내공이 전신을 보석처럼 감싸 결정화(結晶化)되고 몇천억 테트라의 마력은 공간 전체를 장악한다. 이미 수십 개가 넘는 요소(要素)를 현문(賢門)까지 개문한 차크라는 세계 그 자체의 의미를 '이해' 하여 보정(補整)을 시작하고 지구 전체의 중력을 2.5배까지 '수정' 하는 게 가능할 정도의 영자력이 속성화되어 공간을 붙잡는다.

지금의 나는 사실 인간이라고 하기 어렵다. 엄밀히 말하면 생물이라고 하기도 어렵다. 신성이라고 하는 일단(一段)을 손에 넣어버린 그 순간부터 나는 차라리 정령이나 신적인 존재들에 더 가까운 이가 되어버렸다.

"그만둬요. 죽을 테니까."

하지만 그럼에도 차가운 눈을 마주한다. 그 정도의 힘으로는 자신을 어떻게 할 수 없다는. 자신감도 뭣도 아닌, 그냥 단순한 '사실' 만을 말하는 눈으로 나를 바라보는 핸드린느. 그리고 그렇게 그녀가 뭔가 더 말하려는 순간 카이더스를 들어 올린다.

핑!

글레이드론의 날개로 가속해 돌진한다. 그건 이미 비행이라고 부르기에도 비정상적인 속도다. 차라리 워프나 텔레포트 쪽에 더 가깝다고 할 수 있겠지.

촤악!

하지만 반응한다. 핸드린느의 드레스에서부터 시작된 그림자의 검은 너무나 당연하다는 듯이 내 전신을 찌르고 들어온 것이다.

푹! 푸욱!

수압 절단기로 그어도 상처 입지 않는 피부를 종잇장처럼 뚫으며 그림자의 검이 박힌다. 왼쪽 다리에 네 방, 오른쪽 다리에 두 방, 복부에 세 방, 양팔에 네 방씩, 심장에 하나, 그리고 눈동자를 파고들어 머리를 관통한 한 방.

그것들은 하나같이 치명적인 공격이다. 사실, 당연히 죽어야 하는 상태. 하지만 그 순간 핸드린느의 표정이 굳는다. 어느새 그녀의 목 아래에는 카이더스가 겨누어져 있다.

"미안하지만 그럴 수는 없어. 물론 나는 약하지만, 최후의 최후까지 저항할 테니까."

"……"

목 아래에 드리워진 카이더스를 조용한 눈으로 바라본다. 물론 난 그녀의 목을 자를 수도 있었다. 절삭의 능력을 가진 뇌룡절이라면 간격에 상관없이 세상 무엇이든 베어 태우는 뇌강을 일으킬 수 있으니까. 이 간격에서의 내 힘이라면 설사 드래곤의 목이라도 쳐낼 수 있는 것이다. 물론 그렇다 해도 정말 쳐낼 수 있냐고 한다면 또 확신하지 못하겠군. 그녀쯤 되는 존재가 그리 쉽사리 당할 것이란 생각도 안 들고, 사실 목을 날리는 정도로 그녀가 죽을 거라는 생각은 들지 않으니까. 내가 검을 왜 멈췄는지는 사실 잘 모르겠지만 굳이 휘둘러 봐야 별 의미는 없었으리라.

"린느, 나 아직 대답을 못 들었는데."

"아아~"

"린느?"

린느는 문득 다 지겹다는 표정을 지으며 뒤로 물러난다. 마치 떨어지는 벚꽃 잎처럼 나풀나풀한 움직임. 그리고 그렇게 거리를 벌린 그녀는 어깨를 으쓱였다.

"됐어요. 귀찮으니 두 분 다 살려드릴게요. 어차피 있어봐야 방해도 못할 테고."

"린느."

"아, 됐어요! 쫓아오든 말든!!"

그녀가 핑! 하고 공간을 뛰어넘는 순간, 전신을 꿰뚫고 있던 그림자의 검이 먼지처럼 스러진다. 그리고 상처를 관통하고 있던 이물질이 사라지자 당연하다는 듯 회복되는 몸. 사실 보통 사람이라면 찔리는 순간 사망해도 이상할 게 없는 중상이었지만 그럼에도 피 한 방울 흐르지 않는다. 치유되는 것도 그야말로 순간이다.

"하지만 익숙한 느낌이군. 레벨업 시의 완전 회복의 비결은 이거였던 건가?"

생체 회복력과 마나 회복력의 순간 개방. 확실히 이거라면 완전 회복쯤은 순식간이지. 죽기 직전의 빈사 상태라고 해도 1~2초면 회복된다. 트롤이나 뭐 이런 저질 수준의 회복력이 아닌 자연 부활[Natural Revival]에 가까운 초회복 능력인 것이다. 유저에 비유한다면 웨어울프 상태의 청월랑도 뛰어넘는 수준인 것이다.

"대단해. 이젠 뭐, 치유 마법이 소용없을 정도의 몸인데?"

"별로 칭찬 같지는 않군."

"아냐, 칭찬이야. 솔직한 심정을 말하자면, 나도 그런 몸을 가지면 좋을 텐데. 이 신체랑 타이틀 시스템은 아무리 간섭[Cracking]하려 해도 어림없네."

세계의 법칙을 이해한다고 해도 이 몸(신체)을 간섭해 능력치 제한을 푼다거나 타이틀을 마음대로 획득한다거나 하는 건 '절대로' 무리다. 그건 9클래스라든지 10클래스라든지 하는 문제조차 아니다. 이 금제는 마법의 신인 카인의 것. 유저들에게 원래대로라면 얻지 못할 힘을 부여하기 위해 그가 전력을 다해 만들어낸 시스템이다. 만약 이걸 깰 수 있다면 능력치 999 따위가 무슨 필요일까. 그냥 자기가 마법의 신이나 하면 되는데.

"하지만 어쩔 참이지? 이대로라면 우린 핸드린느를 막을 수 없어. 정말 구경만 해야 하는 상황은 여러모로 곤란하고."

 어쩐 일인지 이해할 수 없다. 지금의 나라면 어지간한 마족공쯤 간단하게 상대할 수 있고 제니카 역시 비슷한 수준의 전투가 가능하거늘, 감히 대적조차 할 수 없는 힘의 차이라니. 물론 핸드린느가 마족공보다는 마왕에 가까울 정도로 강력한 존재라는 건 알고 있는 사실이지만 마왕에 '가깝다'는 거지 마왕이라는 건 아닐 텐데 이게 대체 무슨 힘이란 말인가? 아니, 그 정도를 넘어서 그녀의 힘은 어지간한 최상위급 신을 넘어서고 있다. 나의 탐지 능력으론 도저히 그 끝을 가늠할 수 없을 정도인 것이다.

 "아, 그 힘 말인데, 아무래도 그녀 스스로의 힘은 아닌 것 같아."

 "스스로의 힘이 아니다?"

 "뭐, 자신의 의지대로 사용하는 시점에서 보면 자기 힘이라 봐도 무방하겠지만… 너도 느꼈지? 어마어마한 힘을 지니고는 있지만 스스로의 힘이 아니기 때문에 좀 불안정해. 힘의 근원이 그렇다면 찔러볼 곳이 없지는 않겠… 응?"

 쿠구구.

 하지만 그때 공간이 일렁이기 시작한다. 파동이 느껴지는 것은 신드로이아의 중심부. 제니카는 어깨를 으쓱였다.

 "뭐, 어쨌든 상황은 가까이에서 지켜보는 게 좋겠지?"

 "그렇군. 글레이드론."

 [오냐, 가보지.]

 푸른색의 날개가 살짝 흔들리는가 싶더니 삽시간에 공간을 뛰어넘는다. 도착한 곳은 신드로이아의 중심부. 나는 그곳에서 백색의 기운에 둘러싸여 있는 흑발의 소년을 보았다.

 "이 녀석은……."

전혀 본 적 없는 얼굴이지만 그럼에도 그 정체를 눈치챘다. 녀석의 마력 패턴은 확실하게 기억하고 있어서 설사 모습이 바뀌었다고 해도 혼동할 여지가 없었으니까. 녀석의 이름은 칼스. 연구소에서 만난 초능력자 중 하나로, 마나 감지 능력을 시각 특화로 가지고 있어 나를 놀라게 했던 녀석이다.

"아, 카멜레온(Chameleon) 시리즈 녀석이잖아?"

"카멜레온?"

"응. 기관에서 연구하고 있던 실험체 중 하나야. 자신의 머리색이나 피부색, 혹은 모습 등을 변형시킬 수 있는 녀석이지. 형태는 몇 가지 안 되네. 실패작인가 봐."

"그렇군. 하지만 대단한걸. 마법적 조치가 아니니 그런 능력이 있는지도 몰랐어."

하지만 그렇다고 쳐도 왜 이 녀석이 여기에? 의아해하는데 제니카가 말한다.

"저 녀석이 이번의 '그릇'이었네."

"그릇?"

"응. 신드로이아는 어느 특정 위치에 존재하기보다 영혼에서 영혼으로 마치 전생하듯 이동하면서 유지되거든."

들어본 말이다. 하지만 그 영혼을 찾는 게 거의 불가능한데다, 설사 찾는다 해도 신드로이아를 찾는 건 거의 불가능하고, 찾는다 하더라도 신드로이아를 분리해 낼 수가 없기 때문에 의미가 없다.

"하지만 대체 여기서 어떻게 살아 있는 거지? 별다른 조치도 취해져 있지 않은 것 같은데."

여긴 평범한 공간이 아니다. 이곳은 신드로이아가 만들어낸 일종의 폐쇄 공간. 산소도 없고 상상을 초월할 만큼 압축된 마나로 가득 차 일반적인 생명체는 1분도 채 견디지 못하고 죽음에 이를 정도로 험한 공간이다. 그런데 그런 공간에 마나 감지 능력을 가졌다고는 하나 그 외에 별 힘이 없는 칼스가 무사하다니? 의아해하는데 제니카가 설명한다.

"신드로이아가 환생체에서 환생체로 이동하는 건 삶을 '경험' 하기 위해서야. 때문에 신드로이아의 환생체는 [타의에 의해 죽지 않는대]라는 '규칙' 에 의해 보호받고 있지."

"타의에 의해 죽지 않는다고?"

"간단한 말이야. 잡아 족치는 건 개나 소나 다 할 수 있지만 죽이는 건 불가능하다는 말이지. 너라면 쩨려보는 것만으로 녀석을 행동 불능까지 몰아갈 수 있겠지만 정작 죽이지는 못해. 그건 너뿐만이 아니라 어지간한 고위 신도 마찬가지. 신드로이아에 뭔가 문제가 생기지 않는 이상 녀석을 죽일 수단은 어디에도 없어. 그건 세계, 그 자체. 아니, 좀 더 크게 치면 차원 전체랑 맞붙는 것과 같거든."

그녀의 말에 고개를 끄덕인다. 그렇군. 신드로이아의 환생체라… 하지만 녀석이 이렇게 여기에 있다는 건……

"너는 녀석의 몸에서 신드로이아를 분리해 낼 힘을 가지고 있는 거군."

"당연하죠. 그런 힘이 없었다면 여기까지 올 이유도 없으니까요."

핸드런느는 그렇게 말하며 제니카를 돌아보았다.

"당신… 뭐, 알아서 양보해 주신 걸로 봐서 뭔가를 꾸미는 모양이지만 다 소용없는 일이에요. 제가 신드로이아를 흡수하면 끝이니까요."

"물론 그게 성공한다면 말이지."

"흥."

코웃음을 치며 도베라인을 들어 올린다. 제길, 저 망할 놈의 검이 축출(逐出)의 힘까지 가지고 있단 말인가! 난 단숨에 공간을 넘어 그녀의 움직임을 막으려고 했지만 그녀의 몸에서 뿜어진 힘이 주변 전부를 제압한다. 점도, 선도 아닌, 면으로 이루어져 있어 도저히 회피할 수 없는 공격. 그리고 그렇게 내 움직임이 막힌 순간 들려진 도베라인이 칼스의 가슴을 찌른다.

[……]

푹— 이라던가 서걱— 이라던가 하는, 칼이 고기를 찔렀을 때 응당 나야 할 소리는 들리지 않는다. 느껴지는 것은 단지 불쾌감. 그리고 그렇게 칼스 녀석의 몸이 일렁인다고 느끼는 순간,

"크윽?!"

온몸에 소름이 돋는다. 그것은 세계의 비명. 나는 경악해 물러서며 여명의 검을 좌에서 우로 휘둘렀다.

킹!

날카로운 금속음과 함께 정면의 배경이 '잘려' 나간다. 그것은 차원 절단. 어려운 기술이라 강기를 의형검강(意形劍剛)의 형태까지 완성하지 못하면 사용할 수 없고, 설사 사용 가능하다 해도 이렇게나 단번에 펼치는 건 불가능에 가까운 일이지만 차원 제어의 힘을 가진 여명의 검이 있다면 그리 어려운 기예는 아니다.

오오오!

시야가 일그러짐과 함께 주변 공간 전체가 미쳐 날뛰기 시작한다.

"대단한데? 저기 휩쓸리면 아무리 나라도 죽겠다."

"그렇게 태연하게 말할 때가 아닐 텐데."

내가 만들어놓은 차원의 틈새로 뻔뻔스럽게 끼어들어 온 제니카는 뭐 어쩌느냐는 표정으로 등 뒤에 매달려 있다.

'이놈 봐라.'

기분 같아서는 확 업어치기라도 걸어 던져 버린 다음 타깃 더 라이트

닝 임펙트라도 날려 보내고 싶지만 참아야겠지. 당장 시급한 적이 따로 있으니까.

쿠우우.

어느새 소란이 가라앉고 차원이 진정된다. 주위를 둘러보니 그렇게나 거대하던 꽃은 어느새 사라지고 없는 상태로, 텅 빈 공간에 떠 있는 건 오직 나와 제니카, 그리고 주먹만 한 꽃 한 송이를 손바닥 위에 떠우고 있는 핸드린느뿐이다.

"…성공."

검은색 드레스를 입은 회색 머리칼의 소녀는 차분한 표정으로 자신의 손 위에 떠 있는 백색의 꽃을 바라보았다. 하지만 과연 차분할 수 있을까? 그녀의 손에 들린 것은 전능화 신드로이아. 차원을 관리하는 힘으로 모든 존재의 구성 요소와 세계 전체를 제어하는 전능의 꽃인 것이다. 만약 저 꽃을 취할 수만 있다면, 아니, 굳이 취하지 않더라도 간섭하기만 가능하다면 그 대상은 문자 그대로 전지전능(全知全能)한 존재가 되리라.

"핸드린느."

"안 들을 거예요."

"핸드린느!"

다시 한 번 그녀의 이름을 불러보았지만 이제는 대답조차 하지 않은 채 손바닥 위에 떠 있는 신드로이아를 바라볼 뿐이다.

"…후회하지 않아."

미소가 떠오른다. 환하고 아름다운, 그러나 더 없이 씁쓸한.

"후회하지 않아."

그리고 신드로이아를 끌어당겨 가슴 위에 올리는 순간,

푹!

성스럽게 빛나는 황금색의 장창이 그녀의 심장을 꿰뚫는다.

"…어?"

푹!

당혹스러워하는 그녀의 몸이 한차례 더 들썩이더니 청색의 검신을 가진 장검이 그녀의 어깨를 뚫고 나온다. 새빨갛게 불타고 있는 장검 위에는 집행검(執行劍)이라는 글자가 써 있다.

푹!

피가 뚝뚝 떨어질 것 같은 적색의 창이 복부를 꿰뚫는다. 창을 빙글빙글 감싸고 있는 것은 가시나무 문양.

푹! 푹!

연필만 한 크기의 단검이 명치에 박힌다. 금색의 서광을 흩뿌리는 금강저[Vajra]가 손바닥을 관통한다.

푹! 푹! 푹! 푹! 푹!

피를 부르는 저주받은 마검이 오른쪽 가슴에 박혀들고 빛의 입자로 이루어진 화살이 두 다리를, 그녀의 키만큼이나 거대한 부메랑이 허리를 반쯤 자르고 들어간다. 그리고, 그리고…….

"아… 아?"

마치 고슴도치처럼 수십의 무장에게 전신을 꿰뚫린 핸드런느가 신음한다. 타격이 작을 수는 없다. 그것들은 상상할 수 없을 정도로 막대한 마력과 신성력을 맺어 만든 환상의 무구(幻像器). 그 하나하나가 천지를 가르고 전설적인 신화를 만들어낼 수 있는 최강의 무장(武裝).

"신기…….'

수십 개의 신기에 억류된 핸드런느의 몸이 바르르 떨린다. 그 무장들에 실린 힘은 너무나 치명적이어서 그 강력한 힘을 뿜어내던 핸드런느조차 떨쳐 내지 못한다.

우웅—

그리고 그런 핸드린느의 뒤로 거대한 함선이 그 모습을 드러낸다. 전체적으로 어두운 빛깔에 삼각형의 납작한 선체를 가지고 있는 별의 파괴자. 스타 디스트로이어(Star Destroyer)다.

"늦었어. 아슬아슬 턱걸이잖아."

"제니카……?"

어느새 스타 디스트로이어의 갑판 위에 서 있는 제니카와 그런 그녀의 뒤쪽에 포진해 있는 마스터들 백여 명의 모습에 머릿속에서 경고음이 울려 퍼지는 것을 느낀다. 물론 나는 핸드린느를 제압하기 위해 여기에 들어왔지만 그럼에도 이 전개는 이상하다. 대체 뭐지? 스타 디스트로이어가 무슨 수로 이 폐쇄 공간에 들어온 거야? 게다가 나는 물론 핸드린느조차도 눈치채지 못하는 공간 도약 능력이라니. 스타 디스트로이어의 능력인가?

"너… 이게… 무슨……."

"조마조마했어. 네가 정말로 신드로이아에 간섭할 수 있는지는 사실 의문이었거든. 게다가 정작 간섭이 가능해도 먹는 데 성공해 버리면 꽝이고."

제니카는 태연하게 웃으며 신드로이아를 쓰다듬었다. 그녀의 손길이 닿을 때마다 가볍게 진동하는 신드로이아. 그리고 그 모습에 핸드린느의 시선이 험악해진다.

"웃… 가… 지… 도 않… 는 소리! 이깟 것들로 날 제압할 수 있을 거라고 생각하다니!"

순간 핸드린느의 몸에서 노이즈가 생기는가 싶더니, 마치 채널이 바뀌듯 그 모습이 사라져 100여 미터 이상 떨어진 곳으로 이동한다. 물론 우리 같은 존재들에게 100미터란 지척이나 다름없는 거리지만 이미 그녀의 몸을 꿰뚫고 있던 신기들의 속박은 풀려 있는 상태. 넝마가 되었던 드레스도 깔끔하게 복원되어 있다.

"무… 슨, 너 대체 무슨 짓을……?"

하지만 그럼에도 핸드린느의 표정은 창백하다. 그녀에게서 느껴지는 거대한 힘. 하지만 그 힘은 아까의 막막했던 느낌과 다르게 그 '한계'가 분명하게 느껴진다. 그래, 지금의 그녀라면 싸워볼 만하다. 나 혼자서도 충분히 승기를 잡을 수 있을 정도다.

"능력 제한(能力制限)……."

황당해한다. 하지만 대체 언제? 그녀에게 명중한 신기 중에 그런 '기능'을 가진 물건이 있던 건가? 하지만 그녀의 힘을 이렇게까지 제한할 수 있을 정도로 말도 안 되는 '출력'의 신기가 존재할 리는 없을 텐데?

"일단 인사는 해둘게, 핸드린느. 고마워. 이걸로 우리는 신세계를 열 수 있게 되었어."

"너……."

"처리해 주세요, 소장님. 할 수 있죠?"

"흥, 명령하지 마라."

부드럽게 날아 제니카의 옆에 선 이는 내게도 익숙한 존재다. 그는 I.B.L의 연구소장인 조원준. 하지만 그는 이미 내가 알던 예전의 그가 아니다. 노쇠하여 약해져 있던 몸은 터질 것 같은 근육으로 들어차 있고 패도적인 기운이 그의 주변에 휘몰아치고 있다.

쾅!

망설임없이 충돌! 그리고 그와 동시에 스타 디스트로이어와 100여 명의 마스터들이 움직이기 시작한다.

"이건……."

싸움에 가담하지도, 방해하지도 못한 채 머뭇거린다. 왜냐하면 전혀 생각지도 못하고 있던 상황 전개였기 때문이다.

"제니카?"

"응? 왜, 친구?"

상큼하게 웃는 그녀의 표정은 진정 즐거워 보인다.

"네 녀석, 대체 뭘 꾸미고 있는 거지? 신세계를 열다니, 설마 처음부터 신드로이아를 노리고 있던 거야?"

내 물음에 제니카는 무슨 소리냐는 듯한 표정을 지었다.

"에? 너 그럼 설마 내가 세상을 구하기 위해 여기 뛰어들었다고 생각한 거야?"

"……."

잊고 있었다. 이놈은 원래 이런 녀석이었지. 녀석에게는 보통 사람들에게 존재하는 도덕심이라는 게 없다. 마지막이라는 생각 때문인지 내가 너무 방심했군.

"그럼 어쩔 생각이지?"

"별건 아니야. 말 그대로 신세계를 연다는 거지. 신드로이아에 차원의 구심점이 될 수 있는 힘이 담겨 있는 건 알지? 그걸 이용해서 새로운 차원을 만들어내는 거야, 우리들이 전지적인 권능을 발휘할 수 있는 새로운 차원을."

여전히 즐거워 보이는 얼굴로 터무니없는 소리를 지껄인다. 자기가 무슨 일을 하려는 건지 전혀 모르고 있다는 표정이지만 저 똑똑한 녀석이 그럴 리는 없겠지. 즉, 녀석은 자신이 한 일이 뭘 뜻하는지 정확히 알면서도 이 일을 저지른 것이다.

"그런 바보 같은 목적 때문에……."

"우와, 바보 같다니, 너무한걸. 만화나 영화를 보다 보면 많이 나오잖아? 새로운 세계의 신이 된다. 나름 괜찮은 목표 아냐?"

"……."

눈을 가늘게 뜬 채 그녀의 모습을 바라본다. 여전히 싱글싱글 웃고 있는 제니카. 예전부터 생각했던 거지만 속을 알 수 없는 녀석이군.

"만약… 내가 네 생각에 반대한다면 어쩔 거지?"

"반대해?"

"신드로이아는 원래대로 돌려놔야만 해."

지구 정도의 문제가 아니다. 네 개의 대차원 중 하나인 프레이드를 통째로 뒤집어 새로운 차원으로 만들겠다니. 그건 창조신이 가끔 해왔다던 '정화'나 다름없는 짓이다. 가지고 있던 기존의 모든 데이터를 삭제시키는, 일종의 포맷과도 같은 행위. 하지만 제니카는 웃을 뿐이다.

"어, 설마 내가 '응, 알았어'라고 말할 거라고 생각한 건 아니겠지? 그렇다면 실망인데. 넌 나를 잘 안다고 생각했는데."

"너……."

이를 악문다. 곤란해. 이건 정말로 곤란한 전개다. 어느새 제니카는 완벽한 전투 태세. 주변의 공간 좌표 모두가 그녀의 제어하에 들어가고 피어오르는 마력이 세계, 그 자체는 물론 내 영혼에까지 침식을 시도하기 시작한다.

"그럼 싸워볼까?"

씩, 웃는 제니카. 그리고…….

"올 마스터와 그랜드 마스터 중 어느 쪽이 강한지!"

그녀의 주변으로 어마어마한 마력이 몰아치기 시작한다.

* * *

이변은 빛의 기둥에서부터 시작됐다. 들리는 것은 능력자들마저도 귀를 막을 정도로 처절한 세계의 비명. 메타트론의 유저들은 당황하던 와

중에도 방어를 준비하다가 옆에서 전투를 돕고 있던 디스트로이어가 사라졌다는 걸 깨달았다.

"텔레포트? 누가 감지 못했어?"

"그 큰 게 사라지는데 아무한테도 안 들키다니!"

"게다가 지금 공간 좌표 상태도 엉망인데 어떻게 빠져나간 거야?"

혼란스러워한다. 애초에 스타 디스트로이어에 타고 있는 마스터의 숫자는 무려 250명. 그건 메타트론에 탄 마스터의 3배에 가까운 숫자다. 가뜩이나 거센 공격을 가하는 마족들 앞에서 그만한 숫자의 아군이 일순간 흔적도 없이 사라져 버리다니. 게다가 제니카와 밀레이온이라고 하는 유저 측 최강자 두 명 역시 빠져 있는 상태이기에 전투는 점점 어려워져 이제는 사실상 인간 쪽의 패배가 확정되었다고 해도 틀린 말이 아닐 정도. 하지만 이변은 단지 스타 디스트로이어가 사라진 것뿐만이 아니었다.

오오오.

무형의 기운이 생겨나 세계를 질료(質料)로써 끌어당기기 시작한다. 그것은 마치 정령계의 정령을 소환했을 때 자신의 속성에 맞는 매개체에 깃드는 것과 같은 현상. 마스터들은 그 현상이 뜻하는 바를 알고 있었다.

"이런 맙소사… 사도?"

"하필 이런 타이밍이라니!"

절망하는 사람들. 하지만 몇몇 마스터의 생각은 달랐다.

"오케이, 살았다!"

"에? 살아?"

"사도들은 딱히 인간을 노리고 싸우는 게 아니니까. 지금 전 방위로 퍼져 있는 건 마족이니 전투가 벌어진다면 당연히 녀석들과 먼저 충돌하게 되겠지."

콰쾅! 펑!

과연 그 예상은 정확히 들어맞아 새로이 모습을 드러낸 사도들이 넓게 퍼져 있던 마족들을 공격하기 시작한다. 여기저기서 일어나기 시작하는 섬광과 폭음. 그 순간 갑판 위에서 적을 상대하고 있던 유리아는 소리쳤다.

"날아다니는 녀석들 전부 귀환해! 어차피 신드로이아 쪽으로는 제니카하고 밀레이온이 들어갔으니 여기서 피 볼 이유가 없어!"

"사도 쪽을 자극하지 말고 물러서게!!"

레스는 몇 개의 주문을 외워 주위의 마스터들을 보호하고 럭셔리를 제어하여 메타트론의 갑판 위에 내려서려던 사도를 마족들 쪽으로 던져 버렸다. 이미 레일건은 신기 사용 시간이 지나 사라졌기 때문에 초장거리 저격은 불가능한 상태. 이제 가디언에 도달한 육체 능력과 주술탄들을 장착한 중화기를 사용해야 할 때였다. 물론 그것들은 신기의 위력에 훨씬 못 미치지만 지금은 효율이고 뭐고를 떠나 당장 싸워야 하는 상황인 것이다.

"어차피 신기 타임도 다 되어가는데, 잘됐어! 다들 내려라!"

"오케이!"

대답과 동시에 비행 형태 타이탄에 탑승해 공중전을 벌이고 있던 마스터들이 마족이나 사도들을 견제하며 갑판 위로 내려서기 시작한다. 한눈에 봐도 확실하게 줄어든 숫자. 드래곤의 형태로 전투를 행하고 있던 패러디는 변신을 풀고 내려서 소리쳤다.

"피해 상황을 좀 말해줘요! 적에게 당한 사람이 어떻게 되죠?"

"근접 유저 측은 27명이고, 원거리 유저는 14명이니까. 41명이나 당했… 이런 젠장! 동민이가 죽었잖아?! 멍청한 놈… 나대지 말라고 그렇게 말했는데!"

메타트론 쪽 피해는 상당했다. 미국 쪽에 가 있던 마스터들의 합류로 150명에 가까웠던 유저의 숫자가 다시 100명 이하로 떨어졌으니까. 게다가 그중 대부분이 메타트론의 선체나 원거리 전문 마스터들을 보호하던 근접형 마스터들이기 때문에 공격력은 온전하게 유지된 편이라고 할 수 있지만 방어력이 취약해 잘못하면 단 한차례의 공격에도 뚫려 버릴 수 있을 정도로 위태로운 상태였다. 하나둘 메타트론으로 귀환해 완전히 복귀하는 마스터들. 메타트론은 외부로의 공격까지 완전히 멈추고 외벽의 방어를 더욱 굳건히 하고 하강을 시작한다. 미족들은 그런 메타트론을 뒤쫓으려 했지만 사납게 공격을 퍼붓는 사도들에게 발이 묶인다.

"좋아! 이대로 후퇴한다!"

"범위 공격 날리지 마! 마족들도 엄청나게 많으니까 도발하지만 않으면 충분히 빠져나갈 수 있……."

하지만 그 순간 다시 이변이 발생했다.

콰득!

흑고래 형태의 거대 괴수가 같은 거대 마족을 물어뜯는다. 문자 그대로 폭포수 같은 흑혈(黑血)을 흩뿌리며 몸부림치는 거대 마족.

쩌적!

열두 개의 꼬리를 가지고 여우의 모습을 하고 있는 사도가 초음속을 한참이나 뛰어넘는 꼬리들로 사방을 휩쓴다. 최상급 마족이나 소수의 상급 마족들은 그것을 막거나 피했지만 대다수의 마족들은 속절없이 휩쓸린다.

"뭐… 라고? 벌써 최상급 마족을 재현해?"

"조심해! 지금까지의 사도와는 전혀 느낌이 달라."

하늘 위로 가득히 떠 있던 마족들이 빠르게 줄어들기 시작한다. 사도들은 저급한 마족을 재현하지 않는다. 재현하는 것은 오직 상위 이상의 마족뿐. 게다가 십수 이상의 사도가 모여야 글레이드론 하나를 재현할 수 있었던 예전과 달리 지금의 사도는 단독으로 상위 마족을 재현함은 물론, 십수 마리만 모여도 최상급 마족을 재현한다. 물론 그렇게 재현된 사도들은 분명하게 원본에 못 미치는 전투력을 가지고 있지만, 나타난 사도의 수는 그야말로 막대하다고밖에 표현할 수 없을 정도인데다 수많은 마족들이 쓰러지고 있는 그 순간에도 계속해서 늘어나고 있다.

[메타트론 고속 하강! 메타트론 고속 하강! 외부의 탑승자들은 전원 갑판에 밀착하고 보조가 가능한 인원들은 통제실에 들어가서 도와주길 바란다. 그리고 패러디! 여유가 없는 건 알지만 함선 주위에 필드를 좀 깔아!]

후웅—

말과 동시에 떨어지듯 하강하는 메타트론. 그 기습에 가까운 움직임에 유저들은 욕설을 내뱉으면서도 날렵하게 갑판 위에 달라붙어 자세를 잡는다. 패러디는 등 뒤로 오우거의 팔을 만들어 자신의 몸을 고정했다. 그의 품에 안겨 있는 것은 언제나 그랬듯이 무감동해 보이는 표정의 레오나. 패러디는 투덜거렸다.

"쳇, 여유가 없다는 걸 알면 좀 봐줘야지. 필드 생성을 고정 장소도 아니고 움직이는 장소에서 펼치라니!"

"필드 생성이라면… 역시 거기야?"

"이동 시에 펼치기엔 그만한 카드가 없으니까. 도와줄 거지, 레오나?"

"응. 네가 바란다면 얼마든지."

여전히 무표정. 그러나 두 볼을 살짝 붉히며 조심스럽게 고개를 끄덕이는 레오나. 패러디는 그런 그녀의 모습에 문득 못 견디겠다는 표정을 지었지만 이내 이성을 되찾고 품속에서 한 장의 카드를 꺼내 든다. 어쨌든 상황은 급했기에 딴짓을 할 틈이 없었던 것이다.

"마스터 스킬 발동, 필드 오픈(Field Open)."

필드 생성. 그것은 마스터 급 카드 법사의 고유 스킬로, 미리 지정한 일정 크기의 공간을 카드 안에 봉인하여 술자의 임의대로 재현하는 능력. 때문에 카드에 바다를 봉인했다면 술자는 어디에서든 바다를 불러낼 수 있고, 폭염지대를 봉인했다면 어디서든 마그마가 솟구치는 화산 지대를 불러낼 수 있다. 그리고 패러디가 불러내는 곳은…….

"열려라."

카드가 허공으로 던져져 빙글빙글 돌기 시작한다. 일렁이며 주변의 공간을 침식하는 또 다른 공간. 그리고 패러디는 카드 안에 담겨진 정보를 구체화시켜 마침내 새로운 세계를 연다.

"울부짖는 자들의 성역[Death Land]."

진득한 사기(死氣)와 함께 흑색의 연무가 공간을 점해가기 시작한다. 그것은 그 자체만으로도 어느 정도의 점성을 지니는 영매. 그것들은 마치 살아 있는 것처럼 자신들의 몸을 뭉쳐 메타트론에 다가서는 사도들을 밀쳐 내기 시작한다. 그리고,

[오오오—]

메타트론의 주위로 수많은 악령들이 그 모습을 드러낸다. 그들은 망혼 기사단. 검은색 연기로 이루어진 그들은 고통의 산맥 이벤트 때 흙과 죽음의 지역인 데이레논에 등장했던 일종의 필드 보스 같은 존재. 고통의 산맥 이벤트는 후반기에 들어 신규 최상급 몬스터를 대거 투입시켰는데, 그들은 대부분 강인한 개성과 전투력을 가진 존재였다. 전 범위 석화 광선을 뿜어내는 파워풀 바실리스크(Powerful Basilisk)와 천명용신류(天明龍神類)를 사용하는 싸이클롭스 사무라이(Cyclops Samurai). 그들은 강했다. 가진 힘은 다른 최상급 몬스터와 크게 다르다고 할 수 없었지만 그 힘의 활용 능력과 실질적인 전투력은 독보적이라고까지 할 정도였으니

까. 때문에 보통 유저들은 그들을 피한다. 당연하다. 같은 경험치와 보상을 주는 주제에 능력은 더욱 강력한 몬스터라는 건 아무래도 싫은 존재니까. 하지만 카드술사와 사령술사들의 상황은 전혀 달라서 어떻게 해서든 그들을 찾고, 필사적으로 제압하려 했다. 일단 그들을 잡기만 하면 어마어마한 전투력 증강을 기대할 수 있기 때문이다. 그리고 그건 패러디와 레오나도 마찬가지기에 함께 힘을 합쳐 새롭게 추가된 망혼기사단을 잡은 것이다.

오오오…….

강화된다. 그것이 패러디가 펼쳐 낸 필드의 효과. 메타트론을 뒤덮은 흑색의 연무는 망혼기사단의 몸에 스며들어 그 자체의 힘을 배가시킨다.

[하강 완료. 가속한다.]

"에엑?! 필드 쳐놓게 하고 가속?!"

패러디가 비명을 지르거나 말거나 메타트론의 속도는 계속해서 빨라지더니 이내 극초음속(極超音速. Hypersonic)의 벽을 넘어가 버린다.

훙—

그 거대한 덩치가 움직이고 있는 것이라고는 믿어지지 않을 정도로 경이적인 동선. 일단 속도가 붙기 시작하자 메타트론이 전장을 벗어나는 건 문자 그대로 순식간이었다. 메타트론을 붙잡으려는 듯 다가서는 몇몇의 마족과 사도들이 있었지만, 메타트론을 둘러싼 흑색 연무와 망혼기사단은 그들을 모두 튕겨낸다.

텅! 텅! 텅!

주변의 질료를 끌어모아 형태를 만들어낸 사도들이 계속해서 충돌해 온다. 아직 어떤 대상을 재현하지 않았음에도 제법 둔중한 타격. 패러디는 신음했다.

"큭……."

"괜찮아?"

"아직은 괜찮지만… 이상해. 왜 충돌하는 사도의 숫자가 줄지 않는 거지?"

텅텅텅!

메타트론에 가해지는 충격은 멈추지 않는다. 그렇다고 충돌했던 사도들이 추적을 해온 것도 아니다. 아직 누군가를 카피하지 않은 사도들은 원시적인 전투 방식과 이동 능력을 가지고 있기에 마하의 속도로 움직이고 있는 메타트론을 따라잡을 수는 없으니까. 그렇다면 계속해서 충돌하고 있는 것은……

화악!

구름을 헤치며 솟구친다. 그리고 그때 패러디는, 그리고 메타트론의 모든 마스터들은 보았다. 빼곡하다 싶을 정도로 좁게, 그리고 일정한 간격하에서 주위의 질료를 끌어 모으고 있는 사도들의 존재를. 그 숫자란 이미 헤아리는 행위 자체가 의미없어 보일 정도로 엄청나다. 마치 하늘이 거대한 바둑판이고, 그 바둑판에 바둑알을 가득 채워놓은 것처럼 나란히 자리를 잡고 있는 사도들. 착(着)으로 갑판 위에 붙어 있던 미나는 천리안으로 주위 전체를 둘러보았고, 이내 사방 20여 킬로미터 안이 전부 같은 상황이라는 걸 깨달았다.

"그렇… 군. 우리들이 싸운 장소로 사도들이 쳐들어온 게 아니었어."

"흠, 이해를 잘 못하겠는데 설명해 줄 수 있나요? 제가 보기엔 가는 곳마다 깔려 있는 것처럼 보이는데."

천국은 냉각 주문으로 과열된 총열을 식히며 주변을 살폈다. 보이는 것은 세상을 메울 듯이 들어차 있는 사도들. 미나는 말했다.

"녀석들은 딱히 어떤 지점을 추적해 포위하는 게 아닙니다. 그냥 단지 '나타났을' 뿐."

"흠, 여전히 모르겠습니다만."

의아해하는 천국의 표정에 미나는 말했다.

"제 짐작이지만 저 사도들은 지구 전역에 흩어져 있겠지요. 당장 내 인지 범위 안에 있는 사도만 해도 6만에 가까울 정도이니 지구 전체에 나타난 사도의 수는 아마……."

"아마?"

잠시 하멜의 소환을 취소한 채 쉬고 있던 멜피스조차 긴장해서 묻는다. 빠르게 날고 있는 메타트론 위에서조차 감히 딴짓을 하지 못하고 있는 미나만을 바라보는 몇십의 마스터. 미나는 그 시선이 부담스럽다고 느끼면서도 대답했다.

"수천억 혹은 수조 정도입니다. 물론 그 이상일지도 모르고……."

"……."

할 말을 잃어버린다. 그건 두말할 것도 없이 저항 불가능한 숫자. 지금의 사도는 예전과 차원이 다른 수준의 힘을 가지고 있어 십여 마리만 모여도 최상급 마족을 재현할 정도인데 그 숫자가 억 혹은 조라면 싸움 자체가 될 리 만무한 상황인 것이다.

"하, 하지만 어차피 우리의 목적은 싸워서 이기는 게 아니니 상관없지 않을까요? 조종사분들이 조금 지쳐 보이기는 하지만 전투 없이 외벽만 강화해서 비행을 계속한다면 몇 시간이라도……."

핑!

하지만 그때 구름을 터뜨리듯 밀어내며 한 개의 비행정이 그 모습을 드러낸다. 은은히 빛나는 황금빛 선체에 직선보다는 곡선으로 이루어진 외형. 잠시나마 가부좌를 취하고 운기에 빠져 있던 유리아는 그 모습에 신음했다.

"메타트론……."

흥!

메타트론은 급상승해 자신과 충돌해 오는 동일 형상의 시도를 피한다. 하지만 그건 어디까지나 상대편 메타트론의 움직임이 직선적이었기에 가능했던 일. 그 속도는 충분히 진본에 필적, 아니, 메타트론의 속도가 조금 전의 그 극초음속에서 조금 떨어졌다는 걸 생각하면 오히려 더 빠르기까지 했다.

펑! 펑! 펑!

여기저기에서 황금빛 선체가 구름을 터뜨리듯 밀어내며 그 모습을 드러낸다. 그 광경은 실로 화려해 장엄하기까지 했지만, 그 모습을 보고 있는 마스터들의 표정은 어둡다.

"…맙소사."

계속해서 모습을 드러내는 메타트론의 모습에 비교적 여유로운 모습을 보이고 있던 레이그란츠조차 할 말을 잃는다. 이것으로 도주라는 선택지도 소멸. 메타트론 자체에 고등한 비행술이나 더 빠른 비행 속도를 가지지 않은 현실에서 다수의 적에게 포위당하는 상황을 피할 수 없는 것이다. 물론 완전히 포위당하는 사태를 막기 위해서라도 움직임은 멈추지 않아야 하지만 그건 어디까지나 최악을 피하기 위한 수단일 뿐, 충돌은 피할 수 없게 된 것이다.

"흠, 밀레이온 군, 좀 더 서둘러야겠는데."

신기의 쿨 타임(Cool Time)을 가늠하며 레스는 헛웃음을 지었다.

"…이러다 다 죽겠다네."

그리고 전투가 시작된다.

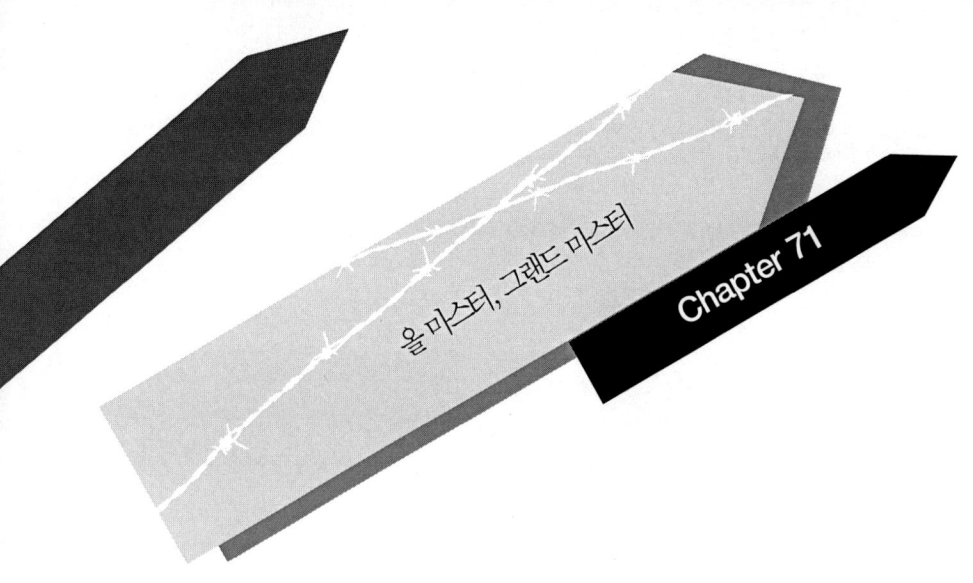

올 마스터, 그랜드 마스터

Chapter 71

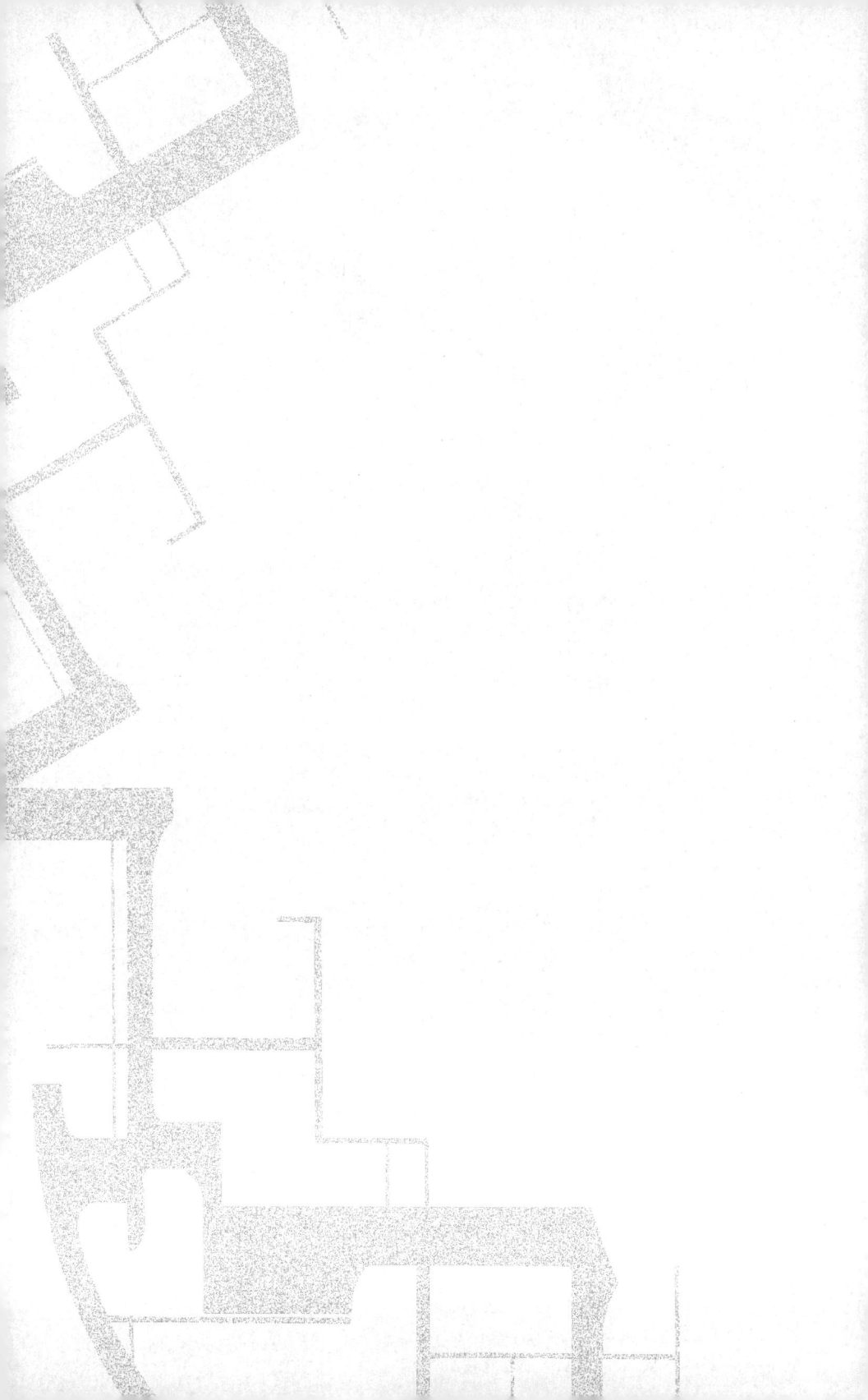

올 마스터, 그랜드 마스터

　　　　　　파니티리스의 검술은 단순하다. 물론 그런 검술이라도 무기나 그 종류에 따라 여러 가지 갈래로 나눠지긴 하지만 무림(武林)의 시작에서 볼 때 그 정도야 어린애 장난에 불과한 수준. 무림에서 무(武)란 술(術)이며 공(功)이고, 또한 학(學)이며 도(道)인 존재. 그곳에서 이미 무라는 것은 단지 싸우기 위한 기술이 아닌, 좀 더 높은 곳에 도달하기 위한 그 무엇이다. 그리고 그렇기 때문일까? 검의 궁극이라고 해봐야 단지 검강(劍剛)이 있을 뿐인 파니티리스와 다르게 무림에는 온갖 형태의 극(極)이 존재한다. 그 대표적인 것들 중 몇 가지를 뽑는다면 이기어검(以氣御劍)과 심검(心劍) 정도가 있겠지.

　실제로 무림에서는 이 두 가지를 검강보다 훨씬 위에 놓으며 절대적인 경지로 추구한다. 하지만 그렇다고 해도 검의 극의(極意)를 깨달은 무림의 고수와 그랜드 소드 마스터가 싸운다고 해서 딱히 무림의 고수가 강하냐면, 꼭 그렇지도 않다. 만류귀종(萬類歸宗)이라는 말처럼 극에 이르면 모든 길은 다 하나로 통하는 법이기에 그 경지만 같다면 비등한 전투력을 가지게 되니까. 하지만 그렇다고 해도 무림의 검술이 더욱더 완전에 가깝다는 건 인정할 수밖에 없는 사실이다. 그랜드 소드 마스터와 현경의 고수가 동등하다 해도 그 아래 등급의 검사들은 어마어마한 차이가 나버리니까.

쩡—!

제니카를 향해 날아들던 화령이 북두강옥과 충돌한다. 거센 쇳소리와 함께 튕겨 나가는 화령. 나는 그 틈을 이용해 제니카의 코앞까지 파고들었지만, 어느 순간 그녀의 모습은 사라지고 내 초월안에 위험신호가 울린다.

"글레이드론!"

[이런 젠장, 뭐가 이렇게 바빠!]

푸른 피막의 날개가 파르르 하고 떨리는가 싶더니, 삽시간에 3킬로미터나 이동한다. 비행이라기보다는 워프에 가까운 이동 능력. 그리고 그 순간,

화악!

새하얀 태양이 떠오른다. 그것은 실제 태양보다도 훨씬 더 뜨겁고 위험한 불꽃으로 이루어진 멸절의 폭염. 제니카는 휘파람을 불었다.

"우와, 진짜 안 맞는다. 온갖 방해 공작을 다 가동해 놓은 것 같은데 아직도 초월안이 보여?"

"안 보여. 그냥 짐작으로 피한 거지."

"우, 거짓말. 그렇게 가벼운 주문이 아닌데."

장난스럽게 말하는 그녀의 모습에 식은땀을 흘린다. 제길, 초월안이 거의 보이지 않잖아? 보일 때도 고장 난 TV처럼 지직거리는 느낌이고. 무슨 방해 전파 같은 거라도 쓰고 있는 건가?

쩡!

내 안면을 노리고 날아드는 북두강옥을 쳐내고 정신을 집중한다. 떠오

르는 것은 한 줄기의 뇌전(雷電). 그것은 하늘을 지배하는 뇌신의…….
 화악!
 "아, 정말 시간을 안 주는구먼!"
 전신을 덮쳐드는 폭염을 여명의 검으로 베어내고 카이더스에 의지를 담는다. 물론 제니카와 나 사이의 거리는 상당했지만 상관없는 일. 어차피 그녀를 베는 것은 카이더스의 날이 아닌, 내 마음속의 검[心劍]이니까!
 스각.
 "웃……?!"
 막 새로운 주문을 외우려고 하던 제니카의 옷깃이 잘려 나간다. 이번만큼은 좀 당황한 듯 뒤로 물러서는 제니카. 그리고 그 순간 나는 발리스타를 소환해 잡아 들고 그 시위에 카이더스를 건다. 집약되는 의지와 거기에 동반되는 힘. 나는 스파크가 튀기 시작하는 카이더스를 어깨너머까지 당기며 입을 열었다.
 "아깝다. 빗나갔군."
 "웃, 용서없네? 내 목을 자르지 못한 게 아까워?"
 "아니. 가슴팍쯤을 베려고 했거든. 가슴 좀 들여다보려고."
 "…뭐?"
 멍청한 표정으로 반문하는 제니카. 그리고 난 그런 그녀를 향해 활시위를 놓았다.
 목표 지정(目標指定).
 마스터 스킬을 발동한다. 쏘아내는 것은 필중(必中)의 일격. 나는 청색의 뇌전이 제니카를 명중시키는 걸 확인하지도 않고 정신을 집중했다. 애초에 그녀가 저 정도 공격에 쓰러질 리 없으니까.
 "다리안."
 신의 이름을 부른다. 그리고 나에게 주어지는 것은 성스러운 신의 힘.

"오직, 오직 나만이."

오른손의 성표[Divine Mark]가 빛난다. 역시 신성력을 발휘할 수 있군. 나는 오른손을 들어 올린 후 나직하게 말했다.

"…오직 나만이 진실한 유일함이로다."

거대한 힘이 몰아치기 시작한다. 몰아치는 것은 단지 새하얀 빛. 그것은 이차원에 존재하는 힘[Greater Power]을 불러들이는 과정으로, 흔히 강신(降神)이라 부르는 행위가 이루어질 때 일어나는 현상이다. 나는 지금껏 단 한 번도 사용하지 않았던 신관으로서의 궁극적인 힘을 불러내려고 하는 것이다. 하지만,

후웅.

마치 거짓말처럼 빛이 사라지고 다리안으로부터의 모든 연결점이 차단된다. 뭐, 뭐라고? 당황하는 순간 이질적인 기운이 가슴을 파고든다.

푸욱—

"큭!"

가슴팍을 내려다본다. 보이는 것은 한눈에 봐도 상당한 힘을 품고 있는 황금색의 장창. 그건 실로 당황스러운 사태였지만 나는 망설이지 않고 창을 잡아 뽑은 후 정신을 집중했다.

웅—

회복된다. 아니, 회복된다고 하기보다 원래대로 돌아간다. 이것이 바로 역의 문장이 가진 힘. 역의 문장은 세계의 흐름에 직접적으로 접속함으로써 과거를 수정한다. 물론 범위는 내 육체에 한정되고 연속해서 사용하는 게 불가능하다는 단점이 있기는 하지만 순간적인 부상에는 이만큼 완벽한 대처가 없겠지. 하지만 그 치유 과정을 납득할 수 없었던 것일까? 창을 던졌던 사내가 눈을 가늘게 뜬다.

"당신… 무슨 수를 쓴 겁니까? 내 창에 당한 상처는 절대 회복되지 않

을 텐데."

"트레스카."

예전 같은 길드 소속이었던 금발의 마창사를 바라본다. 이미 금색의 장창은 내 손에서 사라져 그의 손에 돌아가 있다. 그 창의 이름은 궁니르(Gungnir)로, 신 중의 신이라던 오딘(Odin)이 사용했던 전설의 창. 과거 그 창은 일단 던져지면 빗나감이 없었다고 한다.

"쯧, 한심하군. 기껏 맡긴 역할 하나 수행하지 못하는 거냐?"

"우우, 너무 그러지 마요. 건영이 녀석이 너무 세서 그런데."

너스레를 떨며 옷에 묻은 먼지를 털어내는 제니카의 모습에 신음한다. 제길, 치명타를 주지 못할 거라고는 생각했지만, 이건 너무 멀쩡하잖아? 나는 주위를 경계하며 시선을 돌렸고, 그곳에서 핸드린느의 모습을 발견한다.

"하아… 하아……."

그래, 있었다. 그녀의 이름은 핸드린느 레오니아. 검은색 드레스에 회색 머리칼을 가진 10대 초반의 소녀. 하지만 그 모습은 평소와 많이 다르다. 여기저기 찢어진 드레스와 그을려진 피부, 연신 가쁜 호흡을 내뱉는 그녀의 모습은 한눈에 보아도 한계에 달해 있다. 설사 타격을 입더라도 겉으로 드러내지 않는 게 그녀의 스타일이라는 걸 생각했을 때 지금의 그녀는 그 어느 때보다도 여유가 없는 상태라는 말이겠지.

"흥, 이쪽은 그나마 여유가 있으니 좀 도와주도록 하지. 괜히 네놈이 쓰러지면 오히려 곤란하게 될 테니."

"어머, 그러실 필요는 없는데. 저도 딱히 병아리들의 손을 빌리고 싶지도 않고."

"뭐라고?"

기분이 상한 듯 눈썹을 꿈틀거리는 원준. 하지만 제니카는 별 상관 없다는 표정으로 말한다.

"시비 거는 거 아니니 화내지 말아요. 저를 도와주실 생각이시라면 핸드린느를 처리하는 게 먼저잖아요?"

제니카의 말에 아무런 말 없이 그녀를 바라보는 원준. 나는 그가 격분해 그녀와 다투기를 바랐지만 그는 그렇게 멍청한 인물이 아니다. 오히려 영리한 야심가에 가까운 그는 이내 진정하고 고개를 끄덕인다.

"…확실히 이쪽 계집부터 처리하는 게 먼저겠군. 하지만 서두르는 게 좋을 거다, 석구. 이쪽의 전투가 끝나면 지체없이 끼어들 테니까."

"명심하겠습니다, 소장님~"

장난스럽게 말하며 다시 지팡이를 잡아 드는 제니카. 나는 오른손을 뻗어 귀환한 카이더스를 잡아채며 핸드린느를 바라보았다. 위태위태해 보이는 모습. 이대로라면 얼마 더 버티지 못하겠군. 그 정체를 알 수 없는 힘을 봉인당한 이상 그녀의 힘은 한계가 분명하다. 즉, 그냥 미족공일 뿐이게 되니까. 물론 미족공이면 충분하다 못해 지나칠 정도로 강대한 존재지만 그것도 어디까지나 상대적인 이야기. 그 개개인이 강력한 전투 능력과 일발 역전의 신기를 가지고 있는 유저들이 200여 명이나 모였다면 상황은 크게 달라지는 것이다. 마스터 급 유저들의 집단 공격이라는 건 실로 무서운 것이어서 아무리 강력한 존재라도 일단 포위당하면 핀치에 몰릴 수밖에 없으니까. 실제로 그 강력하던 게벨로크조차 100여 명의 마스터에 둘러싸이자 제대로 힘도 못쓰고 격살당하지 않았던가? 무수한 숫자의 마스터 스킬과 그 사이사이 터지는 신기의 공격은 신 급의 존재라고 해도 감히 경시할 수 없는 수준인 것이다.

"하지만 모르겠군. 강림을 막는 힘이라니… 이건 소장의 힘인 거야?"

"핸드린느의 힘을 봉인한 능력이기도 하지. 이클립스(Eclipse)라고 해."

"이클립스라……."

일식이나 월식에서의 그 식(蝕. Eclipse)을 말하는 건가. 이름만 들어도 대충 짐작이 가는군. 스스로의 힘으로 빛나는, 일종의 핵융합로라고 할 수 있는 구조의 에너지원을 가진 기타 능력자—마법사나 기사 등—들과 다르게 신관들은 외차원에 존재하는 그레이터 파워(Greater Power)를 자신의 몸에 역사함으로써 기적을 행사하니까. 그것은 말하자면 태양빛을 반사해서 빛나는 달의 그것과도 같은 방식. 그리고 그렇다면 이클립스의 봉인 방식이야 뻔하다. 그것은 외차원(外次元)으로의 연결 차단. 하지만 그 방식으로 핸드린느의 힘까지 봉인했다는 건······.

"웃······!"

촤악— 하는 소리와 함께 핸드린느의 드레스가 찢어지고 어깨가 드러난다. 이를 악물고 도베라인을 휘둘러 다가서는 모든 유저를 떨쳐 내는 핸드린느. 나는 점점 위험해지는 그녀의 모습에 문득 위기감을 느꼈다. 가만, 그러고 보니 핸드린느가 쓰러지면 저 200명의 마스터가 다 나한테 덤비게 되는 게 아닌가?

"어머, 너무 한눈판다."

가벼운 목소리와 함께 강대한 충격이 정면을 때린다. 그것은 마치 거대한 망치가 있어 정확하게 내 몸을 후려치는 것 같은 느낌. 나는 카이더스를 들어 그걸 막았지만 충격을 완전히 흩어내지 못하고 배트에 얻어맞은 야구공처럼 튕겨 나갔다.

"큭!"

내장이 흔들리는 것 같은 감각에도 고통보다는 고민을 느낀다. 큰일이군. 이 상황을 어떻게 해야 하지? 제니카만 해도 감당하기 힘든 수준의 상대인데 그 뒤에 200명의 마스터가 붙게 된다면 나는 잠시도 버티지 못한다. 하지만 그렇다고 해서 핸드린느와 손을 잡는 것도 웃기는 일이지 않은가? 애초에 그녀와 나의 목적은 극명하게 달라 타협할 수 없는 종류의 것. 아무리 위기 상황이라 해도 그걸 헤쳐 나가기 위해 힘을 합치는 상황 따위는 생길 수 없다. 그리고 그렇다면…….

"제니카."

"응, 왜?"

당장에라도 죽여 버릴 듯이 마력을 모으다가도 기다렸다는 듯 딱하고 멈춰 내 말을 기다린다. 이 녀석, 아직까지도 장난치는 분위기로군. 하지만 크게 개의치 않고 말한다.

"항복해. 지금 항복하면 네가 뭘 꾸미고 있었는지 묻지 않지."

"…뭐?"

황당하다는 시선에 어깨를 으쓱인다. 으음, 이상하게 들리나? 과연 그녀는 어이없다는 듯 말했다.

"와~ 당혹스러운데? 항복 선언도 아니고 권유라니. 난 사실 네가 포기하고 우리 편이 되기를 기다리고 있었는데."

"나도 그랬어. 대충 시간이나 끌면서 정보를 수집하고 그러면서 상황을 정리하려 했지."

말을 하며 다리안의 존재를 느끼려고 해보았지만 전혀 느껴지는 것이 없다. 이클립스의 효력이 계속되고 있는 건가? 대체 어떻게 해야 외차원의 연결을 완전히 끊어버릴 수 있는 건지 이해할 수 없지만 지금 중요한 게 그게 아닌 만큼 마력을 주위에 재배치해 마력장을 형성하고 전신세맥에 내공을 고르게 분배했다. 전신에서 뿜어지는 것은 강대한 기운. 카이더스에 맺혀 있는 것은 청색의 뇌강. 나름대로 위압적인 기세일 텐데도 제니카는 마주 웃을 뿐이다.

"헤에, 그럼 지금까지는 대충했다는 말?"

"대충하지는 않았어. 그냥 전력을 다하지 않았을 뿐이지."

팡!

말과 동시에 수직 상승! 그 갑작스러운 움직임에 제니카는 망설이지 않고 마력탄을 날렸지만 그것들은 내 몸에 닿지도 못한 채 스러진다. 애초에 내 항마력은 절대적인 수준이라 궁극 마법이 아닌 이상 넘을 수 없다! 내 정신에 빈틈이 생기지 않는 이상 제니카라고 해도 미리 준비하지 않은 즉석 주문으로는 내게 피해를 입힐 수 없는 것이다.

쾅!

"큭!"

하지만 그럼에도 후려치는 타격에 신음한다. 아, 제길. 궁극 마법을 너무 쉽게 쓰잖아! 준비되지 않은 주문은 통하지 않는다지만 저 녀석은 준비 시간이라는 게 지나칠 정도로 짧다. 하지만 그렇다고 해도 그 위력이 항마력에 약화된 것만은 틀림없는 사실. 나는 제니카의 공격에 신경 쓰지 않고 계속해서 상승했다.

쿠오오—

디스트로이어와 마스터들의 모습이 순식간에 멀어지는 것을 느끼며 생각한다. 그래, 대충하지는 않았다. 애초에 제니카 정도 되는 강적을 상대로 최선을 다하지 않을 수는 없는 일이니까.

"하지만 그럼에도 전력은 다하지 않았지."

언뜻 이상하게 들릴 수도 있는 말이다. 최선을 다했으되 전력을 다하지 않았다는 건 마치 말장난 같은 소리니까. 하지만 사실이니 어쩔 수 없지. 최선을 다했으되 전력을 다하지 않았다는 건, 말하자면 '실력 외'의 힘이 있다는 소리다.

흥.

멈춰 선다. 비행 시간은 약 1분으로, 그리 길지 않은 시간이었지만 그 1분 동안 날아온 게 글레이드론이라는 게 문제다. 이미 녀석의 비행 속도는 5분이면 지구 한 바퀴라도 돌 수 있을 정도로 빨라졌으니까.

"멀리도 왔군. 그럼 시작할까?"

[흥. 뭐, 그것도 좋겠지.]

팟! 하는 소리와 함께 내 등에서 떨어져 나와 본래의 모습을 되찾는 청색의 비룡.

"장비 4번."

카이더스를 귀환시킴과 동시에 속삭임이자 알타그라 중갑이 전신을 뒤덮는다. 그것은 모든 마력과 이능(異能)을 거절(拒絶)하는 신의 잔재. 좋군. 나는 중갑이 전신을 단단히 뒤덮는 걸 확인하고 바로 마력을 해방시켰다.

"마스터 스킬 발동."

원공진화력(元空進化力)!

쿠오오오—!!

어마어마한 마력의 폭풍과 함께 글레이드론의 모습이 변하기 시작한다. 거대하게 부푸는 몸과 한층 더 길게 늘어나는 뿔. 청색이었던 녀석의 비늘은 눈부신 백광(白光)을 뿜어내기 시작하고 길게 자라난 뿔에서 시작된 백색의 뇌전이 전신을 뒤덮는다.

파직, 파직, 파지직.

폭풍처럼 주변을 휘몰아치다가 천천히 갈무리가 시작되는 뇌전. 이런이런, 이 공간이 아니라 어디 도시 같은 곳에서 진화했으면 천문학적인 인명 피해가 났겠군. 배려를 모르는 힘이다.

후웅.

새하얀, 정말이지 머리끝부터 꼬리 끝까지 새하얀 백색의 비룡이 날아올랐다가 매끄럽게 몸을 틀어 내려온다. 녀석의 비늘 하나하나에 담긴 것은 나로서도 깜짝 놀랄 정도의 뇌전. 이미 저 몸은 물질이 아니다. 정말이지 마음만 먹으면 언제든지 광속으로 움직일 수 있는데다 분위기를 보아하니 육체의 일부분을 검기, 심지어는 강기로까지 전환조차 가능할 것 같다. 저런 게 날아다니면서 공격을 날리면 문자 그대로 재앙이겠지.

[푸하, 푸하하하!! 그렇군. 승천용왕(昇天龍王)인가! 하긴, 나에게 걸맞은 왕좌(王座)는 이것뿐이었지!]

환계에는 총 48개의 왕좌가 존재한다. 그것은 환계에서도 궁극에 도달한 이들만이 거머쥘 수 있는 영광된 옥좌(玉座). 하지만 실제로 그 자리에 오른 환수는 24개체뿐이라고 알고 있는데 오늘 여기 새로운 환왕이 탄생한 것이다. 아, 물론,

"그래 봐야 기간제지만."

[닥쳐!]

글레이드론은 갑자기 기분이 팍 상한 듯 신경질을 부렸지만 상황이 상황이니만큼 별 반항 없이 두 발로 내 몸을 단단히 잡았다. 그리고 가속!

[아, 젠장. 역시 무거워!]

"흠, 역시 이 상태에서 속도를 내기는 힘든가?"

[하아? 너 지금 내가 누구라고 생각하는 거냐?]

어이없다는 반응과 함께 떨어지기 시작한다. 점점, 점점 더 빨라지는 속도. 글레이드론은 그 거대한 날개를 펼쳐 처음 우리가 출발했던 위치로 돌진한다.

우웅―

미래의 나는 스스로를 수없이 긴 시간을 들여 방대한 지식을 습득하고 뼈를 깎는 수련으로 강대한 무예를 익혔다. 바라는 것은 오로지 극(極). 하지만 그럼에도 결과는 연속되는 실패뿐이었다. 그렇다. 도저히 도달할 수 없었던 것이다. 나는 모든 것에 능통하지만 그럼에도 하나의 궁극에는 도저히 미치지를 못했으니까.

하지만 그럼에도 멈추지 않는다.

더 이상 의미없음에도 계속해서 지식을 습득하고 진전이 없음에도 수련을 계속한다. 그래, 나는 재능이 없다. 하지만!

나는 올 마스터(All Master).

도달하지 못한다. 나는 도달하지 못한다! 하지만 그렇다면 먼발치에서 훔쳐보기만 해도 좋아!

모든 것에 통달한 자.

검의 극의(極意)에 도달하지 못했다. 그러나 무(武)를 향하는 모든 링크(Link)를 열어 그 경지를 재현(再現)한다. 마법의 궁극(窮極)에 도달하지 못했다. 그러나 법(法)으로 향하는 모든 길[道]을 통해 그 경지를 재현한다. 그래, 가능하다. 나에게는 [모든] [수단]이 있으니까. 그리고 그렇게 재현된 경지는 지고하다! 설사, 그 방식이 모방일 뿐이라 해도!

고오오오—

수없이 많은 술식이 피부 위로 내려앉는다. 머리에서는 차크라가 열려 세계와의 공명(共鳴)을 시작하고 상상을 초월하는 내공이 세포 하나하나에 자리 잡는다. 머리칼에 깃드는 정령들. 그리고 여기에 신성력으로 마무리하면 완성이지만 아쉽게도 신성력은 봉인되어 있는 상태군. 하지만 단지 이 정도만으로도 내 전투력은 경이적이다 싶을 정도로 늘어난다. 물론 나는 여전히 극이 아니다. 검강을 사용할 수 있지만 그것은 흉내일 뿐. 궁극 주문을 사용할 수 있지만 그것 역시 모방일 뿐. 만약 내가 검술로만 그랜드 마스터와 싸운다면 지겠지. 만약 마법으로만 대마법사를 상대해도 순식간에 쓰러지리라. 하지만 내가 재현하는 극이 열두 가지나 된다면 이야기는 전혀 다르다. 지금의 나는 예전 카이더스와 합공을 하고도 상대하기 힘들었던 게벨로크를 몇 분 안에 격살하는 게 가능하리라.

[큭큭, 아무리 내 주인이라지만, 이건 정말 괴물이군.]

"시끄럽구먼."

투덜거리며 전신에 힘을 모은다. 환왕의 자리에 올랐기 때문일까? 알타그라 중갑이라고 하는 육중한 짐을 들었음에도 그 속도는 오히려 더 빠르기까지 하다. 삽시간에 가까워져 시야 안에 들어오는 스타 디스트로이어. 나는 글레이드론에게 그대로 신호했고,

[때려부숴!]

백색의 비룡은 나를 내려놔 버리고 다시 날아오른다.

"뭐, 뭐야?"

"모두 막아! 뭔가 벌일 속셈이야!"

난데없이 날아드는 글레이드론의 모습에 혼비백산하며 온갖 방어 마법과 공격을 날리는 유저들. 하지만 겨우 그 정도로 알타그라 갑옷의 방어가 뚫릴 리 없다는 것을 아는 나는 아랑곳하지 않고 오른팔을 뒤로 깊숙이 당겨 내공을 운용한다.

"뇌정권(雷霆拳)."

허리와 어깨, 손목과 팔꿈치, 전부 다 스냅을 걸어 등 뒤까지 끌어당겼던 주먹을 내뻗는다.

"비오의(秘奧義)."

주먹을 내뻗는 속도가, 글레이드론에 의해 가속된 속도가, 스냅의 최고조, 주먹이 목표물에 닿는 시간, 그리고 팔이 내뻗어져 중갑의 막대한 무게가 전해지는 타이밍 전부가 완벽하게 일치된다. 그것은 문자 그대로 그림 같은 일격. 스스로 봐도 믿을 수 없을 정도로, 내 인생에 이렇게나 이상적으로 주먹을 휘두른 적이 있었나 싶은 완벽한 권로(拳路)가 그려진다.

굉뢰포(轟雷砲)!

거대한 충격파가 디스트로이어를 관통하고 지나간다. 쩍! 하는 소리와 함께 우그러지는 디스트로이어. 갑판 위에서 핸드런느를 공격하고 있던 마스터들은 그 막대한 충격을 이기지 못하고 튕겨 나간다. 하지만 튕겨 나간 이들은 그나마 내가 디스트로이어를 내려친 위치에서 좀 떨어져 있던 녀석들이지 비교적 가깝게 있던 녀석들은 튕겨 나가지도 못한 채 그 자리에서 쓰러져 버린다. 아마 내장 전부가 산산조각이 나서 다시는 일어나지 못하겠지.

"주, 죽었어. 카이트가 죽었어! 이런 젠장!!"

"밀레이온. 당신……!"

"젠장! 뭘 구경해?! 저놈부터 죽여!"

핸드런느를 집중 공격하고 있던 마스터들은 분노하며 내 쪽으로 칼자루를 돌린다. 쳇, 짐작은 했지만 역시 찜찜하군. 아무리 그래도 같은 편이라고 할 수 있었던 마스터를 죽이게 되다니. 하지만 이 상황에 적을 봐주면서 전투를 할 수는 없는 일이다. 마스터들은 절대 만만한 존재가 아니라서 정신을 똑바로 차리지 않으면 오히려 내가 당할 수 있으니까.

"장비 2번."

속삭임과 함께 알타그라 중갑이 사라지고 네 개의 클레이모어가 떠오른다. 검에 깃드는 것은 정명하고도 정명한 기운.

핑!

네 개의 클레이모어가 동시에 움직이지만 소리는 하나뿐이다. 마치 화살처럼 쏘아져 정확하게 적을 노리는 네 개의 검. 나를 공격하려 접근하던 마스터들은 깜짝 놀라 그것들을 쳐내려 했지만 사람의 손에 잡혀 있지 않은 검로(劍路)에는 형식이라는 게 없다. 마치 물고기처럼 매끄럽게 방어를 피해 심장을 뚫고 들어가는 사령검.

상황이 안 좋게 돌아간다고 느낀 것일까? 좀 전에 내가 하늘로 올라갔을 때 준비했다고 생각되는 제니카의 주문이 나를 노리고 하늘에서부터 떨어진다. 그것은 어지간한 주문은 모두 중화시켜 버리는 항마력으로도 견디지 못할 정도로 강대하며, 제대로 떨어지면 국가 한두 개 날려 버리는 것쯤 장난이라고 해도 좋을 정도의 궁극 주문. 피해야 한다. 저걸 그냥 맞는다는 것은 그다지 합리적이지 못한 선택. 하지만…….

"에일렌."

속삭인다. 그것은 그리우면서도 그리운 이름. 떠올린다. 그녀의 얼굴, 그녀의 목소리, 그리고 따뜻했던 추억들을.

키리릭, 철컥.

목걸이가 단숨에 확장해 전신을 뒤덮고 타이탄 자체에 담긴 마력이 가동되기 시작한다. 헬 하운드의 심장, 레비아탄의 뿔, 루인 포레스트의 눈, 썬더버드의 머리 깃털, 그리고 드래곤 하트(Dragon Heart).

거기에 담긴 힘은 엄청나다. 그건 문자 그대로 무진장(無盡藏)의 마력. 그 어마어마한 마력은 타이탄 자체의 방어력을 높임과 동시에 사용자의 마력 사용을 보조한다. 뭐, 지금의 내 마력도 거의 무한에 가깝기는 하지만 타이탄에 탑승한 상태에서의 나는…….

화악—!

타버린다. 머리 위로 떨어지던 그 강대한 주문이 내 몸에, 정확히는 타이탄에 접근조차 못하고 타버린 것이다.

"거짓말! 궁극 주문까지 중화된다고?!"

누군가의 비명 소리에도 아랑곳없이 단단히 땅을 딛고 선다. 마치 터져 버릴 듯 전신에 흐르는 힘. 좋군, 아주 좋아. 지금의 나라면 세상 누구에게도 지지 않을 것 같은 느낌이 든다. 그리고 거기에서!

[신기 강화.]

고오오오오―!!
　몸에서부터 뿜어지는 어마어마한 힘에 유저들이 접근조차 못하고 밀려난다. 내 타이탄의 진명은…….
　[기간테스(Gigantes)…….]
　과거 그 거인은 천상의 신들조차 두려워할 정도로 거대했다고 한다.
　"우, 우왁?! 뭐야, 저거?! 소, 손?"
　"말도 안 돼!"
　"뭘 보고 있어! 당장 떨쳐 내!"
　"하, 하지만 저걸 어떻게?!"
　오른팔을 들어 무언가를 잡는 시늉을 하자 차원의 틈이 열리고 거대한 손이 나타나 디스트로이어를 '잡는다'. 그 믿을 수 없는 광경에 비명을 지르는 유저들. 좋아, 이대로 끝내 버려야겠군.
　콰득!
　오른손에 힘을 주자 디스트로이어에 금이 가기 시작한다. 그리고 그 모습에 위기감을 느낀 것일까, 핸드린느를 상대하고 있던 유저들이 집중 공격을 시작한다.
　"꿰뚫어라!"
　트레스카의 손에 들려 있던 금색의 창이 나를 노리고 던져진다. 그 창의 이름은 궁니르(Gungnir). 일단 던져지면 빗나감이 없었다고 하는 전설의 창. 나는 정신을 집중하고 왼손을 들었다. 물론 그것은 궁니르를 막기 위해서였지만, 팟― 하는 느낌과 함께 궁니르는 허공에서 그 몸을 감추고…….
　콰득.
　한순간에 심장을 뚫고 들어온다.
　"큭?"
　신음한다. 뭐야, 이게? 아무리 제니카의 방해로 초월안의 성능이 떨어졌다고는 하지만 이렇게나 쉽게 맞아버리다니. 하지만 던지는 걸 보면서도 피할 수가 없었다. 한순간 저 금빛의 창은 틀림없이 이 세계에 '존재하지' 않았으니까. 이런 제길, 창이 날아오는데 그 과정이라는 게 없다니, 꽤나 골치 아픈 무기잖아? 하지만 다행히도 내가 입은 타격은 별로 크지 않다. 지금의 나는 타이탄에 탑승한 상태이기 때문에 궁니르가 내 심장을 파고든 깊이 역시 얕았던 것이다. 물론 깊다 해도 역의 문장이면 금세 회복되지만 그대로 놔두기에는 조금 곤란한 공격이군. 좋아, 그럼 본격적으로 싸워볼까!

[팔영분신(八影分身) 발동.]

속삭임과 동시에 마치 두 개의 거울을 마주한 듯 하나의 실체가 일곱 개의 허상을 만들어낸다. 물론 그것들은 틀림없는 진짜. 그리고 그렇게 여러 명의 나를 만들어낸 나는 생각을 정리했다.

미래의 나는 깨닫는다, 나라고 하는 존재는 모든 일에 능하지만 대신 어느 쪽으로도 극(極)에 다다르지 못한다는 사실을.

하지만 그러다 문득 생각한다.

모든 것에 대한 도달은 그 자체만으로도 궁극(窮極)이 될 수 있지 않을까?

[발동 개시, 암화(暗花).]

[위대한 맹세의 이름으로 명하노니… 행하라, 불사의 격노[Deathless Frenzy]!]

[라이오너(Lioner), 정령 융합(精靈融合).]

[목표 지정(目標指定).]

가속(加速)한다. 강화(强化)한다. 번개의 정령과 융합(融合)하여 한 줄기의 번개로 화하고 타깃을 설정하여 필중의 공격을 준비한다. 뿐만 아니라……

차르르르릉.

연주한다. 그것은 만물(萬物)의 언어(言語). 세계의 시스템을 침투하는 일종의 바이러스(Virus). 마법을 사용하려고 하던 마법사들은 주문이 완성되지 않자 당황하기 시작한다. 당연하다. 그것을 위한 연주였으니까! 그리고 그 상태에서!

"나는 묵시록의 대행자. 지금 하늘을 열어 그대들에게 절망을 안겨주노라. 숨죽여라, 그리고 절망하라. 그대들에게 닿는 것은 오직 절망뿐이나니."

주문을 영창하자 가만히 주문을 듣고 있던 마법사들이 기겁해 비명을 지른다.

"아, 아, 아포칼립스(Apocalypse)야! 막아! 저거, 궁극 주문이라구!!"

"저놈이 궁극 주문을 쓴다고?! 아, 아니, 이게 문제가 아니라 그걸 알면 주문 취소[Spell Counter]를 해야지!"

"익! 그걸 누가 몰라! 저 이상한 연주 때문에 스펠 카운터조차 안 외워진단 말이야! 빨리 가서 막으라고!"

주문이 영창되고 있다는 크게 당황하는 마스터들. 당연하다. 자신을 향해 고위 주문을 영창하는 마법사란 실로 두려운 존재니까. 실제로 나 역시 예전에 주문을 영창하는 게벨로크를 보고 절망을 느끼지 않았던가? 마법이라는 건 발동 시간이 문제지 일단 발동되고 나면 치명적인 피해를 입을 수밖에 없는 것이다. 현실을 비유해서 말하자면, 자신의 머리를 향해 총구를 겨누고 있는 사람을 볼 때의 기분이 지금 같겠지.

"우왓! 너무해! 좀 봐주면서 하지."

일곱의 분신 중 둘이 뛰어올라 공격을 퍼붓기 시작하자 투덜거리는 제니카. 하지만 둘이나 되는 타이탄의 공격이란 그녀 역시 무시할 수 없는지 연신 밀려나고 있다. 게다가 내 분신 중 하나는 그녀에게 목표 지정(目

標指定)을 걸어놓고 활을 쏘아대고 있었기 때문에 주문조차 쉽사리 완성하지 못한다. 어디 그뿐인가.
 [크하하하하! 어디 다 죽어봐라!]
 번쩍하는 느낌과 함께 글레이드론의 뿔에서부터 수십 방의 번개가 떨어진다. 번개를 맞고 하나둘 쓰러지는 유저들. 아주 신났군. 하지만 녀석도 파워를 조절해서 공격을 날리고 있었기 때문에 유저들이 쓰러지긴 하되 죽지는 않고 있었다. 그리고 그건 나도 마찬가지. 물론 급한 상황이라서 아예 아무도 안 죽이지는 못하고 있었지만 이왕이면 유저들을 죽이는 것보다는 혈도를 짚는다거나 기절시킨다거나 하는 방식으로 전투 불능에 빠뜨리는 쪽으로 상황을 끌어가고 있는 것이다.
 물론 이런 방식은 어리석다. 이렇게 쓰러뜨린 적들이 회복해 다시 덤비면 여러모로 곤란해지는 건 아무래도 내 쪽일 테니까. 하지만 나는 미치광이 살인자가 아니다. 하물며 이들은 어제만 해도 같은 적을 두고 함께 싸우던 동료라고 할 수 있는 이들이다. 아무리 배신했다고 해도, 괘씸하다고는 해도 닥치는 대로 다 죽이면서 싸울 수는 없었다.
 쩡!
 "꺅?!"
 근접 마스터 중 하나가 주문을 방해하기 위해 다가오다가 복부에 권격을 얻어맞고 쓰러져 버린다. 물론 녀석 역시 온갖 마법 아이템으로 몸을 도배하고 있었던 듯 반투명한 막 같은 게 몇 겹이나 떠올랐지만 애초에 권강(拳剛)을 사용하는 분신 앞에서는 다 소용없는 일. 그리고 그 순간 나 역시 주문의 영창을 마무리한다.
 "…그리하여 종말의 순간이 왔노라."
 주문이 완성되고 마력이 씨줄과 날줄이 되어 서로 얽힌다. 그 강대한 파동에 유저들은 기겁하며 물러섰지만, 내가 사용한 것은 궁극 주문. 결국 피하지 못하고 하나둘 쓰러지기 시작한다. 물론 죽은 것은 아니다. 아포칼립스는 영체 공격 주문이니까. 그것도 넓게 퍼뜨렸으니 저렇게 쓰러진 녀석들 모두 한동안 일어서지 못하겠지.

"맙… 소사!"

"말도 안 돼!"

싸움이 단숨에 소강상태로 접어든다. 왜냐하면 대부분의 마스터가 쓰러져 버린데다 알타그라 중갑의 막대한 무게를 실은 굉뢰포를 얻어맞는 바람에 디스트로이어 역시 괴멸적인 타격을 받았으니까.

"…뭐야, 저놈. 혼자 공격이랑 방어 다 하고 버프에 지원에 주문 사용에 방해까지 다 하고 있잖아?"

"게다가 환왕 급 소환수를 다루는 주제에 강기랑 궁극 마법을 쓰다니."

"뭐… 뭐, 저런 놈이 다 있어?"

황당해하는 유저들을 잠시 바라보다 핸드린느를 바라본다. 역시나 전투를 멈춘 채 내 쪽을 바라보고 있는 핸드린느. 설명은 길었지만 내가 유저들을 공격한 지 겨우 10여 초 정도의 시간이 지났을 뿐인데 그녀는 이미 어느 정도 재정비를 마친 상태다. 검게 타오르는 흑염에 둘러싸여 주변의 적들을 견제하는 핸드린느. 나는 이내 시선을 돌림과 동시에 그대로 손을 내저었다. 다시금 공간을 가르며 그 모습을 드러내는 거대한 손. 나는 그것을 조종해 내 분신 둘과 충돌하고 있는 제니카의 몸을 잡아챘다.

"어머나?"

뭔가 긴장감없는 소리를 내며 잡히는 제니카. 나는 깜짝 놀랐다. 물론 잡으려고 한 건 사실이지만 이렇게나 쉽게 잡히다니? 하지만 그녀가 순순히 잡혔다고 놀라고 있을 수는 없는 일이었기에 이번에는 왼손을 내밀어 소장을 향해 내밀었다.

"건방진 녀석이!"

순순히 잡힌 제니카와 다르게 소장은 내 팔을 강하게 쳐냈다. 대단한 힘이군. 하지만 출력만 높을 뿐이지 묘하게 어설프다. 단기간에 힘을 얻어서 그런지 수련이 부족한 것이다.

"뇌정권 비오의(雷霆拳 秘奧義)."

오른손을 뒤로 당기자 허공에 떠 있던 거대한 손이 수킬로미터 이동한다. 그리고 그대로 정권.

"극뢰(極雷)."

섬광이 번쩍이고 대기가 떨릴 정도의 굉음이 퍼져 나간다. 문자 그대로 도시 하나가 날아갈 만한 수준의 공격이었지만 원준은 그 공격을 피하지도, 흘리지도 않은 채 정면으로 막아낸다.

핑.

그리고 그 순간 팔영분신이 종료된다. 큰 기술을 마구잡이로 갈겨댄 걸 생각하면 꽤나 오래 버틴 셈이지만 여기서 끊겨 버리다니, 고약한 타이밍이군. 투덜거리면서 공간을 가로질러 기간테스의 공격을 막아낸 원준의 등 뒤로 파고든다. 극뢰를 날린 순간부터 준비하고 있던 공격이다.

쩡!

뇌강을 실어 공격했음에도 막힌다. 대단하군. 보통의 몸이 아니라는 건가? 수천 겹은 되어 보이는 프로텍트가 전신을 단단히 둘러싸고 있어서 어지간한 공격은 먹히지도 않는다. 마력 장벽이 하나도 아니고, 수없이 많은 층을 이루고 있기 때문에 마나 동결도 소용없다. 단지 문제가 있다면, 내가 휘두른 검이 사령검 이스갈드라는 것이다.

"천격(天擊), 폭쇄(暴碎)."

수억 볼트의 전격과 초고열의 폭염이 딜레이없이 터진다. 뇌강까지 얻어맞은 상태였던지라 단번에 절반까지 깎여 나가는 프로텍트. 그리고 거기에서······.

"독무(毒霧), 빙벽(氷壁)."

마력적으로 만들어져 방어 주문에도 침식해 들어가는 맹독을 푼 후 냉기를 구 형태로 쌓아올려 원준의 몸을 감싸 버린다.

쩍!

[네놈……!!]

물론 원준은 단번에 빙벽을 부수고 빠져나왔다. 이스갈드에 새겨진 주문이 하나같이 강력한 것은 사실이지만 어지간한 웜 급 드래곤을 뛰어넘는 육체와 마력을 지닌 원준을 격살할 정도는 아니었으니까. 하지만 애초부터 그 공격은 다음 공격을 펼칠 시간을 벌기 위한 포석이었을 뿐이다.

"관월아(貫月牙)."

카이더스가 마지막으로 남은 프로텍트를 깨부수며 원준의 가슴에 파고든다. 막대한 타격에 원준은 울컥, 하고 피를 토했지만 거기서도 공격은 끝난 게 아니어서 검에 담겨 있던 주문이 해방된다.

블레이드 오브 썬더 스톰(Blade of Thunder Storm).

"크아아아악!!"

신음하는 원준의 모습에 눈을 가늘게 뜬다. 안 죽어? 기량 자체는 저질이지만 신체 스펙은 끝내주잖아? 그렇다면 다시 이스갈드를 써서 마무리를……

"저기, 건영아. 나 너무 무방비로 방치하는 거 아니니?"

"이런 젠……."

순간 점멸(點滅)한다. 아마도 그 시간은 1초에서 3초 정도. 시야를 잃어버림은 물론 의식조차 정지한다. 정신을 차렸을 때 난 스타 디스트로이어의 갑판 위에 쓰러져 있었고 주위에는 수십 명의 마스터가 나를 향해 무기를 겨누고 있다. 타이탄은 이미 해제되어 있는 상태. 이런, 제대로 당했군. 타격이 커도 너무 크다. 소장 녀석이 생각보다 오래 버티는 바람에 틈을 보이고 말았다.

"맙소사, 날아간 머리를 재생했어?"

"사실상 즉사라는 개념이 없다는 말인가?"

질린 눈으로 나를 바라보고 있는 유저들의 모습에 시야와 의식이 일순간 끊겼던 이유가 뭔지 깨달았다. 제니카, 이 자식 내 머리를 날려 버린 모양이군. 한순간 뇌가 파괴되었기 때문에 의식이 끊겼던 것이다.

'위험했군.'

원래대로라면 죽어야 했다. 아무리 생명력이 900대에 들어섰다 해도 그것은 육체에 상상을 초월하는 강도와 탄성을 주었을 뿐, 죽어도 죽지 않는 불사성을 부여해 준 것은 아니다. 물론 생명력과 재생력이 강대한 만큼 현대 수준의 병기는 내가 가만히 있어도 상처를 입히지 못할 정도인데다가 사지가 뜯겨져 나가도 강대한 구속력(拘束力)으로 혈액과 살점을 몸에 되돌릴 수 있어 어지간해서는 죽지 않는 몸이지만 아무리 그래도 인체의 중추 기관이라고 할 수 있는 머리가 박살이 났는데 피해없이 복구해 내는 건 정상이 아니다. 하지만 그럼에도 난 부서진 머리를 복구해 낸 것이다.

합일불사(合一不死).

정신과 육체가 하나로 합쳐지나니, 그리하여 죽음조차 이를 비껴가리라. 그것은 불사신공이 궁극으로 추구하는 가르침이자 타이틀 불사신군(不死神君)의 효과이다. 그것은 드래곤 슬레이어와는 또 다른 방식의 부활 능력. 기본적으로 뇌(腦)란 생명체의 신경계를 통합하는 최고의 중추 기관으로, 컴퓨터로 치면 일종의 CPU와 비슷한 부분이라고 할 수 있다. 생명체는, 그리고 인간은 이게 파괴—그것도 산산조각으로—되면 도저히 살아남을 수 없다.

그건 비단 일반인만의 문제가 아니다. 마법사든 선천 능력자든 특이한 힘을 가진 능력자라 해도 일단 육신의 틀에 묶여 있는 이상 이건 피할 수 없는 페널티다. 만화 캐릭터처럼 팔이 잘려 나가도 순식간에 재생하는 게 가능한 능력자라 해도 머리가 부서지면 사망하거나 그에 준하는 타격을 입는다. 뇌라는 건 상상 이상으로 정밀한 기관인데다가 정보의 저장소이기 때문에 파괴되면 설사 재생이 가능하더라도 상당량의 기억이 손실되고 그 기능 역시 감당할 수 없을 정도로 다운되는 것이다. 물론, 재생 능력이 정말, 정~ 말, 도무지 생물이라 볼 수 없을 정도까지 뛰어나다면야 뇌에 가해진 충격 역시 어느 정도는 재생이 가능하다. 실제로 청월랑 같은 경우 키리에의 검격에 맞아 두개골이 부서지면서 뇌가 충격파에 노출되었지만 아무런 타격 없이 회복되었으니까. 아마 청월랑 정도쯤 되면 머리에 화살이 관통하고 지나가도 약간의 기억 혼동과 순간적인 능력치 하강이 있을지언정 그리 큰 타격은 입지 않을 것이다.

하지만 내 경우에는 그 수준조차 뛰어넘는다. 지금 제니카의 공격은 내 머리를 원자 단위까지 흩어버렸다. 하지만 그럼에도 난 내 머리를 불과 2~3초의 시간 만에 완전하게 재생해 버린 것이다.

합일불사(合一不死). 그것은 육체와 정신이 하나이면서 둘이요, 둘이면서 하나라는 깨달음으로, 이는 불교에서 말하는 불이(不二)의 지혜와도 일맥상통한다. 그것은 마치 고위 정령이나 신족들이 영혼에 정보를 저장하는 소울 레코딩(Soul Recording)과도 같은 능력. 하지만 마법도 아니고 무공으로 이러한 경지를 개척하다니, 정말 놀라운 일이다.

"제길, 이건 뭐, 마인 부우도 아니고!"
"다시 죽여! 설마 무한히 재생하지는 않겠지!"

포위 공격을 행하는 유저들의 공격을 일일이 쳐내며 몸의 상태를 확인한다. 좋아, 생명력이 상당히 떨어지기는 했지만 이 정도면 양호하다.

쿠구구.

고개를 들어 하늘을 바라보자 정면으로 맞붙고 있는 제니카와 핸드린느의 모습이 보인다. 아무래도 추가타를 날리려는 제니카를 핸드런느가 공격한 모양이다.

킹!

카이더스를 휘둘러 머리로 날아드는 화살을 쳐내고 이스갈드로 원형참을 날린다. 깔끔한 방어와 반격이었지만 주위에 있던 유저 전부가 뒤로 물러 피해 버린다. 쳇, 반식이기는 하지만 아무리 그래도 한 명도 안 걸리다니. 분명 나에 비해 단독 전투력이 떨어지기는 하지만 유저라는 것은 그 하나하나가 강력한 신기와 신체를 가진데다 수많은 전투를 경험한 베테랑 전사들이다.

쩌정!

좌우에서 쏟아지는 공격을 막아낸다. 그리 높은 수준의 공격은 아니다. 1:1이라면 순식간에 승리를 쟁취해 낼 수 있는 적들이지만 그 수가 다수라면 이야기는 전혀 달라진다. 모름지기 한 손이 열 손을 당할 수는 없는 법이기 때문이다.

푹.

황금색의 장창이 가슴팍에 박혀든다. 이런 제길. 이 창, 메커니즘이 대체 뭐야?! 느껴지지도 않고, 피할 수도 없다니! 초월안이나 되면 어떻게든 해볼 텐데, 제니카 녀석 때문에 노이즈만 잔뜩 끼고! 이를 갈며 창을 뽑아내고 역의 문장으로 육체를 복원시킨다. 그리고 손에 잡힌 황금의 장창을 부러뜨리려고 했지만 황금의 장창은 먼지처럼 흩어진다.

"또 회복시키다니… 대체 저 술법, 메커니즘이 뭐지?"

유저들의 뒤편에 서 있던 트레스카 녀석이 궁니르를 회수하며 이를 간다. 하지만 곤란하군. 신기의 '기능'에는 나조차도 파악 불가능한 것들이 다수 존재한다. 게다가 그들은 자신보다 강한 존재를 집단적으로 공격하는 데 매우 능했다.

피식!

"8클래스 주문이 딜레이없이 캔슬됐어. 이 자식… 항마가 900대가 넘는다."

"그게 말이 되냐… 고 말하고 싶지만 눈앞에 증거가 있으니 할 수 없군. 그럼 지금부터 녀석을 스페셜 보스 급 적으로 규정한다."

"레이드(Raid:온라인 게임에서 공격, 방어 등의 능력치가 높은 레벨의 몬스터나 특별한 목적을 이루는 대규모 사냥을 일컬음)로군. 재미있겠는데?"

그 순간 분위기가 변하는 것을 느낀다. 어, 어, 어라라? 이거, 위험해 보이는데? 깜짝 놀란 난 단번에 공간 이동을 해 포위망을 빠져나오려고 했지만 유저들의 반응 역시 만만치 않다.

"어딜 도망가! 스펠 카운터!"

"안티 텔레포트(Anti Teleport)!"

"Fixations!"

연속되는 주문과 함께 공간 이동을 방해하는 모든 방식의 방해 공작이 공간 좌표를 뒤틀고 뒤흔든다. 이로써 공간 이동은 불가능. 공간 이동을 할 수 있는 모든 수단이 차단된다. 그리고 정면으로 덤벼드는 은빛 기사.

쩍!

왼쪽 어깨를 내려찍은 강기가 타이탄의 외갑을 자르며 파고든다. 상황이 상황이니만큼 봐줄 수도 없어 단번에 자를 속셈이었지만 이내 포기하고 물러선다. 내 머리가 있던 자리에는 어느새 불꽃이 피어오르고 있다.

'내 항마력을 뚫었어……?'

그렇다는 건 그냥 마법이 아닌, 신기에 의한 공격이라는 말이지만 그 주인을 찾을 시간조차 없다. 내 주위로는 문자 그대로 셀 수조차 없을 정도의 공격이 몰아치고 있었기 때문인데, 문제는 그뿐만이 아니다. 어느새 유저들은 나를 효과적으로 상대하는 법을 깨닫고 시행하고 있는 것이다.

쩡!

 직접적으로 가해지는 공격은 대부분 신기에 의한 것. 높은 항마력과 생명력을 지닌 나지만, 아무리 그런 나라고 해도 신기에 의한 공격까지 무시할 수는 없다. 어느새 내 주위에 있는 것은 전원 타이탄 탑승자. 그 뒤에는 파워드 웨폰 사용자들이 진을 치고 있어 공격할 틈을 노리고 그 뒤로는 마법사와 신관들이 치료와 보조를 행한다. 이미 내 항마력에 대해 숙지했기 때문에 나에게 직접적으로 마법을 사용하는 이는 아무도 없다.

 촤악!

 뇌룡절(雷龍切). 매섭게 휘둘러진 뇌강이 타이탄의 머리를 부수고 지나간다. 순식간에 이루어진 일이라지만 역시 쉽지 않군. 차원을 갈라 단층을 만드는 강기 앞에서는 그 어떤 방어도 의미없는 일이라지만 핵폭탄을 직격으로 맞아도 무사한 타이탄을 부수려면 그만큼의 수고가 들게 마련이다.

 쾅!

 머리로 날아드는 화살을 피하지 못하고 얻어맞는다. 공격을 감지하지 못한 것은 아닌데 주위로 날아드는 공격이 너무 많아서 전부 다 피하지 못하고 개중 약해 보이는 공격을 맞은 것이다.

 웅—

 머리로 날아들던 손바닥 모양의 수공과 권기가 항마력과 충돌해 흩어진다. 밀종대수인과 백보신권. 물리력이 아니라 내공으로만 이루어진 공격이기에 항마력에 막혀 아무런 타격도 주지 못하고 사라져 버렸지만 연거푸 같은 공격이 반복되자 문제가 발생한다. 순수한 내공의 발현에 의해 이루어진 공격에 항마력이 깎여 나가기 시작한 것이다.

 '정말이지, 곤란하게 만드는군……!'

 물론 항마력이 깎인다고는 해도 치명적인 수준은 아니다. 강철같이 단련된 궁극의 항마력은 그리 간단히 깎여 나갈 정도로 만만한 수준이 아니니까. 하지만 그렇게 생각하며 원거리 공격들을 무시하는 내 머리 위로 푸른색의 기운이 일어나 거세게 충돌해 온다.

쩡!

"강기?!"

지금까지 끄떡없던 항마력이 단숨에 흔들리는 것을 느끼며 카이더스를 휘두른다. 내 앞에 서 있는 것은 푸르스름한 강기가 맺혀 있는 도를 들고 있는 흑의의 사내. 하지만 있을 수 없는 일이다. 내가 알기로 추가적으로 그랜드 마스터의 경지에 도달한 유저는 없다. 물론 가능성이 있는 유저는 있었다.

레이그란츠, 키리에, 청월랑, 넓게는 글레인이나 트레스카도 있다. 하지만 안타깝게도 일루젼의 서비스 기간은 고작 1년에 불과하다. 절대의 경지를 완성하기에는 절망적이다 싶을 정도로 모자란 시간인 것이다. 일루젼의 시스템은 유저의 재능을 강제적으로 각성시켜 빠른 시일 내에 높은 경지에 도달하게 만들었지만 오히려 그렇기 때문에 어느 선을 넘어설 수가 없다. 사실 일루젼의 시스템에서 나나 제니카는 상당히 예외적인 케이스인 것이다.

생각해 봐라. 딱 1년, 단지 그 1년 안에 이능에 대해 아무것도 아는 게 없던 일반인이 검강과 궁극 주문을 구사하는 초월자가 되었다. 아무리 집중된 훈련과 전투를 거쳤다고 해도 정도가 있어야지, 이건 있을 수 없는 일이다. 예전에는 잘 이해하지 못했지만 궁극의 경지에 도달한 지금은 그게 얼마나 어처구니없는 일인지 알고 있다. 한번 책을 내보는 것도 나쁘지 않을 것 같군. 「1년 만에 완성하는 검강」이라던가 「정령왕과 친해지는 방법」이라던가 「대마법사가 제일 쉬웠어요」 등등.

"이런, 딴생각을 할 정도로 여유있나?"

파직!

번개 모양의 검강이 항마력에 상쇄되어 사라진다. 사내의 손에 들린 것은 기묘한 모양의 도였는데 도신에 나락(奈落)이라는 글자가 써 있다.

"신기… 로군. 검강을 구현시킨 건가?"

"정확히 말하자면 검강이 아닌, 유월의 무위를 재현시킨 거지. 실존하는지도 안 하는지도 모르는 녀석인데 재현되는 걸 보면 확실히 신기하기는 하군. 뭐, 가오가이거를 부르는 녀석이 있는 시점에서 이미 쓸데없는 의문이지만."

"유월?"

"별로 메이저한 녀석은 아니라 모르겠지? 뭐, 어쨌든!"

불길한 느낌에 나락도를 들어 올리는 사내를 제압하려 하지만 사방에서 쏟아지는 공격들이 방해한다. 그리고 그렇게 내 손발이 묶인 상태에서 사내는 나락도를 휘두른다.

"받아봐라."

휘이이잉— 하고 죽음의 바람이 분다. 강기를 기본 베이스로 한 참격의 바람이다. 번쩍하며 번개 모양의 강기가 충돌하고 세침 같은 강기가 비처럼 쏟아진다. 파도가 몰아치고 거기에서 태양이 떠오른다. 그리고 거대한 용(龍) 모양의 강기가 휘몰아쳐 그 모든 강기를 삼켜 충돌해 온다.

고오오—!

검은색 구체가 떠오르고 그 안에 있는 모든 물질이 소멸된다. 강력하다 못해 파괴적인 기술이어서 스치기만 해도 복합 장갑이라도 가루가 될 정도였지만 그 공격은 내 몸에 닿지 못하고 스러진다.

푹.

"크… 윽, 제길. 모자란 건가? 하, 하지만 설마 이것마저 '안 닿을' 줄이야."

'크윽, 역시 후반 3결도 깨웠어야 하는데…….' 라는 알 수 없는 말을 중얼거리는 사내의 몸이 금빛 먼지로 화해 흩어진다. 섬전투법(閃電投法) 제4식, 철쇄아(鐵灑牙). 사내의 가슴에 파고들었던 단검이 코트 속으로 회수된다.

"…이런."

나는 그 이름 모를 사내의 공격을 맞지 않았다. 사실을 말하자면, 다른 유저들이 신기를 사용해 날리는 공격을 막기 급급했기 때문에 막을 여유가 없었다. 하지만 후회한다. 차라리 다른 유저들의 공격에 얻어맞더라도 지금 이 공격을 막아야 했다.

쿵!

내장이 진탕되는 고통에 이를 악문다. 물론 궁극의 재생력은 받은 타격을 순식간에 회복시켰지만 문제는 심각했다. 애초에 이 공격은 맞으면 안 되는 공격이었기 때문이다.

"오케이! 저 녀석 항마력이 700대까지 깎였어! 이제 7클래스 주문도 먹힌다!"

"아니, 근데 우리 중에 7클래스 이상 마법사도 그리 많지는 않은데!"

"걸린다는 게 중요하지! 망할 자식, 죽여 버리라고!"

그리고 그 순간 수없이 쏟아지던 공격에 마법이 추가된다. 물론 그중 광범위 파괴 주문은 없다. 대부분의 주문이 저주나 구속 주문. 그것들은 내게 직접적인 피해를 입히지는 않았지만 움직임을 방해해 싸움을 점점 더 어렵게 만들었다.

퍼벙!

이 경우 가랑비에 옷 젖는다는 표현이 어울릴까. 처음에는 접근도 못하던 공격들이 하나둘 방어를 뚫고 들어와 몸을 두들기기 시작한다. 그리고 그 틈을 타 파고드는 괴상한 형태의 타이탄.

위이잉!

"드릴? 이건 또 무슨 이상한……."

펑!

거대한 드릴을 내세우며 덤벼드는 타이탄을 쳐내려다 말려 들어간 오른팔이 통째로 날아가 버린다. 제길, 신기 중에서 방어에 특화한 게 바로 타이탄일 텐데 공격력이 이 지경이라니! 이를 갈며 역의 문장을 발동. 오른팔을 복원시켰다.

"또 나왔어?! 저 회복 기술, 정체가 뭐야?!"

황당해하는 유저의 머리통에 관월아를 날려 버리고 비틀거린다. 위험, 위험해. 역의 문장도 슬슬 한계다. 더 이상 역의 문장을 썼다가는 치유량보다 소모되는 힘의 크기가 더 커져 버리겠지. 어서 이 포위에서 빠져나가지 않으면……!

퍽!

황금의 장창이 어깨에 박히고 장법 한 방이 복부에 박혔지만 무시하고 몸을 날린다. 타격을 입더라도 일단 유저들과 거리를 벌려야 했기 때문이다. 하지만 내가 거리를 벌리려고 한다는 건 유저들 역시 익히 알고 있던 사실이다.

"…어?"

비틀거린다. 방금 전 장법을 얻어맞았던 복부에서 이질적인 기운이 느껴졌기 때문이다. 하지만 있을 수 없는 일이다. 나에게, 이 몸에게 통하는 독이라니.

"허허, 놀랐나? 멸천(滅天)이라고 한다네."

내 앞으로 2.5미터 정도 되는 거인이 떠오른다. 아니, 정확히 말하면 거인은 아니다. 그 거인의 정체는 갑주형 소환수를 입고 있는 노인. 그리고 그 팔에 깃들어 있는 녹색의 오오라는…….

"신… 기?"

"그렇다네. 허허허, 별게 다 있다는 생각이 들지 않나?"

그것은 다른 신기들처럼 유형의 형태를 가지지 않은 물건이다. 존재하는 것은 단지 흉험한 오오라뿐.

울컥.

피를 토한다. 몸 안에 침투한 맹독은 무시무시한 기세로 몸을 망가뜨리고 있다. 거대한 생명력을 가진 육체는 막대한 재생력으로 견뎌내려 했지만 이 정체도 알 수 없는 맹독은 오히려 그런 재생력에 기생해 더 활발히 날뛰는 것이다.

쾅!

정면으로 휘둘러지는 녹색의 장법을 후려쳐 튕겨내 버린 후 그대로 카이더스를 휘둘러 반격했지만 사방에서 쏟아지는 공격이 움직임을 방해한다. 그러나!

쩍!

카이더스에 얻어맞은 글레인의 몸이 거세게 튕겨 나간다. 그러나 그건 내가 기대한 결과가 아니다. 나는 '잘라' 내려고 한 것이다. 세상에, 저렇게나 튼튼하다니. 과연 최상급 소환수라는 건가? 글레이드론이 비행에 특화된 녀석이라면 저 녀석은 철저하게 [강도]가 높다. 하지만 강기를 얻어맞아도 금이 좀 가고 맞은 부위가 부서질 뿐, 버텨내다니, 대단한 수준인 것이다.

울컥.

하지만 그 순간 또다시 피를 토한다. 몸 상태는 문자 그대로 최악이라 해도 좋을 정도라 어디 가서 한 일주일쯤 정양하지 않으면 원상태로 회복하기 힘든 수준이었는데 안타깝게도 유저 녀석들은 날 쉬게 놔두지 않는다. 아니, 오히려 내 상태가 좋지 않다는 걸 깨닫고 집요하게 공격해 온다.

"잠시 신기 공격은 자제! 본신 공격으로 때리면서 힘을 모아! 다음 턴에 죽인다!"

"오옷! 나의 턴!"

"등신들! 여기 턴이 어디 있냐?!"

"이래서 카드 법사들은 안 된다니까! 애니메이션 그만 보고 스펠이라도 한 줄 더 외워라!"

격렬한 전투 중에서도 농담을 지껄이며 공격을 퍼붓는다. 언뜻 마구잡이 공격으로 보이지만 그건 완성에 가까운 진법(陳法)의 형태를 띠고 있다. 다크 녀석이 일루전에 풀어서 많은 사람들에게 공개했던 진법서들이 그 효과를 보고 있는 것이다. 일루전의 유저들은 항상 같은 파티(Party) 원들과 사냥을 하는 것이 아니라 그때그때 근처에 있는 유저들과 파티를 맺기 때문에 여러 상황에 따른 진법 정도는 전부 숙지하고 있다. 이렇게 같이 전투를 벌이다 보면 자연스레 그대로 움직이게 되는 것이다.

푹!

황금색 장창이 또다시 가슴팍을 파고든다. 그러나 지금까지와는 결과가 다르다. 지금의 나는 역의 문장을 발동시키지 못한 것이다.

"역시 횟수 제한이 있는 회복 능력이었군요. 사실 그 정도만 해도 충분히 사기적입니다만."

"트레스카……."

뭔가 말하려고 입을 여는 순간 온갖 무구들이 육체를 파고든다. 검, 창, 도끼, 거대한 손톱, 지팡이, 화살, 심지어는 낫이나 차크람 같은 기형 무기까지 그 종류도 다양하다.

푸욱, 푸욱!

불에 덴 듯 뜨겁다. 또 얼음이 파고든 듯 차갑기도 하다. 올 마스터의 경지에 이르러 신체가 완전(完全)해지면서 한동안 느껴보지 못했던 고통. 하지만 마냥 당하고 있을 수는 없었기에 라이오너를 뇌정신공의 힘에 융합시켜 주변에 전격을 뿜어냈다. 그리고 그것으로 내게 접근해 있던 대여섯 명의 유저들이 나가떨어졌지만 그것뿐, 포위가 풀리거나 하지는 않는다.

"쿨럭."

다시 피를 토한다. 사실 지금의 내 몸 상태는 단순히 피를 토하는 정도의 문제가 아니다. 마치 마족들의 바이러스처럼 마법의 영역과 생물학의 영역에 교묘하게 걸쳐 있는 이 맹독은 이미 온몸을 감염시켜 움직임을 막고 있었다. 쏟아지는 피와 살은 구속력으로 인해 몸 주위를 떠나지 않고 떠 있었지만 내 몸으로 들어와 하나가 되지는 못한다. 아무래도 신기 중에는 회복을 방해하는 저주 계열의 무기도 상당했던 모양이다.

움직이지 않는 팔과 다리, 내 부름에도 호응하지 않는 마력, 마치 산공독에라도 당한 것처럼 모이지 않는 내공. 그리고 그 순간 깨달았다. 이대로라면 죽는다. 확실하게 죽는다. 이것참, '곤란' 한 일이군.

"하하, 무시무시하군요. 이게 호환, 마마보다 무섭다는 집단 다구리입니까?"

"아직도 농담할 기운이 남았다니, 대단하군."

손가락 하나 움직이기 힘든 몸 상태에 피식거리며 웃자 퍽! 하고 글레인의 주먹이 명치를 후려친다. 그리고 그와 함께 다시금 주입되는 대량의 독. 물론 그건 필요없는 행위였다. 이미 이 몸은 최악의 상태다. 마력도 바닥, 내공은 말을 듣지 않고 차크라도 열리지 않는다. 이미 죽어가고 있는 몸에 굳이 신기까지 쓰다니. 하지만 글레인의 표정은 심각하다.

"왜… 이렇게 태연하지?"

굳은 그의 표정에 깨닫는다. 그렇구나. 이 강철같이 단련된 할아버지는 절망적인 순간에도 피식거리는 내 모습에 불길함을 느끼고 무리해서라도 신기를 한 번 더 사용한 것이다. 마치 내 머리가 날아갔다가도 살아났듯 뭔가 다른 수단을 쓸지도 모른다는 불안함을 느꼈기 때문. 보기보다 대단한 결단력이었지만 아쉽게도 나에 대한 정보가 너무 부족했다. 하긴 뭐, 난 별로 '죽은' 적이 없어서 정보를 듣기 힘들었겠지만 말이다.

"왜 이렇게 태연하냐라… 그야 죽을 생각이니 그렇지요."

"그게 무슨 소……."

"나 지금 내 모든 것을 바쳐 염원하나니… 열려라."

순간 홍— 하고 불길하기 짝이 없는 바람이 불었다. 그것은 지독한 열기를 품고 있는 지옥의 바람.

웅—

그리고 하늘 위에 거대한 문이 열린다. 그 크기는 직경 2킬로미터에 가깝다. 그 종(種)조차 파악할 수 없는 정도로 수많은 동물들의 뼈가 이리저리 얽혀 있는 지옥의 문. 그리고 그제야 내가 하려는 행위가 뭔지를 파악한 유저들의 표정에 경악이 어린다.

"저, 저거……!"

"서, 서, 서, 설마……?!"

"아, 안 돼. 모두 피해! 이 자식 생명력은 900대야!!"

유저들은 경악해 사방으로 흩어졌지만 이미 문은 열리고 있다.

끼이익—!

방어 불능, 회피 불능, 충격을 감소시키는 것도 불능, 영혼 이탈로 빠져나가는 것도 불능. 맞는 것이 분신이나 화신이라 하더라도 본체까지 타격받고 소환수라면 소환사까지 타격 입는다.

오오오오오—

내 얼굴에 조소가 떠오름과 동시에 하늘에서 적색의 문이 열린다. 그것은 목숨을 제물로 이루어지는 멸절(滅絕). 과거부터 현재까지 누구도 넘어서지 못한 일루전 최강기.

헬 게이트(Hell Gate).

"마, 말도 안 돼. 이, 이 크기는 뭐야?!"

"이 주변 전부가 범위라고?!"

유저들의 반응은 다양했다. 고속 이동으로 빠져나가려는 녀석, 나를 죽여 기술 발동을 멈추려는 녀석, 그리고 뭘 어떻게 해야 할지 몰라 당황하는 녀석들.

하지만 늦었다, 모두 늦었다.

"죽어라."

지옥의 문이 열린다. 그 안에서 일렁이는 것은 붉은, 그러면서도 어두운 불꽃. 대열지옥(大熱地獄. Pratapana)에서 불러낸 지옥염[Hell Fire]은 주위에 존재하는 모든 생명력을 깡그리 태워 버렸다. 준신[Demi God]의 경지에 도달한 육체를 제물로 바친 만큼 그 규모는 이루 말할 수가 없을 정도다. 어지간한 신적 존재가 막으려 들어도 치명적인 타격을 입으리라.

화르륵!

타오르는 불꽃, 그리고 그 광경을 마지막으로 잠시 의식이 종료된다.

*   *   *

"어머, 좀 더 힘내야지."

"너……!!"

거대한 어둠이 일어나 수십 개의 창으로 변해 제니카의 전신을 노리고 날아든다. 하지만 너무나 간단한 손짓만으로 그 전부를 막아낸다.

"나 지금 내 모든 것을 바쳐 염원하나니… 열려라."

그리고 그때 유저들 쪽, 그러니까 제니카의 시점에서는 뒤에서 후끈한 열풍이 불어온다. 열리는 것은 지옥의 문. 제니카와 핸드린느는 약속이라도 한 듯 전투를 멈추고 헬 게이트의 타격 범위 밖으로 이동했다.

오오오오오—

폭염이 거대한 폭포수처럼 쏟아지자 그 뛰어난 기동 능력을 가지고 있던 유저들조차 대부분 휩쓸린다. 모두들 길게 느꼈을지 모르지만 헬 게이트가 열려서 폭염을 쏟아내기까지 걸린 시간은 채 1초도 되지 않는다. 반면 그 폭염이 쏟아진 공간은 반경 20킬로미터 전부. 1초도 안 되는 시간 안에 그 타격 범위 밖으로 이동할 수 있는 건 유저 중에서도 정말 극소수뿐이다.

"멋진데."

헬 게이트에서 멀찌감치 거리를 벌리고 서서 쏟아지는 폭염의 모습을 바라보는 제니카의 손에는 어느새 은은하게 빛나는 백색의 꽃이 들려 있다. 거기서는 딱히 거대한 힘은 느껴지지 않는다. 아니, 어쩌면 단지 느끼지 못하는 것뿐일지도 모른다. 우물 안 개구리가 우주 전체의 크기를 가늠할 수는 없는 법이다.

"이리… 내놔!"

"어머나, 포기를 모르는 아이구나."

자신을 향해 덤벼드는 핸드린느를 향해 조소를 던지는 제니카. 그리고 그런 그녀를 향해 핸드린느는 도베라인을 휘둘렀지만,

퍽!

"까악?!"

그전에 그녀의 머리만 한 주먹이 그녀의 등을 내려찍는다.

[정말이지, 귀찮게 하는군.]

"감사해요, 소장님. 안 그래도 조금 힘들어지고 있었는데."

그렇게 말하며 손을 들어 비틀거리는 핸드린느의 머리에 손을 올린다.

우우웅—

폭풍처럼 몰아치는 마력에 놀란 핸드린느가 재빨리 몸을 피하려 했지

만 그녀의 몸은 원준이 단단히 포박하고 있다.
"지금 깨뜨리노라, 한숨 쉬는 십이월(十二月)의 창(窓)."
쩍!
그리고 그와 동시에 핸드런느의 전신에 깨어진 거울 같은 균열이 생겨난다.

*   *   *

살아난다.
"음~ 상쾌한 기분. 단번에 완전 회복이라니, 역시 이거 사기긴 하구나."
불과 10여 초 전과 전혀 다른 몸 상태에 휘파람을 부는데 백색으로 빛나는 비룡이 빛살처럼 날아서 옆으로 다가온다.
[괜찮나, 주인?]
"응. 오히려 네 녀석이 걱정이다."
아닌 게 아니라 녀석의 상태는 엉망진창이다. 거의 너덜너덜하다 해도 좋을 정도로 상처투성이의 몸과 눈에 띌 정도로 약해진 뇌전. 녀석은 이를 갈았다.
[망할 인간들, 망할 인간들, 망할 인간들……. 환왕이 되었는데 이 꼴이 될 줄은 생각도 못했어. 정말이지, 짜증이 솟구치는군. 하나하나가 너만큼의 괴물은 아니지만 숫자가 모이니 만만치 않다.]
"아, 그건 나도 뼈저리게 깨우친 상태."
농담이 아니라 포위당하면 정말이지 답이 없다. 한 명 한 명 빠짐없이 마스터 스킬을 지닌데다 강력 무쌍한 신기로 무장한 유저들은 결코 만만치 않은 것이다.

쩍!

"핸드린느?"

기묘한 마력 파동에 놀라 고개를 돌리자 15킬로미터 정도 떨어져 있는 곳에 있는 핸드린느의 모습이 확인된다. 이런, 결국 진 건가!

파짓!

공간을 뒤틀어 단번에 제니카의 앞으로 날아든다. 사실 별로 좋은 선택은 아니었다. 이런 식으로 좌표를 읽어 워프 방식으로 이동해 버리면 상위 능력자들은 미리 간파하고 좌표를 혼란시키거나 공격을 가함으로써 역공을 걸어버릴 수 있으니까. 지금 공격당하지 않은 건 문자 그대로 그들이 미처 그럴 생각을 못해서일 뿐이다.

[멍청한 주인, 방금 위험했다. 이 정도 거리라면 결국 내 비행 속도랑 별 차이도 없는데 위험을 무릅쓰다니.]

"미안, 깜빡했어."

이젠 거의 생각만 하는 것만으로 워프를 하는 게 가능하니 이런 사태가 벌어진다. 하지만 5킬로미터에 달하는 워프를 이렇게 쉽게 할 수 있다니, 공간 이동에는 약간 서투르던 나에게 그야말로 격세지감이 느껴지는 일이다. 블링크 슈즈는 최대로 저장시켜도 500미터밖에 이동하지 못하는데 말이다.

"……."

흠, 아무래도 블링크 슈즈는 슬슬 버려야겠다.

"어머, 밀레이온 왔어?"

웃는 얼굴로 반기는 제니카. 그러나 웃는 건 녀석뿐으로, 나머지 녀석들의 얼굴은 심각하다.

"헬 게이트를 쓰고도 살아 있다니… 농담이 심하군. 진짜 불사신이라는 건가?"

"목숨을 바치기 때문에 강력한 헬 게이트일 텐데…….."

"…괴물."

스타 디스트로이어는 헬 게이트의 범위 안에 있었기에 파괴되었고 결국 일반 유저 중에 남은 건 셋뿐이다. 트레스카와 글레인, 그리고 기억에 없는 여자 마법사 하나다. 20대 중후반으로 보이는 외모에 염색한 것으로 보이는—그런데 마법으로 한 건지 꽤나 자연스럽다. 근데 염색을 마법을 써서라도 해야 하나?—새하얀 백발, 그리고 붉은색 외투를 걸치고 있는 소녀. 무슨 만화 캐릭터 같은 모양새지만 저 여자 꽤 강력해 보이는군. 초급이긴 하지만 8클래스에 마법사에다 상위 카드법사로 보이는데? 아무래도 저 여자가 트레스카와 글레인을 데리고 헬 게이트의 범위 밖으로 빠져나온 모양이다.

쩍!

그리고 그때 멍하니 서 있던 핸드린느의 몸에서 다시금 이상한 소리가 들린다. 그리고 그와 함께 몸 전체로 퍼져 나가는 균열. 뭐, 뭐지, 저 마법은? 핸드린느의 몸이 마치 유리처럼 깨져 나가고 있잖아?

파스스.

그리고 사라진다. 그녀의 몸은 물론 옷까지 전부. 남은 것은 홀로 떠 있는 도베라인뿐이다.

"뭐?"

당황하는데 도베라인에서 거대한 마력이 뿜어진다.

쾅!

마력은 그대로 제니카를 후려쳤지만 제니카의 몸 주위에 둘러진 마력장에 막힌다. 그야말로 털끝만 한 피해도 입히지 못했지만 애초에 공격 자체가 목적이진 않은 듯 그대로 날아가 멀찍이에서 멈추는 도베라인. 혼자서 멋대로 움직이는 것이 마치 절정고수가 어검술을 쓰는 것 같은 모양새였지만 사용자는 어디에도 없다.

우우—

허공에서 멈춘 도베라인에서 흑색의 기운이 흘러나오더니 하나의 형상을 취한다.

"하아… 하아… 하아… 너……."

"핸드린느?"

힘겹게 숨을 몰아쉰다. 아무래도 제니카의 주문에 입은 타격이 큰 모양이었지만 그 순간 내 머릿속에는 한 가지 의문만이 강렬하게 떠오르고 있다.

애초에 왜 핸드린느가 '검 속에서' 나온다는 말인가?

"당연하지."

"당연하다고?"

내 의문에 제니카는 고개를 끄덕였다.

"애초부터 도베라인을 든 마족공이라는 자체가 웃기는 말이야. 애초에 핸드린느는 마족이 아닌걸."

"마족이… 아니다?"

"그래. 핸드린느는 마검 도베라인의 주인이 아냐. 그냥 마검 도베라인, 그 자체지."

이해할 수 없는 말이었지만 나 또한 천지간의 이치에 근접한 자. 이내 핸드린느와 도베라인에 연결된 라인을 보고 문득 깨닫는 바가 있었다.

"…검령(劍靈)?"

"빙고~"

즐거이 웃는 제니카의 모습을 핸드린느가 사납게 쏘아보고 있었지만 제니카는 아랑곳하지 않고 말을 이었다.

"옛날에 파니티리스에는 행성 전체의 모든 생명체를 멸하고 신드로이아를 깨우려는 천족과 마족들의 계획이 있었지. 그때 인간과 이종족들의 멸망을 막은 게 바로 시리우스 사의 사장인 초천사 시리우스야. 그때 시리우스는 한 자루의 신도(神刀)와 한 자루의 마검(魔劍)을 가지고 있었는데, 그게 바로 사신도(四神刀)와 도베라인이지."

들어본 적 있는 이야기다. 저 도베라인이 일루젼의 사장이 쓰던 검이라는 것, 그리고 그중 사신도는 폭주하는 파니티리스의 신드로이아를 봉인시키는 데 사용되었고 도베라인은 그 공간에 같이 들어갔다. 그리고 어쩐 일인지 그 중 도베라인만 빠져나와 마계로 흘러들어 갔다.

"그럼 설마……."

"그래, 맞아. 도베라인은 누구도 손에 넣지 못했어. 왜냐하면 도베라인은 너무나 강한 마검인걸. 마왕조차 손에 넣기 힘들지. 그때 시리우스가 가서 회수했으면 간단히 끝날 문제였겠지만 에덴(Eden)에 발이 묶여 있는 시리우스는 그러지 않았어. 그래서 도베라인에 깃든 검령은 깨달아 버렸지. 자신이 홀로 남겨졌……."

"그만!"

제니카의 말을 끊는다. 마치 주파수 맞지 않는 TV화면처럼 지직거리는 몸을 부여잡고 있는 핸드린느의 눈동자는 크게 흔들리고 있다.

"너… 대체 어떻게……."

"그야 들었지. 그때 상황에 상당히 깊게 관련했던 마왕님이 내 계약자인지라."

"권형준, 그 녀석……."

핸드린느의 눈꼬리가 분노로 파르르 떨린다. 그러나 지금 그녀가 할 수 있는 것은 아무것도 없는 상태. 그리고 그때 뒤에 떠 있던 원준이 다가선다.

"언제까지 놀고 있을 거지?"

"에, 좀 망설여져서. 건영이 우리 편으로 하면 안 돼요?"
 "미쳤군. 저 녀석이 우리에게 끼친 피해가 얼마나 막대한지 잊은 거냐?"
 "하긴. 그럼 죽여야 하나?"
 그렇게 말하며 싱글싱글 웃는 눈은 서늘하게 가라앉아 있다. 표정도, 말도 장난기가 가득했지만 나는 안다. 저건 농담도 경고도 아니다. 어디까지나 그녀는 진심인 것이다.
 웅.
 마력이 달린다. 내공이 차오르고 차크라가 공명하기 시작한다. 다행히 드래곤 슬레이어 타이틀의 영향으로 몸 상태는 최상이다. 좋아. 제니카에 다른 마스터까지 적이라고는 하지만 이 전투 충분히 승산 있다. 하지만 승리를 자신하는 것은 나뿐이 아닌 모양인 듯 제니카는 환하게 웃으며,
 "뭐, 어쨌든 그렇게 됐으니 미안하지만……."
 지팡이를 들어 내게 겨눈다.
 "이제 그만 죽어."
 뇌정신보(雷霆神步). 질풍신뢰(疾風迅雷).
 한줄기 벼락처럼 내달리는 내 뺨 위로 굳게 응축된 마력이 스쳐 지나간다. 기본적으로 이미 발동된 마법이라는 건, 그것이 제니카 정도의 대마법사가 쓴 마법이라는 건 회피를 허용할 만큼 만만한 수준이 아니지만 난 신속의 질주로 그것을 피해낸 것이다.
 파직!
 날카롭게 휘둘러지는 검식은 뇌룡절. 그러나 그 앞으로 은은한 녹광이 깃든 갑주의 권사가 끼어든다.
 쩡!
 우위는 단번에 드러난다. 글레인은 물론 뛰어난 실력을 가진 권사이지만 굳이 능력치나 내공의 차이가 아니더라도 그 상대가 나라면 무에 대

한 이해와 깨달음의 격차가 너무나 심하게 벌어진다. 그야말로 1합이면 처리가 가능할 정도. 하지만 글레인은 애초부터 날 이길 생각이 없었고, 더군다나 적은 한 명도 아니다.

"스펠 카드 오픈(Spell Card Open)! 108검 연속 층사!"

두두두두두!

"이건 또 뭐야!"

떠오른 카드와 함께 수십 개의 검이 마치 소나기처럼 쏟아지기 시작한다. 검을 날리다니, 이건 또 어디 방식이야! 내가 카이더스를 부채꼴로 휘둘러 모조리 튕겨내는데 붉은 코트의 여인은 오른손을 들어 올린다.

"아쳐!"

[조심해라, 주인.]

주인과 대충 비슷한 복장에 비슷한 스타일을 가진 환워령이 연기처럼 스러지는가 싶더니, 한 장의 카드로 변한다. 카드? 신기가 카드라고?

"I am the bone of my sword……."

뭔가 위험하다는 예감에 막으려고 했지만 그녀가 주문을 외우기 시작한 것과 트레스카의 궁니르가 날아든 건 거의 동시였다. 그나마 다행인 건 이번엔 궁니르가 관통되는 사태는 피할 수 있었다는 것이다. 그렇군. 궁니르라고는 하지만 저게 진짜로 북유럽 신화에 나오는 주신 오딘(Odin)이 사용하던 무기는 아니다. 그것은 단지 트레스카의 기원과 소망을 받아들여 만들어진 환상의 무구이며 거기에 담긴 '기능'은 [과정의 생략], 즉 창을 던짐과 동시에 목적지에 도착하는 것이다. 공간 이동을 한다거나 하는 그런 간단한 개념이 아니기 때문에 창의 존재를 인지하는 것도, 방어벽을 세워 막아내는 것도 불가능하지만 트레스카가 창을 던지는 모션을 확인함으로써 공격이 날아드는 타이밍을 파악할 수 있다. 그 사기적인 성능에 비해 사용 횟수가 지나치게 많다고 생각했는데 이런 약점이 있었군.

"에일렌."

빠르게 물러서며 중얼거리자 은빛 갑주가 전신을 뒤덮는다.

콰릉!

다시 덤벼들었던 글레인이 권격과 함께 쏟아진 뇌력에 새까맣게 타 떨어져 나간다. 그들은 내 상대가 될 수 없다. 완전히 무시해 버릴 정도는 아니지만 그들과 나 사이에는 분명한 격차가 존재했으니까. 거기에 타이탄까지 꺼낸 이상 그들은 정말 내 상대가 될 수 없다. 지금의 나에게는 그들이 사용하는 그 어떤 공격도 먹히지 않으니까. 신기 궁니르도, 그리고 저 빨간 옷의 여마법사가 외우는 주문도 걱정되지 않는다. 지금의 나는 궁극 주문조차 상쇄가 가능한 존재다. 일루전의 시스템을 확실하게 넘어선 존재. 그러나… 그런 존재는 나 하나뿐이 아니었다.

"메티스, 초월 모드 기동."

[주인님의 뜻대로.]

청색의 거대한 다이아가 나타나더니 그대로 제니카의 스태프 위쪽에 장착된다. 그리고 몰아치기 시작하는 끔찍할 정도의 마력!!

쩡!

글레이드론의 가속을 이용해 달려들었지만 원준의 주먹에 막힌다. 시간을 끌면 위험할 거라는 계산에 카이더스와 이스갈드를 번갈아 사용해 전력으로 몰아쳤지만 놀랍게도 원준은 일부의 공격을 막아내고, 나머지는 그냥 얻어맞으면서 묵묵히 견딘다. 다른 이들은 몰라도 이 소장만큼은 절대 금방 처리할 수 있는 수준이 아니었던 것이다. 그리고 그 순간 제니카의 주문이 완료된다.

"포기하고 주저앉아라, 절망(絶望)하는 13월의 낙인(烙印)."

"컥?!"

무지막지한 통증과 함께 단번에 온몸을 뒤덮고 있던 타이탄이 사라져 버린다. 실로 믿을 수 없는 일이다. 기간테스에 탑승한 내게는 궁극 주문조차 '닿지' 않을 정도인데 이렇게나 간단히 당하다니? 게다가 이제 막 현현된 신기를 무효화시키는 건 일루전의 [시스템]에조차 영향을 줄 정도의 권능을 행사했다는 말이다. 이건 마치 정신 계열 주문에 면역이라 할 수 있는 유저들에게 정신 공격을 가했던 형준처럼… 그래, 마치 마왕처럼…….

"…뭐?"

그리고 그러다 깨닫는다. 이런 일이 가능한 마법이라는 것은…….

"클래스 텐(Class Ten)……."

"무장 해제(武裝解除)라고 불리는데, 꽤나 재미있지? 하위 클래스에도 있는 주문이지만 이건 그 격이 다르지. 뭐, 지금의 너라면 충분히 실감하고 있겠지만 말이야."

[주, 주인, 이건 대체…….]

"음……."

마력이 움직이지 않는다. 전신에 충만히 들어차 있는 내공도, 차크라도 꿈쩍하지 않는다. 지금의 난 실이 끊어진 마리오네트나 다름없다. 그 어떤 움직임도 취할 수 없고, 그 어떤 이능도 발휘하는 것이 불가능하다.

"우와, 대마법사라는 건 알고 있었지만, 아무리 그래도 텐 클래스라니."

[흥, 그런 건 어찌 됐든 상관없어. 어쨌든 이것으로 방해꾼이 다 사라졌으니 원래 목적을 이룰 때지.]

"…남았는데."

[응?]

내게 당했던 부상을 재생시키던 원준은 거의 중얼거리는 듯한 제니카의 목소리를 듣지 못한 듯 의아한 표정을 지었다. 그리고 그런 그를 향해 제니카는 말했다.

"방해꾼이라면… 아직 좀 더 남았는데."

[네 이놈, 한석구. 설마 배…….]

순간 마법진이 일어나 원준의 몸을 감쌌다. 원준은 이에 마력을 방출하며 저항했지만 마법진은 아랑곳하지 않고 단번에 그의 몸을 움켜쥐더니 사라져 버렸다. 공간 좌표를 이용하는 전이 마법은 마력 방출에 노출되면 제 기능을 발휘하지 못하는 게 상식일 텐데도 저 마법은 그런 상식을 가볍게 무시한 것이다.

"제, 제니카 씨? 대체 무슨 짓을!"

"너, 대체 무슨 짓을……."

"제니카?!"

경악과 함께 집어넣었던 무기를 다시 꺼내며 전투 태세를 취하는 유저들. 그러나 제니카 쪽이 한발 더 빨랐다.

"트레스카 씨, 글레인 씨, 아챠코 양."

씩, 하고 웃으며 선고한다.

"죽으세요."

그것은 한순간에 벌어진 일이었다. 비명조차 없이 유저들의 몸이 먼지로 흩어지기 시작한 것이다. 그것은 부활의 여지조차 없는 실로 깔끔한 죽음. 어느새 주위에 있는 존재는 여전히 가동하고 있는 신기 메티스를 들고 있는 제니카와 자신의 형상을 유지하는 것조차 고통스러워 보이는 핸드린느, 그리고 그 어떤 움직임도 취할 수 없는 나뿐이다.

"제니카, 너……."

"설마 왜 아군을 해치웠냐는 질문을 할 생각은 아니겠지? 똑똑한 주제에."

"……."

깨닫는다. 그렇군. 이 자식 처음부터 신드로이아를 남들과 나눌 생각이 없었어. 생각해 보면 애초에 신드로이아라는 것 자체가 누구와 나누어 가질 수 있는 종류의 물건이 아니다. 오히려 동료들을 어떻게 설득시켰는지가 더 의문일 정도인 것이다.

응—

제니카의 가벼운 손짓에 따라 오므려 있던 꽃잎이 개화한다. 여유있는 표정. 나는 물었다.

"소장은 어떻게 한 거지?"

"죽이지는 않았어. 소장님이 죽으면 이클립스가 중단돼서 핸드린느가 잡아먹은 신들과의 연결을 되찾거든."

"신들과의 링크라고?"

이해할 수 없는 말에 묻자 제니카는 고개를 끄덕였다.

"그래. 아는지 모르겠지만 도베라인에는 세 개의 기능이 있어. 하나는 봉신(封神)의 권능이고, 또 하나는 허공(虛空)의 권능, 그리고 마지막이 네가 많이 경험한 암흑 지배(暗黑支配)의 권능이지."

"…잠깐, 봉신?"

황당해한다. 신을 봉인한다는 말인가? 하지만 이클립스의 효력으로 힘을 잃어버리는 걸 보아하니 내부에 흡수하는 건 아닌 것 같은데.

"신들을 하나도 아니고 다수를 삼키는데 자신의 안에 넣을 리가 있겠어? 봉인하는 장소는 외계에 있는 폐쇄 차원 비슷한 곳이야. 그래서 이런 식으로 끊어버리는 게 가능한 거지."

"그럼 소장은 단순히 방해만 못하도록 공간 이동시켰다는 거군. 하지만 그도 가진 마력이 많으니 우리 쪽을 감지할 수 있을 텐데."

아무리 소장이 능력 사용에 서투르다고 해도 그가 가진 힘은 보통이 아니다. 게다가 마스터에는 도달하지 못했더라도 그는 일루젼에서 마법사였던 존재니 나처럼 완전히 제압하거나 이차원으로 날린다면 모를까, 저렇게 단순히 날려 버리면 금방 돌아와 버리는 것이다.

"어머, 그래도 오려면 꽤 걸릴걸?"

"왜?"

"그야 내가 공간 이동시킨 거리가 3억 킬로미터니까~☆"

"……."

황당해한다. 며, 몇 킬로미터? 하지만 그런 건 아무런 상관없다는 듯 핸드린느가 고개를 들어 올린다. 그녀의 몸은 여전히 고장 난 TV처럼 지직거리고 있다. 나와 마찬가지로 전투를 벌이기에는 무리인 상태다.

"뭐, 어쨌든 방해자도 없으니 이제 슬슬 해볼까?"

빙긋 웃는 그녀를 나도, 핸드린느도 단지 바라보기만 할 뿐, 어떠한 방해도 하지 못한다. 태연스레 움직여 신드로이아 앞으로 다가서는 제니카. 그리고 그 모습에 핸드린느의 표정이 굳는다.

"…안 돼."

씹어 삼키는 것 같은 목소리가 주변 공간을 잠식해 들어간다. 별다른 힘이 실려 있지 않았음에도 보통 사람이라면 공포에 주저앉아 버려도 이상하지 않을 정도. 하지만 그 소리에도 상관없이 제니카는 신드로이아의 꽃봉오리를 잡아 그대로, 그대로…….

"꿀꺽."

삼켜 버렸다.

"……!!"

경직된다. 그리고 숨소리조차 내지 못한 채 그녀의 모습을 바라보았다. 사, 삼켰다고? 저 전능(全能)의 꽃을, 세계를 세계이게 하는, 그 꽃잎 하나로도 능히 온 우주를 파괴할 수 있는 저 꽃을 삼켜?

"너… 너어!!!!!!!!!"

핸드린느에게서 폭풍 같은 살기가 휘몰아친다. 단지 마주하는 것만으로도 심장이 멎어버릴 것만 같은 살기. 하지만 그 기운은 이내 사그라진다. 왜냐하면 제니카가 도베라인을 잡아 들었기 때문이다.

"아, 정말 너무 시끄럽다. 잠깐 들어가 있어."

 말과 동시에 핸드린느의 몸이 검은 연기로 변해 도베라인 안으로 빨려 들어 간다. 그야말로 황당하기 짝이 없는 광경. 아, 아니, 단지 도베라인을 잡고 있는 것만으로 핸드린느를 마음대로 움직이다니. 도베라인은 물론 핸드린느의 본체지만 애초에 도베라인은 평범한 마검이 아니고 핸드린느도 평범한 검령이 아니다. 도베라인은 강대하고도 강대한 어둠, 그 자체로서 수많은 신들을 집어삼킨 마검 중의 마검. 그리고 핸드린느는 도베라인과 전혀 별개의 독자적인 힘만으로도 멸성의 대공이라고 불리는 존재다. 단지 도베라인을 손에 넣었다고 해서 핸드린느에게까지 간섭한다는 건 그랜드 마스터가 아니라 어지간한 신 급의 존재라고 해도 불가능한 것이다. 그리고 그녀가 그런 일을 아무렇지도 않게 해냈다는 건…….

"이제야 단둘이 됐네. 안 그래, 건영아?"

"……."

 그녀가 이미 신드로이아의 권능을 어느 정도 손에 넣었다는 말이다.

"으음~ 이상한 표정. 무슨 문제라도 있는 거야?"

"문제라…….''

 문제라면 물론 있다. 아니, 정확히 말하면 바로 이 상황 자체가 문제지. 애초에 신드로이아를 삼켜서 그 권능을 일부나마 사용할 수 있다는 게 상식적으로 말이 되는 소리인가? '저' 핸드린느조차 신드로이아에 접촉하는 걸 극도로 조심하고 있었는데 그걸 들어서, 삼켜서, 그래서 그 권능을 쓰다니. 신드로이아가 뭐 산속에 굴러다니는 만년삼왕 같은 건 줄 아나? 하지만 실제로 제니카의 기운은 점점 희미해지고 있다. 그것도 약해진다는 게 아니라 점점 내 감지 능력을 벗어나고 있는 상황. 그녀는 이 상황 자체가 즐거운 듯 웃고 있다가 다시금 입을 열어 말했다.

"음, 별로 지금 필요한 말 같지는 않지만… 너, 연구소에서 인체 실험을 하고 있었다는 사실을 알아?"

"전혀 몰랐다고 하면 거짓말이겠지. 칼스 녀석만 해도 그 결과물 중의 하나고."

연구소가 결코 선인들의 집단이 아니라는 사실쯤 과거 납치당해 교육을 받을 때부터 뼈저리게 느꼈고, 연구소에서 일을 하면서도 계속해서 자각해 오던 일이다. 애초에 연구소가 현대 문명 이상의 기술력을 가질 수 있었던 것도 모두 그 잔혹성 때문이었으니까. 과학적인 이론들은 정립되어 있지만 도덕, 윤리 등의 이유로 시행할 수 없었던 모든 '기술적인 문제'들이 연구소 안에서는 공공연히 행해졌던 것이다.

뭐, 그렇다곤 해도 신과 마족이 등장하고 있는 지금에 와서 인체 실험 정도는 별로 놀랍지 않은 일. 더군다나 연구소는 지금 소멸했다고 해도 과언이 아닌 상태니 이제 와서 그 문제를 들추는 것 역시 의미없는 일이 아닌가. 하지만 그런 상황에서 제니카는 전혀 뜻밖의 말을 꺼냈다.

"한데 말이야. 사실은 나도 그 연구소의 작품이거든?"

"…뭐?"

"예전에 한번 말했잖아, 나 초능력자라고. 나는 연구소에서 만들어진 실험체 중 하나로, 코드명은 멀린(Merlin). 능력은 전자 제어… 아니, 이렇게 말하면 길어지려나? 그냥 인공 천재 정도라고 생각하면 되겠지."

말도 안 되는 소리를 하면서도 싱글벙글하기만 한 그녀의 표정에 머릿속이 멍해지는 것을 느낀다. 뭐, 뭐라고? 실험체? 멀린?

"무슨 소리를 하는 거야? 너는 분명 국방부 장관의 숨겨놓은 아들이라고 알고 있었는데. 분명 이름이……."

"당연히 가짜 신분이지. 나를 만들어냈던 '아버지'께서 그 쪽에 선이 닿아 있었거든. 녀석을 죽여 연구소 내에 자리를 잡은 다음 교섭 좀 해서 만들어냈고."

"하, 하지만 내가 널 만났을 때부터 이미 넌 그 신분을 가진 상태였는데?"

"그야 그땐 이미 내가 연구소 내에 자리를 잡고 안정화까지 시킨 다음이었으니까. 너를 만난 건 '아버지'를 죽인 지 2년쯤 지난 뒤였고."

"뭐?"

황당함에 입을 다물지 못한다. 맙소사, 나를 만났을 때 녀석은 겨우 10살에 불과했다. 그렇다는 건 이미 8살 때 자신의 창조자를 해치우고 세력을 만들어서 연구소를 장악했다는 말인가. 게다가 더 무서운 건, 녀석과 10년이 넘게 생활한 나조차 그걸 전혀 몰랐다는 것이다. 성별이야… 그래, 내가 무관심해서 착각하고 있을 수도 있겠지. 하지만 연구소 내의 세력 분포라면 나 역시 촉각을 세우고 있던 문제다. 그런데 그런 내가 전혀 몰랐을 정도라는 건…….

하지만 내가 충격에 빠져 있을 때에도 그녀의 이야기는 끝나지 않은 상태. 아니, 사실은 시작이라고 해도 좋을 정도였다.

"하지만 연구소를 장악하고 1급 기밀까지 모두 접하게 된 이후 나는 치명적인 문제가 있다는 걸 깨달았어."

"치명적인 문제?"

"응. 여기서 이론을 다 설명하기는 힘들지만… '나'라고 하는 존재의 이해력, 기억력, 상상력… 뭐, 그런 것들은 뇌를 상당히 혹사시키는 시스템이라 오래 살기 힘들다는 문제를 깨달은 거야."

"……."

"이해가 가? 난 태어나기 전부터 결정되어 있던 거지. 이 '제품'의 수명은 25년입니다아~"

환하게 웃으며 말하는 녀석의 목소리에 대꾸조차 하지 못한다. 녀석이 올해로 몇 살이었지? 아니, 고민할 필요도 없다. 녀석은 나랑 동갑이니까. 그리고 그렇다면 녀석의 나이는 올해로 25살. 저 녀석은 올해 자신이 죽을 거라는 사실을 15년 전부터 알고 살아왔다는 말이다. 하지만 그건 마치… 카운트다운 같은 삶이 아닌가?

"아니, 잠깐."

하지만 난 그 순간 깨달았다. 왜냐하면 난 녀석이 어떠한 종류의 인간인지 알고 있었으니까. 그렇기에 묻는다.

"그래서 어쩌려고 했지?"

"응? 뭐가?"

"네가 죽기 전에 행복한 추억을 만들고 곱게 죽을 위인이 아니니까. 무슨 짓을 하려고 했어?"

"우와, 사람을 대놓고 매도하다니. 별생각 없었어. 그냥 핵이나 몇 개 터뜨리려고 했지."

"충분히 나빠!!"

아니, 그보다 그건 전 세계 급 재앙이잖아?! 어쩌 마족들이 쳐들어오지 않았어도 지구는 참 여러모로 힘들 곳이었을 거라는 생각을 하는데 녀석이 다시 말한다.

"뭐, 그래도 일루젼이 나오면서 생각이 바뀌었어."

"일루젼 때문에?"

"응. 일루젼에서 가능성을 봤으니까. 상상이 가? 세상에, 신들의 존재를 확인하는 그 순간의 기쁨이라니! 그때 나는 생각했지."

후웅— 하는 느낌과 함께 그녀의 주위로 '세계', 그 자체가 일렁이기 시작한다. 그것은 마치 몸의 일부분을 움직이듯 자연스럽기까지 한 동작. 그녀는 말했다.

"좋아. 그렇다면 차라리 신이 되는 게 어떨까? 어차피 인간도 아닌 인간도 아닌 어중간한 실험체라면, 차라리 절대적인 존재가 되어서 세상을 주무르는 것은?"

"너……."

"솔직히 이렇게까지 잘될 줄은 몰랐어. 물론 이런저런 변수들이 안 끼어든 건 아니지만 결과적으로 모든 게 '계획대로'라는 느낌이랄까?"

화사하게 웃음 짓는 그녀의 기운을 이제는 전혀 느낄 수 없다. 대체 무슨 수를 쓴 것인지, 그녀는 점점 '세계, 그 자체'가 되어가고 있었다.

"그렇군요. 모든 것은 계획대로."

"응. 모든 것은… 에?"

태연하던 제니카의 얼굴이 굳는다. 나도 경악해서 몸을 돌린다. 아니, 돌리려고 한 건 마음뿐이었고 실제로는 결박돼 몸을 움직이지도 못하지만, 하여튼 시선 정도는 돌릴 수 있어서 새로이 나타난 존재의 모습을 볼 수는 있었다.

"안녕하십니까."

"당신은… 어떻게?"

내 물음에 아랑곳하지 않고 새로이 모습을 드러낸 사내는 박수를 치기 시작한다. 호리호리하나 단단해 보이는 몸에 갈색의 로브를 걸친 사내. 그의 외모는 나와 완전히 같아 육안으로 구별이 불가능할 정도였지만, 그 머리칼은 이제 완연한 연두색인 나와 다르게 짙은 흑색. 언제나 그랬듯 별다른 힘은 느껴지지 않지만 묘한 웃음이 알 수 없는 긴장을 하게 만드는 사내.

"정말 재미있었습니다. 뭐, 하지만 그래 봐야 여기까지군요."

그의 이름은 욥. 나와 동일한 모습을 가진 다차원의 여행자였다.

심판의 날

Chapter 72

심판의 날

콰아아!

공기의 벽을 찢어발기며 거대한 황금빛 선체가 하늘을 가로지른다. 그 크기에 어울리지 않는, 그야말로 경이적인 속도. 그건 땅에서 보면 금색의 별똥별로밖에 보이지 않을 정도의 속도였지만 그럼에도 따라붙는 적을 떨쳐 내지 못한다.

삐—! 삐—!

"한계예요, 선생님! 마력도 마력이지만 더 이상 이 속도로 날다가는 선체가 견디지 못한다고요!"

"우와아! 공기! 공기! 진짜 장난 아니네! 공기!!"

"그냥 마하 2 정도로 날면 안 돼? 이 덩치로 너무 빠르게 이동하고 있다고!"

"하지만 속도를 줄이면 따라잡히는걸! 상황판 좀 봐! 저 짜가 캐리어가 벌써 이백이 넘어!"

함교에서 함선을 조종하는 3학년 6반의 학생들은 이미 패닉 상태였다. 어디로 가도 가득가득 깔려 있는 사도들의 인식 속도와 힘, 그리고 지능은 가면 갈수록 높아지고 있다. 처음에는 적당한 속도로 날아도 멀어져 가던 사도들이 이제는 메타트론의 모습을 발견하기가 무섭게 재현에 성공하여 무시무시한 속도로 뒤쫓기 시작하는 것이다. 이미 그 숫자는 너무나도 늘어서 감히 맞부딪칠 생각을 할 수 없을 정도다.

"차라리 도망가다 어디 숨으면 안 돼? 은신이라든지."

"비가시화라면 메타트론의 자체 기능 중에도 있지만 언데드조차 뚫어보는 비가시화를 저것들이 간과 못할 거라는 생각은 도저히 안 드는걸. 그것보다는 차라리……."

쾅!

순간 굉음과 함께 선체가 크게 들썩이고 조종실에 있던 모든 이들이 사방으로 튕겨 나가 벽이나 천장과 충돌했다. 만약 그들이 보통 인간이었다면 그것만으로 모조리 즉사, 전멸이라는 결과가 나왔겠지만 능력자인 그들은 충격 완화 주문이나 경신술로 자신의 몸과 기기들을 보호했다. 그리고 함선의 움직임을 담당하는 학생을 보며 비명을 지른다.

"박종관!!"

"최선을 다하고 있어! 최선을 다하고 있다고! 아, 젠장. 우리나라, 아니, 세계 어느 나라 탑 건(Top Gun)을 데려와도 이것보다는 못할걸!"

소리를 지르며 다시 조종판을 잡는다. 하지만 이미 상황은 최악 중의 최악. 극초음속을 뛰어넘는 빠르기로 비행하던 메타트론은 이 한 번의 충돌로 음속 이하로까지 속도를 떨어뜨리고 말았다. 뿐만 아니라 선체의 전면부가 70퍼센트 이상 완파되면서 다시 속도를 붙이는 것조차 가능한지 의문. 물론 그 어마어마한 속도로 비행하다 충돌했으면서 산산조각 나지 않는 것은 메타트론의 강력한 방어 능력을 반증했지만 적어도 이

상황에서는 그 반증마저 아무런 위로가 되지 않는다. 사도들이 메타트론을 포위하기 시작한 것이다. 물론 메타트론이 완전히 멈춰 선 건 아니지만 당장 움직이는 속도는 관광 여행용 항공기보다도 느리다. 극초음속의 상대마저 따라잡던 사도들에게 그 속도는 멈춰 있는 것과 별 차이가 없는 정도인 상태!

"뭐 해! 빠져나와!"

"하지만 사방이 막혔어요! 전방 장갑도 다 부서져서 충돌하면 오히려 진다구요!"

"공간 이동은 안 돼?"

"워프 부스터(Wape Booster)도 이미 맛이 갔고 텔레포트 게이트(Teleport Gate)도 과열 상태예요. 공간 좌표가 엉키는 것도 문제지만 이 상태에서 텔레포트 따위를 했다간 공간 좌표에 엉키기도 전에 구동로가 터져 버릴걸요? 수치상으로 치면 99.999퍼센트로 죽는다고요!"

"아, 용기의 힘으로 어떻게든 해봐!"

"저 그 만화 예전부터 싫어했거든요? 말도 안 되는 확률에 승무원들의 목숨을 걸지 말… 어?"

순간 함선 위에서 느껴지는 기운에 놀라 고개를 드는 지웅. 그리고 그와 동시에 여섯의 빛줄기가 정면의 사도들을 꿰뚫는다. 그것은 한 호흡만에 이루어진 여섯 줄기의 화살. 그리고 그 공격으로 전면부에 있던 여섯 대의 금빛 선체가 단번에 터져 나간다.

꽝!

그리고 그와 동시에 메타트론은 기다렸다는 듯 가속해 사도들의 사이를 빠져나간다. 공격자와 미리 동작을 정해놓고 한 것이 아니라 순간적인, 그러나 반사적으로 한 것이라고는 믿을 수 없는 훌륭한 대처로 그들은 다시 도주를 시작할 수 있었다.

"후우우."

"엄청난 위력이군요. 왜 지금까지 안 쓴 겁니까?"

페인의 물음에도 두 눈을 감은 채 조용히 호흡을 가다듬는 미나. 그리고 잠시 후 기운을 갈무리하는 걸 마친 그녀는 눈을 떴다. 여전히 사도들의 추격은 계속되고 있는 상태로, 그 숫자는 막대하기만 하다. 신기 중에서도 한 방의 위력이라면 다섯 손가락 안에 들 정도로 강력한 그녀의 신기가 수백 발 있다고 해도 이겨낼 수 없는 숫자. 하지만 그나마 그것도…….

"세 발."

"네?"

"제 신기, 사일궁(射日弓)은 극도의 에너지를 집중시킨 아홉 개의 화살을 만들어냅니다. 한 개의 화살이 만들어지는 데 걸리는 시간은 3일. 그나마 조금 전에 여섯 발을 사용했으니 남은 건 세 발뿐이지요."

"즉, 싸움이 끝날 때까지 한 발도 재충전될 수 없을 정도로 긴 쿨 타임을 가진 공격이라는 말이군요."

"게다가 적은 그 화살을 연발로 다 쏴도 줄어드는 표시조차 안 날 정도로 많고."

쾅!

말하는 순간 거대한 금빛 선체가 메타트론의 옆면에 충돌한다. 메타트론의 옆면부로 반투명한 막과 마법진이 이중의 격벽을 이루며 떠올랐지만 마찬가지로 사도의 몸에서 일어난 기운이 방어막을 중화시켜 충돌을 성공시키고 만다.

"썩을, 역시 더 이상의 도주는 무리야. 너무 느리다고!"

"하지만 그렇다고 맞서 싸울 수도 없잖아? 이건 많아도 너무 많아. 승률이 0.01퍼센트도 아니고 그냥 0퍼센트야!"

실제로 메타트론의 모습을 흉내 낸 사도의 몸에 통하는 공격이라고는 신기에 의한 공격이나 몇몇 강자들이 전력을 다해 펼치는 필살기 급 파괴 기술뿐이다. 그나마 그렇게 쓰러뜨리는 게 가능한 것도 사도들이 정직하게 공격을 다 맞아주기 때문이지 거대 사도들의 능력은 하나하나가 최상급 마족에 필적, 아니, 가진 힘의 규모로만 치자면 그 이상이다. 게다가 그 숫자가 수백, 수천이라면.

쿵! 쿵!

메타트론은 여기저기에서 몸을 들이박는 사도들 때문에 휘청거리면서도 계속 움직였다. 물론 그 방향이 지상이라는 걸 생각했을 때 비행이라기보다는 차라리 추락에 가까운 움직임이었지만 그래도 필사적으로 이동해 완전히 포위되는 상황만은 피한다.

"힘겹구먼. 그나마 메타트론이 가진 공격 능력을 하나도 쓰지 않아서 다행이야. 만약 뭔가 썼다면 저 많은 놈들이 죄다 따라서 공격을 시작… 응?"

태극 마크가 그려진 머리띠와 백색 무복을 입고 있는 사내. 레이그란츠는 필드를 전개하고 있는 유리아를 보조하다 멀찍이 서 있는 거대 사도의 선체 위에 한 여인이 서 있다는 걸 깨달았다. 약간은 창백한 얼굴에 차분한 표정. 그건 틀림없이 익숙한 얼굴로 조금 전 사도들에게 포위되었을 때 강력한 공격을 퍼부었던 미나였고, 그런 그녀의 손에 들린 것은……

"이런 젠장맞을, 피해!!"

"뭐? 무슨 소……."

핑!

순간 강력한 힘의 응축과 함께 한가닥의 섬광이 쏘아진다. 그것은 가늘었지만 거대하기만 한 힘을 단단하게 결집시킨 힘의 정화.

쿠아아!

단번에 공기의 벽을 뛰어넘어 가속한 후 허공을 마치 벽처럼 박차 90도로 몸을 튼다. 그의 앞으로 날아드는 것은 은색의 빛줄기. 그는 주먹을 뒤로 당겼다.

'막으면 안 돼.'

그는 강했다. 밀레이온이나 제니카에 가려 빛을 보지 못하고 있기는 했지만 유저들의 평균 수준에 비교해 보면 그야말로 격이 다르다고 해도 좋을 정도. 하지만 그럼에도 그는 다른 유저들을 경시하지 않았다. 아니, 경시하지 못했다. 그는 틀림없이 강했지만, 유저들에게는 일발 역전의 무구라고 할 수 있는 신기가 존재하기 때문이다. 차라리 레스의 레일 건처럼 사용 시간이 길고 에너지 소모도 극히 적은 신기라면 또 모르겠지만 사용횟수가 제한되어 있는 미나의 사일궁이라면 한 방의 위력이 너무나도 강력해 그리고 해도 정면으로 받아내는 것은 무리였다.

"죽겠구먼!"

내뻗은 손을 끌어당기듯 휘두르자 빛줄기의 궤적이 휘어 하늘로 날아올라 간다. 그것은 태극(太極)의 묘(妙)를 극한으로 펼쳐 낸 한 수. 하지만 그럼에도 레이그란츠는 손발부터 어깨까지 찌릿찌릿 떨리는 것을 느꼈다.

'큰일이군. 완전하게 흘렸는데도 이 지경이라면 위력이 이미 원전에 가깝다는 말인데.'

하지만 큰일은 그게 다가 아니다. 황금빛 선체를 딛고 있는 여인이 다시 한 번 화살을 시위에 걸고 있었으니까.

핑!

하지만 화살이 채 발사되기도 전 여인의 머리가 터져 나간다. 그것은 허공을 넘어 이루어진 절정의 격공장으로, 그 간격이 무려 2킬로미터를 넘을 정도로 경이적인 수준. 하지만 정작 격공장을 행한 레이그란츠의 표정은 어둡다. 그와 한참 떨어진 곳에 미나와 똑같은 얼굴을 가진 여인이, 그것도 무려 서른 명 가까이 서서 똑같은 동작으로 시위를 당기고 있었기 때문이다.

"이런 니밀……."

욕설이 채 나가기도 전에 서른 개의 빛줄기가 덮쳐들어 온다!

핑! 핑! 핑!

레이그란츠는 몸을 날려 주먹을 사방팔방으로 휘둘렀지만 쏟아지는 공격은 한 발 한 발이 일발 역전의 무구라는 신기에 의한 것. 그의 손에 방향이 틀어진 빛줄기는 겨우 세 개에 지나지 않았고, 빛줄기끼리 충돌시켜 무효시킨 공격까지 다 쳐도 다섯 개뿐. 남은 스물다섯 개의 빛줄기는 그대로 메타트론을 노리고 날아든다.

"럭셔리."

[헤비 스텐딩(Heavy Standing) 기동. 뒤쪽으로 붙어주십시오, 마스터.]

"천총운검."

"…장비 4번. 디펜스 마스터 풀셋."

"필드 전개."

마스터들은 각자 펼칠 수 있는 최선의 방어 능력을 사용했지만 그럼에도 절망한다. 메타트론을 향해 날아드는 스물다섯 발의 빛줄기는 너무나도 강력해 자신 한 몸 건사하는 정도라면 어떻게 가능할지 모르지만 메타트론 전체를 커버하는 방어술을 행사하기란 불가능했기 때문이다. 하지만 그렇게 그들이 각오하는 순간, 한 명의 사내가 앞으로 나선다. 그의 왼손에 들려 있는 것은 어둠 속에서도 전광을 흩뿌리고 있는 30㎝ 정도의 깃털. 주변에 있던 마스터들은 반사적으로 그것이 소문의 진황석, 썬더버드의 머리 깃털이라는 걸 깨달았다. 썬더버드 슬레이어 타이틀을 획득했다는 걸 보고 짐작했지만 과연 썬더버드의 진황석은 패러디의 손에 있던 것이다. 그리고 그의 손에 들린 것은······.

"가면?"

사람들이 당황하기도 전에 패러디는 자신의 신기, 페르소나 논 그라타(Persona non Grata)를 가동시켰다.

"그럼 간다. 페르소나 체인지(Persona Change). 썬더버드 마스크(Thunder-bird Mask)."

중얼거림과 동시에 아무 문양도 없이 밋밋하던 나무 마스크가 황금빛 새의 모습으로 변한다.

파지지직!

순간 눈부신 뇌전과 함께 수십 발의 낙뢰가 떨어지고, 그것으로 메타트론을 향하던 모든 빛줄기가 터져 나간다.

"뭐라고?"

그 경이적인 위력에 놀라기보다는 황당해한다. 아니, 이게 대체 무슨 위력이란 말인가? 패러디의 변신술이 강력하다는 건 모든 마스터가 인정하는 바이지만 이건 정상적인 위력이 아니다. 그의 변신술은 강력한 존재들로 변신해도 그 능력은 떨어지는 편이었는데 지금은 본체, 그러니까 스페셜 보스 썬더버드와 비교해도 더 강하면 강했지 전혀 밀리지 않는 위력을 발휘하고 있다. 게다가 그게 끝이 아니었다.

"이어서 페르소나 체인지(Persona Change). 드래곤 마스크(Dragon Mask)."

우득.

순간 환한 빛을 뿌리던 황금색 거조의 몸이 일그러지는가 싶더니 삼시간에 그 몸을 불려 거대한 날개에 적색의 비늘을 가진 적룡의 모습으로 변한다. 그리고······.

후우우우.

주변의 공기가 끌려들어 가기 시작하고 주변의 마력 역시 거기에 따라 움직인다. 부풀어 오르는 몸, 모여드는 열기. 마스터들은 끓어오른다고 해도 좋을 정도로 활성화된 마력에 식은땀을 흘렸다.

"아, 아니, 잠깐. 아무리 그래도 그렇지, 이건……."

하지만 미처 놀라기도 전에 적룡은 머금고 있던 폭염을 내뿜었다.

화악!

간접적인 열기만으로도 공기가 타오른다. 갑판 위에 있는 것이 여러 가지 이능으로 단련된 마스터가 아니라 보통의 인간이었다면 단지 그것만으로도 피가 끓어오르고 피부가 타버렸을 정도의 폭염. 아니, 사실을 말하자면 그건 폭염이라기보다 차라리 광선에 가깝다. 한계까지 응축된 열에너지가 폭염을 넘어 빛 에너지로 변형된 것이다.

"우와아!"

적색의 빛줄기에 휩쓸리는 수백의 사도를 보며 모두들 할 말을 잃는다. 이건 흉내 내기 가짜가 아니라 웜 급 드래곤이 작정하고 전력을 다해 펼쳐 내도 따라가기 힘들 정도의 브레스 웨폰! 하지만 단지 드래곤으로 변신한 것만으로 그런 공격이 가능하다니? 마스터들이 황당해하거나 말거나 적룡은 다시 그 몸의 크기를 줄여 인간의 모습으로 돌아온다.

"대단한데. 신기에 의한 완전 변이(完全變異) 같은데, 아무리 그래도 이 정도 규모의 힘의 행사가 가능하……."

"우웩!"

"패러디?"

기이이잉— 하는 소리와 함께 가속을 시작하는 메타트론 위에서 레이 그란츠는 패러디의 맥문을 잡았다. 갑판에 피를 토한 채 비틀거리는 패러디. 과연 그의 내부는 전부 엉망으로 뒤틀려져 있다. 육체 변이에 능한 그가 아니었다면 즉사를 피할 수 없었으리라.

"괜찮나?"

"죽을 정도는 아니지만… 에구에구, 역시 너무 무리했나."

이미 그의 손 위에 있던 썬더버드의 머리 깃털은 사라지고 없다. 왜냐하면 사용했으니까. 일반적으로 진황석은커녕 보통의 정석조차 완전히 흡수해 사용하는 건 불가능한 일이지만 패러디는 썬더버드로 변신함으로써 진황석의 힘을 완전히 흡수, 적의 공격을 막아내고 레드 드래곤 메크로네스로 변해 남은 힘과 주변의 마력을 몽땅 끌어모아 브레스를 날린 것이다.

"쿨럭."

다시 한 번 피를 토한 패러디는 간신히 몸을 추슬렀다. 확실히 대단한 일이었지만 역시나 사용한 힘이 너무 컸다.

"피가 너무 검은데?"

"하하하, 신기가 아니었다면 그대로 즉사했겠지요."

'그걸 떠나서 이런 힘을 쓸 수조차 없었겠지만 말이에요. 역시 사기템은 사기템이죠?' 라고 중얼거리는 그의 안색은 더없이 창백하다. 점점 거칠어지는 호흡. 그리고 그는 이내 한숨 쉬었다. 더 이상 견딜 수 없었던 것이다.

"잠시 쉬어도 되겠습니까? 솔직히 좀 무리해서."

"그래, 고생했어."

"하하, 다시 깨어난 장소가 저세상이 아니었으면 좋겠……."

거기까지 말하고 고개를 떨어뜨린다. 그리고 안정적으로 변하는 호흡. 레이그란츠는 그가 뭔가 특이한 심법(心法)이나 구명 주문을 사용했다는 것을 깨달았다. 그는 지금 끔찍할 정도로 몸 상태가 안 좋지만 이대로 푹 쉰다면 그리 긴 시간이 아니더라도 어느 정도의 컨디션까지는 회복할 수 있으리라.

"문제는 그 길지 않은 시간을 견딜 수 있느냐는 건가……."

레이그란츠는 패러디를 레오나에게 넘기고 주위를 살폈다. 일렬로 늘어서 추격하고 있던 사도들은 브레스를 얻어맞아 일순간 괴멸에 가까운 타격을 입은 상태. 하지만 그건 문자 그대로 일순간일 뿐, 주변의 사도들이 모여들기 시작하면 삽시간에 복구되리라. 사도들의 숫자는 그야말로 무한. 이건 싸워서 이겨야 하는 싸움이 아니라 끝까지 살아남아야 하는 싸움이었다. 하지만 그것도…….

"힘들까나."

쿠오오오!!

하늘에서 모습을 드러내는 적룡의 모습에 모두들 숨을 죽인다.

"오 마이 갓."

후우우우.

들이켜지는 호흡과 응축되기 시작하는 마력. 레이그란츠는 다급히 주먹을 들어 올렸지만 가당치도 않은 짓이다. 적룡의 모습이 워낙에 거대해서 가까워 보이는 거지 실제로 적룡과 그와의 거리는 거의 5킬로미터 이상 떨어져 있어 어쨌든 권사인 그로서는 도저히 도달할 수 없는 간격 밖에 있었으니까. 그리고 모여든 빛이 뿜어지려는 순간,

"빛이여!"

외침과 함께 한줄기의 빛이 뿜어져 나가 벌려져 있던 적룡의 입안으로 마치 마술처럼 빨려들어 간다. 응축, 그리고 반발과 폭발. 새로이 모습을 드러냈던 거룡은 버티지 못하고 터져 나간다.

"에, 설마, 그거 빛의 활?"

"하하하, 진짜 돌아버리겠네요. 이것도 사용 횟수가 그렇게 많은 무기는 아닌데."

멜피스는 하늘을 올려다보았다. 가짜라고는 해도 드래곤 한 마리를 일격에 격살한 건 실로 놀라운 성과. 하지만 그럼에도 그는 기뻐할 수가 없다. 어느새 하늘에 적색의 거룡이 셋이나 더 나타났기 때문이다.

후우우우.

"젠장."

"끝이다."

몰아치는 마력에 숨을 들이켠다. 그건 막는다는 행위 자체가 만용일 수밖에 없을 정도로 막대한 힘의 폭풍. 하지만 그때 낭랑한 목소리가 공간을 울린다.

O friends, not these sounds!
Let us strike up something more
pleasant, full of gladness.

"누나?"

부상자들을 치료하던 로안은 놀라서 데이나를 바라보았다. 그녀의 손에 들린 것은 마이크 모양의 신기. 그리고 거기에서 흘러나오는 노래는 베토벤의 교향곡 9번 D단조 작품 125 '합창' 4악장 실러의 환희의 송가.

Let me embrace you, O millions!
This kiss is for the whole world!

부드러운 목소리가 대기의, 물질의 마음에 젖어들기 시작한다. 그리고 그와 동시에 속도를 붙이기 시작하는 메타트론.

Brothers, above the starry firmament
A loving Father must surely dwell.
Do you fall down, O millions?

화악!
적색의 빛줄기가 정면으로 떨어졌지만 메타트론은 마치 마술처럼 선체를 틀어 빛줄기를 피해낸다. 그리고 2격, 3격, 그리고 14격, 15격, 그리고 26격, 27격!!
파방!
마치 슈팅 게임의 비행기가 화면을 가득 채운 미사일을 피해내는 것처럼 메타트론은 복잡한 궤적으로 움직여 그 모든 공격을 피해낸다.

Are you aware of your Creator, world?
Seek Him above the starry firmament!
For above the stars He must dwell.

"뭐, 뭐야, 이 움직임은? 선체를 강제 제어하고 있어?"
메타트론은 믿을 수 없을 정도의 움직임으로 그 모든 공격들을 피해냈지만 결국에는 한계에 이른다. 쏟아지는 적색 다발은 늘고 늘어 이제는 숫제 선(線)이 아닌 면(面), 그리고 마침내 열몇 개가 넘는 브레스들이 메타트론의 선체를 명중시키고야 만다.
콰쾅!
거센 충격과 함께 튕겨 나가는 메타트론. 하지만 그건 사실 납득되지 않는 일이다. 설사 사도의 재현에 의해 만들어졌다고는 해도 메타트론에 명중한 건 한 방 한 방이 측정할 수 없을 정도의 힘을 품고 있는 브레스웨폰. 메타트론은 튕겨 나가는 게 아니라 단숨에 폭발해 수천 조각의 파편으로 흩어졌어야 옳다.

"슈우우."

마치 풍선에서 바람이 새는 것 같은 소리와 함께 메타트론의 주위를 뒤덮고 있던 녹색의 기운이 천천히 사라진다. 그리고 메타트론의 갑판 위에서 어느새 노래를 마친 채 호흡을 고르고 있는 데이나. 멜피스는 그녀가 적들의 공격을 막아냈다는 것을 눈치채고 감사의 말을 전하려고 했으나, 그러다 문득 그녀의 몸에서 금색의 기운이 흩뿌려지고 있다는 걸 깨달았다.

"…누나?"

"음~ 좋은 느낌. 하지만 역시 좀 무리했나?"

손끝에서부터 천천히 흩어지고 있다. 외계에 존재하는 신체에 링크된 시점에서부터 그들의 육체는 이미 실존하지 않는 허깨비와도 같은 것. 지탱하는 그 강대한 생명력과 마력이 끊어지게 되면 마치 그 존재 자체를 부정하듯 그 육신은 먼지 한 톨 남기지 않고 사라진다.

"…하, 하하하하, 아, 아니죠, 누나? 지금 장난하는 거죠?"

어린 나이지만 같은 유저를 비롯해 죽음을 맞이하는 수많은 이들을 봐 왔던 멜피스는 데이나의 몸에서 일어나는 현상이 무엇을 뜻하는지 너무나 잘 알고 있었다.

"헤헤, 울지 마, 멜피스. 이런 상황에 이런 말을 하면 조금 이상하게 들릴지도 모르지만……"

이제는 전신이 금빛으로 빛나고 있음에도 무엇이 즐거운지 환하게 미소 짓는 데이나. 그리고 마침내,

"꽤 즐거운 무대였어."

금색의 빛으로 사라져 버린다.

                    *   *   *

"삐익—! 삐익—!"
 메타트론의 모든 상황판들이 당장에라도 터져 버릴 것처럼 요란스러운 적색을 뿜어낸다. 그것들이 나타내는 것은 위험, 비상사태, 주의, 경고 등으로, 하나같이 불길하기 짝이 없는 것들. 하지만 그 앞에 서 있는 3학년 6반의 학생들은 하나같이 담담한 표정이다.
 "미안하구나, 얘들아. 아무래도 여기까지인 것 같다."
 "에이, 뭘 미안해요. 이만하면 잘했지."
 "그래도 아쉬운 건 아쉽나~ 이대로 살아서 지구를 지켰다면 문자 그대로 영웅 등극인데. 어쩌면 우리 이름을 딴 학교 같은 게 세워졌을지도 모르고."
 데이나의 힘으로 단번에 잿더미로 변하는 사태만은 피할 수 있었지만 그래도 메타트론은 이미 한계 상태. 물론 이제부터 적의 공격이 멈춰지고 그들 전체가 메타트론의 제어에 전력을 다한다면 수리가 가능할지 모르겠지만 수백, 수천의 사도들이 사방에 깔려 있는 현실에서 그건 문자그대로 불가능한 기대다.
 "지웅아, 워프 부스터는 어떠냐?"
 "물론 못 쓰죠. 기억 안 나요? 99.99퍼센트?"
 "물론 기억나지. 하지만 텔레포트의 대상이 함선 전체가 아니라 탑승자들만이라면 어떨까? 그리고 우리가 합동 기술로 안전 주문을 발동시킨다면……."
 그의 말에 지웅은 잠시 행동을 멈추고 생각에 빠졌다.

"흠, 좀 불안하긴 하지만 그런 전제라면 80퍼센트까지는 확률을 올릴 수 있어요. 해볼 만하겠네요."

당연한 말이지만 텔레포트가 진행되는 와중에도 워프 부스터에 안전 주문을 계속 유지시켜야 한다는 걸 생각할 때 안전 주문을 쓰고 있는 마법사들은 텔레포트 대상에서 제외. 이후의 결과는 오직 죽음뿐이겠지만 그런 것쯤 상관없다는 표정에 아인은 웃었다.

"좋아, 그럼 가볼까?"

"지구의 모든 것들아, 나에게 힘을! 뭐, 이런 건 안 하고요?"

"하하, 당기기는 하는데 시간이 없어서."

그때 펑! 하는 소리가 나더니 선체가 한차례 들썩인다. 그리고 둥실 떠오르는 유저들. 물론 정말로 떠오른 건 아니다. 단지 메타트론이 추락하면서 그 반동으로 선내는 마치 무중력 공간인 양, 그 안에 있는 물건들이 떠오르는 것처럼 보일 뿐인 것이다.

"메인 동력이 망가졌네요. 뭐, 이젠 별 상관도 없지만."

"그럼 더 망설일 것도 없이 시작하지. 권지웅, 워프 부스터 기동!"

"아아, 심지어 용기의 힘마저 없이 99.99퍼센트라니."

투덜거리는 지웅. 하지만 그는 이내 조종판을 조작하고,

[워프 부스터 가동.]

낮은 기계음과 함께 함선 전체가 떨리기 시작한다. 그리고 그와 함께 마력을 발하는 3학년 6반의 마법사들. 이미 수십 번 이상 반복해 익숙한 구조대로 주문을 완성하며, 아인은 말했다.

"지구를 지키느라고 고생했다, 자식들."

그리고 어깨를 으쓱인다.

"뭐, 그래 봐야 들러리였지만."

그의 말에 학생들 사이에서 작은 웃음소리가 퍼진다.

"하긴 뭐, 영화에서도 우리 같은 조종사들은 언제나 조연이더라!"
 "맞아. 고생은 고생대로 하는데!"
 "정비하는 데도 엄청 고생한다는 걸 기억하라고!"
 "포대 담당도 엄청 고생이야! 심지어 일반인들은 함선의 미사일이나 포가 자동으로 맞는 줄 알고 있더라!"
 시끌벅적한 소리에도 계속해 완성되어 가는 술식. 그리고 마침내 그 주문이 절정에 달하고 워프 부스터가 작동되는 순간,
 "고마웠어요, 선생님."
 "오냐, 사랑하는 제자들. 워프 부스터 가동!"
 우우우우우웅—!!
 울부짖는 마력. 그리고 외침과 함께 눈부신 빛이 사방으로 퍼져 나간다.

　　　　　＊　　　＊　　　＊

 푸학!
 흑색의 기운이 송곳처럼 날카롭게 공간을 뚫고 지나간다. 그것은 유저들 사이에서도 익히기 어렵기로 명성이 자자한 천마신공(天魔神功)에서도 그 경지가 대성(大成)에 이르러야만 사용할 수 있다는 아수라멸천장. 사내의 몸통에 달라붙어 있던 사도는 그 경력(勁力)을 견디지 못하고 터져 나간다. 그건 실로 놀라운 수준의 무위였지만 사내는 인상을 찡그렸다. 적을 물리쳤든 말든 그의 몸은 점점 더 빠른 속도로 지상을 향해 추락하고 있었기 때문이다.
 "야단났군. 난 비행 능력을 가지고 있지 않은데……."
 메타트론이 파괴되면서 발동된 공간 이동 주문은 거기에 타고 있던 마

스터 전원을 무작위로 공간 이동시켜 버렸다. 물론 지구 전체가 암담한 이 상황에서 그게 무슨 의미가 있겠느냐 하는 문제가 있지만 어쨌든 당장 죽는 것보다는 나은 상황 아닌가? 그리고 그 역시 그 과정에서 먼 허공으로 공간 이동되었다. 재수가 없는 건지 그리 멀리 떨어지지 못해서 폭발하며 추락하는 메타트론의 잔해가 그의 시야에 들어온다.

"당장 죽느냐, 버티다 죽느냐… 인가. 재미있군. 세이버(Saber), 수호(守護)의 주문은 몇 개나 남았지?"

[조금 전 사도의 주문을 막은 것이 마지막이었습니다, 마스터. 말하자면 오링?]

반투명한 신체를 가진 미녀가 그의 곁으로 떠오른다. 곱게 땋아 뒤로 틀어 올린 금발에 온몸을 감싸는 은색의 갑옷. 사내는 한숨 쉬었다.

"아니, 아니, 그게 아냐, 세이버. 목소리는 좀 더 의젓하게. 무슨 일이 있어도 주군을 지키겠다는 기사왕의 긍지를 보여야지. 그리고 오링이 뭐냐, 오링이? 단어 선택 좀 하라구."

[아니, 별로 제가 싸우는 것도 아니니 지킨다는 말에는 어폐가 있습니다만. 게다가 이 상황에서 그런 게 중요합니까?]

"물론이지! 모에(萌え)는 그 어떤 상황에서도 소중해!"

[……]

자신의 환원령이 '이 등신을 죽일까, 말까?' 하는 표정으로 바라보고, 더불어 바람 소리가 날카롭게 귓가를 스쳐 감에 따라 땅의 모습이 점점 가까워지고 있음에도 상관없다는 듯 당당하게 외치는 사내. 그리고 그의 몸이 결국 땅에 충돌하려는 순간,

화악!

질풍처럼 날아든 회색의 거체가 그의 몸을 채간다.

[입 다물어라! 혀 깨문다!]

땅에 충돌할 듯 바짝 붙어 행해지는 수평비행(水平飛行)으로 매끄럽게 감속한 후 날개를 펄럭여 하늘로 날아오르는 회색의 비룡. 사내는 소리쳤다.

"앗! 페인!"

"뭐? 이 오타쿠 새끼가?"

소환수의 목에 앉아 있던 사내가 마땅치 않은 호칭에 눈을 부라린다. 쌀쌀한 날씨에도 사막의 유목민들이나 사용할 만한 터번을 두르고 있는 사내. 그는 소리쳤다.

"내 이름은 살라딘이야!"

"그러니까 페인이지! 너 마세(마비노기 세컨드) 레벨도 5,000이 넘는다며? 거기에 살라딘이면 살라딘이지, 어디서 코스튬이야!"

아지다하카의 발톱에 대롱대롱 매달린 상태에서도 당당히 외치는 사내. 하지만 살라딘은 어이없다는 표정이다.

"…아니, 아무리 내가 이래도 시로라는 아이디에 세이버를 환원령으로 두고 있는 자식한테 그런 소리를 들을 정도로 막 살아오지는 않은 것 같은데."

확실히 그의 말에 일리가 있다고 느낀 것일까, 시로는 고개를 끄덕였다.

"아, 그렇군. 사실 생각해 보면 난 처음 만났을 때부터 네가 마음에 들었던 것 같기도 해. 왠지 모를 동질감이 느껴졌다고나 할까……."

"닥쳐. 내 영혼을 모독하지 마."

투덜거리면서도 들고 있는 쌍검으로 아지다하카 주위로 충돌해 오는 사도들을 베어버린다. 수백, 수천 번 이상 행해진 듯 매끄러운 검세. 일단은 적이 많은 만큼 그들은 적과 충돌하지 않도록 주의하며 계속 비행했다. 하지만 그것도 10여 분 남짓. 도주는 곧 한계에 달하고 만다.

우웅—

주위를 환하게 비추는 황금빛 선체가 모습을 드러낸다. 그 측면에서 느껴지는 것은 실로 위협적인 기운. 살라딘은 혀를 찼다.

"쳇, 도망도 여기까진가?"

[어쩔 셈인가, 주인. 보아하니 속도도 꽤 빨라서 떨쳐 내기 힘들 것 같은데… 돌아서 싸울까?]

"아니, 굳이 그럴 필요는 없지. 지금까지 내 비위 맞추느라고 고생했다, 아지다하카."

[뭐? 잠깐. 네놈 설마…….]

"바이바이."

번쩍!

녹황색의 빛줄기가 무지막지한 기세와 함께 그들을 뚫고 지나간다. 하지만 그걸로 몰살은 아니다. 살라딘은 이미 아지다하카의 소환을 취소한 후 메타트론의 모습을 하고 있는 사도 위에 올라타 있었으니까.

"부탁해, 인영."

[알았어, 호경아. 조심해야 해.]

흑발의 소녀가 검으로 변해 그의 손에 잡힌다. 황금빛 선체 위에서 자신의 신기를 들어 올리는 살라딘. 그리고 그는 그대로,

"이쯤에서 끝내도록 하지."

자신의 검을 내리쩍었다.

쿠우—

한순간의 울림과 함께 메타트론을 흉내 냈던 사도의 몸에 수십 갈래의 금이 생겨난다. 금 안에서 일렁이는 것은 마그마처럼 끓어오르는 화염, 그리고…….

쾅!

살라딘은 폭발하는 거대 함선을 뒤로하며 바닥에 착지했다.

"우와……."

"훗, 너무 멋지다고 반하지는……."

"신기가 그냥 여자잖아?! 난 당연히 세라자드나 조안일 거라고 생각했는데!"

"그것 때문에 놀란 거냐……."

멸살지옥검을 들어 올리며 '사도도 사도지만 이 오타쿠 새끼부터 먼저 처죽여야 하는 게 아닐까?' 라는 표정을 짓는 살라딘. 하지만 그로서는 정말정말 아쉽게도 그럴 여유는 없었다. 그 순간에도 사도들의 공격은 계속되고 있었으니까.

쩍!

어느 타이탄의 모습을 재현한 사도의 공격을 미끄러지듯 흘려내며 손바닥으로 그 복부를 후려친다. 그 단 한 방의 공격에 수많은 균열과 함께 정지해 버리는 사도. 하지만 그럼에도 시로의 얼굴은 굳는다. 왜냐하면 그는 애초부터 금속 재질의 몸을 가진 사도의 몸을 터뜨려 뒤쪽의 모든 사도들을 날려 버릴 생각이었기 때문이다.

쾅!

그의 몸을 노리고 쏟아져 내리는 빙결의 창을 피하며 뒤로 물러선다. 그의 등에 와 닿는 것은 그와 마찬가지로 뒤로 물러나다 물러설 곳이 없어져 버린 살라딘의 등. 시로는 쓰게 웃었다.

"음~ 뭔가 엿된 분위기인데?"

"확실히. 우기는 개성캐—개성적인 캐릭터—지 제니카나 그 밀레이온이라는 녀석처럼 사기캐—룰을 무시한 사기적인 캐릭터—가 아닌데 말이야."

헛웃음을 지으며 주위를 가득히 메우는 사도들의 모습을 바라본다. 실로 어마어마한 숫자. 먹이를 향해 몰려드는 개미 떼를 수십 배로 늘려도 균형이 맞지 않을 것 같은 규모에 그들은 쓰게 웃었다. 하지만 어째서일까, 위기의 상황임에도 그들의 표정엔 단 한 점의 공포조차 없다.

"천마재림."

"혈랑마혼!"

시로의 몸에 희뿌연 기운이 어림과 동시에 그에게 달라붙던 사도들이 튕겨져 나가고 그렇게 튕겨져 나간 적들을 살라딘의 쌍검이 헤집고 지나간다. 변변한 타격조차 주지 못한 채 산산이 찢겨져 나가는 사도들.

시로는 말했다.

"혈랑마혼? 하지만 그건 무당파의……."

"닥쳐!"

"아무리 무공명이 뭘 말해도 상관없는 거라지만 그렇다고 다른 이름을 붙이는 건……."

"닥쳐!"

장난치듯 대화하고 있지만 상황은 점점 암울해져 가고 있었다. 그들의 체력과 마력은 무한하지 않으니까. 적들이 하도 많아서 큰 기술들을 사용할 수밖에 없는 상황이었지만 그 큰 기술들은 틀림없이 그들의 힘을 소모시키고 있는 것이다.

쿠우.

그때 멀리서 거대한 기운이 느껴진다. 그들로서는 신기를 연거푸 써야 겨우 도달할 수 있을까 말까 할 정도로 강대한 힘의 파동. 살라딘은 눈살을 찌푸렸다. 그는 그게 뭘 뜻하는지 알 수 있었기 때문이다.

"누군가 자폭했군. 그런데 규모가 생각 이상으로 큰 게, 생명력이 엄청나게 높은 마법사였나?"

"쯧, 여기저기서 죽어나가는구나. 여기도 곧 그렇게 될 것 같고."

말을 하면서도 계속 사도들을 상대하는 살라딘과 시로. 하지만 그들의 힘은 이미 위험 수준까지 소모되어 더 이상 적들을 부수거나 하지 못하고 밀어내고만 있을 뿐이었고, 몰려드는 사도들은 점점, 점점 더 많아지고만 있었다. 분위기를 보아하니 전투 자체를 감지하고 주변의 사도가 몽땅 모여들고 있는 것 같았다.

퍽!

하멜의 모습을 재현한 사도 하나가 쏘아 보낸 얼음 화살이 살라딘의 복부를 파고들어 간다. 시로 역시 상황이 안 좋은 것은 마찬가지여서 키리에의 모습으로 재현한 사도의 발도술에 전신에서 피를 흘리고 있다. 조금 전까지만 해도 어떻게든 피하거나 막던 공격들이었지만 이제는 호신강기를 유지할 내공조차 없다.

"이런, 진짜 끝장인 분위기인데?"

"젠장, 마지막을 하필 너 같은 오타쿠 새끼랑 함께해야 하다니……."

복부에 박힌 얼음 화살이 점점 몸을 얼리고 있음에도 빼낼 생각조차 하지 못한 채 새로운 적들의 공격을 쳐내는 살라딘. 하지만 그 순간 시로가 크게 웃는다.

"와하하하하!"

"너, 드디어……."

미쳤구나, 하는 시선으로 시로를 바라보는 살라딘. 하지만 시로는 상관없다는 듯 미소를 지우지 않고 말한다.

"뭐, 상황이 꼬이고 꼬여 죽게 될 것 같기는 하다만 그래도 꽤나 즐거웠다! 어쨌든 엑스칼리버도 써보고 세이버의 마스터도 되어보고. 나는 솔직히 내가 훨씬 더 지루하고 평이하게 살 거라고 생각했거든! 이 정도면 흑자지! 대박이야!"

펑!

전신에 피를 흘리면서도 키리에의 모습을 재현한 시도를 품속까지 끌어들여 두개골을 부숴 버린다. 다행히 힘은 재현했을지언정 전투 기술까지 완벽하게 습득하지는 못했기에 상처 입을 각오만 한다면야 제법 상대할 만하다. 단지 그 숫자가 질리도록 많다는 것이 문제지만.

쩌정!

일순간 원형을 그리는 검격으로 사방의 적들을 쳐내는 살라딘. 그도 소리쳤다.

"그래! 나도 사실은 꽤 즐거웠다! 설마 내가 천지파열무를 쓸 수 있게 될 거라고는 상상하지 못했으니까! 나도 나름대로 흑자라면 흑자라고 할 수 있겠구나!"

소리치며 쏘아진 화살을 피해내고 자신의 허리에 걸려 있던 검 중 하나를 던져 적의 몸통을 세로로 잘라낸다. 그것은 일종의 비검술(比劍術). 검을 회수할 수가 없었기에 잘 사용하지 않던 기술이기는 하지만 어차피 마지막이니 아무래도 상관없다. 그의 복부에서 타고 올라온 냉기가 명치에까지 올라오고 있었지만, 그것 역시도 상관없다!

"와하하하하!!"

"와하하하하!!"

진정으로 유쾌한 듯 웃으며 수없이 많은 적들 한가운데에서 싸운다. 그리고 그러던 와중, 시로는 오른손을 들었다.

"좋아! 마지막으로 멋지게 부탁해, 세이버!"

[…명을 받듭니다, 마스터(Master).]

금발의 여인이 그의 팔찌로 스며들자 이윽고 그의 손에 황금색 검이 잡힌다. 물론 그는 검술을 몰랐다. 그는 누가 뭐래도 무투가였으니까. 하지만 그럼에도 상관은 없다. 애초에 그것은 적을 베기 위한 검이 아니기 때문이다.

웅—

거대한 힘의 파동이 퍼져 나가고 그들에게 몰려들던 사도들이 일순간 밀려난다. 살라딘을 향해 눈짓하는 시로. 살라딘은 그 눈짓에 미소로 답하고, 자신 역시 오른손을 들어 올렸다.

"인영아."

[…응, 호경. 지금까지 즐거웠어.]

"별말씀을."

으쓱이는 그의 손으로 한 자루의 검이 잡혀 든다. 그것은 그가 가장 즐겁게 플레이했던 게임에 등장하는 명검 중의 명검. 그는 두 손으로 그 검의 손잡이를 잡고 들어 올렸다.

"이쯤에서……."

"약속된—! 승리의—!!"

준비된 말을 입에 담는다. 그것은 마법에서 사용되는 주문과도 같은 일종의 시동어(始動語). 자신의 모든 힘을 터뜨리는 단 한 발의 트리거 보이스(Trigger Voice)!!

거기까지 하고 서로를 돌아본다. 더 이상 대화는 없었지만, 서로의 눈으로 말한다. 꽤나 재미있었다고. 그리고 밀려났던 사도들이 다시 접근하는 순간,

"끝내도록 하지."

"검—!!"

그들이 가진 모든 힘을 폭발시킨다.

* * *

굉음, 아니, 폭음이 주위의 대기를 갈가리 찢어놓는다. 그것은 문자 그

대로 세상 전부를 부수어 버릴 것만 같은 맹공(猛攻). 하지만 그 모든 공격을 당하면서도 키리에는 오히려 앞으로 나선다. 그녀의 몸을 뒤덮고 있는 은색의 갑옷이 그 모든 공격을 막아내고 있었으니까.

"무세천심류(無勢天心流)."

폭음 속에서 뇌까린다. 손에 닿는 것은 싸늘한 냉기를 품은 설영. 그녀는 그대로 설영을 쏘아냈다. 그래, 그것은 뽑아낸다기보다 차라리 쏘아낸다는 것이 어울리는 신속의 참격(斬擊)!

"분광단영(分光斷影)."

셀 수 없이 많은 공격 사이로 단 하나의 선이 그어진다. 그건 그녀의 모든 것이 담긴 일격. 그것은 단 한줄기의 선에 불과했지만 거기에 담긴 힘은 능히 세상을 자르고 지나갈 정도였다.

스릉.

서늘한 쇳소리와 함께 설영이 도집 안으로 빨려들어 가고 그와 함께 그녀에게 공격을 쏟아내던 사도들이 비스듬하게 잘려 나간다. 그야말로 개세(蓋世)적인 위력이었지만, 그럼에도 그녀의 뒤를 막고 있던 청월랑은 위기감을 느꼈다. 그 역시 마찬가지라고는 하지만 그녀의 피로가 이미 정도 이상을 넘어섰다는 사실을 깨달았기 때문이다.

"미치겠군. 아무리 생각해도 답은 후퇴뿐인데 퇴로조차 없다니."

키리에의 검격에 한순간 텅 비어버렸던 공간은 어느새 모습을 드러낸 새로운 사도들로 가득 차 있다. 뿐만 아니다. 이미 주위에 몰려든 사도들의 숫자는 감히 세는 것조차 불가능한 수준. 하지만 그때 이변이 일어난다.

쿠오오—

공간의 떨림과 함께 주변의 모든 사도들이 움직임을 멈춘다. 마치 뭔가 다른 존재에게 정신 지배를 받는 것처럼 멈칫거리는 사도들. 하지만 그 멈칫거림은 문자 그대로 잠깐일 뿐이었다. 그들은 이내 활기차게 움직여 한곳으로 모여들기 시작했으니까.

"…뭐야?"

퍽! 하는 소리와 함께 뒤쪽으로 물러서고 있던 사도 중 하나가 터져 나간다. 그것은 소림의 신공 중에서도 수위에 속한다는 백보신권. 이미 그의 권격에 거리란 의미가 없었다. 그는 무투가로서 근접전의 스페셜리스트였지만, 그의 사정거리는 이미 어지간한 저격총보다도 훨씬 길었으니까.

"왜 얻어맞으면서도 도망가는 거지?"

의문을 표하면서도 재빨리 운기(運氣)에 들어간다. 이 긴박한 순간에 쉴 시간이 있다면 휴식을 취하는 게 최선이었으니까. 그리고 그건 다른 마스터들 역시 마찬가지여서 이미 상당수가 운기에 든 상태. 물론 상황이 상황인지라 대주천이나 전신주천을 할 수는 없었지만 약식의 소주천만으로도 최악으로 치닫던 몸 상태는 훨씬 나아진다.

쿠구구.

그리고 그러던 와중 주위가 깔끔하게 비워진다. 주변 공간 전체를 뒤덮던 사도들이 몽땅 사라진 것이다. 물론 그렇다고 해서 그것이 소멸을 뜻하는 것은 아니다. 사도들은 마치 찰흙이 뭉치는 것처럼 모여들어 하나의 거대한 구(毬)를 만들어내고 있었으니까.

"위험해 보이는데… 신기라도 써서 부숴 버릴까요?"

"하지만 건드리는 게 더 위험해 보이는데 말이야."

거대 구체에서 느껴지는 기운은 실로 어마어마하다. 수천 마리가 넘는 사도들이 뭉쳤기 때문일까. 마치 폭발하기라도 할 것처럼 일렁이는 영력(靈力). 하지만 그들이 고민하는 사이에도 상황은 빠르게 변한다. 거대한 구체가 삽시간에 작아지기 시작한 것이다. 마치 안쪽에 구멍이 뚫려 무시무시한 기세로 밖의 모든 것들을 빨아들이기라도 하는 듯 순식간에 4미터까지 그 지름을 줄여 버리는 구체. 그리고 그렇게 작아진 구체는 순식간에 그 형태까지 바꿔…….

[내가… 첫 번째인가.]

은색의 몸을 지닌 사내가 되었다.

"뭐, 뭔가 변했잖아? 넌 뭐야?"

[글쎄, 별로 개별적인 명칭을 가진 것도 아니니 소개는 힘들겠군. 나는… 굳이 말하자면 사도라 불리는 존재다.]

"……!!"

레이그란츠는 상대의 목소리에 전신 솜털까지 바짝 곤두서는 것을 느꼈다. 단지 지금껏 아무런 지성도 가지지 못하던 사도가 말을 했다는 것 때문만은 아니다. 물론 그것도 충분히 놀랄 만한 문제지만, 그 사내의 태도에서 풍겨져 나오는 권태로움과 영언, 그 자체에서 전해지는 힘이 그의 뇌리에 위험신호를 주고 있었기 때문이다.

"사도라니? 지금껏 나오던 녀석들 다 사도 아냐?"

[그렇지는 않지. 그것들은 일종의 준비 단계 같은 거니까. 우리가 바로 세상을 멸(滅)하여 새로운 세계를 여는 신의 사도, 말하자면 진정한 사도라고 할 수 있다.]

"그렇다면……."

[설명이 길었군.]

"뭐?"

퍽!

의문의 답을 얻기도 전에 청월랑의 머리가 터져 나간다. 뭔가 막거나 할 틈도 없었다. 그 공격은 문자 그대로 순식간이었으니까. 머리를 잃고 비틀거리는 몸. 하지만 그 육체는 마치 비디오테이프를 거꾸로 돌리는 것처럼 스스로의 몸을 수복하기 시작하고.

크르르.

은백색의 털을 지닌 웨어울프로 그 스스로를 변화시킨다.

[호, 이건 신기하군. 너희들 그냥 능력자라고 생각했는데, 이제 보니 뭔가 다르군?]

"크윽, 이 자식, 예의가 없네. 다짜고짜 머리를 날리다니."

[그야 난 너희와 잡담하러 온 게 아니니까. 그나마 이런 이야기를 하고 있는 것도 나라고 하는 '객체'가 특이하기 때문일 뿐.]

쩡!

다시금 느껴지지도 않는 공격이 이어졌지만 이번에는 앞으로 나선 키리에게 막힌다. 물론 정말로 막은 것은 아니다. 공격의 명중 지점이 가슴 쪽이었으니 오히려 대신 맞았다는 표현이 더 어울릴 정도. 하지만 그럼에도 그녀는 무사했고 그 모습에 사도의 시선이 그녀를 향한다.

쩌저저저저정!!

사도의 품 안으로 파고들려던 키리에의 몸이 굉음과 함께 연신 밀려난다. 쏟아지는 것은 실로 강력해 소름이 끼칠 정도로 위력적인 공격이었는데도 균열조차 가지 않는 외갑(外鉀). 그리고 그 틈에 다른 유저들의 공격이 시작된다.

"너무 한 명한테만 애정을 쏟으시면 곤란한데 말이야!"

회색의 도복을 입은 사내가 사도의 가슴팍에 오른 손바닥을 올려두고 있다. 이미 그 속도는 인간으로서는 가늠하기 힘들 정도. 굳이 수치화시킬 필요도 없이 물리적으로 실현 가능한 속도가 아니다. 그것은 글레이드론의 지원이 없다면 밀레이온조차 따라잡지 못할 수준으로, 그것을 가능하게 하는 것은 폭염(暴炎)으로 이루어진 그의 몸이었다.

[속성화라… 게다가 깃든 건 불의 최상급 정령인가? 어이가 없군.]

고개를 내젓는 사도. 그리고 그와 동시에 그 몸이 터져 나간다!

쾅!!

일수(一手)에 산조차 허물 정도로 강대한 타격과 세상 무엇이든 태워 버릴 듯한 폭염이 소용돌이가 되어 사도의 몸을 날려 버린다. 보고 있던 유저들조차 탄성을 내지를 정도로 어마어마한 힘의 폭풍이었지만 그 뒤에 있던 유리아는 비명을 지르며 손을 내밀었다. 터져 나갔던 사도의 몸이 0.1초도 안 되는 사이에 복구되는 것을 보았기 때문이다.

[조심해!!]

정팔각형의 필드가 일어나 세상을 가르는 선이 된다. 그것은 설사 핵폭발의 한가운데 서 있더라도 자신의 몸을 지킬 수 있을 정도로 강대하고 지고한 성벽. 하지만 사도의 공격은 너무나 간단히 그것을 찢고 들어와 레이그란츠의 몸통을 후려쳤다. 레이그란츠 역시 반사적으로 호신강기를 펼쳤지만, 그 강대한 위력을 완전히 흘려내지 못하고 터져 나간다.

평!

육신이 부서져 산산이 흩어져 나간다. 물론 그렇다고 그것이 그의 죽음을 뜻하는 것은 아니다. 지금 그의 몸은 폭염으로 이루어져 있어 물리력에는 사실상 면역이라고 할 수 있는 상태였으니까. 하지만 그건 상대방 역시 알고 있는 사실인 듯 그 뒤로 거대한 냉기의 창이 공간을 점하며 밀려들어 온다. 그것은 추가타. 그리고 불꽃의 몸을 가지고 심지어 터져 나가기까지 한 레이그란츠의 입장에서는 사신의 낫질과도 같은 결정타였다.

"이지스!"

순간 허공에 그 모습을 드러낸 거대한 방패 모양의 소환수가 적의 공격을 막는다. 하지만 냉기가 주춤거린 것은 일순간일 뿐이고 흩어졌던 냉기는 거대한 방패를 부술 듯이 밀려들어 온다.

쩌적.

새하얗게 얼어버리는 거대 방패. 그리고 그 뒤로 밀려드는 힘. 멜피스는 이를 악물었다.

'맙소사, 못 버텨. 이지스가 죽겠어……!!'

아직 초등학생일 뿐이지만 수많은 전투와 전장을 헤쳐 온 마스터 중의 마스터인 멜피스는 적의 공격이 자신이 막을 수 없는 수준이라는 걸 직감적으로 느낄 수 있었다. 하지만 그렇다고 이미 적의 공격과 충돌하기 시작한 시점에서 물러나는 건 문자 그대로 자살 행위. 맞부딪침은 아무리 오래 잡아봐야 1초에도 못 미칠 정도로 짧은 순간이었지만 그는 순식간에 판단을 내렸다.

"원공진화력(元空進化力) 발동! 서둘러, 하멜!!"

[젠장! 망할 놈의 주인! 그렇게 쓰지 말라고 했는데!]

멜피스의 명령에 하멜은 화를 내면서도 냉기와 레이그란츠 사이로 끼어든다. 이지스의 소환은 이미 취소되어 원래의 자리로 돌아간 상태. 하멜은 전신의 털을 바짝 세우며 긴장했다. 비록 적의 공격이 그의 속성과 같은 냉기를 품고 있다고는 하지만 거기에 담긴 힘은 단순히 냉기가 아니기에 그 사이로 끼어드는 것은 자살 행위나 다름이 없었던 것이다. 하지만 그 순간 그의 전신에서 눈보라가 몰아친다.

화악!

멜피스가 하멜을 최상급 환수로 진화시킨 지는 꽤 시간이 지났지만 그 상태에서 원공진화력을 행한 적은 단 한 번도 없다. 왜냐하면 위험하니까. 상급에서 원공진화력을 사용해 최상급 환수가 되는 것과 최상급 환수에서 원공진화력을 사용해 그 위로 도달하는 것은 전혀 다른 차원의 문제인 것이다.

우웅.

세계와 접속함과 동시에 그의 몸이 크게 떨린다. 환계의 왕좌(王座)는 그 영광만큼이나 오르기 어려운 자리이기 때문에 마스터 스킬이라는 편법이 있다 해도 함부로 접근할 만한 성질의 것이 아니다. 자칫 실패할 경우 즉시해도 운이 좋다고 할 수 있을 정도. 재수없는 경우에는 좌(坐)의 힘에 밀려 영혼까지 손상될 위험까지 있어 하멜이 절대 쓰지 말라고 극구 만류해 왔던 것이다.

"하아아아아!!"

하지만 멜피스는 모든 마력을 끌어올려 하멜에게 전달했다. 설사 위험하다 하도라도 지금은 써야 했으니까! 어차피 죽을 상황이라면 가진 힘의 전부를 써야 하는 게 당연한 일 아닌가? 비록 그것이 실패해 영혼에 씻을 수 없는 상처를 입힌다 하더라도 어차피 영혼의 손상이 의미하는 바를 잘 모르는 그는 그것이 죽음보다 얼마나 심각한 일인지 실감하지 못했다. 그리고 그것은 어중간한 능력자들이 범하는 가장 흔하고도 큰 실수. 하지만 행운이라고 해야 할까? 결론적으로 그 접속은 성공한다. 멜피스는 잘 몰랐지만 문자 그대로 기적적인 일이다.

휘오오오—!

공격이 차단되고 냉기가 한 점을 향해 빨려들어 간다. 그 자리에 서 있는 것은 풍성한 청발을 종아리 아래까지 늘어뜨리고 있는 여인. 그 모습은 틀림없이 엄청난 미녀다. 늘씬한 몸매에 푸른 수정을 박아 넣은 것 같은 눈동자. 그녀는 잠시 숨을 몰아쉬다 조용히 중얼거린다.

"빙면옥왕(氷面玉王)인가— 이게 또 어떻게 성공하긴 하는군. 운이 좋은 건지, 나쁜 건지."

'맹랑한 주인님 같으니라고' 라고 중얼거리는 그녀의 모습에 멜피스는 멍한 표정을 지었다. 그녀의 모습이 너무나 뜻밖이었기 때문이다.

"뭐, 뭐야? 하, 하멜, 너 여자였어?"

"후, 요새 좀 똑똑해지는가 싶더니 다시 바보가 됐군, 주인. 환수한테 성별 따윈 없어. 이건 좌에 기록된 모습일 뿐."

"하, 하지만 그래도 복장이 좀 파격적인 것 같은데. 이래 봬도 난 초등학생이라 그런 모습의 소환수는 좀……."

"헛소리 말고 싸우기나 해! 상황 파악이 안 되는 거냐?"

"게다가 묘하게 건방져졌어!!"

그렇게 소리 지르면서도 손은 쉴 새 없이 시위에 화살을 메긴다. 쏟아지는 화살과 쏟아지는 극저온의 냉기. 공간을 넘어 날아드는 검격과 권격.

콰과각!

한 번에 몰아치는 유저들의 합동 공격은 실로 매서워 팔방을 완벽하게 점하며 사도를 압박해 들어간다. 그리고 그렇기에 사도의 모습은 다시금 찢어질 듯 위태위태했지만, 그럼에도 그는 여유롭게 두 손을 내저었다.

"……!"

일순간 플래쉬 같은 섬광이 번쩍이고 그 빛에 유저들은 시력을 잃는다. 아니, 사실은 시력뿐만이 아니었다. 그 빛은 청각(聽覺), 촉각(觸覺), 후각(嗅覺)은 물론 심지어 육감(六感)까지 그 범위를 넓혀 유저들이 가진 모든 감각을 마비시킨다. 그리고 그 빛이 거둬졌을 땐, 이미 십수 명의 마스터가 즉사한 후다.

"…영준."

반사적으로 눈을 감았다 떴던 요한은 쓰러져 있던 시체 중에 가슴팍에 큰 구멍이 뚫린 채 쓰러져 있는 영준의 모습이 있다는 것을 깨달았다. 그리고 그 모습에 다시금 전투가 시작된다는 사실조차 잊고 멍하니 서 있었다. 확인할 것도 없이 즉사(卽死). 생명력이 정도 이상을 넘어선 유저는 심장이 파괴되어도 죽지 않는다고 하지만 카드술사였던 그에게 그렇

심판의 날 131

게나 높은 생명력이 있을 리 없다.

"……."

요한과 영준은 고등학교 동창이었다. 영준은 말이 없고 폐쇄적인 성격인 요한이 유일하게 가지고 있던 친구. 인연이라면 인연이랄까? 그들은 자신들이 나왔던 고등학교에서 교사로서 다시 만나게 되었다. 그의 과목은 미술, 영준의 과목은 영어였다.

"정말… 허무하군……."

그는 사실 이 전투 자체에 별로 관심이 없었다. 세상이 어떻게 되든 별로 상관없는 일이라고 생각했으니까. 때문에 힘을 얻은 걸 귀찮게 생각한 적도 있다. 즐기기 위해 얻은 힘이었을 뿐인데 거기에 책임이 지워졌다고 생각했기 때문이다. 그는 누구에게도 관심이 없다. 스스로에게도 그랬다. 그리고 그랬기에 그냥 평범한 사람으로 전쟁에 휩쓸려 죽는 것도 그렇게 나쁘지 않다고 생각해 왔지만…….

"흠, 역시……."

그럼에도 문득 마음속에 파문이 이는 것을 느낀다. 왜냐하면 영준이야말로 그의 인생에 유일하게 사귄, 둘도 없는 벗이었기 때문이다.

"복수는… 해야겠지."

그는 품속에서 한 자루의 펜을 꺼내 들었다. 그것은 일루전 속에서 대량생산되어 흔하기까지 한 물건. 하지만 그의 손에 잡힌 이상 그것은 더 이상 흔하디흔한 펜이 아니다.

스윽.

그린다. 복잡한 색도, 복잡한 문양도 없다. 그려지는 것은 단지 원.

아무것도 없는 하늘에,

단 하나의 태양을 그려 넣는다.

순간 사도의 몸이 멈칫하는가 싶더니 그 안에서부터 빛이 새어 나오기 시작한다. 이윽고 점차 강해져 그 몸을 찢고 나오는 빛. 그리고 그 안에서부터 작은 태양이 떠오른다.

화악—!!

불타오른다. 그것은 하늘 높은 곳에서 타오르는 거대하고도 거대한 신성(神聖). 그 열기는 주위의 모든 것들을 불태워 버렸지만 다른 유저들에게 전해지는 것은 고통이 아닌 따스함. 모두가 경악의 눈으로 요한의 모습을 바라보았지만 요한은 태연하기만 하다. 그는 오히려 다른 사람들이 놀라는 이유를 알 수가 없다. 그는 단지 그림을 그렸을 뿐이다, 그것도 아주 단순한 그림을.

천천히, 아주 천천히 손을 내려놓는 요한. 그리고 그 순간 그의 심장에도 영준의 가슴에 났던 것과 같은 구멍이 뚫린다.

털썩.

쓰러지는 몸. 그리고 은색의 사내가 모습을 드러낸다.

[너희들… 정말 상상 이상이군.]

사도는 쓰러진 요한의 시체 위에 내려선다. 사망한 모든 유저가 그랬듯 점점 희미해져 마침내 사라져 버리는 요한의 몸. 하지만 다른 유저들은 그 모습에 슬퍼할 수조차 없다. 또다시 복구되어 버린 사도의 모습에 정신이 아득해져 버릴 정도였기 때문이다.

"뭐냐, 네놈. 불사신이냐?"

레이그란츠는 적을 경계하며 동료들의 상태를 살펴보았다. 이미 그들의 숫자는 터무니없이 줄어들어 채 열 명이 안 될 정도. 그나마 패러디는 탈진한 상태에서 너무 큰 타격을 입어 혼절한 상태이고, 로안은 그런 그를 치유하느라. 그리고 레오나는 로안을 호위하느라 묶여 있으니 실질적으로 적을 상대하는 건 유리아와 레이그란츠, 키리에와 청월랑, 멜피스와 레스까지 여섯뿐이다. 하지만 더 많은 숫자일 때도 상대하기 어려웠던, 그것도 계속해서 부활하는 적을 지금에 와서 이길 수 있을까? 답은 회의적이었고 그렇기에 모두의 얼굴은 어둡다.

[흠, 그다지 불사신이거나 죽지 않는 것은 아니다. 정확히 말하면 손상된 '나'의 일부를 다른 부위로 대체했다고 할 수 있을 테니까.]

"그렇다는 건……."

[그래, 주변의 다른 '나'를 끌어당겨 새로운 몸으로 재구성했다. 그리고 거기에 지금까지의 정보를 넘기는 거고.]

"그럼 부활이랑 다를 바가 없잖아?"

투덜거리면서도 레이그란츠는 감각을 넓혔다. 과연 주변 어디에서도 사도의 기척을 느낄 수가 없다. 좀 더 멀리에서는 그들을 향해 몰려드는 사도의 기척이 느껴졌지만 어느 정도 이상 접근하기가 무섭게 그 기척이 소실되는 것이다. 그 말은, 그들 앞에 있는 은색의 사내가 다른 사도들을 흡수함으로써 죽어도 사라지지 않고 계속 존재한다는 말이다.

"그럼 우리가 자네를 이기는 건 불가능한 일인가?"

사도의 공격을 얻어맞는 바람에 파손된 럭셔리의 신체를 수복하고 있던 레스의 말에 사도는 어깨를 으쓱였다.

[그렇지. 각성한 사도는 내가 최초지만 지금도 계속해서 깨어나고 있다. 애초에 우리는 문명이 극도로 발달된 차원이나 마왕과 대천사, 혹은 온갖 종류의 신들이 적이라 하더라도 상대할 수 있도록 설계(設計)되어 있어. 너희들이 지닌 문명이나 종(種)의 한계를 넘어서는 힘을 가진 건 사실이지만 그렇다고 종말을 피해갈 수 있는 건 아니니까.]

잠시의 전투로 그들을 인정한 듯 친절히 설명해 주고 있지만 그렇다고 희망이 보이는 것은 아니다. 인정한다고는 해도 그건 싸울 만한 적으로 인정했다는 것뿐이지 공격을 안 한다는 건 아니니까. 하지만 그대로 시간을 번 건 틀림없이 다행인 일이어서 혼절해 있던 패러디가 정신을 차리고 일어선다.

"으, 사도들은 다 어디 갔죠? 저 은색의 녀석은?"

"상황이 급하니 짧게 말할게. 보스가 나왔어. 엄청 세고, 계속 살아난다. 우리 쪽 생존자는 너 포함 9명. OK?"

"알겠습니다. 너무 암울해서 눈물이 나올 정도이기는 합니다만, 간단해서 좋군요."

더 망설일 필요도 없다는 듯 대여섯 장의 카드를 뽑아 드는 패러디. 옆에서 레오나가 그의 팔을 잡았지만 그는 고개를 저었다. 현 상황은 상당히 심각해서 몸 상태가 안 좋다고 빠질 만한 수준이 아니었기 때문이다. 하지만 그 순간,

콰직! 쩡!

다시금 공간을 가르는 빛줄기가 패러디의 한 팔을 통째로 증발시키고 지나간다. 그나마 패러디가 몸을 피했기에 망정이지, 원래대로라면 그의 전신을 소멸시키고 말았을 공격. 가뜩이나 좋지 않은 몸 상태에서 적지 않은 타격을 입고 비틀거리는 패러디. 그리고 그 뒤를 이은 공격이 그의 머리를 노렸지만, 그 사이로 키리에가 끼어들어 공격을 막는다.

갑작스러운 상황이었지만 당황하지 않고 거의 동시에 사도를 향해 몰려들어 검을 휘두르는 망령기사단과 레일 건 위에서 가속되어 날아드는 미스릴 탄(彈), 내력이 담긴 화살, 그리고 간격을 넘어 폭발하듯 후려치는 수십 방의 주먹질.

그것들은 서로 간에 의견 교환없이 이루어졌다고는 믿을 수 없을 정도로 강력한 합격(合格). 막기는 불가능에 가깝고 피하기는 더욱 어려울 정도로 완벽한 타이밍과 위력을 가진 채 밀려드는 공격은 설사 상대가 드래곤이라고 해도 한순간에 목숨을 잃어버릴 정도로 무시무시했다. 하지만 은색의 사내, 사도는 처음부터 그 공격을 피할 생각이 없었다. 그는

자신에게 쏟아지는 그 모든 공격을 몸으로 받아내며 그 자리에서 가장 취약한 상태의 적을 향해 손을 내밀었다.

퍽!

"레, 레스 아저씨?"

막 다음 화살을 쏘아내려고 하던 멜피스의 비명과 동시에 로안이 날 듯이 달려 레스를 향해 접근한다. 그것은 치유를 위해서였으나, 상황은 이미 늦어 하이 프리스트인 로안으로서도 그를 치유할 방법이 없다. 왜냐하면 즉사였으니까. 아무리 그라고 해도 죽은 사람을 살릴 수는 없었던 것이다.

"우… 우우……."

그리고 그 순간 로안의 눈동자가 크게 흔들린다. 그의 눈에 담기는 것은 그 생에 한 번도 느끼지 못했던 분노(忿怒). 그는 잠시 멈칫거리다가 오른손을 들어 올렸다. 그리고 그의 오른 손등에서 백색의 십자가가 빛을 내뿜기 시작한다. 그것은 신의 인장을 받은 자에게만 만들어진다는 성표(聖表). 디바인 마크(Divine Mark)!

"다리안이시여!!"

성스러운 백광이 그의 몸에 어리기 시작한다. 열리는 것은 외차원으로의 연결. 그리고 그것이 무엇을 뜻하는지 아는 유저들은 기겁해서 소리쳤다.

"그만둬!!"

"저 바보가!!"

소리치거나 말거나 두 팔을 펼치며 신을 영접할 준비를 하는 로안. 그는 자신을 비추는 빛을 향해 자신의 뜻을 전했다. 그리고,

거절당했다.

"읏?"

단숨에 빛이 사라지고 떠오르던 몸이 내려앉는다. 고통스러운 표정으로 피를 토하는 로안. 멜피스는 황급히 다가서서 그를 부축했다.
"괘, 괜찮아, 로안?!"
"젠… 장."
"뭐?"
"젠장, 젠장! 역시 안 돼요. 가능할 리가 없잖아요? 이렇게나 흐트러지고 타락한 정신으로 다리안을 영접하려 하다니. 하, 하하하, 내가 대체 무슨 짓을."

강신은 마음만 먹으면 언제나 사용할 수 있는 다른 스킬과는 다르다. 그것은 말하자면 요청(要請)으로, 신을 부르는 힘일 뿐, 강제로 그 힘을 끌어오는 것은 아니니까. 아무리 자기가 필요해서 사용해도 막상 신이 거절하면 끝인 것이다. 하지만 그런 걸 떠나서 멜피스는 화를 낸다.
"지금 그게 문제냐? 너 지금 네 몸 상태가 어떤지 몰라? 강신을 한 지 얼마나 지났다고 또 하려고 하다니!"
"하지만 레스 할아버지가……!"
"시끄러워! 지금 죽은 게 레스 할아버지 한 명뿐인 줄 알아?!"
"하지만, 하지만……!!"

울먹이며 고개를 들어 올렸지만 실제로 그가 살아 있는 건 그야말로 기적이다. 신의 힘을 받아들이는 것은 결코 가볍지 않은 일. 설사 다리안이 그의 부름에 따라 강림을 허락했다 하더라도 지금의 그는 그 힘을 감당할 상태가 아니다. 만약 강림이 순조로이 이루어졌다 하더라도 그는 그 힘을 아주 잠시도 버티지 못하고 사망했으리라.

[마스터… 나는… 당신은…….]

조금 전만 해도 쉴 새 없이 미스릴 탄을 쏘아대고 있던 은색의 골렘이 작은 소음과 함께 움직임을 멈추고 이내 은색의 먼지로 흩어지기 시작한

다. 딱딱한 표정으로 그 모습을 바라보는 유저들. 그리고 그때,

쿠우―

멀찍이에서 거대한 힘의 파동이 느껴진다. 그것은 그들에게도 매우 익숙한 기운이었기에 청월랑은 이를 갈았다.

"헬 게이트로군. 자폭한 건가?"

[그래. 그것도 내 동료 중 하나를 소멸시킬 정도로 제대로 먹혔군. 뭐, 어차피 의미없기는 하지만… 놀라운 일이야.]

말을 하면서도 다시금 빛줄기를 뿜어내며 유저들을 공격한다. 마치 장난 같은 태도로 날린 공격이었지만 그 공격력은 결코 장난이 아니다. 미사일을 막을 만큼의 프로텍션(Protection)도, 검기를 상쇄시킬 만한 호신강기(護身罡氣)도 그 빛줄기 앞에서는 너무나 쉽게 뚫려 버리니까. 하지만 그렇다고 그 빛줄기에 무슨 주문 파기나 저주 주문이 담긴 것도 아니다. 그냥 순수하게 힘으로 밀고 들어오는 것이 너무나도 강해 막지 못하는 것일 뿐. 그 위력은 한 방 한 방이 능히 브레스에 맞먹어 방어가 거의 불가능했다. 실제로 유저 중에 그 빛줄기를 제대로 막아낸 건 신기에 탑승해 있던 키리에뿐이다.

쩡!

키리에의 몸이 뒤로 조금 밀렸지만 이번에도 무사하다. 이제는 숫제 경탄보다도 의아한 표정으로 그녀를 바라보는 유저들. 그녀의 방어력에 호기심을 느낀 건 그들뿐만이 아닌 듯 사도 역시 잠시 공격을 멈추고 묻는다.

[그 갑옷, 정말 대단하군. 다른 녀석들보다 훨씬 더 강력한 것 같은데… 비결 좀 가르쳐 줄 수 있나?]

[웃기는군.]

도병(刀柄)에 손을 올리며 싸늘하게 대답하는 키리에였지만 그렇다고 해서 설영을 뽑지는 못한다. 이미 그녀의 내부는 모조리 망가졌다고 해

도 좋을 정도로 엉망이었으니까. 그녀의 타이탄은 조건부로서 '절대'에 가까운 방어력을 가지고 있었지만, 그럼에도 견뎌낼 수 없었을 정도로 적의 공격이 너무나도 강력했던 것이다.

[뭐, 안 가르쳐 줘도 상관없지. 내가 찾으면 되니까.]

[…찾는다고?]

[간단하지. 네 이름이 키리에였지? 어디 보자, 검색이… 좋아, 찾았군.]

씩 웃으며 자신의 주위로 한 개의 광구를 띄우는 사도. 키리에는 긴장하며 유저들의 앞을 막아섰다. 저 공격에 죽은 동료가 대체 몇이던가. 물론 그 공격은 그녀에게도 엄청난 타격이었지만 그나마 방어가 가능한 게 그녀뿐이었으니 나설 수밖에 없다. 하지만 사도의 몸 주위에 떠 있던 빛줄기는 단숨에 공간을 격하고…….

퍽!

그녀의 몸이 그대로 쓰러져 버린다.

"키리에?!"

뒤에서 불안한 눈으로 그녀를 지켜보던 청월랑이 비명을 지르며 그녀의 상태를 살핀다. 이미 그녀의 몸을 감싸고 있던 은색 갑주는 사라지고 없다. 발뒤꿈치에서부터 무시무시한 기세로 뿜어지는 핏줄기. 그는 그녀의 아킬레스건이 끊어졌다는 것을 깨달았다.

"로안!"

"다리안의 영광된 힘이여!"

청월랑이 소리칠 것도 없이 로안이 달려와 신성력을 발한다. 하지만 소용없다. 출혈의 기세가 좀 줄어들기는 했지만 그럼에도 상처가 아물지는 않았으니까. 그 상처는 보통의 상처가 아니다. 마치 신관의 성흔(聖痕)처럼 좀 더 영적인 어떤 금제(禁制)가 가해진 상처인 것이다.

"…이건?"

[대가지. 네 신기의 이름, 아킬레우스 맞지?]

"너……."

키리에는 이를 악물며 간신히 상체를 일으켰지만 그 이상 움직이지 못한다. 지금까지의 타격 자체가 작지 않았던데다 그녀의 신기는 절대적인 방어력을 가진 대신 발뒤꿈치를 공격당하면 치명적인 타격을 입게 되니까.

그녀가 가진 신기의 이름은 불사(不死)의 반신(半神), 아킬레우스(Achilleus). 과거 스틱스 강에 몸을 담가 상처받지 않는 몸을 지니게 된 전설의 영웅이지만 발뒤꿈치만은 스틱스 강에 담그지 못해 그곳만 약점이 되고, 결국 트로이 왕자 파리스에게 목숨을 잃어버림으로써 아킬레스건이라는 이름의 어원이 된 존재. 물론 그녀는 실제 아킬레우스와 아무런 연관도 없다. 하지만 그녀는 레이그란츠의 가오가이거나 청월랑의 천총운검(天叢雲劍)처럼 딱히 동경해 왔거나 원하던 신기의 이미지 역시 없었다. 그녀가 원하던 것은 비록 약점이 있다 하더라도 절대적인 방어력을 지닌 타이탄. 그리고 일루전의 시스템은 환상을 맺어 그에 걸맞은 실체를 만들어낸 것이다.

[그럼…….]

"빛이여!"

막 사도가 뭔가 더 말을 하려는 순간 당겨진 시위에 빛줄기가 어린다. 주위를 슬쩍 둘러보며 피하라는 뜻을 전하는 멜피스. 그리고 그는 그대로 시위를 놓는다.

웅—!

차원이 비틀리고 뒤틀린다. 공간을 꿰뚫고 지나가는 거대한 에너지의 폭풍. 사도는 다시금 무형의 막을 만들어 그 공격을 막았지만, 일순간 방어에 구멍이 생긴다. 그리고…….

[휘말리지 않도록 조심하세요!]

멜피스의 등 뒤에 숨어 있던 패러디가 붉은 광채와 함께 거대하게 변한다. 신기 페르소나 논 그라타(Persona non Grata)를 이용한 완전 변이(完全變異). 팔 하나가 날아가는 부상을 입어서일까? 왼쪽 어깨와 날개가 엉망으로 찢겨져 있기는 하지만 중요한 것은 날개가 아닌 그 입에 머문 폭염이다.

고오오—!

후끈한 열기와 함께 적색의 폭염이 사도의 몸으로 쏟아져 내린다. 이미 그것은 폭염이라기보다는 광선에 가까운 공격! 사도의 눈에 놀람이 깃들고, 그대로 그 공격에 휩쓸린다.

화악!

폭염에 휩쓸린 주위가 그 열기에 여지없이 노출된다. 녹기는커녕 달궈지는 과정조차 없이 증발하는 시멘트와 아스팔트. 하지만 그 순간,

패러디가 토해냈던 브레스와 동일한 빛줄기가 이번에는 유저들을 노리고 날아든다. 게다가 그 숫자는 둘!

[큭!]

한 발은 막힌다. 왕좌(王座)에 올라 강대한 힘을 가지게 된 하멜이 간신히 막아내었으니까. 하지만 그걸로 끝. 하멜은 그 타격을 이기지 못하고 환계로 강제 귀환(强制歸還)당하고 나머지 한 개의 빛줄기는 허공을 날아 거대한 덩치의 레드 드래곤의 머리에 명중한다.

"패러디……?!"

레오나의 눈동자가 한순간 크게 흔들린다. 머리를 잃고 비틀거리는 적색의 거체.

쿵!

묵직한 굉음과 함께 땅이 울린다. 레오나는 황급히 그에게 다가갔지만 늦은 상태다. 이미 그의 몸은 적색의 먼지로 변해 천천히 흩어지고 있다.

심판의 날

"아… 아?"

사라져 버리는 그의 모습에 망연자실해하는 레오나. 하지만 그녀야 어쨌든 상관없다는 듯 어느새 몸을 복구시킨 사도가 입을 연다.

[흥미가 생겨 계속 놓았지만 그것도 슬슬 위험 수준이군. 아무리 '나'라는 객체가 무한하다지만 이렇게 의미없이 낭비하는 건 어리석은 일이지. 게다가 신드로이아의 상태도 불분명한 상태에서 너무 시간을 끄는 것도 좋지 않을 듯 하고.]

"너……."

[응?]

검은 연기가 깔리기 시작한다. 그것은 접촉하는 모든 것을 사멸시키는 죽음의 기운.

"너어! 너어!! 죽여 버리겠어!!"

새까만 흑발이 나풀거리고 검은 연기와 함께 살을 에일 듯한 살기가 공간을 메운다. 보통 사람이라면 목격하는 것만으로 심장이 멎어버릴 정도로 무시무시한 광경. 하지만 사도는 귀찮다는 듯 손을 내젓는다.

[죽어라.]

펑!

구멍이 뚫림과 동시에 비틀거리는 레오나. 당연한 일이다. 레이그란츠조차 제대로 막아내지 못할 정도였던 사도의 공격을 직접 전투에 취약한 사령술사가 막아낼 리 만무했으니까. 하지만,

쩍.

[응?]

그건 레오나 역시 알고 있던 사실이었다.

쩍, 쩌적, 쩍.

은색의 몸이 찢겨진다. 그것은 유형화 된 '죽음'. 그녀는 자신의 목숨

을 제물로 자신의 신기 타나토스를 풀가동시킨 것이다.

　천천히 흩어지는 은색의 몸. 하지만 그 순간 다시 부활한다. 그것이 뜻하는 바는 명확하다. 그에게는 주술적인 살해조차 의미없다는 말이다.

　"패러디 형이랑 레오나 누나가……."

　"하, 하하, 미치겠군. 진짜 불사신이란 말인가?"

　이미 상황은 절망적이다. 남은 사람이라고는 부상을 입어 지금 당장 죽어도 이상할 게 없는 키리에와 하멜이 강제 귀환을 당하면서 얻은 타격에 빈사 상태에 빠져 버린 멜피스. 또 그들이 당장 죽지 않도록 치유하느라고 발이 묶인 로안을 빼면 청월랑과 레이그란츠, 그리고 유리아까지 셋뿐. 하지만 그 셋 앞에 있는 사도는 처음과 똑같은 모습으로 서 있다.

　[정말이지, 놀랍군. 상상 이상이라는 말도 취소하지. 너희들, 상상을 초월해.]

　그렇게 말함과 동시에 기세가 변한다. 조용히 가라앉는 분위기. 레이그란츠는 소름이 돋는 것을 느꼈지만 앞으로 나서서 양손을 들어 올린다. 화가 난 건 그 역시 마찬가지다. 계속, 계속해서 동료들이 죽어나가고 있었으니까. 그리고 이대로라면…….

　"조심해."

　[너나 조심해. 괜히…….]

　"괜히 뭐?"

　[…아냐. 조심해.]

　다시 고개를 돌려 적을 주시하는 붉은색의 거인. 언뜻 박력이 넘쳐 보이는 모습이기는 하지만 그는 그녀가 떨고 있다는 걸 느낄 수 있었다. 하지만 이런 상황에서 패닉에 빠지지 않는 것이야말로 그녀가 강하다는 증거. 레이그란츠는 그녀의 모습을 보며 마음을 가라앉혔다. 그렇다. 이대로라면 결국 그녀까지 당하고 말리라.

"가오가이거."

[오냐, 주인.]

낮은 금속음과 함께 목걸이가 확장해 전신을 뒤덮는다. 가슴에 달린 사자 형태의 조각과 등 뒤에 제트기를 붙여놓은 것 같은 날개. 드릴이 달린 무릎과 기차 형태의 어깨 장식.

사실 그 형태는 전투에 적합하지 않다. 당연하다. 용자물 애니메이션에서 따온 모습이 합리적일 수는 없으니까. 하지만 그럼에도 거기에서 전해지는 투기(鬪氣)는 실로 패도적이라 할 만해 사도마저 놀란 표정을 짓는다.

[흠, 너, 꽤 세군.]

[몰랐나? 아니, 몰랐다면 그건 내 잘못이겠지만.]

키잉!

앞으로 나서며 주먹을 쥐자 금속음과 함께 불꽃이 튄다. 온몸을 뒤덮으며 퍼져 나가는 파동. 그는 오른발에 무게를 싣고 몸을 낮추며 자세를 잡았다.

[덤비겠다는 건가? 어차피 못 이길 텐데?]

[어차피 다 끝낼 생각이었으면서 왜 이러시나. 게다가 계속해서 부활하는 게 문제라면.]

순간 슉, 하는 느낌과 함께 거울과 거울을 마주 비춘 것처럼 그의 모습이 늘어난다. 그것은 마스터 스킬 팔영분신(八影分身). 어느새 여덟 명으로 늘어난 그는 기세를 올려 사도에게 달려들었다.

[무한히 죽여 버리면 그만이야!]

브로큰 매그넘(Broken Magnum). 강철의 주먹이 허공을 격해 사도의 몸을 노린다. 물론 사도는 무형의 막을 만들어 그 공격을 막았지만, 단 4방 만에 막에 금이 가고 10방째 주먹부터는 거침없이 사도의 몸을 후려친다.
 펑!
 터져 나가는 몸. 하지만 레이그란츠는 방심하지 않고 호신강기로 전신을 둘렀다. 과연 사도의 몸은 순식간에 복구되며 십수 줄기의 빛줄기가 그의 전신을 노린다.
 [치워.]
 하지만 분신 중 셋이 정면으로 나서 주먹을 내밀자 그의 몸을 노리던 빛줄기들이 그의 주먹에서 일어난 기운과 충돌하더니 이리저리 휘어 그의 몸을 비껴 나간다. 그리고 그 틈을 이용해 날려 보낸 주먹을 회수하며 접근하는 다섯의 레이그란츠. 아수라멸천장(阿修羅滅天掌), 단침공(短針功), 여래신수(如來神手), 혼원장(混元掌), 천무지격(天武之擊). 무공에 평생을 바쳐도 도달하기 어렵다는 온갖 종류의 상승 절기들이 그의 손에서 재현(再現)된다. 터져 나가고, 터져 나가고, 또다시 터져 나가는 사도의 몸. 하지만 그는 다시 몸을 수복시키고 말한다.
 […놀랍군. 잠깐 사이에 날 세 번이나 죽이다니.]
 그렇게 공격을 퍼부었건만 여전히 한 치도 달라지지 않은 모습으로 중얼거리는 사도. 레이그란츠는 내력을 끌어올려 그에게 손을 뻗었다. 눈앞의 적을 다시금 쓰러뜨리기 위한 움직임이었는데, 당황스럽게도 지금까지와는 그 결과가 다르다. 사도가 손을 뻗어 그의 주먹을 잡아버린 것이다. 놀랍게도 그건 수많은 수련을 쌓은 듯 매끄러운 금나술(擒拿術)이었다.
 [뭣……?!]
 "조심해!"
 청월랑의 예도가 흐릿해지는가 싶더니 허공에 백색의 달이 떠오른다. 십이백월참(十二白月斬). 그것은 신성력과 검기를 혼용한 그의 비기(秘

技)로, 날카롭게 사도의 몸을 잘라갔지만 사도는 손을 내밀었다가 예도가 팔의 간격 안에 들어오는 순간 당기듯 힘을 흘려 검을 빼앗았다. 물론 청월랑은 그 움직임에 저항했지만 뺏기는 과정은 순식간이다.

"고, 고, 공수탈백인(空手奪白刃)?!"

[무공이라는 게 흥미롭다고 생각하게 됐거든. 아, 그리고 이건 이렇게 하는 건가?]

펑!

그의 손에서 빛줄기가 뿜어진다. 그리고 그 공격에 반사적으로 나서 주먹을 내뻗는 레이그란츠. 그의 주먹은 정확하게 빛줄기를 가격했지만 지금까지와는 그 반응이 다르다. 빛줄기는 그의 주먹에서 뿜어지는 흐름에 거스르지 않고 그 틈을 파고들더니, 단숨에 레이그란츠의 심장을 꿰뚫어 버린 것이다.

콰득.

타이탄의 장갑조차 허망할 정도로 동전만 한 구멍이 뚫린다. 그것은 극도로 압축된 내공의 정화. 레이그란츠의 입에서 핏물이 새어 나옴과 동시에 일곱의 분신이 단숨에 사라진다. 본체가 공격받아 치명적인 타격을 입자 세계로의 링크가 끊어지면서 분신들이 소멸한 것이다.

[단침공(短針功)······.]

[그래. 방금 네가 쓴 기술이지. 그냥 써봤는데 생각보다 꽤 괜찮군.]

[그런, 말··· 도··· 안······.]

[레이!!!]

쓰러져 버리는 레이그란츠의 모습에 유리아는 다급히 그의 몸을 붙잡았다. 하지만 여태까지 사도의 공격을 받은 모든 유저가 그랬듯 레이그란츠 역시 더 이상 움직이지 못한다. 보이는 것은 건너편이 보일 정도로 깔끔하게 뚫려 버린 심장. 그리고 그 모습에 한순간 유리아의 몸이 크게 떨린다. 잠시 침묵하다가 이내 몸을 일으키는 유리아. 청월랑은 이제 검조차 없는 손으로 그녀의 팔을 잡았다.

"진정해. 흥분한 상태에서 이길 수 있는 상대가 아냐."

[그럼? 진정하면 이길 수 있나?]

"……."

[비켜.]

유리아의 몸이 사도를 향해 달려나간다. 그녀의 손에 들린 것은 여섯 개의 철판. 그녀는 달려가던 힘 전부를 실어 그것들을 던져 버렸다.

[만천화우(滿天花雨)인가? 유명해서 그런지 검색이 쉽군.]

[닥쳐!!]

키릭! 키리릭!

던져진 철판들이 깃털을 세우기 시작한다. 이내 수백, 수천 조각으로 나뉘어져 만들어지는 암기의 폭풍! 하지만 사도는 태연히 오른손을 들었다.

[어디 보자, 분명 이 기술 이름이 여래신수(如來神手)였지?]

쾅!

손바닥 모양의 거대한 기운이 암기의 폭풍은 물론 새로운 공격을 준비하고 있던 유리아까지 통째로 휩쓸고 지나간다. 레이그란츠가 펼쳤던 공격과는 차원이 다른 위력. 다행히 타이탄에 탑승해 있어 몸이 갈기갈기 찢어지는 건 피할 수 있었지만 쓰러진 그녀의 몸은 다시 움직이지 못한다.

"큭……."

멜피스는 활을 들었다. 물론 그 역시 하멜이 강제 귀환을 당하면서 입은 타격이 너무 커 손가락 하나 까닥하기 힘든 상황이었지만 그렇다고 가만히 죽어줄 수는 없기 때문이다. 다행히 아직 신기의 힘은 남아 있는 상태였다.

"빛이여!!"

당겨진 시위에 빛줄기가 걸린다. 그것은 신기. 유저들에게 주어져 상상 이상의 전투력을 만들어준 강대한 공격 수단. 하지만 사도는 그의 동작에 따라 손을 들었다.

[빛이여… 인가?]

"…뭐?"

시위에 걸리는 빛줄기를 보며 할 말을 잃어버린다. 경악하는 유저들. 그리고 사도는 그대로 시위를 놓았고, 시위에 걸려 있던 빛줄기가 멜피스를 노리고 날아든다.

"빛이여!"

"다리안이시여!"

멜피스의 빛줄기가 사도의 빛줄기에 마주쳐 가고 그 뒤로 백색의 힘이 덧씌워진다. 하지만 그럼에도 역부족. 사도의 빛줄기는 그 모든 것을 통째로 휩쓸고 지나갔고, 그 대상에는 멜피스와 로안 역시 포함되어 있다.

"큭!"

인벤토리를 뒤져 아무렇게나 박혀 있던 예도 중 하나를 꺼내 든 청월랑의 얼굴이 험악해진다. 쓰러졌다. 모두가 쓰러졌다. 서 있는 인간이라고는 그 하나뿐. 물론 몰살한 것은 아니다. 레이그란츠는 심장이 파괴되어 죽은 것 같았지만 유리아와 로안, 그리고 멜피스는 어쨌든 목숨을 보존한 상태였으니까. 단지 문제는… 그 부상 상태가 문자 그대로 '어쨌든' 살아 있다고밖에 표현할 수 없을 정도라는 것. 그리고 그나마 의식을 가지고 있는 또 한 명이.

"오라버니."

"그래, 이 오빠가 있으니 떨지 마라, 동생."

"…누가 떤다는 겁니까?"

어이없다는 표정을 짓고 있는 키리에. 하지만 그럼에도 그녀의 상태는 심각하다. 그녀의 아킬레스건이 끊어져 출혈이 심각한 게 문제가 아니다. 밀레이온처럼 전신의 모든 피를 뽑아버린 다음 그걸 음식물로 즉시 보충할 정도의 미친 짓이 가능할 정도는 아니었지만 그녀 역시 기본적으로 생명력이 높은 기사이자 마찬가지로 직접계 직업인 암살자로서 마스터 레벨에 오른 자. 겨우 출혈 과다에 사망에 이를 정도로 낮은 생명력의 소유자가 아니니까.

문제는 오히려 아킬레스를 공격당하면서 그녀에게 씌워진 저주에 있었다. 죽음으로 치닫는 그 저주는 지금 이 순간에도 계속해서 그녀의 생명력을 갉아먹고 있는 것이다.

[네가 마지막인가?]

"그래, 내가 마지막이지."

쓰게 웃자 날카로운 송곳니가 그 모습을 드러낸다. 이제 그의 모습은 완벽한 늑대인간의 그것으로 변한 상태. 키리에는 자신의 앞을 막아서는 청월랑을 불안한 눈으로 바라보았다. 승산은 없다. 당연한 일이었다. 상대는 종말을 행하러 온 신의 사도. 하지만 청월랑은 두려움없이 왼손으로 예도를 들고, 오른손의 손톱을 길게 뽑았다. 그 하나하나가 날카롭고 예리해 마치 손가락에 나이프 하나씩 달아놓은 것 같은 모양새다.

"대체 뭘 하려고……."

"사실 난… 네 존재가 별로 탐탁지 않았단다, 동생아."

담담한 목소리에 키리에의 몸이 살짝 떨린다. 그녀는 한 번도 그의 그런 목소리를 들어본 적이 없었다. 그녀의 앞에서 그는 언제나 장난기 넘치고 따뜻한, 하지만 그럼에도 조금은 방정맞은 사내였던 것이다.

퍽!

그때 빛줄기가 날아들어 그의 가슴을 후려친다. 잠시도 버티지 못하고 부서지고 터져 나가는 뼈와 근육. 하지만 뚫리지는 않는다. 그의 육체는 그야말로 눈 깜짝할 사이에 복원되어 버린 것이다.

"네 존재는 아주 어릴 때부터 알고 있었어. 우리 어머니와 이혼한 일본인 아버지께서 따로 내 여동생을 키우고 있다는 것쯤 여러 번 들어왔으니까. 하지만 알아?"

퍽!

이번에는 무릎이 터져 나가 그 몸이 한순간 비틀거렸지만 순식간에 재생을 마치고서 이야기를 이어나간다.

"우리나라 사람들은 기본적으로 일본을 별로 안 좋아해."

"오라버니……."

퍽!

머리가 터져 나간다. 하지만 그럼에도 복구된다. 그 재생 시간은 가면 갈수록 빨라져서 사도조차 놀랍다는 눈으로 바라본다.

"싫었지. 솔직히 좀 짜증났어. 딱히 네가 잘못한 게 없다는 것쯤은 알고 있었지만 갑자기 부모님이 재혼한다고 했을 때 반감이 드는 것만은 어쩔 수 없었거든. 게다가 나노하라는 이름은… 역시 좀 그렇잖아?"

"바보 아버지 때문에……."

"킥, 그래, 바보 아버지 때문이지."

그의 아버지는 결혼해 딸이 태어나면 반드시 주고 말겠다고 결심한 이름이 있었다. 그것이 나노하. 다행이랄까, 불행이랄까. '그쪽' 문화에 전혀 관심이 없는 그의 아내는 그 이름이 뜻하는 바를 몰랐기에 그가 지은 이름을 딸에게 붙이는 걸 허락하고 말았다.

"공항에 가는 내내 불만이었어. 왜 이제 와서 재혼한다는 걸까. 우리 둘이서도 얼마든지 잘살 수 있는데. 그래서 나는 너를 만나는 순간 온갖 심술을 다 부리겠다고 결심했지. 우리 둘의 사이가 심각하게 나쁘면 재혼에 대한 부모님의 생각도 바뀌어서 너랑 아버지가 돌아가 주지 않을까 생각했거든."

하지만 그의 생각은 실행에 옮겨지지 못했다. 공항에서 모습을 드러낸 소녀의 모습에 한순간 약속 장소까지 향하며 세워두었던 그 모든 계획을 잊어버렸기 때문이다. 그렇다, 문자 그대로 넋을 잃어버렸다고 해도 좋으리라. 불어오는 바람에 흩날리는 긴 흑발에, 그리고 그 가라앉아 있는 눈동자와 세상 그 어떤 것에도 관심없다는 말하는 것 같은 그 무감동한 표정에.

그는, 정말로 아무 생각도 할 수 없었다. 어쩌면 그건 첫눈에 반했다는 표현이 어울릴 정도로 강력한 충격이었다.

"솔직히 여동생을 가지고 싶다고 생각한 적은 단 한 번도 없었지만… 그때 결심했지, 이 귀엽고 슬퍼 보이는 여동생을 위해서라면 목숨조차 아깝지 않겠다고 말이야."

"오라버니, 지금 설마……."

퍽!

그때 다시 한 번 쏟아진 공격이 그의 몸통을 후려쳤지만, 놀랍게도 그 몸은 이제 터져 나가지도 않는다. 어느새 그의 전신을 환하게 뒤덮고 있는 은빛의 털. 마치 지상에 달이 떠 있는 것처럼 은은한 빛을 흩뿌리고 있는 그는 하늘을 향해 자신의 무기를 들어 올리며 소리쳤다.

"여신이여! 여기 부족한 자가 감히 당신을 청하려 하옵니다!!"

"…안 돼."

이제야 그가 뭘 하려는지 깨달은 키리에가 몸을 일으키려 했지만 이내 버티지 못하고 쓰러진다. 그리고 계속해서 뿜어지는 은빛.

"여신이여, 지금 저에게!"

하늘에 떠 있는 달을 향해 그는 소리친다.

"세상 그 어떤 무엇에게도 굴하지 않는 힘을!!"

[네놈……?!]

장난처럼 공격을 계속하다 뭔가 심상치 않다는 것을 깨닫고 공세를 강화하는 사도. 하지만 늦었다. 그의 공격은, 더 이상 청월랑의 근처에도 다가서지 못한다.

웅―!

하늘에 떠 있던 달에서부터 부드러운 달빛이 쏟아져 내려와 그의 몸을 뒤덮는다. 그것은 고결하고도 성스러운 힘. 사도의 얼굴이 험악해진다.

[거짓말. 네놈은 대신관이 아냐. 신을 부를 힘 따위는 없어!]

"흠, 그런 말을 하는 걸 보니 유저에 대해 완벽하게는 파악하지 못한 모양이군. 뭐, 유저라는 걸 쳐도 내가 여신을 영접하는 건 불가능에 가깝지만 세상에는 언제나 편법이라는 것도 존재하는 법이지."

푸욱.

순간 날카로운 손톱을 꺼내놓고 있던 그의 오른손이 자신의 가슴팍을 파고든다. 그것은 성흔(聖痕). 하지만 다른 신관들이 행하는 성흔과는 그 성질 자체가 다르다.

[네놈…….]

사도는 청월랑의 손에 잡혀 있는 심장을 보며 할 말을 잃었다. 물론 그의 가슴팍은 깨끗하다. 그의 재생력이란 보통의 것이 아니니까. 하지만 왼쪽 가슴팍 부분이 텅 비어 있을 것이라는 것 역시 사실이다. 그 심장은 몸 밖으로 나와 그의 손에 잡혀 있기 때문이다.

"여신이여."

자신의 심장을 뽑아 들고 있는 상태에서도 청월랑의 정신은 더없이 맑고 깨끗해 단 한 점의 흔들림조차 없다. 그의 눈에 보이는 것은 두 눈 가득히 눈물을 쏟으면서도 자신의 모습을 놓치지 않겠다는 듯 바라보고 있는 그의 여동생.

그는 웃었다. 그렇다, 그의 여동생이었다. 세상 그 누구보다 곱고 아름다운 그의 여동생. 그는 한순간 감히 그녀를 거절한 사내놈의 볼기짝을 후려치지 못했다는 걸 깨닫고 안타까워했지만, 이내 잡념을 떨치고 정신을 집중했다.

"여신이여, 나에게……."

은빛이 점점 강해지고 이내 달빛이 세상을 가득히 채운다. 그리고 그것으로 격리(隔離)되는 세계. 그리고 그는 그대로 예도를 뻗었다.

"사랑스러운 누이를 지킬 힘을……!!"

순간 섬광이 번쩍이고 그의 뒤로 기다란 은발을 늘어뜨리고 있는 아름다운 여인이 스며드는 것 같은 환상이 어린다.

우우—!

청월랑의 몸을 빽빽하게 뒤덮고 있던 털들이 사라지고 대신 그의 머리칼이 허리 아래까지 길어진다. 느껴지는 것은 단지 은빛. 사도는 괴성을 질렀다.

[어리석구나. 어리석구나, 여신이여! 고작 인간의 부름 따위에 응답해 세계의 법칙을 거스르려 하다니!!]

"아, 시끄러. 우리 누님 욕 함부로 하다가는 혼난다."

[누, 누님?]

어처구니없어하는 사도를 향해 천천히 걷기 시작하는 청월랑. 사도는 반사적으로 물러서려 했지만 주위의 은빛이 그 움직임을 막는다.

당황하는 사도에게 계속해서 다가가는 청월랑. 하지만 그는 잠시 걸음을 멈추고 키리에를 돌아보았다.

아차. 동생. 그 젠장맞을 놈을 다시 붙잡아놓을 방법 정도는 생각해 두었겠지?

"…뭐?"
 멀리서 들려오는 것 같은 목소리보다는, 오히려 전혀 상상치도 못한 내용에 멈칫하는 키리에. 그리고 그런 그녀를 향해 그는 말했다.

 힘내라, 동생. 너는 포기라는 단어와 어울리지 않아.

"오라버니……."
 눈물을 흘리는 키리에를 향해 환하게 미소 짓는 청월랑. 그리고 잠시 후, 그의 전신이 은색의 빛에 감싸이고…….
 번쩍!
 은은한 달빛이 세상을 뒤덮는다.

주시자

Chapter 73

주시자

"시건방진 놈! 나를 너무 우습게 봤구나!"
 거대한 마력의 폭풍을 이끌고 소장이 모습을 드러낸다. 대단하군. 제니카의 말이 거짓이 아니라면 그가 공간 이동당한 거리는 무려 3억 킬로미터. 그 거리란 지구와 태양 사이의 거리보다 두 배나 멀다. 그건 광속으로 날아도 17분 가까이 걸릴 정도로 먼 거리인데 이렇게 금방, 그것도 정확히 우리를 찾아온 걸 보면 그 역시도 뭔가 숨겨놓은 수가 있기는 한 모양이군. 만약 싸우게 된다면 꽤나 까다로운 상대가 되었겠지만 결론적으로 그는 자신의 힘을 뽐낼 기회를 잡지조차 못했다.
 "불청객이군요, 그것도 귀찮은."
 "불청객이라고? 네놈은 또 뭐 하는……."
 "아, 됐습니다. 당신이라는 존재는 '없던 걸로' 하지요. 여러모로 이야기가 복잡해지는 것도 싫으니까."
 태연한 말투, 별 상관 없다는 표정. 하지만 그 순간, 우리 앞에서 으르

렁거리던 존재가 '사라졌다'.

"…뭐?"

당혹스러워한다. 지금 대체 무슨 일이 벌어진 거지? 반사적으로 카이더스를 들어 올려 주변의 간섭으로부터의 저항력을 강화시켰지만 효과는 없다. 애초에 내 감각을 마비시킬 요소 자체가 전혀 없었기 때문이다. 그리고 그때 제니카가 중얼거린다.

"…잠깐만. 지금 사라진 게 누구지?"

"무슨 바보 같은 소리를. 당연히……."

대답하려다가 멈칫한다. 왜냐하면 기억이 나지 않았으니까. 자, 잠깐, 말도 안 돼. 지금 여기 있던 게 '누구'였지?

"아, 별로 놀라실 건 없어요. 제가 그를 '부정'해서 생긴 현상이니까요. 그래도 누가 있었다는 걸 기억하는 걸 보아하니 두 분 다 대단하시네요. 물론 시간이 좀 더 지나면 완전히 잊어버리겠지만."

"…너."

소름이 돋는 것을 느낀다. 그래, 이런 힘을 다루는 존재를 알고 있다. 단지 긍정하는 것만으로 새로운 차원을 만들고 단지 부정하는 것만으로 존재하는 모든 것을 무로 돌릴 수 있는 존재. 그 모든 초월자들이 물질계에 간섭하는 것을 막으며 그 과정에서 셀 수도 없이 많은 신들을 사라지게 만든 창조신의 이면. 아수라(阿修羅).

"아뇨, 아뇨. 그럴 리가 없잖아요."

말도 안 된다는 듯 웃는 그의 모습에 눈을 가늘게 뜬다.

"아니라고?"

"예. 그분이 겨우 이런 싸움판에 끼실 리가 없죠. 이놈의 세계는 넓고 넓어서 한 객체로서 커버하긴 조금 힘드니까요. 저는 단지 그분의 눈 중 하나일 뿐입니다."

"그렇군. 네가 주시자였어."

"응? 그 이름을 아시다니, 대단하네요."

제니카의 물음에 고개를 끄덕이는 욥. 하지만 그때 뒤쪽에서부터 어마어마한 힘이 전해진다.

홍—

"핸드린느?"

숨이 턱턱 막힐 정도로 전신을 옥죄어오는 영압에 고개를 돌린다. 보이는 것은 완전히 회복된 모습으로 도베라인을 들어 올리고 있는 핸드린느. 그녀에게서 전해지는 힘이란 실로 막막하다. 맙소사 이런 엄청난 힘이라니, 예전 현신(現身)했던 다크의 본체를 보고 있는 것처럼 그 앞에서는 대항할 마음조차 나지 않는 것이다. 이것이 신드로이아를 수호하는 수호 신수를 쓰러뜨릴 수 있을 정도의 힘이라는 건가? 그녀의 몸 안에 봉해진 무수한 신들이 전해주는 힘이 그녀의 몸을 매체로 뿜어지고 있었다.

"홍, 당신이 누구든 상관없어요! 저 지긋지긋한 놈이 사라진 이상 내가 여기 있는 모두를 쓰러뜨리고 신드로이아를 손에 넣을 테니까!"

그렇게 말하며 전해지는 패도적인 기운! 하지만 욥은 부드럽게 웃으며 말한다.

"그건 힘들 거라고 봅니다만. '아무 힘도 없는' 당신이 할 수 있는 일은 없으니까요."

간단한 말. 하지만 그 말과 동시에 핸드린느에게서 느껴지던 기운이 씻은 듯이 사라진다.

"…뭐?"

당혹스러워하는 핸드린느에게 욥이 말한다.

"당신이라는 존재에 대해서는 매우 흥미롭게 생각하고 있습니다. 일개 마검이 이렇게까지 할 수 있다니… 어떤 의미로는 감동적이기까지 하군요."

그는 잠시 생각하는 표정을 짓더니 다시 말했다.

"좋아요. '당신이 제 컬렉션 중 하나가 되는 걸 허락' 해 드리지요."

"컬렉션? 당신, 대체 무슨 소리를 하……."

거기까지였다. 그녀의 모습이 사라지고 어느새 도베라인은 욥의 손에 잡혀 있다. 하지만 그 모든 행위는 오로지 결과. 그 모든 행위에는 일체의 '과정'이란 게 없다. 어이없게도 단지 어느 순간 '그냥 그렇게' 되어 있다.

"자, 그럼 이쪽은 되었고… 그럼 이제 그쪽 아가씨 차례인가요?"

"에에, 관심 가져 주는 건 고맙지만 좀 곤란하네."

강대한 기운을 뿜어내던 핸드린느와는 다르게 그녀에게서는 아무런 힘도 느껴지지 않는다. 아니, 기운은커녕 그녀의 존재 자체를 느끼기가 힘들다. 그리고 그 모습에 욥은 조금 놀랍다는 듯이 휘파람을 분다.

"호, 대단하군요. 신드로이아를 흡수한다는 사실 자체도 놀랍지만 그걸 벌써 거기까지 활용할 수 있는 겁니까?"

"그야 워낙 잘났으니까. 하지만 괜찮아? 난 이미 신드로이아와 동화(同化)했어. 나를 부정하면 차원 전체에 문제가 생길 텐데."

자신만만한 목소리였지만 그럼에도 욥은 웃을 뿐이다.

"뭐, 별로 그렇지는 않습니다. '당신이라는 존재는 애초부터 존재하지 않았으니' 신드로이아를 취할 수도, 흡수할 수도 없죠."

"…뭐?"

그 말에 제니카의 표정에 경악이 어린다. 적어도 내가 기억하기에 그것은 내가 난생처음으로 본 그녀의 '진짜' 표정. 그리고 그 순간,

팟.

그녀의 모습이 이 세상에서 완전히 지워져 버렸다.

"……."

할 말을 잃어버린다. 벌써 흐릿해져 가는 기억에 경악한다. 말도 안 돼. 거짓말이지? 한석구. 제니카가 '그' 허무맹랑한 나의 친구가 이렇게나 쉽게 사라져 버렸다고?

"놀란 눈이군요. 의외입니까?"

"…뚫어라."

"예? 죄송하지만 잘 못 들었는데요."

"꿰뚫어라."

관월아(貫月牙). 그것은 달을 꿰뚫는 용의 송곳니. 순간 청색의 뇌강(雷剛)이 욥의 몸통을 찌름과 동시에 신성한 기운이 공간을 장악하고, 발밑에서 펼쳐진 마법진이 그의 움직임을 박탈한다. 코트에서부터 발사되듯 튕겨져 나오는 백여 개의 암기와 거기에 깃드는 정령들. 주변 모든 마나의 움직임에 간섭해 상대의 능력 행사를 방해하는 주문들과 온갖 저주를 쏟아내며 적을 향해 몸을 부딪치는 악령(惡靈)들. 그것은 일종의 다중 공격(多衆攻擊)이다. 그것도 나 스스로 놀랄 정도로 완벽한 기적의 행사. 나는 확신했다. 이번 공격이라면 그 상대가 드래곤이든 신이든 절대로 무시하지 못한다! 하지만 그렇게 생각하는 순간 욥은 웃으며,

"통하지 않습니다."

너무나 간단히 말 한마디로 내 공격 모두를 무위로 돌려 버린다.

"맙소사……."

그의 옷깃 하나 스치지 못하고 스러지는 기운에 숨을 멈춘다. 이럴 수가. 정녕 말 몇 마디 하는 조건만으로 그 모든 기적을 이뤄낼 수 있다는 것인가? 게다가 그의 '말'은 시간에조차 구애받지 않는다. 설명은 길었을지 몰라도 내 모든 공격이 이루어지는 데 걸린 시간은 길게 잡아도

0.01초 내외. 아무리 말을 빨리해도 반응할 수 없는 속도였다. 그런데 그걸 태연한 어조로 거의 2초에 걸려서 말했는데도 내 공격보다 빠르단 말인가?

"말도 안 돼."

있을 수 없는 일투성이다. 이 녀석의 모든 행위는 이 세상의 '법칙'에서 벗어나 있다. 이래서야 말하기 전에 친다는 것조차 불가능하지 않는가?

"정말 재미있었습니다, 건영님. 당신이라는 존재는 그냥 지켜보는 것만으로 흥미로웠죠. 솔직히 가능하기만 하다면야 어떻게 살아가는지 좀 더 지켜보고 싶지만… 이것도 일이라서."

미안하다는 표정을 지으며 어깨를 으쓱이는 욥. 그리고 그는 다시 입을 열어,

"세상에 '당신이라는 사내는 존재한 적이 없습니다'. 그렇지 않습니까?"

너무나도 가볍게 나를 '부정' 한다.

     *   *   *

메타트론에 탑승해 전장으로 떠난 후 일반인들은 지하로 숨어들었다. 그들이 적을 상대하기란 거의 불가능. 그렇기에 전쟁이 끝나기까지 가능한 한 들키지 않고 버티기 위해서 벙커는 방어보다는 은폐를 목적으로 만들어져 있다. 싸우기보다는 철저하게 숨기 위한 은닉처인 것이다.

후웅.

하지만 종하는 좌로 한 발짝 움직이면서 검을 재장전했다. 묵직한 바람 소리와 함께 그의 뺨을 스치고 지나가는 주먹. 그리고 그는 다시 앞으

로 뛰어들어 검을 내밀었다.

쾌득.

가슴팍에 구멍이 뚫리고 그 한 방으로 커다란 몸이 무너져 내린다.

"후……."

길게 심호흡하는 종하. 그의 곁에 떠 있던 흑발의 소년이 걱정스러운 듯 묻는다.

[괜찮으세요?]

"아니, 죽을 것 같다."

[앗, 조심…….]

"알아."

쾌득.

다시 좌로 한 발짝, 앞으로 한 발짝. 적의 공격을 읽어 완벽한 타이밍에 카운터(Counter)를 가한다. 그 힘은 그렇게 강력하다 할 수 있는 수준에 이르지 못했지만, 그럼에도 움직임만큼은 실로 완전(完全)에 가까워 단 한 점의 빈틈도 없다.

오오.

우우우.

종하는 주변을 둘러보았다.

이미 주변은 수백, 수천의 사도들로 가득 들어찬 상태. 그나마 주변의 건물들로 사방이 막혀 계속 1대1로 싸우고 있었지만 사도들의 지능이 점점 좋아지고 있어 언제까지 그게 가능할지 확신할 수 없었다.

쿠오오!!

그때 먼 곳에서부터 성스러운 달빛이 뿜어진다. 그것은 물질계에 나타난 신의 광휘. 하지만 종하의 얼굴은 더욱 딱딱해진다. 적어도 그가 알기에 유저 중에 달의 신을 모시는 고위 신관은 없다. 그렇다면 저 강신은 무리를 해서 신을 불렀다는 말이고, 아마도 그 대가는 생명이리라.

카득.

다시금 그의 검이 내찔러져 적의 머리통을 부숴 버린다. 머리를 잃고 쓰러지는 인간 형태의 사도. 그는 자신의 뺨에 묻은 피를 닦았다.

"피도 튀는 건가. 시간이 지나서 그런지 제법 퀄리티가 높아졌군. 괜히 미안하게 말이야."

말은 그렇게 해도 눈 하나 깜짝하지 않는 그의 태도는 짐짓 여유롭다. 하지만 그건 어디까지나 태도일 뿐, 그의 전신에서 쏟아지는 땀은 그가 지친 상태라는 것을 알려준다. 그는 이미 너무 오랜 시간을 싸웠다. 다행히 적의 공격 수단을 완벽에 가깝게 재현하는 사도들도 일반적인 기술이나 기교는 쉽게 따라 하지 못해 그나마 이렇게 버티는 거지, 원거리 능력을 가진 사도가 한두 마리만 끼어 있었어도 전투는 벌써 끝장났으리라.

쫘악.

다시 한 발짝 물러서 오른팔을 깊숙이 당긴다. 일반적인 검술과는 완전히 다른 형태의 자세다. 마치 활시위를 당기는 듯한 같은 발동작과 자세. 그리고 그는 팔에 힘을 모았다가 그대로 검을 '쏘았다'.

콰득.

대(大)명문이라는 점창파에는 사일검법(射日劍法)이라는 것이 있다. 사일이라는 단어가 비유하는 것은 시위에 걸린 화살. 사일검법의 묘(妙)는 자신의 육체를 시위 삼아 검이라는 화살을 거는 데 있다.

그것은 전신의 힘을 모아 단 하나의 점을 노리는 일격필살(一擊必殺)의 검. 그는 완벽에 가까운 검세로써 그 혼자서라고는 믿을 수 없을 정도로 오랜 시간을 싸웠다. 오직 자신만을 위해 평생을 바친 한 노인과 자신을 사랑하면서도 끝끝내 그것을 밝히지 않은 한 여인이 자신의 눈앞에서 쓰러지는 것을 보면서도 계속해서 싸웠다. 이미 뭘 위해서 싸우는지도 알 수 없다. 세상의 평화도, 발밑 벙커에 숨어든 사람들의 생명도 그렇게 소중하다고는 생각하지 않는데 왜 이렇게 싸우고 있을까?

쩡!

그리고 그렇게 싸우다 결국 한계가 다가왔다. 세 발짝쯤 밀려나 비틀거리는 사도의 모습. 그는 더 이상 자신의 검이 적을 관통하지 못한다는 것을 깨달았다. 그가 지쳤기 때문이 아니다. 물론 지친 것 자체는 사실이지만 그렇다고 검의 위력이 떨어질 정도는 아니었으니까. 문제는 오히려 상대방 쪽에 있었다. 사도들은 시간이 지나면 지날수록 점점 강해져 이제 그의 검술로는 상대할 수 없는 지경에 이른 것이다.

"…큰일이군."

[그렇게 태연하게 말할 때가 아니잖아요! 어서 저를 사용하세요. 이대로 죽을 셈이에요?]

종하는 자신의 곁에서 답답하다는 듯 소리치는 소년의 모습을 조용히 바라보았다. 그의 얼굴에 담기는 씁쓸한 미소. 하지만 그것은 이내 사라지고 담담한 표정만이 남는다.

"네가 있었나… 뭐, 그렇다면 사용하는 것도 괜찮겠지. 도와다오, 건영아."

[네, 아빠.]

소년은 기쁘다는 듯 고개를 끄덕이고 이내 그의 팔에 걸려 있는 팔찌에 스며든다. 그리고 변형. 어느새 그의 손에는 은색의 검이 잡혀 있다.

"깨어나라, 아론다이트(Arondight)."

그것은 과거 원탁의 기사 중에서도 최강이라고 하던 호수의 기사 랜슬롯이 사용했다고 하던 전설의 검. 하지만 그 형태는 검이라고 하기에 조금 미묘하다. 무려 2.5m에 달하는 길이를 가졌으면서도 그 지름은 팔목보다도 작아 한껏 뾰족한 느낌을 가지고 있는 검신. 그건 검이라기보다는 차라리 하나의 랜스에 가까운 형태로, 실제로 그가 그 검을 잡고 있는 자세 또한 극단적인 찌르기. 검을 앞으로 잡지 않고 어깨 위로 들어 올려 뒤로 당겼으니 더욱 그렇다. 마치 땅 위에서 거창을 들고 차징이라도 할 것 같은 모양새로 전방을 주시하는 종하. 그는 다시 한 번 팔을 팽팽히 당긴 상태에서 조용히 말했다.

"내 환원령이 너였을 때, 그리고 그게 내가 가장 바라는 모습이라는 걸 알았을 때는 조금 놀랐지."

텅!

순간이었다. 그의 검이 또다시 쏘아지고 덤벼들던 사도의 몸에 구멍을 뚫는다. 완전히 같은 자세로 펼쳐진 기술. 하지만 그 위력은 훨씬 강력해 검끝 일직선상에 존재하는 이들은 모두 죽음을 피해가지 못한다. 그것이 그의 신기, 아론다이트의 능력. 아론다이트는 그의 검격 '그 자체'를 강화시켜 그 일격 하나하나를 강대하게 만든다. 다른 신기들처럼 일발 역전의 무구라고 할 수는 없지만 가장 효율적이고 가장 효과적인 전투를 수행할 수 있는 실전 병기인 것이다.

좌로 한 발짝 몸을 이동시켜 자신의 머리를 노리고 쏘아진 검을 피한다. 그것은 타격점이 극도로 제한된 검술이기에 그는 문제없이 그것을 피하고 자신의 검을 뻗었다. 완벽에 가까운 카운터에 상반신을 잃고 쓰러지는 사도. 종하는 자신의 모습과 검술을 복제한 적을 쓰러뜨리면서도 여전히 태연한 표정으로 다음 검을 장전했고, 그런 그를 향해 그의 환원령인 건영은 말했다.

[제 모습이 당신의 진짜 아들을 닮았기 때문이군요?]

"…그렇지."

그는 과거 자신을 창기(娼妓)라고 소개했던 여인을 떠올렸다. 아름다운, 그러나 그만큼이나 위험했던 여인. 그녀는 정말로 매혹적이었다, 태어나 단 한 번도 자신의 의지에 벗어난 일을 한 적이 없던 그조차 흔들리고 말았을 정도로.

퍽!

다시금 검을 내뻗으며 생각한다. 확실히 그때의 그는 혼란에 빠져 있었다. 그건 그가 태어나 한 번도 느끼지 못했던 감정이기 때문이다. 그렇기에 그는 매정히 자신을 찾아온 그녀를 떨쳐 냈다. 아니, 사실 그것은 냉철했던 그의 판단 능력이 내린 결론일지도 모른다. 그는, 그녀가 자신을 파멸시키고 말 것이라는 것을 본능적으로 느끼고 있었으니까.

쾅!

"…곤란하게 됐군."

꾸역꾸역 모여들던 사도들이 기어코 주변 지형을 파괴하는 모습에 그는 슬슬 마지막이 다가오고 있다는 것을 느꼈다. 그의 주변을 완벽하게 포위한 채 접근하기 시작하는 사도들. 그는 다시 검을 장전했다.

[…아빠.]

"더 이상 날 그렇게 부를 필요는 없다. 그리고 어차피 예정된 결말인데 당황할 것도 없고."

태연히 말하며 결혼식장에서 보았던 아들의 모습을 떠올린다. 그 전신으로 전해지던 것은 곧고도 곧은 힘. 두 눈동자에서 느껴지는 것은 단 한 점의 미혹도 없는 마음가짐. 그는 무심코 웃었다.

"정말로… 잘 자랐더군."

퍼버벙!!

수십 번의 찌르기가 사방에 수십 개의 구멍을 만든다. 덤벼들던 기세 그대로 땅에 처박히는 사도들. 하지만 사도의 숫자는 실로 엄청나서 마침내 사도 중 한 마리가 그 모든 공격을 피하고 파고들어 와 그의 복부에 아론다이트를 모방한 검을 박아 넣었다.

[아빠!]

"당황하지 말라고 했을 텐데."

퍼버벙!

다시 수십 번의 찌르기가 주위를 뒤덮는다. 그것은 사일검의 정수라는 구곡전척. 그건 사일검을 극성으로 연마한 그조차 부담스러운 기술이었지만 거침없이 뿌렸다.

퍼버벙!

다시금 수십 번의 찌르기가 단 한 점의 빈틈도 없이 사방을 몰아친다. 하지만 사도들 역시 이미 그의 기술을 복제하기 시작하는 상태. 그와 완전히 같은 모습의 사도들이 같은 검술을 펼쳐 대자 그의 몸이 망가지기 시작하는 건 문자 그대로 순식간이었다. 종하는 전신에 피를 뒤집어쓴 상태에서도 다시금 검을 장전했지만, 그는 문득 자신의 시야에 적들이 비치질 않기 시작했다는 걸 깨달았다. 지나친 출혈에 시력이 상실된 것이다.

[……]

자신의 주인이 막바지에 달했다는 것을 깨닫고 침묵하는 건영. 하지만 종하는 신경 쓰지 않으며 검을 내뻗었다. 시력이 사라졌지만 상관없다. 어차피 사방에 깔린 게 전부 적이었으니까.

퍼퍼벙!!

칠흑 같은 어둠속에서 그는 생각했다. 건영, 이건영(李乾影). 그는 그 이름의 유래를 알 것 같았다. 그 이름의 뜻은 아마도 하늘의 그림자(乾影). 자신 몰래 아이를 낳았던 여인이 자신을 어떻게 보고 있었는지 알 수 있는 이름이다. 그는 하늘이고, 조용히 태어나 모두에게 감춰지며 자라나야 했던 건영을 그런 그의 그림자라고 봤던 것이겠지. 하지만 그건…….

문자 그대로… 재미없는 농담이 아닌가.

"틀렸어."

그는 고개를 흔들었다. 그래, 틀렸다. 그것도 완전히 틀렸다. 그는 절대 하늘이 아니다. 오히려 남들보다 한층 더 바보 같은 아버지일 뿐. 또한 그 아들 역시 그의 그림자가 아니다. 이미 그는 아버지를 한참이나 뛰어넘는 인물이 되었으니까. 그리고 그건…….

"훗."

이 얼마나 기쁜 일이란 말인가?

팟! 퍼퍽!

하나, 둘. 자신의 몸에 박혀들기 시작하는 검을 느끼며 다시 검을 내뻗는다. 최선을 다했다. 언제나 최선을 다했다. 물론 그럼에도 틀릴 때도 있었고 그래서 후회한 적도 있었지만, 그렇다 해도 그는 언제나 최선을 다했다. 그리고 그렇기에 미련은 없었지만…….

"그래도… 조금은 아쉽군."

입가에 매달리는 씁쓸한 미소. 그리고 그런 그에게 수천의 사도가 달려들고…….

콰득—

이내 그의 모습은 완전히 사라져 버린다.

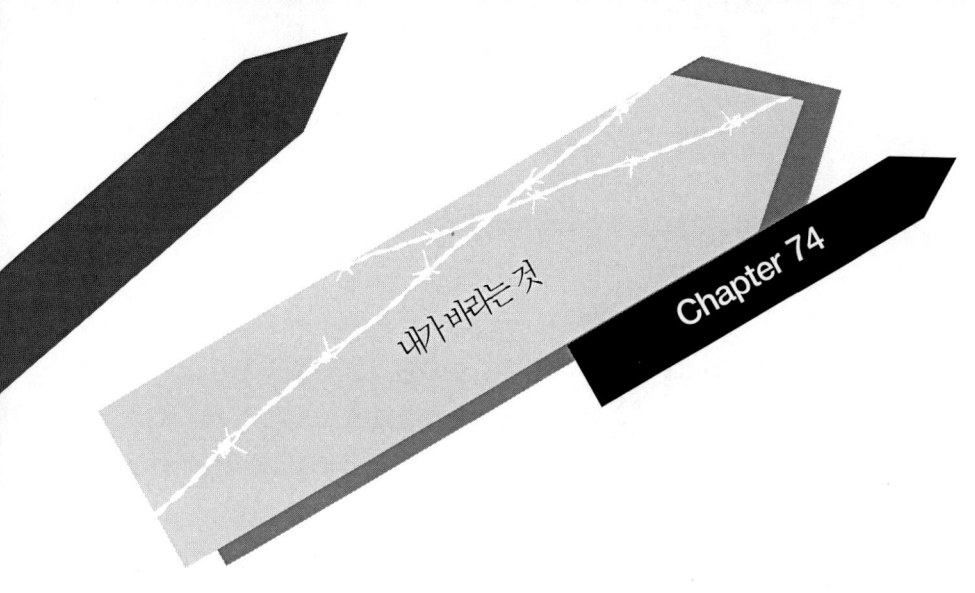

내가 바라는 것

Chapter 74

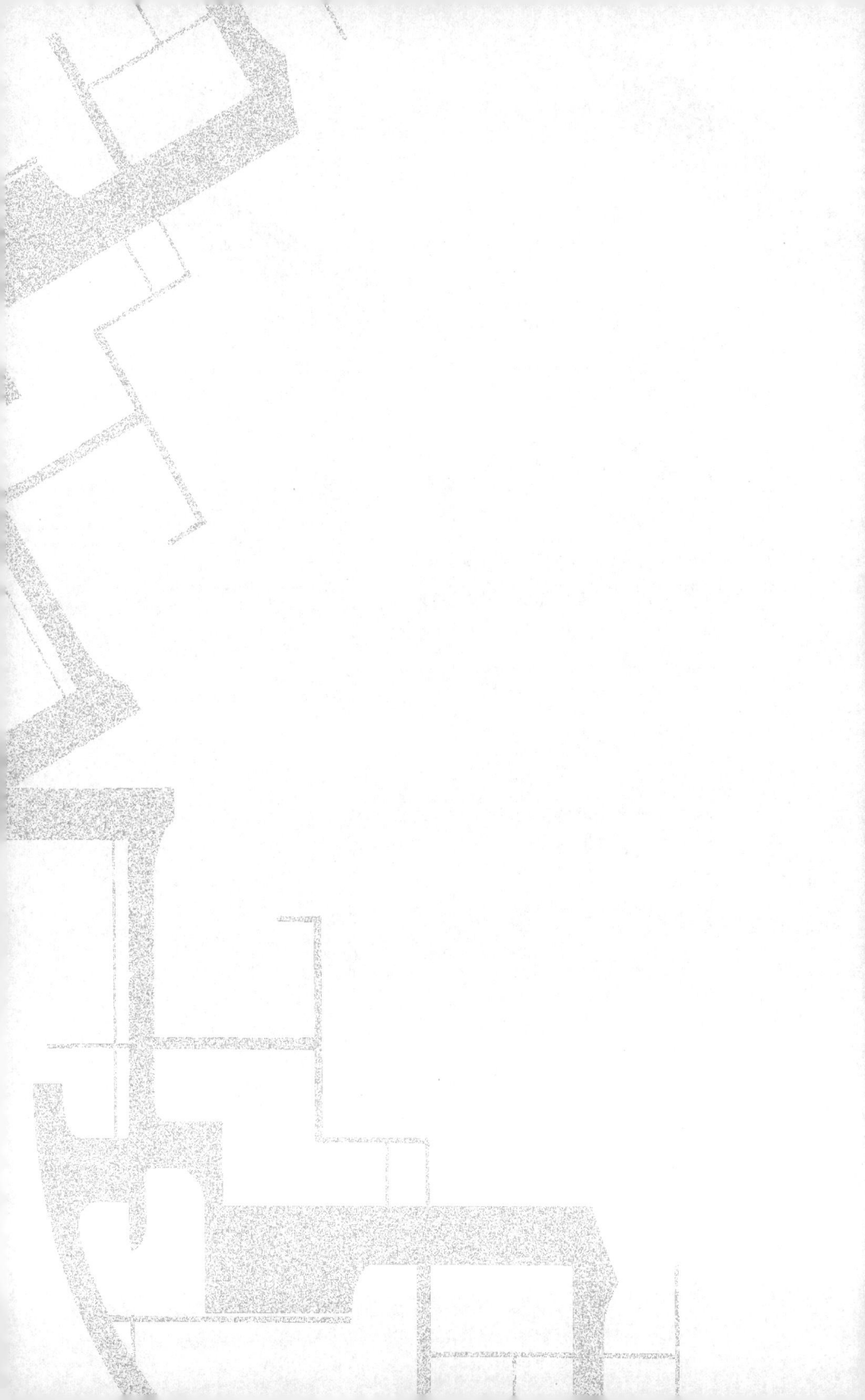

내가 바라는 것

　　　　　　정신을 차렸을 때 난 하얀색 공간에 있었다. 그 공간에 서 있는 것은 오직 나 혼자뿐. 아니, 정확히 말하면 나 혼자는 아니다. 나 혼자라고 생각하는 순간 어느새 내 옆에는 세 개의 인영이 서 있었으니까.
　"헤에… 아직도 다 부정되지 않다니, 엄청나잖아? 뭔가 엄청난 과거가 끼어 있는 것도 아니고, 단지 순수하게 '오래' 되었다는 사실 하나만으로도 부정을 견딜 수가 있다니."
　먼저 입을 연 것은 소년이었다. 150㎝ 정도 되어 보이는 키에 새하얀 백발을 가지고 있는 소년. 나는 가만히 그의 모습을 바라보다 문득 그 외양이 매우 눈에 익다는 것을 깨달았다. 잠깐. 저 녀석은 언젠가 꿈에서 보았던 사신도(四神刀)의 검령(劍靈), 천화라는 녀석이잖아? 게다가 그 뒤에 서 있는 건…….
　"카이더스."

단단해 보이는 육체에 허리까지 늘어져 있는 푸른색의 머리카락. 거기에는 과거 신에게 도전했다 검에 봉인당했다는 블루 드래곤이 나를 바라보고 있었다.

"오랜만이군. 아니, 사실 내 입장에서 보면 별로 오랜만도 아니지만."

"하, 하하하, 이것참, 이런 상황에서 카이더스님을 만나게 될 줄은 몰랐군요."

"그건 나도 마찬가지지. 모진 놈 옆에 있다가 쥐도 새도 모르게 사라지는구나 싶었는데 상황이 이렇게 되었으니 말이야."

뜻밖에도 그의 표정은 밝다. 전신을 칭칭 둘러싸고 있는 쇠사슬 때문에 움직이기조차 힘들 텐데도 왠지 즐거워 보이는 표정. 나는 물었다.

"하지만 이상하군요. 당신을 둘러싸고 있는 쇠사슬들은 뭡니까? 분명 예전에 있던 쇠사슬은 제가 풀었던 걸로 기억하는데."

그렇다. 예전 헬 하운드에게 살해당해 그를 만났을 때 난 분명 그의 몸을 구속하고 있는 쇠사슬을 끊어버렸다. 그리고 그 후부터 뇌광인을 쓸 수 있었고. 하지만 카이더스는 어림도 없다는 듯 고개를 흔든다.

"하하, 미안하지만 그렇지는 않지. 그때의 네가 '인식'하고 '파기'할 수 있었던 사슬이 그것뿐이었던 거니까. 솔직히 그때 네 녀석이 내 모든 사슬을 다 끊어버렸다면 이런 검 따위는 당장에 박차고 나갔겠지."

"하긴."

일리있는 말이다. 정말로 모든 금제가 다 풀렸다면 그가 계속해서 라이트닝 블래스터에 머물고 있었을 리 없겠지. 하지만 이제는 어떨까? 지금의 나는 그를 감싸고 있는 모든 사실을 [인식할 수 있다. 그렇다면 파기도 가능할 텐데.

하지만 카이더스는 너털웃음을 지으며 고개를 흔든다.

"마음은 고맙지만 굳이 도움은 필요없겠군."

키이잉!

순간 시끄러운 쇳소리와 함께 그를 감싸고 있던 쇠사슬이 무지막지한 기세로 휘기 시작한다. 그리고 순식간에 그 모든 사슬을 끊어버리고 가벼워진 몸으로 내 앞에 서는 카이더스. 너무 뜻밖의 사태에 놀란다.

"풀 수 있는 겁니까?"

"그 대마법사 아가씨의 이클립스 덕택에 금제가 엄청나게 약해졌으니까. 여기엔 염룡 녀석의 힘도 닿지 못하지. 물론 지금은 그것도 없어졌지만. 이미 봉인은 풀렸으니까. 정말 대단한 아가씨야."

태연히 말하는 그에게서 전해지는 힘은 실로 엄청나다. 뭐, 뭐야, 이 힘은? 올 마스터에 이른 지금의 내 힘은 어지간한 웜 급, 아니, 어쩌면 에이션트 급 고룡까지도 충분히 상대할 수 있을 것만 같은데 그럼에도 그에게서 전해지는 힘은 막대하다. 그가 강한 존재라는 것은 알고 있었지만 이건 상식 외의 힘이 아닌가?

"…당신, 웜 급 아니셨습니까?"

"누가 그랬는데? 그 드워프들이?"

어이가 없다는 듯 헛웃음 짓는다. 잠깐. 그렇다면 아니라는 말인가? 하지만 그는 상관없다는 듯 웃을 뿐이다.

"뭐, 영계 취급해 주는 것 같아 나쁘지는 않군. 어차피 육체를 버릴 시점에서 생전의 나이 같은 건 아무래도 상관없는 일이고."

"육체를 버리다니……."

"아, 그전에 잠깐 내 말 좀 들어줄래?"

백발의 소년, 천화가 입을 연다.

"천화……."

"나를 알아?"

"사신도의 검령, 아니, 도령(刀靈)이라 해야 할지도 모르지만… 뭐, 하여튼 거기에 깃든 존재라고 알고 있습니다. 하지만 당신, 핸드린느 녀석이 당신 때문에 저희한테 어느 정도의 민폐를 끼쳤는지 혹시 알고 계십니까?"

"내가 안 시켰어. 아, 그 녀석은 왜 쓸데없는 짓을 저지른 건지."

투덜거리는 천화의 모습에 생각한다. 하지만 이 녀석이 어떻게 여기 있는 거야? 이 녀석은 파니티리스가 봉인되면서 거기에 묶였다고 알고 있는데.

"나 때문일세."

그때 뒤에서 아무 말 없이 앉아 있던 노인이 입을 연다. 전형적인 선풍도골(仙風道骨)을 하고 있어 당장 구름을 타도 전혀 이상하지 않을 것 같은 모습. 하지만 왜지? 그에게서 느껴지는 기운이 매우 낯익다.

"실례지만 누구신지 여쭈어봐도 되겠습니까?"

"지구에 거주하고 있던 인간들에게는 미안함을 느끼고 있네. 그 일은 나도 정말 본의가 아닌지라."

"……?"

뭔 소리야? 의아해하는데 천화가 말한다.

"지금 지구에 박혀 있지. 설마 너쯤 되는 녀석이 겉모습 때문에 본질을 못 알아차리진 않겠지."

"…설마?"

신음한다. 그래, 이 기운은 매우 낯익다. 단지 그 낯익은 기운을 가진 대상이 사람이 아니어서 눈치 못 채고 있던 거지. 그는…….

"라일레우드?"

"진짜, 진짜 본의가 아니라네. 이 꼬마 녀석이 갑자기 내 영혼에 간섭하지 뭔가? 최상위 신이라면서 이 무슨 망신인지."

멋쩍어하며 시선을 회피한다. 마치 나쁜 짓을 하다가 들킨 어린아이

같은 표정. 선풍도골 인상이 아깝다!

"뭐, 괜찮습니다."

"오호, 쿨하구만."

"아니, 별로."

만약 이 자리에 있는 게 다른 인간이었다면 분노를 터뜨렸겠지만… 글쎄, 난 잘 모르겠다. 이제 와서 잘잘못을 따지는 것도 우스운 일이겠지.

"하지만 천화 때문이라니, 무슨 말입니까?"

"아, 내가 이쪽 세계로 돌아오는데 쓸 만한 라인이 없어서 라일레우드한테 신세를 졌거든."

"덕택에 난 이지를 상실한 채 폭주했지. 차원 붕괴가 일어나서 복구하러 갔을 뿐인데 이렇게 될 줄이야."

검신 라일레우드는 존재하는 모든 무구의 원형(原型)이자 근원(根源). 만약 검령이라는 존재가 신격을 얻는다면 자신의 본질과 연결된 그와의 라인을 찾아내는 것도 전혀 불가능하지는 않으리라. 하지만 그건 어디까지나 이론일 뿐, 정말로 저지르는 게 가능하다니? 게다가 라일레우드는 최상위급 신이다. 그런 존재를 그런 희박한 라인으로 침식해 들어가는 게 과연 가능한 일이란 말인가?

"천화, 너는……."

쿠구구.

하지만 그 순간 주변 공간이 흔들린다. 지진 같은 느낌이군. 하지만 이런 폐쇄 공간에 지진이 일어날 리 없으니 아마도 이건 어떤 힘이 이 공간을 붕괴시키고 있다는 말이리라.

"이런, 서둘러야겠군."

그 말과 함께 카이더스의 모습이 연기처럼 부옇게 흐려지더니 이내 무시무시한 기세로 몸을 불린다.

우웅―

흔들린다. 공간 그 자체를 '장악' 하며 뿜어지는 그의 힘에 일종의 아공간이라고 할 수 있는 차원 전체가 휘말리는 것이다. 그리고 그 결과 눈앞에 있는 것은……

"청룡……."

그렇다. 푸른색의 비늘에 사슴의 그것을 닮은 한 쌍의 뿔을 가진 상상의 생물. 아니, 이렇게 대놓고 눈앞에 있으면 상상이라고 말하기 좀 그렇지만, 분명 내 눈 앞에 있는 것은 청룡이다. 게다가 거기에서 느껴지는 힘은 실로 아득해 숨이 막힐 정도. 젠장, 나 이렇게나 센데 왜 다른 녀석들이 기운 좀 뿜기만 하면 숨 막히는 기분을 느껴야 해? 약간은 억울한 기분을 느끼며 한숨을 쉬는데 그 청룡이 입을 여는 순간 나오는 목소리 역시 나와 비슷하다.

[…망했다. 카이저 드래곤(Kaiser Dragon)이 아니라 용신족(龍神族)이 되어버렸잖아? 염룡 녀석의 봉인을 너무 오랫동안 당해서 그런가?]

"문제가 생긴 겁니까?"

[심각한 문제지. 물론 화신체를 지니게 된 나에게는 종족 역시 의미가 없지만 그래도 태생이라는 게 있으니… 이거, 어머님하고 여동생한테 한 소리씩 듣겠군. 물론 지금 싸우면 둘이 합공을 해도 내가 이기겠지만.]

뭔가 어이없는 소리를 하고 있는 그의 앞으로 주변에 있던 영력이 굳어지더니 은은한 빛을 뿜어내는 구슬의 형태로 변한다. 가볍게 날아 카이더스의 발―손이라고 불러야 할지도 모르지만 어쨌든―에 잡혀드는 구슬. 으엑, 저건 어떻게 봐도 명백하게 여의주(如意珠)잖아? 용들이 승천할 때 가진다는 전능의 구슬. 하지만 그럼에도 카이더스는 마음에 안 드는 분위기다.

[라이트닝 하트(Lightning Heart) 쪽이 좋지만… 용신족이 되어버린 이

상 어쩔 수 없나. 뭐, 어쨌든 시간이 얼마 없군. 타라.]

"타라니? 난데없이 그게 무슨 소……."

하지만 그렇게 말하는 순간 난 이미 그의 머리 위로 이동해 그 뿔을 잡고 있다. 뭐, 뭐야, 이건? 황당해하거나 말거나 그는 설명한다.

[기회는 딱 한 번이다. 내가 차원 돌파로 외차원으로의 구멍을 뚫을 테니 넌 그 틈에 신드로이아랑 네 육체가 있는 곳으로 돌아가야 해. 물론 그렇게 되면 라일레우드 덕에 주춤했던 욥 녀석의 부정이 다시 널 침식하게 되겠지만 이겨내면 꽤 괜찮은 성과를 얻을 수 있겠지.]

"말이야 쉽지만 그리 잘될 것 같지는 않은데… 확률로 따지면 성공률이 얼마쯤 될 것 같습니까?"

[글쎄, 10억분의 1? 100억, 혹은, 1,000조분의 1이나 무량대수분의 1?]

"…그러고도 성공하라 말하는 겁니까?"

[걱정 마. 이건 객관적인 판단일 뿐이고, 내 생각엔 왠지 될 것 같으니까.]

객관적인 판단을 우선시하라고, 객관적인!! '내 생각엔'에 '왠지' 라니, 신용도가 무시무시한 기세로 떨어지잖아! 하지만 내가 마음속으로 비명을 지르거나 말거나 카이더스는 벌써 날아오를 기세였기에 나는 이를 갈면서도 그의 뿔을 단단히 잡았다. 어차피 다른 수도 없지 않은가?

[아, 그리고 미리 말해두는데 내가 '위'로 가면서 버려지는 내 육체는 그 칼에 담아놨다. 솔직히 버렸다곤 해도 작은 규모의 힘은 아니니까 다루기 조금 난감하겠지.]

그의 말에 황당해한다.

"잠깐. 육체라고 한다면 설마 드래곤 하트도?"

[그것까지 포함해서 모조리. 뭐, 그래도 너라면 다룰 수 있겠지. 보통 놈이 잘못 잡았다간 박살이 나겠다만.]

"아니, 잠깐 당신."

[뭐, 어쨌든 올라간다! 꽉 잡아!]

우우우우우―!!

몰아친다. 세계가 달려들어 푸른색의 몸을 떠받들기 시작한다. 그건 마치 날아오르는 것처럼 보였지만, 사실은 날아오르는 것이 아니라 세계가 가라앉고 있다는 편이 더 정확하리라. 오직 그 한 존재를 위로 올려보내기 위해 '세계'가 가라앉는다.

"자, 잠깐, 카이더스. 나 왠지 숨 막히는 것 같은데."

[당연하지. 정신 제대로 안 차리면 소멸할지도 모르는걸!]

"뭣?!"

[어쨌든 간다!]

외침과 함께 몸을 날린다. 그것은 하늘을 향한 도약. 무한을 향한 기원.

승천(昇天).

비명을 지를 것 같은 기분을 느낀다. 맙소사, 소멸할지도 모른다는 게 농담이 아니다. 이런 말도 안 되는 영력의 흐름 속에서 무사한 쪽이 오히려 신기한 거야! 제길, 내 몸에 타 있었다면, 그러니까 신체(神體)인 내 육신을 가진 상태라면 이 정도 영압쯤 우습게… 는 아니도 어렵지 않게 견뎌낼 수 있겠지만 지금은 정말 장난이 아니다. 아, 정말 좀 봐줘!

"아, 그러고 말일세."

날아오르는 내 옆으로 너무나 태연하게 떠 있는 라일레우드가 웃는다. 천화 녀석은 어디로 갔는지 안 보이는 상태다.

"나가서 바로 해결된다면 문제없겠지만… 그 주시자 녀석이 미련을 가지면 자네의 힘으로썬 좀 어려울 걸세."

"저기요! 무슨 소리를 하는지 모르겠거든요!"

무지막지한 압력에 숫제 비명을 지르듯 토해낸다. 하지만 그럼에도 라일레우드는 상관없다는 듯 웃는다.

"그리고 그렇다면… 나를 사용해도 좋네."

"사용이라니 무슨……."

콰앙!

그때 뭔가 폭음 같은 게 들렸다. 정확히 말하면 소리는 아니지만 대충 그런 느낌. 이게 아까 말했던 차원 돌파인가? 그리고 그렇게 뭔가를 뚫고 나가는 순간 주위로 어둠이 밀려온다.

"이건……."

[여기다. 카오스, 근원(根源)에 근접해 있는 혼돈의 영역. 여기서 단번에 네 몸까지 날아가!]

"그러니까 어떻게?"

[그거야 네가 해결할 문제고. 어쨌든 여기서 찢어진다! 무사해라, 소년!]

"나도 따라가 보겠네. 젊은 나이에 고생이 많군."

"뭐 이런 막돼먹은 경우가!"

비명을 지르거나 말거나 카이더스는 나를 던져 버리고 저 멀리 날아간다. 보이는 것은 그를 향해 뚫려 있는 하늘과 매끄러운 움직임으로 날아오르는 카이더스.

"읏!"

하지만 그걸 보는 것도 잠깐일 뿐이고 금세 현실로 돌아온다. 주변을 뒤덮고 있는 것은 칠흑 같은 어둠. 하지만 그것은 엄밀히 말해 어둠이 아니다. 그것은 근원에 이어져 있는 혼돈. 차원과 차원의 틈새. 맙소사, 이런 곳에 덩그러니 던져 놓고 무사하기를 바라다니. 나는 어떻게든 힘을 뿜어내 존재 자체를 빨아들이려는 듯 다가오는 혼돈에 저항했지만, 문자 그대로 부질없는 짓일 뿐이다. 왜냐하면 그것은 근원의 혼돈이니까. 내가 힘을 뿜어도 같이 섞여들 뿐, 잠시도 버티지 못한다.

"그 망할 뱀이……."

몰려드는 혼돈, 그리고 그 어둠에 휩싸여 나는 천천히 의식을 잃었다.

*　　*　　*

꿈을 꾼다. 그것은 아득한 과거의 기억.

그곳에서 나는 대장장이였다. 물론 지금 알고 있는 대장장이와는 조금 다른 방식의 존재이긴 하지만 어쨌든 무기를 만드는 존재.

꽤나 평온한 삶이었다. 그 세계는 쉴 새 없이 전쟁이 벌어지는 난세였지만 그렇기에 역설적으로 무기 제작자인 나는 안전할 수 있었다. 이쪽 세계와 마찬가지로 그쪽 세계의 지배자들도 양질의 병기를 지속적으로 공급받고 싶어했으니까.

내 인생에 문제란 아무것도 없었다. 나는 무기 제작을 즐겁게 하는 편은 아니었지만 그럭저럭 질리지 않고 이어나갈 수는 있을 정도였고, 전쟁 역시 영원히 이어나갈 것처럼 멈추지 않아 일거리 역시 끊이질 않았으니까. 나는 행복하지는 않았지만 그런대로 불행하지 않게 살아가고 있었다.

그리고 어느 날, 하늘에서 검이 떨어졌다.

그것은 망가진 검이었다. 아니, 사실은 망가졌다고 하기보다는 부서졌다는 표현이 맞으리라. 산산이 파괴되어 철 덩어리처럼 쌓여 있는 검의 파편. 하지만 그것을 보는 순간,

마음을 빼앗긴다.

믿을 수가 없었다. 내 눈앞에 이상(理想)이 있었기 때문이다. 그건 단

지 부서진 검의 파편이 아닌, 존재하고 있는 것 자체를 믿을 수 없을 정도로 황홀한 신성(神聖).

나는 그 파편을 가지고 도망치듯 빠져나왔다. 그리고 가진 재산을 모두 처분하고 화로에 불을 지핀다.

깡!

단련(鍛鍊)한다. 보통의 불꽃으로는 달궈지지도 않아 태양로의 불꽃을 끌어 사흘 밤낮을 불태운다.

깡!

급격하게 지쳐 가는 것을 느낀다. 단순히 단련의 과정이 힘들어서는 아니다. 검의 단련쯤, 한 달 내내 하는 것도 가능하다. 하지만 이 정체를 알 수 없는 검의 잔해는 단련을 하면 할수록 힘이 빨려들어 간다. 마치 영혼의 덩어리가 조금씩 소모되는 기분이다.

깡!

그러나 신경 쓰지 않는다. 자신의 목숨쯤은 너무나 하찮은 문제였다. 물론 다른 이들은 목숨이 하나뿐이니 소중한 것이라 말했지만, 웃기지도 않은 말이다. 사람의 목숨 따위 세상에 흔하디흔하게 널려 있다.

"미친놈, 그건 남의 목숨일 때 이야기지."

동료였던 녀석이 비아냥거렸지만 망치질을 멈추지 않는다. 계속해서. 계속해서 단련을 이어나간다.

깡!

태양로의 열기에 눈이 멀어가기 시작한다. 하지만 상관없다. 눈을 감고 있어도 검의 모습을 볼 수 있다. 망치와 연장은 손끝의 감각으로 찾을 수 있다.

깡!

병들고 야위어간다. 그러나 몸은 홀리듯이 망치를 두들기고 있다. 점점 형태를 만들어가는 검의 모습에 황홀경을 느낀다. 하지만 그러면서도 깨닫는다, 나로서는 이 검을 완성할 수 없다는 것을.

깡!

부족하다. 무언가, 꼭 필요한 무언가가 빠져있었다.

"그렇군."

그리고 그러다가 드디어 깨닫고 망치를 내려놓는다. 눈앞에서는 새빨갛게 타오르고 있는 검이 있다. 내가 [정답을 깨닫자 검은 한층 더 세차게 타오르기 시작한다.

화악!

자신의 몸을 타오르는 불꽃에 던진다. 그리고 이 병들고 야윈 육체가 죽기 전에 얻은 정답에 감사하며 눈을 감는다.

또 다른 세계를 본다. 그곳에서 나는 새였다. 그것도 보통의 새가 아닌 날개 하나만으로도 능히 건물 한 채를 뒤덮을 수 있을 만큼이나 거대한 새.

태양을 사랑했다.

이유는 없었다. 그냥 태어나 처음 본 그 눈부심에 마음을 빼앗겼다.

비상(飛上).

날았다. 날마다 날았다. 오직, 오직 그 눈부심에 닿기 위해.

내 수명은 꽤 길었다. 지구의 시간 단위로 파악하지는 못하겠지만 아마 한 400~500년 정도는 되겠지. 그리고 그 시간 동안 나는 계속해서 날았다. 날고, 날고, 또 난다. 아침부터 저녁까지 쉴 새 없이 이어지는 날갯짓.

날면 날수록 날개는 더욱 강해지고 비행 속도는 점점 더 빨라져만 간다. 하지만 아무리 빨리 날아도, 아무리 힘껏 날아도 태양에 닿지는 못한다. 당연하다. 바람을 타고 날아오르는 생명체가 대기권을 돌파한다는 자체가 웃기지도 않는 소리. 실제로 비상의 횟수가 1만 번을 넘어갈 때 즈음에는 나 스스로도 어렴풋이 그 사실을 느낄 수 있었지만, 그럼에도 비상은 절대 멈추지 않는다. 그리고 그렇게 2만 번째의 비행.

느낀다, 본능적으로 이 이상은 아무리 날아도 더는 빨라질 수 없다는 것을. 셀 수 없이 이루어진 비행에 내 육신은 이미 생물의 그것이라고는 도저히 생각할 수 없는 스펙을 손에 넣을 수 있었지만, 그와 동시에 그것은 종의 한계이기도 했다. 이제는 시간이 지나면 지날수록 육신은 약해지기만 하리라.

하지만 그렇기에 다시 비상(飛上).

날았다. 쉬지 않고 날아오른다. 계속, 계속, 높이 올라가면 올라갈수록 육체는 점점 지쳐 가고 기압은 희미해져 온 몸이 터져 나갈 것 같았지만 절대 멈추지 않는다. 하지만 그럼에도 태양에 닿는 것보다는 육체가 망가지는 것이 먼저.

추락한다. 그리고 추락하며 하늘에 떠 있는 그 눈부심을 바라본다.

태양을 사랑했다.

이유는 몰랐다. 그냥, 태어나 처음 본 그 눈부심에 마음을 빼앗겼다. 하지만 결국 난 태양에 이르지 못하고……

우우.

천천히, 눈을 감는다.

사라진다, 사라진다, 사라진다.

세계로부터 부정당한 과거가 사라져 간다. 그것들은 하나같이 뒤틀리고 왜곡된 인생.

사라진다, 사라진다, 사라진다. 그리고 마침내…….

휘이잉—

거센 바람이 불어오는 난간에 한 명의 소년이 서 있다. 그의 옆에 떨어져 있는 것은 이미 텅 비어 있는 유골함. 그는 잠시 하늘을 바라보고 있다가 천천히 걸음을 옮겨 난간의 끝으로 향한다. 발밑에 있는 것은 아찔할 정도로 까마득히 먼 땅의 모습이었지만 그럼에도 소년의 눈에는 단 한 점의 두려움도 없다.

"왜……."

무심코 입을 열었다가 내가 말했다는 사실에 깜짝 놀란다. 하지만 상관없다는 것일까. 내 말을 들은 흑발의 소년은 조용히 몸을 돌려 내 쪽을 바라보았다. 공포도, 슬픔도, 두려움도 없이 나를 바라보고 있는 담담한 표정과 작은 체구. 나는 왠지 모르게 긴장하면서도 물었다.

"왜 죽으려고 하지?"

하지만 소년은 의문에 대답 대신 새로운 의문을 표한다.

"왜 살아야 하죠?"

"……."

대답하지 못한다. 그래, 의미없는 질문이었으니까. 내 대답의 질문은 세상 그 누구보다도 내가 잘 알고 있다. 가장 소중한 것이 세상에서 사라졌으니까. 그랬으니까 나에겐 이 세상을 살아가야 할 '이유'가 없었던 것이다.

"이유라……."

그렇다. 이유가 없었다. 내가 죽으려고 했던 건 사실. 어머니의 죽음이 슬퍼서가 아니다. 괴로워서도 아니다. 그냥, 단지 '살아가야 할 이유'가 없었기 때문이다.

쩌적.

무언가에 얻어맞은 거울처럼 세상 전체에 수많은 균열이 생기기 시작한다. 그리고 그 세상에서 나는 수없이, 실로 무한하게 펼쳐진 과거의 [나]를 보았다. 홀린 듯이 망치질하는 사내를 본다. 태양을 향해 나는 새. 단지 살육, 그 자체를 인생의 목적으로 살아가는 검사. 끝없이 마법을 연구하다 결국 그 힘에 스스로 파멸하는 마법사.

그들은 하나같이 정상이 아니었다. 틀림없이 어딘가가 어긋나고 뒤틀려 있는 삶.

그 삶에서 나는 언제나 최선을 다했다. 하지만 그건 열정이나 끈기… 뭐, 그런 것들과는 거리가 멀다. 나는, 그냥 단지 행한 것뿐이다. 쉬지 않고, 스스로의 한계와 스트레스를 생각하지 않고 단지 행한다. 최선을 다했다고 하기보다는 차라리 자기 학대에 가까운 노력.

조금 역설적인 말일지도 모르지만 게으름도 일종의 자기애(自己愛) 중 하나다. 자신이 소중하기 때문에 고통이 싫고, 자신이 소중하기 때문에 스트레스를 피하려 하는 것이다. 그건 태어날 때부터 누구나 가지고 있는 일종의 본능. 하지만 나에게는 그것이 없다. 언제나 최선을 다했지만 그건 게임 속 캐릭터에게 '공부를 한다', '운동을 한다' 라는 식의 선택지를 별생각 없이 선택하는 것처럼 그 스스로가 소중하지 않았기에 행할 수 있던 일이었을 뿐인 것이다.

"미안하구나. 내가 한 거라고는 모두 잘못뿐이지만……."

하지만 그렇기에 원했다.

"사랑한다, 애야."

너무나도 애타게 찾아왔었다

"레온!"

내 삶보다 소중한 것, 내 목숨조차 아깝지 않은 것, 내 모든 것을 바칠 수 있는 그 소중한 무언가.

"나는, 아마 죽는 것처럼 보일 거야."

그래. 나는 원했다.

"사랑해."

아니, 사실은 누구나 원하고 있다!
쿠오오.
몰려드는 어둠. 그러나 그 어둠에 둘러싸여 앞으로 나간다.
내가 원하던 것.
내가 바라고.
내가 상상하던 것.
저 멀리 보이는 빛을 향해 힘차게 손을 뻗는다.
"찾았다."
                   나의 소중한 것.

              *   *   *

눈을 뜬다. 아니, 정확히 말하면 눈을 떴다고 하기보다는 없어졌던 육체가 원상태로 돌아오며 시야를 되찾았다는 쪽이 더 정확하겠지.

"대체… 무슨 수를 쓴 겁니까? 어지간한 신들도 제 부정에서 벗어날 수가 없었는데."

아무렇지도 않게 말하고는 있지만 꽤나 놀라고 있는 것 같다. 웃는 표정이지만 등 뒤로는 식은땀이라도 흘리고 있을걸. 근거는 없지만, 어쩐지 그런 '확신'이 들었다.

"밀레이온님, 답을 들었으면 좋겠습니다만."

욥이 채근했지만 신경도 쓰지 않은 채 웃음 짓는다. 뭐라 표현할 수 없는 행복과 고양감이 가슴을 가득 채우고 있었으니까.

찾았다. 그래, 찾았다. 그것은 내가 그토록 원하던 것. 물론 그녀는 더 이상 이 세상에 없지만, 그건 상관없는 일이다. 내가 원하는 게 무엇인지 깨달은 이상 이젠 무슨 수를 써서라도 되찾을 뿐이니까. 설사 그 길에 지옥이 놓여 있고, 적으로 명왕이 강림한다고 해도 내 행로에 변함은 없을 것이다.

"밀레이온."

하지만 그 순간 무형의 기운이 공간을 일렁이며 다가온다. 그건 일종의 차원 진동으로 고정 좌표 자체를 뒤흔듦으로써 물질계의 모든 존재를 소멸시키는 방식의 공격. 무심코 날린 것 치고는 꽤나 악랄하군. 하지만 난 손을 내저어 차원 간섭에 저항했다. 한줄기 푸른 기운이 일어나 전신을 감싼다.

"막아?"

"무변(無變)의 요람(搖籃)이라고 합니다."

내가 가진 힘이 모든 속성—독이나 차원, 심지어 시간마저도—에 저항과 간섭이 가능하다는 것에서 착안한 기술이다. 여기에 깃들어 있는 건 [모든 방식의 마나 패턴. 쉽게 말해 여기에는 마력도, 내공도, 차크라도, 신성력도 있다. 강기를 기본 베이스로 그 모든 마나 패턴이 단단히 결합함으로써 외부에서 가해지는 모든 타격을 막아내는 것이다. 하지만,

투웅.

"호오."

내부를 후려치는 타격에 휘파람을 분다. 별로 내색하지는 않았지만 그래도 상당한, 아니, 막대하다고 해도 좋을 정도의 타격이다. 물론 999의 재생력이라는 게 어디 가는 건 아니어서 바로 회복되었지만, 몇 번 연속으로 맞으면 나라도 목숨이 위험할 정도의 공격이었다.

"이런, 당신……."

[저 자식이 어디다 대고!]

막 뭔가 말하려는 순간, 뒤쪽에서부터 새파란 전격이 일어나 욥의 몸을 후려친다. 거기에 담긴 것은 최상급 마족이라도 제대로 맞았다가는 단번에 빈사 상태에 빠질 정도로 강력한 힘. 하지만 그 뇌전은 욥의 근처에도 미치지 못하고 사라진다. 높은 항마력으로 소멸시키거나 더 강한 힘으로 상쇄시킨 건 아니다. 그건, 문자 그대로 '사라졌다' 라는 표현이 적당하겠지. 그리고 그 순간 나는 그가 가진 능력의 근본을 짐작할 수 있었지만, 그래도 실험 정도는 필요하다는 생각에 오른손을 들었다. 손바닥 위로 떠오른 것은 주먹만 한 크기의 광구. 그리고 나는 별 망설임 없이 그것을 던졌다.

파직!

타깃 더 라이트닝 임펙트(Target the Lightning Impact). 분명 그런 이름을 가진 일종의 필살기가 있었다. 그리고 이건 그 기술의 최종 형태.

최초에는 구의 형태를 취했다가 날아가며 그 길이를 늘리는 이 전뇌의 창은, 강기를 기본 베이스로 하는데다 궁극 주문이 사용 가능할 정도의 마력과 정령왕을 현신시키는 게 가능할 정도의―물론 그래 봐야 순간이겠지만―정령력. 강기를 이루는 내공과 비슷한 수준의 차크라를 반발, 증폭시키는 술식을 지님으로써 피하기도 어려운데다 일단 맞으면 끝장이라고 봐도 좋을 정도의 위력을 가진다. 언젠가 게벨로크가 펼쳤던 역장이라도 이 공격에는 견디지 못하겠지. 하지만 그럼에도…….

응.

내가 날린 공격은 너무나도 당연하다는 듯 이 세상에서 사라진다. 좋아, 알겠군. 나는 고개를 끄덕였다.

"차원 단층이로군, 그것도 니르바나(Nirvana) 급의 상위 차원을 이용한."

"알고 계시다니 다행이군요. 죄송한 말이지만 부정을 견뎌냈다고 해도 당신은 절 이겨낼 수 없습니다. 문제를 복잡하게 하지 말고 어떻게 부정을 견뎌낼 수 있었는지 말씀해 주셨으면 합니다만."

드물게 초조한 목소리에 피식하고 웃는다. 하하, 이것참.

"별로 그런 것을 물을 필요는 없을 텐데요. 아니면 저에 대한 정보를 열람하는 게 불가능해진 겁니까? 이젠 제 미래조차 보이지 않는다든지."

"당신."

욥의 얼굴이 험악해진다. 정곡을 찔린 모양이군. 뭐, 짐작은 했지만 이걸로 확신. 그럼 슬슬 끝내볼까.

"글레이드론, 날개."

[오냐.]

대답과 동시에 커다란 날개가 내 몸을 띄운다. 그리고 그 모습에 한층 더 험악해지는 욥의 표정.

"당신! 당신은 태어나 그 어떠한 신비도 접한 적이 없습니다. 따라서 당신은 평범한 인간일 뿐, 그 어떠한 이능도 발휘할 수 없어요!"

쉽게 말해 전능력 봉인, 아니, 소멸이라는 말이지? 하지만…….

"싫어."

파직! 파직! 파직!

손바닥에서 쏘아진 전뇌의 창이 연속해서 그의 몸을 노린다. 물론 그건 차원 단층에 의해 막혔지만 그럼에도 욥의 표정은 공황, 그 자체다.
"어떻게, 대체 어떻게……!!"
믿을 수 없겠지. 그의 능력은 언령 같은 단순한 종류의 것이 아니다. 언령 쪽이라면 신언이든 용언이든 미리 알고 대처할 능력만 있다면야 얼마든지 막는 게 가능하니까. 하지만 그의 '말'은 이 세계 그 자체를 성립하는 일종의 '요소(要素)'. 그래, 그건 소설로 치면 마치 글을 쓰는 행위와 같고 주시자인 그들은 작가와도 같은 존재이다. 그들은 이 세상 전체를 창조했고 이 세계에서 일어나는 일 하나하나를 모두 계획하고 완성시켜 나가는 존재. 소설 안의 캐릭터가 작가를 이긴다는 건 문자 그대로 불가능한 일이다. 아니, 애초부터 소설 속 캐릭터와 작가의 대결이 성립 가능하기나 한 것인가. 소설 속 존재라면 작가를 인지할 일조차 없고, 설사 인지해서 반기를 든다 해도 결국 그건 작가의 의도가 없으면 불가능한 일이니까.

파직.

하지만 그럼에도 그의 말은 나에게 닿지 않는다. 계속해서 허공을 가르는 전뇌의 창. 물론 그것들은 전혀 통하지 않았지만 난 녀석을 쓰러뜨리기 위해 공격을 날리고 있는 게 아니니까. 그리고 그렇게 테스트를 끝내고 몸을 멈춘다. 그리고 부정의 과거에서 보았던 세계의 비밀을 말한다.

"재생이라고 했지. 지나치게 문명이 발달하거나 잘못된 길로 가고 있는 세상을 멸망시키는 것. 뭐, 대부분의 경우 그걸 행하는 건 사도들이었지만 가끔 너 같은 주시자도 있더군."

"당신은 대체……."

나의 전생을 보았다. 무한한, 정말이지 끝도 없이 이어진 과거의 연속. 그건 이미 몇억 년이라든가 몇조 년이라든가 하는 시간의 단위로 셀 수 없을 정도로 기나긴 시간. 그리고 그 과거는, 이 세계의 창조 이전에까지 이어져 있었다.

"간단한 말이지."

신은… 그러니까 창조신은 벌써 몇 번째나 세상을 다시 만들어왔다. 그건 재생과도 차원이 다른 일이다. 재생이라는 건 그 내용물을 비워내 새로운 것을 담는, 컴퓨터로 말하자면 포맷과도 같은 것. 하지만 창조신이라는 녀석은 벌써 컴퓨터를 몇 번이나… 어쩌면 몇십 번이나 폐기하고 새로 만들어왔다. 그나마 재활용되는 것은 데이터. 굳이 비교하자면 하드디스크 정도뿐. 이 사실을 알고 있는 것은 신들 중에서도 정말 초고위의 몇 명뿐이지만 난 그걸 '경험' 했다. 나는 태초에서부터 존재하지는 못했지만, 적어도 이 이전의 세계, 또 몇 번 더 이전의 세계에서부터 존재하고 있었다. 만약 내가 조금만 더 완성되고 강대한 존재였다면, 그래서 창조신의 눈에 띄었다면 난 어딘가의 고대신이 되거나 혹은 소멸했을지도 모르지만 나는 마치 만들어진 지 얼마 안 된 것 같은 왜소함으로 계속해서 전승되어 갔다.

그리고 그 결과가 지금. 전생과 전생, 세계와 세계를 계속해서 이어가는 시스템 속에서 이어온 그 막대한 업과 일루전이라고 하는 신체를 기반으로 하는 시스템이 만나면서 전혀 예정에 없던 밀레이온 더 윈드리스, 즉 '나' 라고 하는 이레귤러(Irregular)가 만들어지고 만 것이다. 물론 정말로 창조신이 나라는 존재를 몰랐을지는 알 수 없다. 정말로 아무 예정 없이 나라고 하는 존재를 이어왔는지 역시 알 수 없다. 하지만 이 상황으로 보건대, 아수라는, 아니, 아수라는 둘째 치더라도 최소한 주시자들은 몰랐다는 건 틀림없는 사실인 것 같다.

"네 말은 절대로 나에게 닿지 않아."

나는 그전부터 존재하던 영혼이니까. 자각하기 전까지는 이 세계에 '속해' 있어 그의 말에 수정되었지만 이제 와서는 어림없는 일이다. 다크나 카인, 라일레우드와 카이더스까지 나의 승리를 예상한 건 바로 이런 이유 때문일까.

"하! 어이없는 일이기는 하지만 그래서 어쩌라는 말입니까! 설사 그렇다고 해도 당신은 저를 이길 수 없어요! 저는 주시자입니다. 아수라의 눈으로 세계를 조율하는… 응?"

팔영분신(八影分身).

한 개였던 몸이 여덟 개로 늘어난다. 들고 있는 카이더스 역시 여덟 자루로 늘어난다. 망설일 필요없다. 나는 거기에 담겨 있던 모든 마력을 빨아들였다.

파직.

손바닥 위로 전격이 떠오른다. 상상하는 것은 한줄기 뇌전. 그것은 하늘을 지배하는 천신의 권능.

파직.

나의 마음은 결국 하늘에 닿지 못했다. 수많은 기예와 술법을 익혀도 역부족. 하지만 그렇기에 '나'에게 맞는 극한을 찾아낸다.

파직, 파직.

떠올린다. 그래, 종화가 나에게 이 기술을 보여준 것도 사실은 이러한 이유에서였겠지. 나는 분신들과 함께 힘을 모았다. 여덟 배로 늘어난 내공과 차크라, 그리고 마력. 거기에 여덟 자루로 늘어난 카이더스의 순수하고도 막대한 마력. 하지만 그러고도 부족하다. 그리고 그렇다면…….

"라이오너."

"마스터 스킬 발동."

"정령 융합(精靈融合)."

"간다. 이미 알겠지만 제어 못하면 죽어."

"시끄러우니까 빨리해."

본체를 제외한 일곱의 분신이 라이오너를 불러내 마스터 스킬을 발동한다. 그리고 그대로 거대한 뇌전으로 변하는 일곱의 분신. 하지만 그러고도 약간 모자라서!

[주인?!]

"미안. 좀 도와라!"

파직, 파직, 파직, 파직.

터져 버릴 것 같은 마력을 텅 비었던 카이더스에 몰아넣자 카이더스가 새하얗게 백열(白熱)하며 타오르기 시작한다. 큭! 잘못하면 망가지겠는데? 하지만 전력을 다해 제어하며 그 거대한 기운을 응축하고 또 응축한다. 그리고 몸 안에 남아 있는 모든 기운을 차크라로 전환해 술법을 운용한다. 유(酉). 진(辰). 해(亥). 오(午).

"오의(奧義). 극뢰지경(極雷地境)."

파지지지직!!

뇌전이 튀기 시작하자 단지 그것만으로 주변 공간이 이리저리 휘고 구멍이 뚫리기 시작한다. 어마어마한 힘이다. 난 장담할 수 있다. 지금 이걸 맞으면 어지간한 신이라도 죽는다!

"당신… 당신은……!!"

고성을 지르며 읍이 수차례 공격을 가했지만 새파랗게 타오르는 뇌전에 감히 접근조차 하지 못하고 타버린다. 어마어마한 힘, 무지막지한 마력. 그래, 이것이야말로 그 어떤 것에도 특출할 수 없었던 나의 궁극. 발버둥치고 발버둥 쳐서 마침내 손에 넣은 단 하나의 기적.

치천(治天).

카이더스가 휘둘러지자 거대한 뇌전이 쏟아진다. 그 앞에는 하나의 우주로 가로막았다 해도 과언이 아닐 정도로 막막한 차원 단층이 자리하고 있었지만 천신의 권능은 세상에 모든 물질과 비물질을 태워 버리는 멸절의 신기(神技)다.

"있을 수 없어, 있을 수 없어!! 이런 말도 안 되는 일 따위 나는……!"

콰릉!

차원 단층이 꿰뚫린다. 그리고 그 건너에 있던 욥의 전신을 감싼다. 한순간 세상이 새하얗게 물들었다.

웅.

그리고 그와 동시에 주위 환경이 변한다. 보이는 것은 지각변동이 있었던 듯 잔뜩 무너지고 파괴된 건물들로 들어찬 도시. 나는 그중 빌딩으로 보이는 잔해 위에 누웠다.

어느새 나는 지구로 내려와 있다.

대충 해결 봤군. 하지만 그렇다고는 해도…….

"죽겠구나… 나 이제 꼼짝도 못해……."

[나도 마찬가지다, 망할 주인. 세상에 아무리 그래도 그렇지, 소환수의 영력을 모조리 끌어가?]

"너무 급했다고. 여유있는 척했지만 거기서 치천을 못 썼으면 내가 끝이니까."

그렇게 말하면서도 한숨 쉰다. 세상에 뭐 이런 막돼먹은 기술이 다 있냐. 내 마력이 몇인데 마나 충당에 고생해야 하는 거야. 카이더스가 남기고 간 그 막대한 마력. 거기에 팔영분신을 전부 뇌전으로 환원―어쨌든 그것들 역시 하나하나가 '나'인데 '에너지'가 되다니!―하고도 부족하다니, 정말 치 떨릴 정도다. 게다가 기술을 쓴 타격도 장난이 아니어서 당분간은 제 상태로 전투를 벌이는 게 불가능할 정도. 정말이지 지금이라면 지나가던 최상급 마족 하나가 덤벼도 못 이길 것 같다.

"…응?"

하지만 그렇게 누워 있다가 위에서 뭔가 떨어지고 있는 걸 발견한다. 아, 온 건가. 게다가 그 방향이 우연히도 내 머리 쪽. 피하기도 귀찮은데, 하고 투덜거리다가 옆으로 데굴 하고 한 바퀴 굴러 위험 지역만 벗어난다.

[…만사가 귀찮아진 것 같구먼, 주인.]

"농담 아니야. 정말 죽겠다고."

망할 놈의 기술, 내 다시는 쓰나 봐라, 하고 중얼거리는데 떨어지던 검은 것이 볼을 아슬아슬하게 스쳐 바닥에 박힌다.

푸욱.

어쨌든 바닥은 콘크리트인데도 검은색의 검은 너무나 가볍게 파고든다. 무슨 늪에 빠지기라도 한 것처럼 손잡이까지 깊숙하게 파고드는 흑색의 검. 그리고 그 위로 모습을 드러낸 회색 머리칼의 소녀가 가볍게 그 검을 뽑아냈다.

"안녕."

"……"

손을 흔들어 인사했지만 대답하지 못한다. 혼란스러운 표정. 그녀는 잠시 주변을 둘러보다가 한층 차분해진 눈동자로 누워 있는 내 모습을 바라보았다.

"주시자를 쓰러뜨렸군요."

"어쩌다 보니까. 생각보다 약하던데?"

내 말에 그녀의 눈썹이 꿈틀거린다.

"우습지도 않은 농담하지 마요. 아수라의 실질적인 화신이나 다름없는 주시자는 이 세상 그 어떤 존재도 거스를 수 없어요. 당신이 그렇게나 대단하게 여기는 무신도 감히 이겨낼 수 없는 주시자인데 그걸 쓰러뜨리다니."

여전히 차분한 그녀의 모습에 어깨를 으쓱인다. 오오, 긴장하고 있다, 긴장하고 있어. 하지만 내가 주시자를 쓰러뜨린 건 문자 그대로 상성의

내가 바라는 것 197

문제다. 지금의 세계가 탄생하기 이전부터 이어져 온 내 영혼은 그의 지배 범위 밖에 있었을 따름이니까.

간단한 말이다.

생각해 보자. 어떤 작가가 책을 써서 완결을 냈다 치자. 그렇다면 그 책 안에서 이야기는 [끝]이다. 말하자면 [완성]. 하지만 이렇게 생각하면 어떨까? 만약 다른 아마추어 작가가 팬픽, 그러니까 SS(Side Story) 같은 걸 쓰게 된다면?

새로운 작품은 아무래도 원작의 내용을 어느 정도 가져가게 된다. 그것은 배경이 되는 세계일 수도 있고 기본 설정일 수도 있다. 또는 특정 캐릭터나 대상일 수도 있겠지. 하지만 새로운 작품에서 여러 가지 변화가 생긴다면 어떨까? 기본 설정이 바뀐다던지 원작에서는 살아 있는 캐릭터가 죽어버린다던지.

당연한 말이지만 새로운 작가가 마음만 먹는다면 작품 속 캐릭터는 제아무리 강력한 힘을 가졌다고 해도 죽는다. 처음부터 작가에게 있어 작품 속의 강함이란 아무런 의미도 없는 것. 하지만 어떨까, [원작이 따로 있는 캐릭터에게 새로운 작품에서 맞이한 죽음이 과연 어떤 의미가 있을까. 물론 그 작품에서 그는 죽지만, 그럼에도 그는 살아있다. 왜냐하면 원작이 있으니까. [완성]된 세계에 속한 그는 새로운 작품에 등장하면서도 또한 그 세계와 무관하다. 그 세계에 속한 오리지널이 아닌, 다른 작품에서 따온 캐릭터라면 아무리 발버둥 쳐도 결국 원작에 얽매일 수밖에 없다. 욥 녀석이 나를 어찌할 수 없었던 것도 같은 이유. 일종의 데이터로써의 전승만을 계속해 왔을 뿐이지만 나는 전의 세계에서도 존재해 왔다. 때문에 욥 녀석이 간섭이 통용되지 않았던 것이지. 처음에야 어느 정도 먹혔지만 내가 내 존재를 자각한 순간부터 녀석의 말은 나에게 통하지 않는다. 나라는 존재는 그야말로 욥이 미처 생각지도 못했던 예외적인 존재인 것이다. 그러나…….

'하지만 그것도 주시자한테나 통한다는 거.'

그렇다. 특이 케이스인 건 인정하지만 그렇다고 내가 뭔가 대단한 존재이거나 한 것은 아니니까. 난 주시자인 욥을 이겼지만, 다크나 카인하고 붙는다면 쪽도 못 쓰고 진다. 급을 좀 낮춰서 상대가 마왕이라면… 뭐, 지금의 나라면 좀 버티기야 하겠지만 결국 지고 말리라. 실제로 어지간한 신, 혹은 에이션트 급 이상의 고룡들이 신언이나 용언을 사용한다면 난 또 걸려 버린다. 왜냐하면 신언이나 용언은 단지 그 수준이 높을 뿐, 일반적인 이능과 마찬가지로 현실 세계에 1차적인 간섭을 하는 것이니까. 욥의 부정은 근원에까지 이르러 상대에게 간섭하기 때문에 무시무시하지만 결국 그래서, 그렇기 때문에 나에게는 닿지 않는다. 정말 이렇게 생각하고 보면 최악의 상성이라는 말밖에 떠오르지 않을 정도로군.

"하지만 잡아두고 있던 신들은 어떻게 한 거야? 이제 이클립스의 효력은 사라졌을 텐데."

"그 주시자 녀석이 절 잡는 순간 다 사라져 버렸어요. 풀어준 건지 소멸시킨 건지 모르겠지만 지금의 전 그냥 좋은 칼 하나 가진 마족공일 뿐이죠. 관점에 따라서는 그냥 좋은 칼일 수도 있고."

"하하, 자기 비약이 너무 심한걸."

슥.

태연하게 중얼거리는 목 위로 검은색의 장검이 드리워진다.

"…태연하시네요, 오라버니. 이제 저 같은 건 얼마든지 제압할 수 있다는 자신인가요?"

하하, 전혀 안 그렇답니다, 아가씨. 툭 까놓고 말해서 못 이겨요. 이건 흔히 말하는 배짱 플레이입죠. 만약 당신이 지금 덤벼 버리면 저는 엉엉 울면서 목숨을 구걸해야 한답니다.

퍽!

실실 웃다가 머리를 걷어차인다. 억, 이건 아프잖아.

"…재수없는 표정."

"그런 이유로 사람 머리를 차면 안 된답니다, 아가씨."

퍽!

"능글맞아졌어. 왠지 기분 나빠. 불과 몇 분 만에 사람이 이렇게 바뀌다니. 대체 그 곧고 강직하던 밀레이온 오빠는 어디로 간 건가요."

퍽, 퍽!

찬다. 계속해서 찬다. 더불어 점점 더 강해지는 강도. 아, 이건 좀 심한데? 기분이 나쁘다, 뭐, 이런 문제가 아니라 육체에 데미지가 쌓일 정도로 강하게 차다니.

"저기 미안하지만 이제 슬슬… 린느?"

놀란다. 눈에 비친 것은 거의 쏟고 있다고 해도 좋을 정도의 눈물을 흘리고 있는 회색 머리칼의 소녀. 나와 눈이 마주치자 그녀는 발길질을 멈췄다.

"…틀렸어요. 전부 실패예요. 그렇게 각오하고 각오했는데. 모든 것을 감수하고서라도 이루겠다고 마음먹었는데."

흐느끼고 있다. 표정과 목소리, 모두 무덤덤하지만 그럼에도 쉴 새 없이 쏟아지는 눈물.

"최악이에요. 정말 구제불능의 멍청이. 저, 저는 대체 지금까지 뭘 한 거죠? 대체 뭘 위해……!"

뻑!

"꺅?!"

순간 울고 있던 핸드린느의 몸이 크게 휘청거린다. 순간적으로 솟아오른 거대한 혹을 움켜잡은 채 혼란과 당황이 범벅이 되어 있는 눈을 뒤로 돌리는 핸드린느. 그리고 그런 그녀의 뒤에 서 있는 것은……

"외간남자 앞에서 질질 짜고… 잘하는 짓이다. 떨떨하다는 거야 예전부터 알고 있었지만 너란 녀석은 발전이 없군."

"아… 아?"

"뭘 보냐, 꼬맹이. 미안하지만 반갑다는 인사를 하기에는 타이밍이 늦어."

핸드린느와 비슷한 키에 새하얀 백발이 인상적인 꼬마가 띠꺼운 표정으로 우리들을 바라보고 있다. 천화? 하지만 저 녀석은 분명 라일레우드의 화신체에 기생하고 있는 상태 아니었나?

"어떻게 빠져나오신 겁니까?"

"카이더스 녀석이 승천하는 틈을 타 실례했지. 하지만 그대로 용왕계로 가기도 뭐해서 너한테 잠시 붙어 있었고."

"무임승차라니……."

어처구니없는 짓이다. 내가 허수 공간에 잠겨 그대로 죽어버렸을 수 있는데 잘도 도박을 걸었군. 나름대로 가능성을 본 건지 그냥 질러본 건지는 모르지만 어쨌든 그의 시도는 성공해 이렇게 물질계로 빠져나올 수 있었다.

"처, 천화……."

믿을 수 없다는 표정으로 떠듬거리는 핸드린느. 헤에, 이 녀석, 이런 표정도 지을 줄 아는군. 신기해하는데 드디어 혼란 상태에서 빠져나온 핸드린느의 얼굴에 환희가 깃들고.

"천화님―!!"

빡!

"후엑?!"

그대로 나뒹군다.

"붙지 마. 더워."

여전히 따꺼운 표정으로 서 있는 백발의 소년. 거, 까칠하기도 하지, 하고 헛웃음 짓는데 핸드린느가 몸을 일으킨다.

"우우, 때렸어. 진짜진짜 오랜만에 만났는데 때렸어."

"시끄러워. 너 때문에 얼마나 고생했는지 아냐? 막가는 구석이 있다는 것쯤은 알고 있었지만 이렇게까지 날뛰다니. 하마터면 나도 죽을 뻔했다고."

내가 미쳐, 라는 표정으로 이마를 짚고 탄식한다. 물론 그렇게 말하기는 해도 그가 핸드린느를 아낀다는 것 정도는 안다. 모든 무구의 신이라고 할 수 있는 라일레우드를 폭주시키면서까지 현현(顯現)해 여기에 닿으려 한 그의 집념은 결코 보통의 것이 아니니까.

웅—

하지만 그때 하늘에 거대한 달이 떠오르고 모든 것이 떨리기 시작한다.

"어? 내 배!!"

"퀴클롭스? 어떻게 된 거야?"

너무나도 분명하게 우리를 노려보고 있는 눈동자에 당황한다. 느껴지는 기운은 매우 익숙한 것. 하지만 당황한 건 우리뿐만이 아닌 모양이다.

[크윽, 뭐지? 대체 내가 왜 이런 물건에…….]

"간단하죠. 일월성신(日月星神)의 화신체는 내가 챙겼으니 댁 영체가 소멸을 피하기 위해 급한 대로 그런 물건에라도 깃든 겁니다."

"권형준."

어느새 내 옆에는 새까만 흑발에 검은 양복으로 온통 어둡게 치장한 사내가 서 있다. 뭐가 그렇게 신나는지 싱글벙글한 표정의 형준. 예전에 한 번 봤던 모습이지만 전해지는 느낌은 전혀 다르다. 뭐지, 이 녀석? 물론 이 녀석은 마왕이다. 어마어마하게 강력한 신적 존재. 하지만 지금은 나 역시 강하다. 욥과의 일전으로 몸 상태가 엉망이라 그렇지 일주일 정도만 푹 쉬어 최적의 컨디션으로 돌아간다면 마왕이나 대천사 급 존재. 혹은 크로메틱 급 드래곤이나 중급 신과 싸워도 이기진 못할지언정 일주일은 버틸 수 있을 정도의 힘을 얻은 것이다. 아무리 마왕이라고 해도 전혀 상대가 불가능할 정도는 아닐 텐데, 이 차이는 대체 뭐란 말인가? 의아해하는데 하늘에서 으르렁거리는 소리가 들린다.

[그 몸… 권형준, 당신. 대체 무슨 짓을.]

"쯧쯧, 아무리 생사의 기로라도 화신체를 완전히 제어할 수 없는 상태에서 불러내면 안 되죠. 그러니까 저 같은 놈팡이한테 뺏기기나 하고."

[너―!!]

노도성과 함께 대기가 떨린다. 전신을 짓누르는 거대한 압력. 이거, 위험한데? 지금의 나로서는 도저히 이겨낼 수 없을 정도의 힘이다. 하지만 그가 타고 있는 것은 핸드린느의 함선. 고개를 돌려 묻는다.

"퀴클롭스의 제어권은?"

"글렀네요. 완전히 뺏겼어요. 아~나, 진짜 저거 뺏느라 얼마나 고생했는데 저 녀석은 단번에 채가네."

심지어 너도 뺏은 거냐? 황당해했지만 그래도 저 정도 되는 함선의 제어권을 이렇게 쉽게 뺏기다니. 하지만 핸드린느는 짐작 가는 게 있는 듯 형준을 바라본다.

"처음부터 이게 목적이었군."

"다른 기타 목적도 없다고는 못하겠지만 일단은 그렇게 되는군요. 주시자들이 가진 힘은 부정뿐만이 아니니까요."

"하지만 같은 편 아니었습니까?"

내 물음에 형준은 어깨를 으쓱이며 고개를 흔들었다.

"이런이런, 벌써 잊으셨나 보군요. 저는 배반의 마왕입니다. 그리고 배반의 마왕은 원래 배반하는 법이죠. 정말정말 미안하고 죄송하지만 어쩔 수가 없네요. 이게 제 본성이라서."

 물론 그건 거짓말이다. 싱글싱글 웃고 있는 눈동자는 '와우, 일이 너무 잘 풀려서 무서울 지경이네요~' 라고 말하고 있으니까.

 "흠, 뭐, 그건 그렇다 쳐도, 저건 어쩌실 생각이죠?"

 "저거요?"

 "저거."

 [우우우우우—]

 무지막지한 마력과 함께 하늘에 떠 있는 달이 커진다. 우와, 지구에 너무 접근하는 것 같은데? 퀴클롭스는 진짜 달이 아니지만 어쨌든 달보다 더 거대한데다 인력 역시 가지고 있어 단지 대기권에 접촉하는 것만으로 지구에 무지막지한 재앙을 내릴 수 있었다. 물론 지금은 어차피 인류가 전멸에 가까운 상황이라 상관없지만 예전의 지구였다면 지금 이 상황만으로 수억에 가까운 사상자가 발생했으리라. 전 지구적인 지각변동과 해일이 세계 곳곳을 뒤집어놨을 테니까.

 [우아아아아—!!]

 "당신한테 원한이 큰 것 같은데요?"

 "그야 당연하지만 알 바 아니죠. 어차피 당신 손에 죽을 텐데."

 "…제 손에?"

 이건 또 뭔 소리야? 하는 눈으로 바라보자 형준은 짐짓 당연하다는 듯 말한다.

 "지금 저 녀석 머리에 열이 오른 상태인데다 힘 제어도 힘들어서 아마 이 행성 전체를 날리려 할 겁니다. 그러니까 당신이 죽지 않으면 막아야 하지 않겠습니까? 이러니저러니 해도 저 녀석을 저 꼴로 만든 건 당신이고."

 "…그렇지만 전 지금 저걸 막을 힘이 없습니다만."

"그럼 죽어야죠."

'저야 뭐 차원 이동쯤 간단합니다만' 이라고 중얼거리며 실실대는 그의 표정에는 여전히 변함이 없다. 우와, 정말 뻔뻔한데, 이 녀석? 뭐, 마왕한테 기대고 싶은 건 아니었지만 한번 물어본다.

"안 도와주십니까?"

"어머나, 미치셨나 보군요. 제가 그렇게 착해 보입니까? 제가 지금 당신들을 모조리 쳐죽이고 핸드린느를 전리품 삼아 가져가지 않는 것만 해도 얼마나 고마운 일인지 실감하지 못하는 모양인데."

여전히 화사한 그의 표정에 확신한다. 그래, 사실 이 녀석이 도와준다면 오히려 더 웃기는 일이다. 그는 악인. 눈앞에서 10살짜리 꼬마가 강간당하고 마침내 살해당한다고 해도 결코 슬퍼하거나 그 소녀를 도와줄 위인이 아니다. 아니, 오히려 박수치며 관람하는 성향의 존재. 그의 말대로 적대하지 않는 것만 해도 고마운 일이다. 물론 그가 우리를 생각해서 그런 건 절대 아니겠지만 말이다.

"저기… 천화님?"

"설마 나한테 뭔가 기대하고 있는 건 아니겠지? 내 본체라도 어떻게 움직일 수 있는 상황이라면 머저리 같은 너한테라도 들려줘서 저걸 잘라버리겠다만, 아쉽게도 지금은 방법이 없다."

"핸드린느?"

"에휴, 힘없어요, 힘이 없어. 저는 천화 오라버니랑 다르게 본체가 여기 있는데도 도움이 안 될 것 같네요. 저기 가서 천화 오라버니랑 노닥거리고나 있을게요."

어이없게도 정말 근처 건물에 앉아버리는 그 일련의 동작을 막지도 못한다. 아니, 이것들 봐라? 황당해하는데 내 어깨 위에 앉아 있던 글레이드론이 말한다.

[어쩔 거냐? 빈사 상태긴 하지만 너 하나라면 데리고 이 행성을 빠져나갈 수 있는데.]

"흠, 땡기기는 하지만 그래 봐야 저 녀석이 쫓아올 테니 소용없는 일이지. 젠장, 이러니저러니 해도 내가 마무리 지어야 하는 건가."

[너까지 그런 소리를 하는 거냐? 뭐 어떻게 하려고?]

그나마 걱정해 주는 건 이 녀석뿐이군. 하지만 다행히 수가 있다. 있으니까 이렇게 여유 쪼개고 있는 거지. 만약 아니었다면 진짜 녀석하고 우주로 도망갔을지도 모를 일이다.

"흠."

고개를 돌려 한쪽 세상을 완전히 가리고 서 있는 은색의 벽을 본다. 물론 그건 벽이 아니다. 사실 그것은 거대한, 정말 너무나 거대해서 오히려 형태를 인지할 수 없는 검의 신. 나는 내면 세계에서 만났던 라일레우드의 말을 떠올렸다.

"나를 사용해도 좋네."

"……."

어처구니없는 말이다. 길이가 무려 1,000만 킬로미터나 되는, 땅에 세워놓으면 그것만으로도 대기권을 뚫고 나가는 검 따위를 누가 사용할 수 있다는 말인가?

"피곤하구만."

투덜거리며 목에 걸려 있는 팬던트를 잡는다. 느껴지는 것은 은은한 온기. 나는 말했다.

"가자, 에일렌."

[응, 레온.]

"……!!"

순간 숨이 막히는 것만 같은 기분이 들었지만 고개를 움직여 주위를 둘러본다거나 하지는 않는다. 왜냐하면 이제 에일렌이 없다는 것을 이 세상 누구보다도 더 잘 알고 있으니까. 하지만 재미있는 것은 그녀의 목소리가 정말로 들렸다는 것이다. 환각이 아니라 물리적으로 난 소리. 여기에 내가 아닌 제3자가 있었더라도 그녀의 목소리를 들을 수 있었으리라.

"곤란하군. 그냥 생각했을 뿐인데."

지금 그 소리는 결국 내가 낸 것이다. 그녀의 대답을 듣고 싶다는 나의 욕구가 그 뒤틀린 욕구와 소망이 물질계에 영향을 끼쳐 소리라는 '형태'로 나타난 것이다. 하지만 지금에 와서 이런 미련을 내가 가지고 있었을 줄이야.

쿠우우우우—!

잠시 감상적인 기분에 빠져 있다가 하늘에서 힘을 끌어모으고 있는 퀴클롭스의 모습을 보고 혀를 찬다. 이런이런, 더 시간을 끌다가는 지구 전체가 날아가겠군. 나는 다시 팬시 팬던트를 잡아 들어 올렸다. 그리고 언제나 내 곁에 있었던 어떤 소녀의 이름을 부른다.

"에일렌."

키리릭.

확장을 시작한다. 목에 걸려 있던 펜던트에서부터 시작해 삽시간에 전신을 뒤덮는 은빛 갑주. 그리고 그 은빛 갑주는 온몸을 뒤덮음과 동시에 팽창한다.

쿠아아—!

땅이 무시무시한 기세로 멀어진다. 마치 로케트라도 타고 하늘로 날아오르는 것만 같은 느낌이지만 사실은 날아오르는 것이 아니다. 나는 단지 커지고 있을 뿐이니까.

내 신기의 이름은 기간테스(Gigantes).

우우우우—

과거에 존재했다는 그 태고의 거인은…….

"가볼까."

신들조차 두려워할 정도로 거대했다고 한다.

[당신.]

한껏 힘을 모으고 있던 퀴클롭스. 그러니까 욥은 대기권을 뚫고 나온 내 모습에 당황한 듯 일순간 멈칫했다. 뭐, 바로 공격했으면 난감할 뻔했는데 다행이군. 나는 그사이 몸 상태를 점검했다. 역시 엉망이다. 거대화를 했다고는 하지만 그건 어디까지나 신기의 힘일 뿐이지 내 힘이 회복된 것은 아니니까. 게다가 이렇게 커졌다고는 해도 여전히 더 큰 쪽은 퀴클롭스. 하지만 별로 당황하지 않는다. 애초에 난 마음만 먹는다면 훨씬, 훨씬 더 거대해질 수도 있으니까. 단지 내 크기를 이 정도에 '제한' 한 것은 이 크기가 딱 적당하기 때문이다. 힘을 발휘하기에도, 외갑의 강도를 유지하기에도. 그리고…….

철컹.

'검' 을 쥐기에도.

후우웅—

라일레우드의 손잡이를 쥐기가 무섭게 최악에 최악으로까지 악화되었던 몸이 단숨에 회복된다. 아니, 이걸 단순한 회복이라고 할 수 있을까? 전신 세포 하나하나에서 그 끝을 알 수 없을 정도로 막대한 힘이 느껴진다. 최상위의 신격, 신성, 신위가 영혼 안에 깃든다.

[어이가 없군. 잡는 것만으로 신이라니.]

그것도 다크나 카인과도 대적이 가능할 정도로 초고위급 신이다. 황당할 정도다. 길 가던 꼬맹이가 들어도 나 같은 건 그냥 져버릴 정도잖아? 물론 보통의 인간이 잡으면 라일레우드가 모욕으로 느끼겠지만 하여튼 누가 들어도 무적에 가까운 힘을 얻게 된다는 것은 사실이다. 물론 그것은 그 대상이 강하다기보다 라일레우드 자체가 강력한 것이겠지만 말이다.

[어이쿠, 모든 무구의 원형, 존재하는 모든 무(武)의 집행자(執行子)라는 검신께서도 갈 때까지 갔군요. 겨우 인간한테 잡히다니. 아무리 잘나 봐야 결국 무기라는 겁니까?]

허탈한 웃음소리. 하지만 다 포기한 것만 같은 영언과 다르게 그 순간 퀴클롭스의 정면에 모여 있던 막대한 에너지가 마치 벼락처럼 뿜어진다.

[하지만 그 힘, 어디까지 끌어 쓸 수 있을까요!]

어마어마한 힘의 폭풍이 몰아친다. 그건 지구가 아니라 목성이라도 한 방에 날아갈 정도로 천문학적인 에너지가 담겨 있는 공격. 하지만 그 순간 라일레우드가 휘둘러진다.

핑!

공간이 세로로 그어진다. 그것은 한줄기의 선(線). 거대한 에너지는 마치 달인 급 검객이 휘두른 검격에 잘려 나가는 폭포처럼 간단히 절단된다.

[가벼워.]

신음한다. 어이가 없군. 이게 단지 떨어지는 것만으로 지구를 멸망으로까지 몰아넣을 정도로 거대한 검이란 말인가? 아무리 기간테스에 탑승해 미증유(未曾有)의 거력을 가지고 있는 지금이라고 해도 휘두르는 데 힘이 전혀 안 든다는 건 상식 밖의 일이다. 게다가 그 속도 또한 상식에서 생각할 수 없는 수준. 단언하건대, 방금 전의 검격이 펼쳐진 속도는 광속보다도 최소한 몇 배, 어쩌면 몇십 배는 빨랐다. 이미 물질이 이행할 수 있는 영역이 아닌 것이다. 물리법칙에조차 구애받지 않고 있었다. 하지만…….

쿠구구구.

[억! 미국이.]

무심코 진각을 밟았던 오른발이 절반 정도 물에 잠겨 있는 것을 느끼고 신음한다. 맙소사, 남아메리카의 3분지 2가 가라앉아 버렸다.

[잘하는 짓이다. 기껏 신위를 얻어놓고 인간 시절의 버릇을 못 버려 나라 하나를 짓밟아 버리다니.]

[아, 시끄러워. 검격 날리면서 진각 좀 밟을 수도 있는 거지.]

투덜거리면서도 라일레우드를 연신 휘둘러 퀴클롭스에서 뿜어지는 포격을 튕겨낸다. 하지만 어마어마한 속도로군. 10만분의 1초도 안 되는 시간 만에 수십 번의 포격이 나를, 나아가서는 지구 전체를 노리고 날아든다. 그것은 하나하나가 광속으로 결코 무시할 수 없는 공격들. 사실을 말하자면, 막아내고 있는 내가 다 황당할 지경이다. 이게 말이 되는 일이란 말인가. 날아오는 광선이 모조리 '보인다'. 그 빛의 입자 하나하나가 '인식' 된다. 물론 나는 올 마스터가 되기 전에도 인간 이상의 반사 신경을 가지고 있었으며 올 마스터가 된 순간부터는 의식을 만분의 일. 집중하면 십만분의 일로까지 쪼갤 수 있어 코앞에서 클레이모어가 터진다고 해도 그 파편이 몇 개나 되는지, 그 궤적은 어떻게 되며 그 하나하나가 몇 번씩 회전하느냐 하는 것까지 파악할 수 있을 정도였지만, 그래도 이 정도는 아니었다. 지금이라면 의식을 십만분의 일로 쪼개는 정도가 아니라 천만분의 일, 아니, 몇천억분의 일이나 몇조분의 일, 혹은 의식을 무한히 분할해 순간을 영원으로까지 인식하는 게 가능할지도 모른다. 마치 동영상을 보다가 정지 버튼을 누른다거나 책을 보다 잠시 덮고 다른 일을 하는 것처럼 시간에서 완전히 자유로운 의식 세계로 진입할 수도 있다는 말이다.

[다크, 이 녀석. 이런 세계에서 살고 있던 건가……]

이러니 공격을 해도 하나도 안 맞지! 게다가 녀석은 화신체를 다룰 수 있기 때문에 마음만 먹는다면 의식뿐만이 아니라 그 신체마저도 시간에서 자유로워지는 것이 가능하다. 문자 그대로 시간이라는 '요소'에서 자유로워질 수 있다는 말. 그리고 그런 경이적인 힘을 신성이나 권능의 사용없이 오롯한 깨달음만으로 사용할 수 있다는 것이 무신, 다크 이렌시아의 무시무시한 점이겠지.

쿵!

[큭…….]

하지만 그럼에도 신음한다. 왜냐하면 퀴클롭스에서 뿜어지는 포격이 점점 더 묵직해지고 있었기 때문이다. 물론 나에게 타격이 오는 것은 아니다. 라일레우드를 든 나는 이미 고위 신에 필적하는 존재. 달 정도 되는 위성이 광속으로 날아들어도 얼마든지 쳐내거나 절단할 수 있다. 아니, 맞아도 상관없을 정도다. 하지만 그건 어디까지나 내가 그렇다는 것이지 내가 밟고 있는 지구의 사정은 좀 달랐다.

[어이구, 이러다 지표가 다 쓸려 나가겠네. 어차피 살아 있는 인간이 얼마 없기는 하지만 대단한 민폐로군.]

[어쩔 수 없잖아. 하지만 자전이라니, 생각도 못했어.]

그렇다. 신적 존재가 되었다고는 해도 말 그대로 빌려온 힘일 뿐이고, 기간테스는 어쨌든 질량을 가지고 있어 지구의 중력에 영향을 받고 있다. 때문에 자전에 의한 위치 변경이라는, 상식적으로 도저히 생각할 수 없는 방해 요소에 맞닥뜨린 것이다.

[밟혀 죽은 인간은 없으려나…….]

[없어.]

[엉? 어떻게 확신하는데?]

[지금 내 인식 능력이 좀 터무니없거든. 내 발에 치인 가로등이 몇 개인지, 밟힌 집에 있는 가전제품 하나하나, 심지어는 집 안 액자에 걸린 사진에 있는 꼬마의 옷 단추 개수까지 알 수 있을 정도야.]

[…정말?]

[그래. 이 정신 나간 정보 인식 능력을 가지고 있으면서 뇌가 타버리지 않는 게 신기할 지경이라고. 내 오른발 위에서 떠들고 있는 레이그란츠의 목소리까지 들릴 지경이야.]

내가 이걸 다 알 수 있다는 것조차 이해 안 갈 정도로 터무니없는 정보량이다. 그야말로 초월적이다 싶을 정도의 지각 능력. 그리고 난 그런 지각 능력을 확장해 주변 공간 전부를 인식했다.

화악!

잠시 다른 곳에 신경 쓰는 사이 굴절된 빛줄기 중 하나가 달에 명중한다. 그리고 그 공격에 명중한 달은 그대로 [소멸]. 폭발이나 파괴의 과정 없이, 존재했다는 게 거짓이었던 양 스러져 버리는 달. 어마어마하군. 라일레우드로 문제없이 튕겨낼 수 있고, 만약 맞아도 이겨낼 수 있는 공격임에도 거기에는 위성 하나가 흔적조차 없이 사라질 정도로 무지막지한 힘이 담겨 있다. 그리고 그 힘의 원천은…….

[읍.]

그렇다. 녀석이다. 애초에 퀴클롭스에 이 정도의 '기능'이 달려 있을 리 없다. 만약 그랬다면 핸드린느가 새로운 마왕으로 등극했었겠지. 이 상상을 초월하는 출력과 무장, 이것은 퀴클롭스의 힘이 아니라 거기에 깃들어 있는 읍 스스로의 힘인 것이다.

[…우스운 일이군요, 정말.]

[뭐가 말입니까?]

[이 상황이 말입니다.]

느닷없이 공격을 멈추고 영언을 발하는 읍의 모습에 나 역시 움직임을 멈추고 라일레우드를 중단으로 들어 방어 자세를 취했다. 하지만 그 와중에도 지구는 자전해 내 위치를 슬금슬금 뒤로 옮기는 게 아닌가? 더 이상 걸어다니다가는 정말로 지표가 모조리 쓸려 나갈 위험이 있었기에 말한다.
[글레이드론.]
[왜?]
[띄워줘.]
[뭐? 야, 인마. 내가 자체 추진에 관성 제어 능력을 가진 건 사실이지만 이 덩치를 띄우는 건 쉬운 일이 아냐. 뭐, 아예 불가능하지는 않겠지만 안 하느니만 못……]
펄럭.
글레이드론의 반론에 신경 쓰지 않고 날개를 펼쳐 날아오른다. 내 등에 펼쳐진 것은 백색으로 빛나는 용의 날개. 글레이드론은 황당해한다.
[뭐, 뭐야?]
[라일레우드에 대한 보정이 적용되는 건 나뿐만이 아니라는 거지.]
실제로 기간테스의 방어력도 인정사정없이 강화되었다. 온몸에서 느껴지는 이 막대한 힘. 어쩌면 지금의 나에게는 텐 클래스의 주문조차 닿지 않을지도 모른다. 태양 급 항성이 날아와 충돌해도 견디고 무슨 블랙홀 같은 것과 접촉해도 흠집조차 안 나리라.
[운신 문제는 해결된 겁니까?]
[대충은. 하지만 이제 진정하셨군요.]
[날뛰다 보니 대충 머리가 식어서요. 뭐, 물론 이제는 머리랄 만한 부위도 없습니다만.]
허탈한 웃음이지만 그 아래에 깔려 있는 것은 분노다. 자신이 처한 상황에 대한, 그리고 그 처지에 빠진 스스로에 대한 분노.
고오오.
일렁이는 기운을 보며 한숨 쉰다. 차라리 흥분했을 때가 더 나은데. 마구 날뛸 때에도 감당하기 힘들었는데 진정되어 버리면 아무래도 곤란하다. 지금의 난 라일레우드의 힘을 완전히 제어하지 못한다. 무기의 힘에 휘둘리고 있는 것이다. 뭐, 들고 있는 게 무구 혹은 병기라고 하는 카테고리의 모든 정점이자 거기에 관련된 이념과 깨달음의 극의를 내포하고 있는 검의 신이니 할 수 없는 일이지만 말이다.

[이제 어떻게 하실 겁니까?]

[일단······.]

욥은 말했다.

[···당신을 죽일 겁니다.]

[그것참, 고마운 말이군요. 사실 저도 그럴 생각인데.]

나는 웃었다. 녀석도 웃었다고 생각한다. 그리고,

키잉!!

맞부딪친 힘이 차원을 비틀기 시작한다. 사방에서 블랙홀이 만들어지기 시작하고 그 여파를 견디지 못한 지구는 공전 궤도를 벗어난다.

[주인, 지구가······.]

[아, 미치겠군. 다 막았는데도 못 견딘단 말이야?]

나름 방어한다고 방어했는데 직접 공격도 아닌 여파로 공전 궤도를 벗어나다니! 혀를 차면서도 강기를 뻗어 주위에 있는 블랙홀을 파괴하고 원형의 결계로 지구를 감쌌다. 지구가 통째로 블랙홀에 빨려들어 가는 사태는 아무래도 사양이었다.

쿵!

다시 묵직한 힘의 충돌이 일어난다. 그것은 경이롭다고 해도 좋을 정도로 막대한 힘의 유동.

"이상하죠? 치천 한 방에 뻗었던 존재가 이렇게 강해지다니. 이해가 안 가죠?"

[형준······.]

내 어깨 위에 앉아 싱글벙글 웃고 있는 청년의 모습에 이 녀석을 모기 잡듯 손바닥으로 쳐버리면 어떨까 잠시 고민했다. 하지만 내가 그런 고민을 하는 걸 아는지 모르는지 형준은 생글생글 웃으며 말을 잇는다.

"녀석은 [주시재입니다. 독자적인 생명체와는 조금 다른 메커니즘 위에 존재하죠. 녀석에게 주어진 힘은 그렇게 절대적이지 않지만 그 근본이 [근원]에 연결돼 있어서 지속적인 자극을 받으면 아주 위험해지죠. 어쨌든 아수라의 분신이라고도 할 수 있는 존재거든요. 지금 당신이 라일레우드를 들어 최상위 신에 맞먹는 신성과 신격, 신위를 지니게 되었다 해도 결국 자기가 깨우쳐 얻은 힘이 아니니 낼 수 있는 힘에는 한계가 있어요."

[···무슨 말인지 모르겠군.]

"일루견식으로 말하면 이해가 쉬우려나요? 요컨대 MP는 무한한데 가지고 있는 엑티브 스킬 중 그 무한한 MP에 어울리는 스킬이 없다는 말이죠. 그나마 치천(治天)이 좀 괜찮지만 그건 녀석이 맞아주지 않을 겁니다. 지금 저 녀석하고 당신과의 거리가 좀 멀거든요. 그건 알고 있죠?"

[······.]

그렇다. 알고 있으니 안 쓰는 것이 아니겠는가. 치천의 근본은 결국 번개다. 그것은 뢰(雷) 속성의 정점이라 할 수 있는 것으로 그 자체만으로도 완성된 초월기(超越技).

치천의 속도는 빠르다. 번개 같다는 말이 괜히 나오는 게 아니다. 광속으로 날아드는 치천은 어지간한 초월자들도 제대로 인식을 못 할 것이다. 그러나,

'느리기 때문에 안 맞는다.'

기가 막힌 소리다. 광속으로 날아드는 전격이 느려서 안 맞는다니. 그러나 역설적으로 치천은 방출되는 번개이기 때문에 그 속도가 광속으로 '제한' 된다. 당장 나만 해도 라일레우드를 들게 되면서 의식의 속도가

수백, 수천 배는 빨라졌다. 순간을 쪼개고 쪼개서 영원으로 인지하는 것이 가능해지는 순간, 광속이 아니라 극초광속의 공격이 날아들어도 맞을 일이 없는 것이다. 그것이 바로 신중의 신 절대신의 경지이며 카인과 다크는 무신과 마법의 신으로서 그 경지에 도달해 있다.

[다크, 카인… 둘 모두 이런 세상에서 살고 있었던 건가.]

생각해 보면 내가 다크의 옷깃을 자른 거야말로 세상이 뒤집어질 만한 기적이다. 아니, 사실 나 속았던 거 아냐? 하지만 그 정도 급의 상대와 싸워야 한다니 눈앞이 깜깜하군. 만약 라일레우드가 없었다면 진짜 암담할 뻔했다.

[어떻게 할 생각이냐, 주인?]

[슬슬 끝내야지.]

[통하는 기술이 없는데?]

[아니, 딱 하나 있지. 궁극기.]

[궁극기?]

의아해하는 글레이드론의 목소리를 들으며 의식을 깨운다. 오식(五識)과 오온(五蘊)은 점점 사라지고 있다. 절대신이라고 할 수 있는 라일레우드를 이렇게나 오래 들고 있었으니 당연한 결과다. 이 나약한 정신이 모두 흩어져 우주에 넋을 던져 버리지 않으려면 조금 더 서두를 필요가 있었다.

웅!

정면으로 날아들던 기운을 쳐내자 애꿎은 금성이 불벼락을 맞는다. 폭발도 뭣도 없이 먼지처럼 스러지는 금성. 글레이드론이 비명을 지른다.

[지, 지금 너 너무 큰 스케일의 전투를 하고 있다는 거, 자각하고 있지? 나 막 지금 하늘을 음속으로 날아다닐 때가 그리워지고 있어!!]

우는소리를 흘려 넘기며 라일레우드를 들어 올린다.

키잉!

치천은 내가 사용할 수 있는 최강의 힘이다. 그것이 나의 극한. 발버둥 치고 발버둥 쳐서 마침내 손에 넣은 단 하나의 기적.

"그 기술… 제가 사용할 수 있겠습니까?"
"무리다."
"흑."

하지만 지금 여기서 나는 그 이상을 실현하고자 한다. 치천이 나의 극한이라면, 이것은 나의 존재를 초월한 힘. 치천이 무수한 시간 동안 발버둥 쳐 얻어낸 단 하나의 기적이라고 한다면, 이것은 절대로 도달할 수 없는 아득히 높은 차원의 권능. 수억, 수조의 시간을 수련해도 닿을 일 없고 무수히 많은 가능성을 열어도, 그 어떤 세계의 나라도 범접할 수 없는 초월(超越)의 무리(武理).

"하지만 또 모르지. 인간의 가능성이란 실로 무한하니까."

검과 하나된다. 실상을 말하자면 라일레우드에 빌붙은 꼴이다. 끌어내는 힘도 흉내 내기에 가깝지만 뭐 어떤가. 이 몸은, 예전부터 모방에 베끼기가 특기였다!
키이이잉—!

"잘 봐라. 이것은 천심도의정(天心到意情)."

불가해(不可解)의 기운이다. 끌어내면서도 조금도 이해할 수 없다. 그 깨달음의 일각조차도 '나'라는 존재가 견디지 못하고 녹아들고 말 정도로 아득한 힘. 그리고 그 힘에 윱의 포격이 멎다. 그가 뿜어내는 모든 힘이 내 근처에도 도달하지 못하고 녹아내리고 있었기 때문이다.

"하늘에 다다른 마음이다."

전 우주가 인지의 범위에 들어온다. 셀 수 없이 많은 항성, 행성, 위성, 그리고 그 안에 살고 있는 무수하게 많은 생명이 느껴진다. 난 그것이 사정거리[Range]라는 것을 본능적으로 깨달았다.
[⋯있을 수 없어.]
[이거, 슬픈 일이군요. 현실도피라니.]
미증유의 힘을 끌어올린다. 그것은 근원에조차 간섭하는 초월의 무리. 끊어내고자 하면 능히 원자와 원자 사이의 결합마저 잘라내고, 잘라내고자 한다면 실존하지 않는 개념까지도 베어버리는 힘. 그리고 부수고자 한다면⋯⋯.
응—
팔만사천대천세계(八萬四千大千世界)라도 부수어낸다!
[거짓말! 거짓말!! 당신은 무신이 아냐!!]
[이거, 왜 이러시나. 어쨌든 난 녀석의 하나밖에 없는⋯⋯.]
씩, 웃으며 라일레우드를 내려찍는다.
[수제자라고!]
일격. 그리고 그것으로 세상이 잘려 나간다.

멸망하는 세계

Chapter 75

멸망하는 세계

"폭음이 멎었어. 다 막아낸 건가? 아니면……."

느닷없이 지상이 조용해지자 방공호로 피난해 있던 사람들이 수군거리기 시작한다. 사도들이 벙커의 위치를 파악한 것은 사도들의 등장 직후. 그렇다, 직후였다. 방공호에는 온갖 은폐 주문과 기척 차단의 술이 뒤덮여 있었지만 그건 모두 소용없는 일. 애초부터 사도들은 극도로 발전된 문명을 지닌 이들도, 극강의 힘을 지닌 신적 존재도 사멸시켜 세상을 멸망으로 몰아가게끔 설계되어 있는 존재다. 신들도 그 앞에서는 몸을 숨기지 못하는데 고작 인간이 만들어 발전시킨 은폐술이 그들의 눈을 피할 수 있을 리가 없다.

덜컹.

"누가 오고 있어요."

"괴물?"

"아니, 문을 부수지 않고 오는 걸 보면 사람 같기도 한데……."

지하 벙커에는 총 세 개의 방벽이 존재했다. 아마도 핵 공격을 막아내기 위해 만들어졌다고 예상되는 이 방공호의 벽면은 과연 그 건설 목적에 부합될 만큼 튼튼했고, 중간중간 존재하는 문들도 두터운 합금으로 제작된 문이어서 외부에서의 침입은 거의 불가능할 정도. 물론 마법이라든가 검기라든가 하는 상식 밖의 힘을 사용하는 마스터 혹은 사도라면 못 뚫을 것도 없지만 통과하려면 적어도 상당한 힘과 시간을 필요로 하리라.

통통.

그때 작은 소음이 울린다. 그것은 금속 문 너머를 두드리는 소리. CCTV를 지켜보고 있던 사내는 다급히 살펴보다가 스크린에 비치는 게 인간이라는 것을 깨닫고 안도의 한숨을 내쉬었다.

"아아, 깜짝 놀랐잖아요. 괜찮은 겁니까, 종하 씨?"

그의 말에 모니터 속의 종하는 고개를 끄덕였다. 과연 상처 하나 없이 멀쩡한 모습. 모니터를 보고 있던 사내는 웃으며 키보드를 조작했다.

"음······."

"왜 그러니, 은영아? 어디 아파?"

"아뇨. 그냥 저 아저씨 느낌이 이상해서."

종하가 건영의 친아버지라는 건 그녀 역시 이미 알고 있는 사실이다. 애초에 그 둘의 외모는 너무나 닮아 굳이 누가 그런 주장을 할 필요조차 없을 정도였으니까. 친해진 것까지는 아니지만 예전부터 그녀는 종하의 모습을 신중하게 지켜봐 오고 있었다. 그리고 결론은 그가 상당히 멋진 인간이라는 것. 그 매력은 쉽게 볼 수 있는 수준이 아니다. 20대, 아니, 어쩌면 10대의 소녀도 꼬셔낼 수 있는 무시무시한 중년. 그것이 종하에 대한 은영의 평가다.

기기깅.

두꺼운 철문이 열리고 그 건너편에 서 있는 종하의 모습이 나타난다.
 '이상해, 역시 이상해.'
 무표정한 종하의 얼굴에 은영은 왠지 모를 초조함을 느꼈다. 종하가 평소 감정 표현이 다양하지 않은 건 사실이었지만 그렇다고 그게 무표정인 것은 아니었기 때문이다. 종하의 분위기는 언제나 신중하고 차분했다. 그리고 웃기라도 하면 인간적인 매력이 넘쳤다. 세상에 부드러운 카리스마라는 것이 있다면 분명 그의 분위기일 것이고, 건영도 그것만큼은 좀 배웠으면 좋겠다고 생각해 왔을 정도였으니까. 하지만 지금 그녀의 눈앞에 있는 종하에게는 아무런 표정도 없다. 마치 만들어놓은 인형처럼 굳어 있는 얼굴이다.
 "…어?"
 그런데 그때 종하의 뒤로 또 한 명의 사내가 모습을 드러낸다. 새로운 인물은 아니다. 그는 종하와 완전히 같은 얼굴에 같은 복장을 하고 있다. 하나, 둘, 셋, 넷… 계속해서 늘어나는 흑발의 사내. 그리고 문이 완전히 열리는 순간 그들의 손에 청백색의 검신을 가진 검이 잡힌다. 신기, 아론다이트였다.
 "아, 안 돼. 다시 문 닫……."
 텅!
 수십 개의 소음이 울렸지만 그 타이밍이 완벽에 가까울 정도로 일치해 실재로 난 소리는 하나뿐이다. 공간을 뚫고 들어와 일직선상에 존재하는 모든 물질을 분자 단위까지 분해해 버리는 미증유의 힘. 그 앞에 노출되면 복합 장갑이든 뭐든 아무런 의미도 없다. 사실 그들은 굳이 문이 열리길 기다릴 필요도 없었다.
 "아… 아……."
 은영은 신음했다. 주변의 모든 인간이 몰살당하는 데는 그야말로 1초의 시간도 소모되지 않았다. 언제나 그녀를 향해 웃어주던 부모님, 지하 벙커에 내려와 만나게 되었던 사람들 모두가 죽어버렸다.

파직.

그리고 그 순간 배경이 변한다. 어느새 그녀의 몸은 지하 벙커 안이 아닌 밖으로 빠져나와 있다. 심지어 그곳은 지하 벙커의 위쪽 지상도 아니다. 완전히 생소해 기억에조차 없는 지형. 하지만 그중 딱 하나 그녀가 알고 있는 지형물이 있었다. 파괴되고 무너져 바닥에 쓰러져 있기는 하지만 그건 분명…….

"자유의 여신상… 뉴욕?!"

황당하기 짝이 없는 일이었다. 생존자들이 숨어 있던 지하 벙커와 뉴욕과의 거리는 1만 킬로미터가 넘는다.

"설마……."

은영은 다급히 고개를 숙여 자신의 목에 걸려 있는 펜던트를 바라보았다. 펜던트의 상단에는 세 개의 획으로 그려진 문양이 있었는데 그중 두 개는 이미 사라진 후다.

"아, 안 돼, 안 돼! 당장 돌아가. 아직 거기에는 사람들이 많단 말이야!!"

소리 질러보지만 펜던트에서는 아무런 반응도 없다. 그것은 예전 밀레이온이 그녀에게 선물했던 세 번의 기회[The Three Chance]. 그리고 지금 그 펜던트는 자체적으로 충전되어 있던 힘을 발현해 쏟아지는 공격을 방어하고 안전하다 판단되는 지역까지 그녀를 공간 이동시킨 것이다.

[크르르…….]

그러나 사실, 이미 지구에 안전한 지역 따위는 어디에도 없다.

"드래… 곤?"

거대한 적룡이 새빨갛게 타오르고 있는 눈동자로 그녀를 응시하고 있다. 거기에 살의는 없다. 사실 사도를 움직이는 것은 적의도, 광기도, 분노도 아닌 [의뮈이기 때문이다.

 슥.

 하지만 거대한 적룡은 한순간 은영의 모습을 잃어버리고 당황했다. 그녀의 목에 걸려 있는 펜던트가 살짝 빛나는가 싶더니 이내 그녀의 모습이 사라져 버린 것이다. 그것은 단순한 비가시화 정도가 아니다. 마치 암살자의 은신처럼 기척과 존재감 자체를 지워 버린 것이다. 순간 적룡의 모습에 굳어버렸던 은영은 주위를 두리번거리고 있는 적의 모습을 보며 펜던트를 들어 올렸다. 세 번의 기회는 모두 끝났다. 언젠가 밀레이온이 했던 설명대로라면 다음 기회가 충전될 때까지 최소 8시간은 걸리리라.

 "정말 너무해. 울 틈도 안 주다니."

 사실 그녀의 눈은 이미 눈물로 범벅이 된 상태다. 두 눈에서는 눈물이 쉴 새 없이 쏟아지고 있지만 그녀의 말처럼 울 틈 따위는 없다. 펜던트의 힘으로 그녀의 모습이 감춰졌지만 그게 언제까지고 유지된다는 법은 어디에도 없으니까.

 저벅.

 은영은 최대한 조용히 이동하기 시작했지만 갈 곳은 어디에도 없다. 이미 인류는 멸망에 가까운 피해를 입은 상태다. 지하 벙커까지 발견된 이상 몰살까지 걸리는 시간은 채 10분도 걸리지 않으리라.

 "어떻게 된 거야, 오빠. 너무 늦는다고."

 […군.]

 그 순간 고개를 들어 올리는 적룡의 모습에 은영은 숨을 죽였다. 목소리에 반응한 것일까? 하지만 은신이 성립된 후부터는 목소리마저 주위로 퍼져 나가지 않고 있는데? 하지만 그 순간 적룡의 두 눈 위로 제3의 눈이 떠지고, 그대로 은영의 은신이 간파되어 버린다.

[가소… 롭… 군.]

"……!"

신드로이아가 재생을 결정하게 되면 사도는 나타난다. 하지만 사도가 처음 나타날 때부터 신 급 존재를 격살하고 긴 세월 동안 진화한 지성체들의 고위 문명을 파괴할 힘을 지닌 것은 아니다. 사도도 처음 만들어질 때에는 상위 정령 정도의 힘밖에는 가지고 있지 않다. 그것이 제1단계. 그리고 재생이 제2단계에 들어서게 되면 사도들은 아카식 레코드(Akashic Record)로 주변 문명을 받아들이기 시작한다. 그 시대의 과학 무기, 또는 능력들을 제한없이 행사하게 되는 것이다. 그리고 제3단계에 들어서게 되면 단순한 객체가 아닌, 군체(群體)로 활동하는 것이 가능해지면서 더욱더 고위의 존재를 카피하는 것이 가능해지고, 4단계에 들어서면 그 모든 정보를 통합하고 아카식 레코드에 접속함으로써 진정한 사도로 각성하게 되는 것이다.

화악!

하지만 각성이 이루어지기 직전, 하늘에서부터 새하얗게 빛나는 폭염의 창이 적룡의 머리를 파고든다. 그 강대한 항마력과 폭염에 대한 내성에도 상관없이 날아가 버리는 머리통과 기울어지는 몸. 은영은 열기를 느꼈다. 아닌 게 아니라 주위의 땅이 끓어오르고 있다. 강물처럼 발밑을 흐르는 것은 적색의 마그마.

"뜨겁……!"

"뜨거울 리가 있나. 방열 주문은 완벽하다네."

"체르멘 아저씨?"

어느새 은영은 누군가의 품에 안긴 채 허공에 떠 있다. 그녀를 안고 있는 것은 40대 초중반으로 보이는 백발의 사내. 그는 말했다.

"아슬아슬했군. 파 시어, 이 자식이 위력 조절을 안 해서 휩쓸릴 뻔했어."

 물론 그녀에게 피해를 주지 않으려고 힘을 가감했다간 각성을 막을 수 없었을 것이라는 걸 알고 있는 체르멘이었지만 지름 100미터에 이르는 용암 지대의 모습은 한숨을 쉴 수밖에 없을 정도로 무시무시한 광경이다. 밀레이온이 올 마스터의 경지에 오르면서 덩달아 강해진 건 알고 있었지만 아무리 그래도 이런 출력이라니? 힘을 좀 분산한다면 일격에 도시 하나를 태워 버리는 것도 불가능하지 않을 수준이었다.

 "역시 여기선 어딜 가도 위험하군. 이 별은 이미 끝장났어."
 "끝장이라고요?"
 "그래. 행성 전체가 사도의 손에 넘어갔다. 슬슬 사도들의 아카식 레코드 열람 등급이 높아지고 있기 때문에 어디에 숨든 결국 들키고, 아무리 강해도 패배하게 되어 있어. 아무래도 이 행성을 떠나 있어야겠군."

 잠시 이 행성을 떠나 있어야겠군, 이라는 말에 은영은 고개를 끄덕였다. 그렇다. 지구 전체가 위험하다면 지구를 떠나는 수밖에는······.
 "자, 잠깐만요. 잠시 이 행성을 떠나?"
 "그래."
 철컹!

 사실 중력에 묶여 있는 존재가 대기권을 벗어난다는 건 매우 어려운 일이다. 그것도 미사일처럼 자체적인 추진력을 가진 것도 아닌, 쏘아져서 혹은 [뛰어올라서] 대기권을 돌파한다는 것은 문자 그대로 불가능에 가깝다. 땅을 박차고 날아올라 지구 주위를 공전하기 위해서는 초속 8킬로미터의 속력이 필요하고(제1우주속도) 그 속도의 1.41배인 초속 11.2킬로미터의 속도를 내야만(제2우주속도) 지구에서 완전히 벗어날 수 있는 것이다. 아예 태양계에서 탈출하기 위해서는 초속 618킬로미터의 속도가 필요하지만(제3우주속도) 그건 다음의 문제이고 말이다.

"저, 저기요, 아저······."

"지금부터 입 열지 마라, 은영. 안전 주문을 걸어주겠지만 부담이 없지는 않을 테니 혀가 잘릴 수도 있어."

그렇게 말하는 그의 모습은 이미 인간이 아닌 골렘의 형상을 하고 있다. 2.5미터의 신장에 온갖 무장을 탑재한 은빛 골렘. 그리고 그런 그의 발에 장착되어 있는 부츠 부분이 마력을 발한다. 신드로이아의 폐쇄 공간에 들어가기 전 밀레이온이 선물했던 물건이다.

우웅―

빛무리가 모여든다. 그래, 분명 뛰어서 대기권을 돌파하는 건 불가능한 일이다. 그러나 뛴다는 행위에 [중력]이라는 개념이 사라진다면 상황은 조금 달라진다.

[간다.]

쾅!

거대한 크레이터를 만들어내며 그대로 날아오른다! 날아오르는 그들을 잡기 위해 사도들이 움직이지만.

두두두두두두!! 쾅! 쾅!

무지막지한 화력의 탄막이 펼쳐져 방해물들을 모조리 제거한다.

"뭐?!"

50센티미터도 안 되는 오른팔의 토시 부분이 열리더니 물리적으로 그 작은 토시 안에 들어갈 수 없을 정도의 규모를 가진 중화기들이 쏟아져 나오는 모습에 은영은 할 말을 잃었다.

"공간 분할? 아니, 압축인가? 하지만 그 많은 중화기들을 대체 어디서 손에 넣은 거죠?"

[요 몇 달간 전 세계를 돌면서 버려진 군부대를 차례로 털었거든. 현재 내 몸에는 생화학 무기 15톤. 고성능 폭탄과 탄약, 탄두들이 45톤. 그리

고 각종 대형 총기, 포신, 탱크 등이 125톤이나 담겨 있다. 아, 그리고 이건 비밀인데, 비교적 상태가 양호한 핵무기도 네다섯 개 정도 있지~☆]

"뭐, 뭐라고요?"

황당해하는 도중에도 그들은 빠르게 대류권, 성층권, 중간권, 열권을 모조리 돌파했다

"우와."

내려다보이는 지구의 모습에 황당해한다. 마법이라는 이능이 상식을 뒤엎는 힘이라는 건 그녀 역시 알고 있는 일이었지만 아무리 그래도 이런 모습을 당연하다는 듯이 받아들일 수는 없다.

[별로 대단한 재주는 아니다. 뭐, 그래도 한 달 전의 나였다면 못했을 재주지만 너희 오빠라면 달까지 뛰어오르는 것도 어렵지 않을 테니까. 아, 녀석은 보는 걸로 공간 좌표를 인식할 수 있으니 워프 쪽이 더 쉬울 수도 있겠군.]

"…정말이지, 대단한 오빠네요. 단독으로 지구 정복도 가능하겠어요."

뭐, 이제 정복할 건더기도 없지만… 이라고 중얼거리며 거대한 아래쪽에 보이는 빛의 기둥을 바라보았다. 물론 비(非)능력자인 그녀가 느낄 수 있는 것은 아무것도 없다. 빛의 기둥은 단지 빛의 기둥일 뿐, 그 안에 얼마나 막대한 힘과 신성이 담겨 있는지는 그녀가 알 바가 아니다.

"전부 죽었네요. 아저씨 말대로 지구는 끝장이라는 걸까요?"

설사 건영이 기적적인 힘을 발휘해서 적들을 모두 이겨낸다 해도 결과는 달라지지 않는다는 게 은영의 생각이었다. 죽었다. 모두 죽었다.

인류는 멸망했다.

[은영.]

"무력하네요, 정말. 알고는 있었지만……."

눈물이 흐른다. 하지만 눈을 돌려 빛의 기둥을 외면하지는 않는다. 마지막까지 살아남은 이상 그녀에게는 싸움의 결말을 지켜봐야 한다는 의무가 남아 있었다.

[오, 아가씨. 멋진 표정인데?]

"시어?"

은영은 난데없는 영언에 눈을 동그랗게 떴다. 그녀의 눈앞에는 주먹만 한 크기의 루비가 떠 있다. 그의 이름은 파 시어. 밀레이온에게 테이밍된 최상급 몬스터 중 하나다.

[역시 여기 있었군. 위라는 느낌만 들지 도저히 위치를 확인할 수 없기에 혹시나 했는데.]

[위성 궤도를 따라 돌면 꽤 좋으니까. 어차피 나는 산소도 음식물도 필요없으니 무한정 체류가 가능하고, 하계를 내려다보는 재미도 꽤나 쏠쏠하거든. 그리고 무엇보다 안전하지.]

그야말로 꿈같은 공간~ 이라고 말하는 파 시어의 모습이 묘하게 즐거워 보여서 은영은 허탈한 표정을 지었고, 체르멘은 눈을 서늘하게 빛냈다.

[어이가 없군. 이미 사도가 전 우주의 재생을 노리고 있는데 위성 궤도 정도로 안전이라니. 지금까지 네가 무사했던 건 지표에 생명체들이 남아 있었기 때문…….]

[과연.]

[뭐?]

난데없는 말에 멈칫하는 체르멘의 눈앞으로 파 시어가 날아든다.

[주인과의 연결이 대부분 끊어졌어. 단지 계약이 남아 있을 뿐이지. 이제 넌 독자적인 존재에 가깝군. 다리안을 만난 후부터인가?]

정확한 말이었다. 비록 골렘에 깃들어 있다고는 하지만 체르멘은 신마 혼혈이라는 매우 희귀한 케이스의 존재. 게다가 라일레우드가 낙하할 당시 나타났던 다리안의 축복 이후로는 인간의 모습으로 변할 수 있게 된 것뿐만이 아니라 하루가 다르게 영성이 깨어나고 있었다.

[…하고 싶은 말이 뭐지?]

[너무 걱정하지 말라는 거지. 라인이 희미해서인지 주인에 대해 전혀 못 느끼는군.]

[대체 무슨 소…….]

쾅!

체르멘이 화를 내려는 순간 빛의 기둥이 사라진다. 굉음도, 섬광도 없었지만 그럼에도 영성을 가진 모든 자들을 짓누르는 충격파에 한순간 멈칫하는 체르멘. 그리고 그런 그를 향해 파 시어는 말했다.

[참고 기다려. 모르겠나?]

새빨갛게 불타오르고 있는 적색의 보석. 그리고 그 모습이 마치 웃고 있는 누군가의 눈동자 같다고, 은영은 문득 생각했다.

*　　　*　　　*

"으으…….."

레이그란츠는 몸을 일으켰다. 구멍 났던 심장은 회복되어 있다. 그의 생명력은 600포인트가 넘는다. 굳이 호신무공 같은 걸 익히고 있지 않은 상태에서도 심장 파괴를 견딜 수 있는 존재인 것이다. 심지어 그는 불사신공을 12성 대성해 불사신군 타이틀을 획득한 상태다.

"안타깝게도 차고 있던 타이틀이 다른 거여서 회복에 시간이 좀 걸렸군."

그는 주변을 살폈다. 생존자는 그리 많지 않다. 로안, 멜피스, 키리에, 그리고 유리아. 그나마 그중에서 깨어 있는 건 키리에뿐이고 나머지는 다 정신을 잃은 상태다.

"전멸이 아닌 것만 해도 어디야."

"살아났군요."

"생명력이 좀 질겨서. 사도는 누가 쓰러뜨린 거야?"

"…오라버니께서 쓰러뜨리셨습니다."

그렇게 말하는 그녀의 표정은 극히 어두웠기에 레이그란츠는 결국 생존자가 여기 있는 다섯뿐이라는 것을 알았다.

"그렇군. 사방 가득 들어차 있는 달의 기운은 그것 때문… 흠!"

그때 그들의 위로 적색 광선이 떨어진다. 강대한 기운이었지만 레이그란츠의 손이 그것을 막는다.

쾅!

충돌과 함께 주변 공기가 후끈 달아오른다. 그리고 그들 앞에 동양풍의 미늘 갑옷을 입고 투구를 쓰고 있는 고풍스러운 외향의 사내가 내려선다.

['나'를 죽인 건 너희들인가?]

"멀쩡히 살아 있으면서 무슨 소린지 모르겠군. 그나저나 실례지만 누구세요? 혹시 이순신 장군님?"

[…대단하군. 아직까지 그런 여유라니.]

핑!

그리고 그 순간 이어지는 참격! 레이그란츠는 왼손을 휘둘렀다. 강하다. 그가 쓰러지기 전 나타났던 사도에 비해 전혀 뒤처지지 않는, 아니, 어떤 면에서는 더 거대한 힘을 가진 사도.

쩡!

충돌은 수백 번이었지만 소리는 한 번뿐. 레이그란츠는 그대로 튕겨 나가 뒹굴었다.

"쿨럭."

피를 토한다. 이 한 방으로 내부가 완전히 엉망이 되었지만 한순간 사도의 몸에 빈틈이 생긴다. 그리고 그 틈을 노리고 날아드는 키리에의 참격. 그것은 그야말로 그림처럼 깔끔한 일격이었지만 사도는 너무나도 간단히 막아내고 반격한다.

쾅!

키리에의 몸이 실 끊어진 인형처럼 날아가 뒹군다. 더 이상의 움직임은 없다. 혼절했거나, 아니면 죽었으리라.

'젠장, 역시 못 이기나?'

레이그란츠는 슬쩍 눈동자를 움직여 쓰러져 있는 유리아의 모습을 본다. 꽤나 엉망으로 당했다. 다행히 죽지는 않았지만, 아마 자신이 쓰러진다면 얼마 안 있어 살해당하겠지. 하지만 그것은……

"…싫어."

오오오오—!!

[응? 설마 그 기운은…….]

쩌엉!!

휘둘러지는 검격에 사도의 몸이 뒤로 10미터 정도 튕겨 나간다. 별다른 타격은 없는 것 같았지만 약간 놀란 모습이다.

[그 나이에 그랜드 마스터라니, 대단하군. 정말 이 행성은 놀랄 거리가 너무 많아.]

"흠, 혹시 '그랜드 마스터라니 X됐다! 지겠어!' 같은 말은 안 해주려나?"

[재미있는 농담이군. 미안하지만 우리 사도들은…….]

척, 하고 자세를 잡는가 싶더니 빛살 같은 검격이 뿜어 나온다.
[대천사와 마왕, 그리고 신들까지 처리할 수 있도록 '설계' 되어 있다.]
사도의 검이 하늘로 들렸다가 수직으로 그어진다. 그야말로 빛살 같은 공격이었다. 도저히 피하지 못해 양팔을 엇갈려 막는다.
오오오!
그러나 내리누르는 힘이 너무 막대하다! 마치 위에 거대한 산 하나를 통째로 얹어놓은 것만 같다. 레이그란츠는 전력을 다해 강기를 내뿜었지만 역부족이다. 애당초 그는 강기를 이제 막 다루기 시작한 상태다. 아무리 그의 재능이 대단하다고는 해도 한 번의 연습도 없이 강기를 자유자재로 다루는 것은 불가능했다. 게다가 그 사용에 능숙하지 않기 때문인지 내공 소모량이 엄청나다.
"크으윽!"
쩌억.
그가 밟고 있는 지반이 통째로 가라앉는다. 마치 찰흙을 손가락으로 누르는 것처럼 그의 몸이 천천히 눌리고 있는 것이다. 게다가 설상가상이라고 사도의 환두대도에 맺힌 기운은 점점 커져만 간다.
[그만 죽어라.]
그리고 거기서 한 번 더 증폭하는 기운에 레이그란츠는 그만 의식을 잃고 말았다.

* * *

"와아아아아"
최초의 기억은 언제나 전쟁터였다.
물론 그게 정말로 최초의 기억은 아니리라. 전쟁터에서 태어난다면 또 모르겠지만 그는 평범한 무사의 가문에서 태어나 자랐으니 최초의 기억이 전쟁터라는 것은 웃기는 말일 테니까.

하지만 그럼에도 기억나는 최초의 기억은 언제나 전쟁터였다. 고함과 비명, 쇠와 쇠가 부딪치는 소리. 강물처럼 흐르는 피. 시체, 시체, 시체, 시체.

"아아."

수많은 시체 한가운데에서 멍하니 서 하늘을 보고 있다. 그리고 그 앞에 수천의 군대가 멈춰 있다.

"대체, 대체 어떻게……!"

대장으로 보이는 사내는 부들부들 떨며 그의 모습을 바라본다. 진격은 멈출 수밖에 없었다. 지금 그의 눈앞에 멍하니 서 있는 사내의 손에 일천에 가까운 병사와 수 명의 장수들이 살해당했기 때문이다.

"왜 우리를 막는 것이냐!"

"글쎄, 왜라… 왜지?"

"뭐라고?"

"아니, 기억났다. 분명 잊기 위해서였지."

"무슨 소리를 하는 거냐!!"

최초의 기억은 언제나 전쟁터였다. 언제부터인가 그 이전의 기억은 나지 않았다.

무란 무엇인가?

그는 지방의 작은 무가의 둘째였다. 그리고 그가 20살이 되던 해에 일어난 전쟁으로 그를 제외한 가문의 모든 이가 몰살당했다. 그는 무력했다. 할 수 있는 것은 아무것도 없었다.

그는 재능이 없다.

남들이 하루면 배우는 것도 그는 일주일이라는 시간을 필요로 했다. 남들이 한 달이라는 시간 만에 깨우치는 것을 그는 1년을 수련해도 도달하지 못한다. 하지만 그럼에도 포기하지 않는다. 계속해서, 계속해서 쉬지 않고 수련하고 또 궁리한다.

"무란 무엇인가?"

평생을 두고 참오(參伍)해 온 화두(話頭)다. 가문이 몰살당하는 날, 수많은 시체들 사이에 쓰러져 하늘을 보며 그런 생각을 했다. 어째서인지 가족들의 죽음에 대한 분노라든지 상실감이라든지 하는 감정은 느끼지 못했다.

아무도 없는 정글 깊은 오지로 들어서 수련을 시작한다. 흉포한 야생동물과 독초들로 인해 수십 번이나 목숨이 경각에 달했지만 시간이 지나자 점점 익숙해져서 그런 문제는 사라져 간다.

콰득.

재능이 없어 칼의 의미를 깨닫는 데 무려 30년이라는 세월이 걸렸다. 활의 의미를 깨닫는 데 40년의 세월이 걸렸다. 창, 도, 비도, 사슬낫, 그리고 그 외에 셀 수 없이 많은 무기들의 의미를 깨닫는 데 다시 50년이 걸렸다.

"누구야! 넌 대체 누구냐!!"

100년 가까운 시간 동안 수련하고 고향으로 돌아오자 전쟁이 한창이었다. 그를 기억하고 있는 이는 아무도 없었다. 별다른 이유 없이 병사들은 그를 죽이려 들었다.

"무란 무엇인가?"

"무슨 멍청한 소리를……!!"

싸운다. 그리고 그리하여 수많은 병사를 해치웠지만 그만큼 그도 상처 입었다. 아직 멀었다는 생각이 들었다. 그리고 그랬기에 망연자실한 병사들을 놔두고 정글로 돌아온다.

파앙! 파앙!

수련한다. 계속 수련하고 궁리한다. 그리고 그래서 지금까지 익혔던 그 모두를 잊어버리는 데 60년이라는 세월이 걸렸고, 거기서 다시 100년이 걸려 기(氣)와 신(身)이 하나가 되었으며 다시 150년이 걸려서야 염(念)과 공(空)의 경계가 불분명해졌다. 하지만 그러고도⋯ 원하는 경지까지 몇백 년의 시간이 걸릴지 짐작도 할 수 없다.

"제정신이 아니군요, 당신."

그의 말에 제국에서 탈출했다는 공주가 비아냥거렸다. 그래, 제정신이 아니다. 미친 짓이다. 사람의 재능에 한계가 있듯 사람이 할 수 있는 노력에도 한계가 있다. 정신은 절대로 무한한 것이 아니다. 정신은 유한하다. 아무리 불같이 사랑한다 해도 세월이 지나면 지날수록 그 감정은 희석되고 아무리 단단히 마음먹는다고 해도 점점 깎여 나가는 것처럼 정신 역시 시간 앞에서 무력하기만 하다. 그가 걷는 길은 철저히 인외(人外)의 길이다. 마음이 부서지고 정신이 파괴되고 마는 고독한 길.

"나가요, 나랑 같이."

그리고 그렇게 지친 그에게 숲으로 숨어들었던 그 당돌한 왕족의 꼬마는 어느새 어엿한 숙녀가 되어 그에게 손을 내밀었다. 만약 예전의 그였다면 그 손을 잡지 않았으리라. 그러나 계속된 수련으로 닳고 닳아 마모되고 또한 무너져 가고 있던 정신은 그녀에게 기대고 말았다.

성으로 돌아온 공주와 혁월의 앞을 백 명의 금황대가 막아선다. 쥐도 새도 모르게 사라져 언제 반란의 중심이 될지 몰라 근심거리였던 공주가 겨우 한 명의 사내를 데려오자 안심하고 잡아들이려 한 것이다. 그들은 별다른 걱정을 하지 않았다. 별다른 전투력이 없는 공주와 제법 무예를 수련한 것 같다고는 하나 겨우 한 명의 사내를 잡는 데 큰 힘이 필요할 리 없다. 백 명의 금황대를 데려온 것도 어디까지나 왕족을 잡아가는 데 필요한 전통을 따른 것일 뿐, 정예 중의 정예인 금황대라면 대원 중 하나만 투입해도 충분히 그를 제압하리라 생각했다. 그건 그들의 생각일 뿐만 아니라 황제와 그 아래 신료들은 물론 성안에 있던 모든 이들의 생각.

하지만 일천(一千)의 금황대가 쓰러지고, 일만(一萬)의 수도 만마대가 괴멸당함은 물론, 가장 위대하고 강력한 힘을 가졌으며 오직 황제만을 위해서만 움직인다는 최강의 정령, 천동대신(天動大神)까지 제압당하고 나서야 그들은 자신들이 얼마나 큰 착각을 하고 있었는지 깨달았다.

혁월은 황제가 되었다.

물론 그는 황좌에 아무런 관심도 없었기에 이내 공주가 여제가 되었다. 그녀는 혁월을 황좌에 앉히기 무던히 노력했지만 소용없는 일. 혁월은 그녀에게 황좌를 넘겨주고 수련을 계속했다.

그리고 전쟁.

금황대와 수도 만마대가 괴멸의 타격을 입은 것을 보고 절호의 기회라고 여긴 것인지 녹아(綠芽)국에서 10만의 대군을 이끌고 침략을 시작했다. 과연 그들의 예상은 정확해서 제국은 삽시간에 밀려 수도가 함락되기 직전의 상황에 처하고 말았다.

수많은 중신들은 혁월에게 애원했다. 제발 도와달라고, 제발 암살자가 돼서 패왕(霸王)이라 불리는 적국의 왕을 처치해 달라고. 만약 그게 가능하다면 10만의 대군도 쉽사리 무너질 것이라고 말이다.

그러나 웃기지도 않을 말이다. 10만, 무려 10만의 대군이다. 그런데 그 한가운데 있는, 게다가 그 스스로도 강력한 무예를 사용하는 패왕을 암살하라는 건 문자 그대로 가서 죽으라는 말이나 진배없지 않은가?

　그렇기에 혁월은 그들의 부탁을 들어주지 않았다. 대신,

10만의 대군을 몰살시킨다.

　무신(武神).

　그 후로 혁월은 그렇게 불렸다. 그로 인해 나라는 위기를 넘겼고, 그는 칭송받았다. 그러나 한편으로 사람들은 그를 두려워했다. 그는 이미 인간의 틀을 벗어나 있었다. 살아온 세월도, 마음도, 가진 힘도 이미 인간이 아닌 존재. 하지만 그런 그에게도 끝은 있었다.

　수명이 다 되어간다.

　이미 인간으로서 살 수 있는 시간은 한참이나 넘어선 상태다. 몇 번이나 재구성된 새로운 육체조차도 한계에 도달해 있었다. 물론 예전의 그였다면 그런 것에 신경 쓰지 않고 수련을 계속했겠지만 어느 정도 영성이 깨인 그는 알 수 있었다. 그가 다음 경지에 오르기 전에, 그는 죽고 말 것이다.

　"죽을 수 없어."

　하지만 그럴 수 없다. 아직도 갈 길이 멀다. 그가 도달하고자 하는 경지에 언제쯤 도달할지 짐작조차 할 수 없었다. 더욱더 수련했지만, 다음 경지에 대한 실마리조차 붙잡을 수 없다.

　무란 무엇인가?

　알 수 없었다. 짐작도 가지 않았다. 400년이 넘는 시간 동안 한길에만 매진했음에도 그 끝이 보이지 않는다.

　더 수련할 수 있었다. 아직 더 할 수 있었다. 하지만 시간이 다 되어가고 있었다. 그는 재능이 없었기 때문에, 오직 긴 시간이 필요했다. 천

년… 그래, 천 년 정도의 시간이 아니면…….

털썩.

"아저씨?!"

"아저씨라고 부르지 마라. 이제 네가 더 나이 많아 보이거든?"

힘겹게 숨을 몰아쉰다. 시간이 다 되어가고 있었다. 겉모습은 언제나 그랬듯 20대 초중반으로 보였지만 생명의 불은 이미 꺼져 가고 있다.

"네가 혁월이라는 녀석이냐?"

그리고 그즈음에 새까만 사내가 나타났다. 느껴지는 힘은 엄청나다. 혁월은 지금까지 한 번도 그 정도 힘을 가진 존재를 본 적이 없었다.

"나는 단천(斷天)의 대공(大公), 포칼로르(Focalor). 미안하지만… 좀 죽어줘야겠군."

물론 혁월은 마계의 존재를 몰랐지만 그가 가진 의도만큼은 분명히 알 수 있었다. 갑자기 덤벼드는 것에는 조금 놀랐지만, 그만한 힘을 가진 존재와 싸우는 일은 오히려 바라고 있던 일이다.

쾅!

폐허가 된 청룡궁(靑龍宮)에 자신을 포칼로르라고 소개한 미족이 무릎 꿇고 있다. 그 눈은 크게 흔들리고 있다. 믿을 수 없다는 표정이다.

"이런, 이런 바보 같은 일이……."

그는 혁월의 손에 죽었다. 혁월은 바보가 아니다. 몇 번의 충돌로 그의 성향을 대부분 '느낄' 수 있었다. 이미 천기조차 읽는 그다. 살려 보내면 해가 될 것을 너무나 잘 알면서 살려줄 수는 없다.

"만나서 반갑습니다. 파누엘(Phanuel)이라고 합니다."

다음으로 나타난 것은 새하얀 피부와 날개를 가진 미녀였다. 그녀 역시 포칼로르에 전혀 뒤지지 않는 힘을 가지고 있었지만 싸울 생각은 없는 것 같았다.

"천계는 당신을 받아들이길 원합니다. 물론 당신이 거부하지만 않으시면 됩니다."

그녀는 공손했다. 또한 그 어떤 악의도 가지고 있지 않았다. 이미 인간의 틀을 거의 벗어난 혁월은 그것을 느낄 수 있었다. 그리고 그렇기에 고개 숙여 사과했다.

"죄송합니다."

"아니요. 그러실 필요없습니다. 듣던 것보다 더 맑은 영혼이라 기뻤는데, 안타깝군요."

그녀는 순순히 돌아갔다. 그리고 그 후로 1년 정도 아무도 찾아오지 않았다. 혁월은 수련을 계속했다. 그리고 그러는 사이에도 수명은 점점 끝나가고 있다.

"너구나, 그 소문의 대단한 인간이."

"…당신은?"

"허유(許由)라고 한다. 다른 사람들은 신공표(申公豹)라고 부르지."

마지막으로 온 것은 은빛 채찍을 들고 있는 적발의 사내였다. 하지만 이번만큼은 앞의 두 경우와 상황이 전혀 달랐다. 사내는 강했다. 정말 강했다. 단지 서 있는 것뿐인데도 숨이 막힐 정도의 압력이 전해질 정도였다. 싸운다면, 안타깝지만 떠오르는 것은 패배뿐. 하지만 다행히 그는 싸우러 온 것이 아니었다.

"선인이 되어라, 혁월."

"죄송합니다."

"소속되는 게 싫은 건가? 그렇다면 안타깝지만 신이라도 되어라. 거기라면……."

"죄송합니다."

거듭된 사과에 사내의 눈살을 찡그렸다.

"이미 알고 있을 텐데. 네 수명은 이미 얼마 남지 않았어. 이대로라면 너는 그냥 죽는다. 그 허무한 육신만 벗어던진다면 천족이 되든 마족이 되든 선인이 되든 신이 되든… 넌 더 살 수 있어."

"하지만 저는 멈춰 버리겠지요."

이미 알고 있었다. 신이 되어버린다면… 천족이, 마족이, 선인이 되어 버린다면… 그는 그 형태에 [고착]되어 버린다.

그렇다면 끝을 볼 수 없다.

무한히 가능성이 열려 있는 것은 오직 인간뿐이었다. 물론 신이 된다면, 그래서 신성(神聖)과 신격(神格)를 얻는다면 틀림없이 그는 지금보다 훨씬 더 강해질 테지만 그래서는 끝을 볼 수 없다. 왜냐하면 그가 그 형태에 고착되기 때문이다.

"넌 이미 지나치게 강해졌어. 아니, 그걸 떠나서 이제는 시간이 없다. 모르겠냐? 이제 일주일도 안 남았다고."

허유 역시 그 어떤 꿍꿍이나 음모를 가지고 있지 않았다. 그리고 그래서 미안했다.

"죄송합니다."

"…미련한 놈."

하늘을 열고 그는 떠나갔다. 그리고 그 모습을 사람들 모두가 경외에 차서 바라보았다. 하지만 그와 동시에 그는 느꼈다, 사람들의 눈에 담긴 두려움을.

그는 몰랐지만 이미 그는 모든 차원에서 탐내는 존재였다. 단련되고 단련된 그의 영혼은 이미 최상위의 보석과도 마찬가지여서 모든 초월자들은 영롱히 빛나는 그의 영혼에 군침을 흘렸으니까. 하지만 그래도 천계나 신계, 영계는 탐을 낼지언정 구체적인 행동에 나서지는 않았다. 그들이 선해서라기보다는 그들의 성향의 문제다. 그들은 체면과 명분을 중시하는 존재니까. 하지만 마계와 마족들은 달랐다. 그들은 욕망(慾望)의 존재다.

털썩.

"아저씨?!"

"아저씨라고 하지 말라고. 좀만 더 있으면 부모 자식 간으로 보인다. 우리."

가진 힘은 여전히 크다. 그가 깨달은 무의 이치는 높고도 높아 원하기만 한다면 전 세상과 싸워도 이길 것만 같다. 그러나 그와 별개로 생명은 다 되어가고 있다. 아니, 정확히 말하면 수명은 이미 끝나 있었다. 강철같이 단련된 정신이 이미 끝난 생명을 붙잡고 있는 것이다. 때문에 의식하지 않으면 육신이 붕괴한다. 아니, 정확히 말하면 잠깐 의식을 멈추면 육신의 활동이 멈추고 그 이상 의식을 멈추고 있으면 육신이 흩어진다.

"나보다 먼저 죽으면 안 돼요, 아저씨. 그렇게 오래 살아와 놓고 저 좀 행복해지려니까 이러다니, 치사해."

"하하, 반대로 생각하면 살 만큼 살았으니 이제 수명이 다된 거지. 언제 죽어도 별로 손해는……."

"사랑해요."

"…뭐?"

"사랑해요, 아저씨."

조금 이른 나이에 황좌에서 물러나기는 했지만 그래도 대륙을 지배하던 여제(女帝)의 입에서 나왔다고는 믿을 수 없을 정도로 수수한 말이다.

게다가 그들은 이미 부부가 아닌가? 하지만 그럼에도 혁월은 그 말이 너무 멋쩍었다. 기쁘고, 또 부끄러웠다.

"아저씨라고 부르지 말라니까……."

하루하루 쇠약해져 간다. 육체가 아닌, 기(氣)가 아닌, 정신이 약해져 간다. 육체는 강건해 보이지만 정신에 의해 억지로 유지되고 있기에 언제 바스러질지 알 수 없다.

"반란입니다!"
"뭐? 갑자기 무슨 소리야? 누가 반란을 일으켰는데?"
푸욱.
"나."

막을 틈도 없이 혜연의 몸이 휘청거린다. 평소였으면 어림도 없었을 일이다. 살기를 풍긴 순간, 아니, 살의를 품은 순간 혁월이 감지해서 막아낼 수 있었으리라. 하지만 그는 그러지 못했다. 그냥 멍하니 그녀의 심장에 검이 관통하는 모습을 바라만 보아야 했다.

"무슨… 짓을."
"반응을 못하다니, 요새 죽어간다는 게 정말이었군. 괴물, 너는……."
펑.

입매를 뒤틀며 뭔가 말하려던 사내의 몸이 터져 나간다. 가진 힘은 여전히 크다. 원하기만 한다면 전 세상과 싸워도 이길 것만 같다. 그러나 당장 그는 그녀의 품에 안에 안겨 숨을 헐떡이는 여인을 살릴 힘이 없다.

쾅!

밖에서 가해진 포격이 건물을 통째로 날려 버렸지만 혁월의 주위에는 먼지 한 톨 내려앉지 못한다.

"저기 있다."

"괴물 녀석이……!"

주변은 새까맣게 보일 정도로 막대한 병력이 둘러싸고 있다. 이렇게까지 모였는데 몰랐다는 게 믿을 수 없을 정도다.

'…너는.'

수많은 병사들 앞에 서 있는 사내의 모습에 멈칫한다. 익숙한 얼굴이다. 당연하다. 그는 그의 아내 혜연의 뒤를 이어 새롭게 황좌(皇座)에 오른 현 황제였다.

'그런가…….'

황궁 안에서 이만한 병력이 아무런 다툼과 인기척없이 모인다는 것 자체가 가능한 일이 아니다. 그걸 가능하게 할 수 있는 사람은 오직 한 명, 현 황제이자 그의 양아들 이수뿐이었다.

"악마 혁월은 들어라! 너는 사악한 대법으로 역천(逆天)의 힘을 얻었음은 물론 그 힘으로 수많은 사람을 희생시켰다! 이를 인정하는가!"

"…이수야, 혜연이 위독하다. 당장 치료해야 해."

"닥쳐라! 그 더러운 입으로 내 이름을 부르지 마!"

혜연과 혁월의 사이에서는 아이가 태어나지 않았다. 당연한 일이다. 이미 혁월은 인간의 틀에서 벗어나 무너져 가는 육신을 정신으로 유지하고 있었다. 물론 그렇다 하더라도 정말 원한다면 후세를 가질 수 있었지만 그는 그렇게까지 하고 싶지 않았고 양아들을 받아들여 황자로 삼았다.

"아저씨."

"말하지 마, 꼬마야."

"에, 꼬마?"

"…네가 계속 아저씨라고 부르잖아."

"후후후, 벌써 마흔이 다 되어가는데, 부끄럽게."

혁월의 말에 혜연은 작게 웃었다. 더없이 평온한 표정이나 그녀의 상태는 심각했다. 심장에 검이 정확히 박히는 바람에 심장이 파괴되었다. 계속 그녀가 살아 있을 수 있는 이유는 혁월이 그녀의 피를 조종해서 강제로 돌리고 있기 때문일 뿐, 심장은 이미 망가진 지 오래다.

"이제 대답해 주면 좋겠군. 대체 무슨 수를 써서 그렇게까지 강해진 거지?"

'겨우 그것인가.'

혁월은 이수가 망집(妄執)에 사로잡혀 마(魔)에 홀렸다는 것을 눈치챘다. 이수는 대륙에서도 몇 손가락 안에 들어가는 무예의 천재였다. 재능으로만 치자면 혁월보다 수십 배는 더 뛰어났다. 그러나 그는 혁월을 따라잡을 수 없었다. 당연한 일이다. 그러나 그는 그것을 인정하지 못했던 모양이다.

"…노력했다."

"웃기는군. 노력은 누구나 하지. 네가 가진 힘은 노력만으로는 설명할 수 없는……."

"노력했다! 너희들이 상상할 수 없을 정도로! 감히 네놈이 제대로 된 노력을 해봤다고 말할 수 있는가!"

화가 났다. 재능을 가지고 있는 주제에, 자신은 상상도 못할 재능을 가지고 있는 주제에! 어찌 저리 쉽사리 포기하고 좌절하는가!

"이익, 제길! 모두 쳐라!"

"와아아아!!"

몰려드는 수천의 군세. 그리고 혁월은 주먹을 들어 올렸다.

"쿨럭."

수많은 시체들 사이에서 혁월은 피를 토했다. 그의 승리였다. 그러나 그의 몸은 상처투성이고 그의 등에는 기다란 장창이 관통해 있다. 평소였다면 먼지 하나 묻히지 않고 제압할 수 있는 적이었지만 지금 그의 몸 상태는 정상이 아니다. 게다가 그녀의 품에는 심장이 파괴된 혜연이 안겨 있었다.

"아저씨… 다쳤잖아……."

"말하지 마."

"이대로 날 평생 안고 있을 참이야? 무리하지 말고……."

"말하지 말라고 했다."

그녀를 안은 채 힘겹게 몸을 일으킨다. 몸을 관통한 창을 뽑기도 귀찮아 창대만 잘라낸다. 온몸이 피투성이다.

[혁월…….]

"천동, 너도 날 잡으러 왔나?"

어느새 혁월의 곁에는 5미터쯤 되는 푸른빛의 거인이 서 있다. 그것은 황제만을 위해서 움직인다는 최강의 정령, 천동대신(天動大神). 혜연은 이수에게 황좌를 넘기면서 천동대신의 주인 자리 역시 넘겨줬었다. 천동대신이 공격을 한다고 해도 불만을 토할 수 없는 입장인 것이다.

[…그럴 수는 없다. 너는 우리 정령계의 은인이니까.]

혼돈의 정령왕이 폭주해 정령계를 혼란으로 빠뜨린 적이 있었다. 다른 정령들은 주변에 다가가기만 해도 침식(侵蝕)당했기에 정령들로서는 그를 해치울 수 없는 상태. 그리고 그때 천동대신은 정령계에 혁월을 소개했고 혁월은 이를 승낙해 다른 정령왕들의 도움을 받아 혼돈의 정령왕을 해치운 적이 있었다. 그리고 그 후부터는 정령계와 상당히 우호적인 입장이 된 그다.

"그럼 혜연을 치료해 줄 수 있을까? 정령 중에는 치유의 힘을 가진 녀석들도 있다고 들었어."

[…불가능하다, 혁월. 이곳은 우리 정령계와 아무런 계약이 되어 있지 않은 수태 세계(受胎世界)야. 나처럼 이곳으로 넘어올 수 있는 정령은 매우 한정된다.]

"그럼 혜연을 정령계로 데리고 가겠어."

[너를 기준으로 생각하지 마라, 혁월. 정령계의 압력을 견딜 수 있는 인간은 별로 없어. 하물며 부상자라면 넘어가는 도중 사망할 것이다.]

"그럼 어떻게 하라는 것이지?"

[정령왕이 되어라, 혁월.]

그의 말에 멈칫한다. 상상도 못한 말이다.

"하… 하, 이제는 정령이냐? 하지만 난 어느 속성도 가지고 있지 않아."

[유일 정령(唯一精靈)이라는 길이 있다. 그리고 유일 정령의 속성은 매우 다양하지. 너라면 유일 정령으로서 정령왕의 권세를 가질 수 있어.]

"……"

[정령왕이 된다면 이곳 주변에 일시적으로나마 정령계를 현현(顯現)시키는 게 가능하다. 그렇다면 그녀의 치료도 불가능하진 않아.]

"……"

침묵한다. 대답하지 못한다. 이성은 외치고 있다. 당장 승낙하라고, 그녀를 살려야 한다고. 하지만 입이 열리지 않는다. 생각이 멈춘다.

탁.

그리고 그런 그의 뺨에 부드러운 손길이 닿는다.

"무리하지 마요, 아저씨. 저도 이제 살 만큼 살았으니 벌써 몇백 년이나 걷던 길을 포기할 필요는 없어요. 뭐, 하지만 그래도."

"혜연?"

깜짝 놀라 혜연의 몸을 껴안는 혁월. 하지만 혜연은 어색하게 웃으며 눈을 감는다.

"나를 선택해 줬으면… 기뻤을… 텐데……."

혁월은 다급히 혈액의 순환 속도를 높였지만 이미 멎어버린 그녀의 호흡이 돌아오지 않는다.

"아… 아… 아… 아아……?"

수백 년 동안 오직 같은 길을 걸어왔다. 끊임없이 수련했다. 하지만 무엇을 위해서?

"무란 무엇인가."

천사가 되지 않았다. 선인도, 신도, 정령도 되지 않았다. 오직 인간으로서 그 무한한 가능성을 경험하길 바랐다.

"괴물."

"아아… 아아… 아아……."

두 눈에서부터 축축한 액체가 흘러내리기 시작한다. 하지만 그것은 그냥 눈물이 아니다. 피였다. 그는 분노했다. 미련하고 미련한 자신에게. 그리고 또한 슬펐다. 후회가 밀려왔다. 하지만 그럼에도, 그런데도, 그는 자신의 길을 포기할 수 없었다.

"사랑해요, 아저씨."

"아아, 아아아아!"
고오오오!

멸망하는 세계 249

거대한 슬픔과 공허에 울부짖는다. 분노로 미칠 것만 같았다. 하지만 필사적으로 자신을 지킨다. 그가 정말로 분노를 풀어버린다면 이 대륙에는 상상을 초월하는 재앙이 몰아치리라.

"저기 있다!"

"맙소사, 이걸 정말 혼자 다 쓰러뜨렸단 말이야?"

"괴물 녀석!"

"그런데… 뭐야, 저 녀석. 왜 울고 있지?"

새로이 모습을 드러낸 병사들은 감히 혁월에게 다가서지 못하고 멀찍이에서 활을 겨누었다. 물론 너무 멀찍이 섰기 때문에 화살도 닿을 거리가 아니어서 활을 겨눈 것도 어디까지나 기분 문제일 뿐, 본능적으로 그들은 혁월에게서 공포를 느끼고 있었다. 그리고 그때 오른 주먹을 들어 올리는 혁월. 그는 잠시 그렇게 있다가 오른쪽으로 주먹을 내리그었다.

쿠릉.

천왕궁(天王宮)의 뒤편은 나무 한 그루 없는 거대한 산악이다. 깎아내린 듯 가파른 절벽은 하나의 거대한 산맥이라 특수한 장비와 강건한 육체, 그리고 막대한 시간 없이는 타고 감히 올라설 수 없을 정도로 높고 또 두터워 세계를 나누는 벽이라 불리는 곳. 그리고 그런 곳에 혁월의 주먹이 내밀어지자,

쿠오오오!!

무지막지한 굉음에 혁월을 포위하고 있던 병사들은 모두 놀라 주저앉았다. 개중에는 엎드려 신을 찾는 이도, 혼절을 한 이도 있었지만, 제정신을 유지하고 있던 이들은 믿을 수 없는 광경을 봐야 했다.

"사, 산이… 산이……"

"맙소사……"

마치 거대한 손으로 밀어버린 듯 깎여 나간 산의 모습에 모두가 할 말

을 잃어버린다. 누구도 감히 다시 일어서 혁월에게 소리치지 못한다. 만약 그의 공격이 자신들을 향했다면 어떤 일이 벌어졌을지 어렵지 않게 짐작할 수 있었기 때문이다.

[혁월.]

"미안, 천동."

그의 표정은 공허하고 공허하다. 이미 죽어버린 혜연의 뺨을 쓰다듬으며 고개를 숙인다.

"어쩌다, 어쩌다 이렇게 되었을까. 나는 단지… 나는 단지…….."

허탈하게 웃는 혁월. 그리고 그 두 눈이 조용히 감긴다.

그냥 그 끝을 보고 싶었을 뿐인데…….

눈을 뜬 곳은 온통 새까만 공간이다. 보이는 것은 오직 자신의 몸뿐. 하지만 그는 별로 당황하지 않았다. 자신이 있는 곳이 자신의 내면 속이라는 것을 깨달았기 때문이다.

"그렇군. 전생이라는 건가?"

레이그란츠는 이제야 모든 게 정리되는 것을 느꼈다. 자꾸자꾸 떠올라서 그를 혼란스럽게 했던 기억과 경지 모두 그 전생이 이유였던 것이다.

그는 끝을 보길 원했다. 그가 바라던 것은 더 나아갈 곳이 없는 궁극(窮極). 재능도, 센스도 없는 주제에 그는 너무나 간절히 원했다. 너무나도 순수하고 흔들림없는 마음으로 열망했다.

"열망하기에 강한 것인가……."

헛웃음 짓는다. 천계에서도, 신계에서도, 선계에서도 탐하던 보석 같은 인간. 단지 타고난 재능이나 핏줄이 아닌, 충실하게 쌓아올린 하루하루가 엄청난 힘을 만들었다. 수많은 초월자들이 욕심을 낸 것도 당연한 일이겠지.
 레이그란츠는 고개를 들었다. 수많은 기억들이, 분노가, 슬픔이, 회한이 그의 머릿속에서 소용돌이치고 있다. 보통 사람이라면 거기에 휩쓸려 자아를 잃어버릴 정도였는데 레이그란츠는 단지 씁쓸히 웃을 뿐이었다.
 "고마워, 영감. 머릿속이 복잡했는데 나아갈 길을 찾은 것 같아."
 한 발짝 내딛는다. 그가 있는 곳은 내면 세계로, 바닥 같은 건 없는 곳이었지만 그가 발을 내딛자 땅이 생겨 단단히 그의 몸을 떠받친다.
 웅.
 그리고 그런 그의 앞으로 새로운 인물이 모습을 드러낸다. 그 모습은 레이그란츠와 매우 흡사하다. 마치 5년 뒤의 자신을 보는 것 같은 모습에 발걸음을 멈추는 레이그란츠. 그리고 그의 앞에 모습을 드러낸 사내. 혁월은 조용히 입을 열었다.

 ─무란 무엇인가?

 평생을 두고 고뇌해 온 화두. 그러나 그의 말에 레이그란츠는 피식 웃으며,
 "몰라, 인마."
 어두운 공간을 단숨에 깨고 나왔다.

*   *   *

 정신을 차려보니 사도의 검이 몸을 짓누르고 있다. 설마 사도와 무의식의 자신이 몇 시간 동안 검을 겨루고 있었을 리는 없으니 지금 자신이 체험한 모든 상황이 몇 초 안에 이루어졌다는 말이리라.

쾅!

허허, 이것참, 하고 헛웃음 지으려는 찰나, 폭발을 느낀다. 몸 밖에서의 폭발이 아니다. 안에서의 폭발이다. 몸 안에 얼마 남지 않은 내공이 전신 혈맥을 미친 듯이 헤집고 다니고 있었다.

쾅!

마치 살아 있는 듯 쾌속하게 움직여 삽시간에 전신세맥을 다 뚫어버리더니 순식간에 별로 쓰지도 않던 중단전까지 관통하고 올라온다. 그리고 그러더니 바로 머리로 향하는 막대한 내공.

레이그란츠는 기겁했다.

'에, 에엑?! 상단전을 열려고? 이봐! 잠깐!!'

그 제어가 바늘 하나만큼만 잘못되어도 그냥 즉사. 정말 기적적인 행운이 뒤따라도 폐인이 되는 곳이 상단전이다. 아니, 그걸 떠나서 어지간한 초고수도 감지조차 못하는 곳이 바로 상단전. 일단 열기만 하면 천지(天地)와 소통(疏通)하여 신의 경지로 오른다고 하는 바로 그곳을, 3년 동안 정신 수양을 하고 살살 건드려도 모자랄 판에 적의 공격을 막고 있는 틈에 치고 올라가다니!!

쾅!

하지만 믿을 수 없게도 상단전은 너무나도 쉽게 열렸다.

쩌엉!

[흠?]

사도의 몸이 뒤로 튕겨 나간다. 의문에 찬 얼굴이다. 현 상황을 이해할 수 없는 듯 환두대도와 레이그란츠의 모습을 번갈아 바라보는 사도. 하지만 레이그란츠는 그런 사도의 모습에 신경 쓰지 못했다. 무에 대한 막대한 정보, 경지, 깨달음이 머릿속을 뒤흔들고 있다. 고개를 들어 정면을 바라보니, 그와 꼭 닮은 사내가 환히 웃고 있다.

―나는 못했지만.

씩 웃으며 주먹을 들어 올린다.

―모두를 지켜야 하지 않겠나?

"흥! 망할 영감탱이."
그 역시 그와 똑같이 씩, 하고 웃으며 주먹을 내민다.
"알고 있다고!"
거대한 기운이 몰아친다. 자세는 정중하다. 단순한 일격. 하지만 주먹이 내질러지는 순간 세상에는 내뻗어진 권격도, 내밀어진 주먹도, 심지어 주먹을 휘두른 레이그란츠조차 없었다. 방어도, 반격도 불가능하다. 그것은 혁월이, 레이그란츠가 겪었던 모든 무리(無理)의 극한. 절대 빗나가지 않고 맞으면 무시할 수 없는 필중, 필살의 일격.

무극(武極).

[이게… 이게 무슨… 너는…….]
사도는 신음했다. 자신의 몸이 손끝에서부터 흩어지고 있다. 주변 사도들의 몸을 아무리 끌어들여 흡수해도 회복이 되지 않는다. 근원에 위치한 [그]라고 하는 데이터 자체가 손상을 입었기 때문이다.
"허억… 허억… 워메, 죽겠구먼."
헐떡이고 있는데 메시지가 떠오른다.

칭호 '무극진자(武極眞子)'를 획득하셨습니다!

"어엉? 타이틀?"

너무 오랜만이라 당황한다. 사실 현실로 돌아와서는 별로 타이틀을 딸 일이 없었다. 하급, 최하급 마족 학살자와 상급 마족 사냥꾼 정도. 사도도 꽤 많이 쓰러뜨렸지만 안타깝게도 사도 관련 타이틀은 일루전에 없는 모양이다.

"근데 뭔 타이틀이야?"

호기심에 칭호를 열어본다.

무극진자(武極眞子).

체력, 생명력, 마력, 항마력 +150

무의 극한을 맛보았다. 이것 역시 따는 놈이 있을까 의문스러우니 설명도 대충 쓰겠다.

타이틀 착용 시 스페셜 스킬, 무극신위(武極神威) 사용이 가능하다.

묘하게 성의없어 보이는 설명이었지만 그 효과는 장난이 아니다. 능력치 상승도 그로서는 일찍이 본 적 없는 막대한 수준인데 거기에 스페셜 스킬까지 생긴다고? 지금 당장의 효과는 모르겠지만 스페셜 몬스터가 강력한 것처럼 절대 약한 스킬은 아니리라.

"사기 타이틀… 감사하긴 한데… 전투 끝났다."

허탈하게 웃는 레이그란츠. 어쩐 일인지 사도의 수는 부쩍 줄어서 한동안은 안심해도 될 것 같은 분위기. 레이그란츠는 주변에 있던 동료들을 한곳에 모은 후 대충 응급조치를 취했다. 다들 심각한 상태였지만 보통 생명력을 가진 이들이 아니니 안정을 취하면 다들 회복하리라. 하지만…….

"생존자는 이게 다라는 게 문제지. 이놈의 별도 이제 끝이라는 말이군."

쓸쓸하게 웃는다. 물론 그들이 애쓴다면 어느 정도 사람이 살 만한 곳은 만들 수 있겠지만 당장 사람 수가 너무 적다. 무슨 성경도 아니고, 아담과 이브, 둘만 남아서 자손을 이어나가는 것은 불가능. 끝없는 근친상간으로 유전적으로 퇴화하지 않으려면 적어도 몇백 명은 필요한데 아무리 생각해도 지구에 그 정도 숫자의 인간이 남아 있을 것 같지는 않다. 목숨이야 건졌지만 그야말로 암울한 미래. 하지만 그는 고개를 흔들었다.

"지금 내가 그걸 걱정할 필요는 없겠지. 뭐, 어쨌든 지금은 순수하게 기뻐하도록 할까."

쓰러져 있는 동료들 옆에 누워 주먹을 들어 올린다.

"따라잡았다, 밀레이온."

…밀레이온과 퀴클롭스의 무지막지한—진각에 남아메리카가 가라앉고 검을 광속으로 휘두르는—전투에 그가 비명을 지르게 되는 건 잠시 후의 일이다.

아수라

Chapter 76

아수라

"어……?"

 순식간에 변한 배경에 당황한다. 자, 잠깐, 이게 무슨 일이지? 나는 분명 라일레우드를 휘둘러 읍을 베어버렸는데 왜 이런 상태인 거지? 어느새 기간테스는 소환이 취소되어 있고 나는 알몸으로 재질도 모르는 땅 위에 무릎 꿇고 앉아 있다. 어딘지도 파악이 되지 않는다. 어떤 상황인지 이해조차 할 수 없다.

 "이런, 노인네를 함부로 다루는군. 게다가 날 굳이 인간 형태로 변형시켜 무릎 꿇리다니, 악취미야."

 "라일레우드?"

 그리고 그러다가 나와 마찬가지로 무릎 꿇고 있는 노인의 모습을 발견한다. 하지만 어째서 라일레우드가 저렇게 있는 거지? 당황하는데 라일레우드가 입을 열었다.

 "그래, 안 나오는 게 이상하다고는 생각했다. 드디어 납시었군."

그리고 말한다.

"아수라."

"……?!"

숨이 멎는 기분을 느낀다. 누, 누구라고? 하지만 내가 놀라고 있거나 말거나 커다란 의자에 기대 앉아 있는 백발의 노인은 담배만 뻐끔뻐끔 피워 올릴 뿐, 말이 없다.

'이게… 아수라?'

그는 커다란 소파에 몸을 깊숙이 묻은 채 앉아 있다. 1미터 50센티도 채 안 될 것 같은 작달막한 신장에 주름살이 가득한데다 검버섯까지 피어 있는 얼굴. 깡마른 팔다리와 아무런 힘조차 느껴지지 않는 그 모습은 농담으로라도 모든 초월자들이 벌벌 떤다는 창조신의 이면으로는 전혀 보이지 않는다.

팔락.

아수라는 아무런 말 없이 손안에 들고 있는 책의 책장을 넘겼다. 그의 오른손에는 깃펜이 들려 있다. 책도 깃펜도 아무런 힘도 담겨 있지 않은 물건으로 보였는데, 그 모습을 보는 라일레우드의 표정은 심각하다.

"허공록(虛空錄)을 사용할 생각인가?"

"음……."

아수라가 처음으로 소리를 낸다. 그러나 그것이 말의 형태로까지 완성되지는 않았다. 잠시 펜을 들고 고민하는 아수라. 그리고 그렇게 5분 정도 있었을까, 드디어 아수라가 입을 연다. 그의 시선은 나를 바라보고 있다.

"가끔 있더군, 너 같은 통제 불능의 캐릭터(Character)들. 모든 걸 고려하고 있다고 생각해도 하나둘씩은 꼭 생겨. 그리고 그 몇 명 때문에 스토리가 산으로 흘러가지."

그의 표정은 더없이 무료하다. 지루하고 또 무감동하다. 분노도, 슬픔도, 짜증도, 아쉬움도 없는 모습. 하지만 그때 반쯤 감겨 있던 눈이 커진다. 나 때문은 아니었다. 내 등 뒤에서 새로운 목소리가 끼어들었기 때문이다.

"이런이런, 미처 계획하지 못한 스토리라고 꼭 잘못된 거라고 할 수는 없잖아? 항상 똑같이 끝나는 소설은 아무리 왕도를 따른다고 해도 지겹다고."

"그렇습니다. 가끔은 새로운 요소를 넣는 것도 발전의 지름길이죠."

"카인? 다크?"

너무 놀라 할 말을 잃는다. 아니, 대체 어떻게 여기에 나타난 거지? 하지만 더 놀랄 틈도 없이 여기저기서 새로운 존재들이 모습을 드러낸다.

"정말 눈물 나게 반갑습니다. 그 잘나신 면상을 제가 얼마나 보고 싶었는지 당신은 짐작도 못하겠지요."

"캬하하하! 신나는군! 정말 신나! 이런 날이 오게 될 거라고는 꿈에도 생각 못했는데!"

환한 빛과 함께 셀 수 없이 많은 날개를 가진 천사가 모습을 드러낸다. 거대한 덩치에 흉악한 외모를 가지고 있는 칠흑의 마인이 모습을 드러낸다. 본능적으로 나는 저들이 보통의 천족이나 마족과 격이 다른 존재라는 것을 눈치챘다. 심지어는 대천사나 마왕과도 그 격이 다르다. 아마도 저들은 천계(天界)와 마계(魔界)의 지배자. 광신(光神) 라이오스, 암흑신(暗黑神) 다크니스.

"조정자… 수정력… 파괴자… 위대한 기록자……."

"허허허, 다 늙은 노인네가 정말 어려운 걸음을 하게 만드는군. 이런 자리라면 거절할 수도 없지만."

이번에는 짐작조차 할 수 없는 기운의 두 존재가 모습을 드러낸다. 눈밑에 검은 다크 서클을 가진 채 자폐아처럼 중얼중얼거리고 있는 소년과 뭐가 그렇게 좋은지 연신 싱글벙글거리는 백발의 노인이다.

"좋아, 이것으로 6계의 대표자가 다 모였군."

다크의 말에 다크니스가 같잖다는 듯 낄낄거린다.

"하, 웃기는군. 너희가 어째서 신계의 대표자라는 거냐?"

"왜 이래, 아저씨. 그래도 몇 없다는 절대신이 셋이나 있는데."

거리낌없는 표정으로 말하는 그의 모습에 숨을 죽인다. 6계의 대표자? 6계라면 분명 천계, 마계, 신계, 명계, 영계, 물질계를 칭하는 말이 아닌가? 그렇다면 저 녀석들이 천신, 마신, 그리고 명왕과 영왕이라는 것이다.

'…응?'

하지만 그러다가 의문을 품는다. 하지만 그렇다면 하나가 비잖아? 천신, 마신, 영왕, 명왕은 각각 책임지는 차원이 있으니 그것으로 되었고. 신계야 카인과 다크가 대표한다고 치면 물질계의 대표는 누구란 말인가? 혹시 내가 인지 못하는 그런 녀석이라도 있는 건가?

"우습군."

개중 하나만 떠도 은하계 한두 개는, 아니, 어쩌면 우주 한두 개도 우습게 말아먹을 존재들이 떼로 모였음에도 아수라는 표정 변화 없이 담배만 뻐끔뻐끔 피워 올리고 있다.

"염룡, 이건 네가 계획한 일인가?"

"전혀 아니라고까지는 못하겠군요. 하지만 이런 결과를 예상하고 음모를 꾸민 건 아닙니다. 다만 전 인간의 가능성을 보고 싶었을 뿐이니까."

"인간의 가능성?"

아수라의 물음에 카인은 고개를 끄덕였다.

"그렇습니다. 운명이라고 하는 벗어날 수 없는 장기판 위에서 몸부림치는 인간. 그들이 운명을 벗어나는 게 가능하다면 우리 역시 당신의 구상(構想)에서 벗어날 수 있다고 생각했으니까."

그의 목소리에는 살기가 없다. 하다못해 투기조차 느껴지지 않는다. 싸울 생각이 없는 건가? 의아해하는데 다크가 웃는다.

"이봐, 너 설마 우리가 힘을 합쳐 아수라를 쓰러뜨릴 거라고 생각하는 건 아니겠지?"

"음, 이 정도 멤버가 모였는데도 안 되는 겁니까?"

"멤버 문제가 아니야, 멍청아. 아수라라는 건 창조신의 이면이라고. 각 서버 최강 유저들이 모여서 보스 몬스터을 상대하는 그런 개념이 아니라고."

"그럼?"

"각 서버 최강 유저들이 모여서… 운영자랑 싸우는 꼴이지."

즉, 동네 꼬마든 마신이든 아수라한테는 별 차이가 없는 존재라는 말이다. 하지만 그럼 대체 왜 모인 거야? 이렇게 다 모여도 이길 수 없는 존재라면 이렇게 적의를 드러내는 건 자살 행위가 아닌가? 하지만 그렇게 아연해하는 순간 밝은 빛이 주위를 감싼다.

샤아앙—

온화한 빛이다. 그 어떤 고통이나 괴로움을 느끼고 있더라도 안도감을 느낄 것 같을 정도의 따스함을 담고 있는 빛. 그리고 그 빛과 함께 한 쌍의 날개가 펴진다.

펄럭.

황금빛의 날개다. 날개 주위에는 수십, 수백 개의 빛덩어리가 반딧불처럼 날아다니고 있었는데, 그 하나하나에서 만만치 않은 힘이 느껴진다.

"앗! 왔구먼, 신계 대표."
"미안해. 조금 늦었나?"
"아냐. 적당한 타이밍."

모습을 드러낸 이는 언젠가 본 적이 있는 얼굴이다. 성별을 떠나 그 어떤 존재도 순간 홀릴 수밖에 없을 정도로 절대적인 미(美). 그는 일루전을 만든 회사의 사장이자 과거 파니티리스를 구했다던 초천사(超天使) 시리우스였다.

"하지만 신계 대표는 당신이라면서요?"
"그야 농담이었지. 활동이 적고 구성원들이 폐쇄적이라 그렇지 신계는 6계 중에서도 가장 무시무시한 곳이라고. 나나 카인, 그리고 라일레우드가 거기서도 최상위급인 건 사실이지만 신계를 대표하기에는 조금 격이 떨어지지."
"……."

그야말로 터무니없는 말에 어안이 벙벙해지는 걸 느낀다. 뭐, 뭐라 격이 떨어져? 이 사기에 가까울 정도로 강력한 절대의 무신이? 도저히 믿을 수 없는 말이었지만 농담이라고 생각하기에는 그의 얼굴 어디에서도 겸손을 찾아볼 수 없다. 그는 사실을 말하고 있는 것이다.

"…그래, 네가 있었군. 더 예전부터 있었던 통제 불능 캐릭터. 큰 이야기에는 영향을 끼치지 않아 방치했는데 이런 순간에 나타나는 건가."

여전히 무료하게 중얼거리며 깃펜을 움직인다. 단순한 동작이었지만 그 모습을 보고 있던 모든 초월자들이 바짝 긴장하는 게 느껴진다. 그들이 얼마나 강하냐는 상관없다. 저 창조신의 이면 앞에서 가진바 힘이란 전혀 무의미한 수치. 허공록을 집어 든 아수라는 마치 어떤 소설의 작가와도 같은 존재이고 원래 작가라는 것은 작품 속 캐릭터를 언제든지 죽이고 살릴 수 있는 전지전능의 존재다. 반면 작품 속 캐릭터는 어떤가?

작품 속 캐릭터가 제아무리 강력하다는 설정을 가지고 있어도 자신을 창조한 작가를 죽이는 것이 가능한가?

"처음부터 잘못된 것 같군. 피해가 막심하더라도 사대차원(四大次元)을 포함한 육계 전부를 없었던 것으로 한다. 그리고 새로이 설정하겠어."

쉽게 말해 이 세계를 완결(完結)시키고 새로운 세상을 열겠다는 말. 그러나 그 순간 시리우스가 말한다.

"나 시리우스 나르실리온, 신계의 대표로서 주장하겠습니다. 더 이상 우리 신계는 아수라의 통제를 필요로 하지 않습니다."

정신이 혼미해질 정도로 부드러운 목소리에 처음으로 아수라의 표정이 변한다. 쩡— 하고 그의 정수리에서부터 한줄기 균열이 만들어졌기 때문이다.

"이게 대체… 무슨 뜻이지?"

"킥킥킥킥, 넌 창조신의 이면일 뿐이지 창조신 그 자체는 아니라는 뜻이지. 뭐, 어쨌든 나 역시 마계의 대표로서 주장한다. 더 이상 우리에게는 네 녀석의 간섭이 필요없어."

쩡.

"마찬가지다, 아수라. 당신의 간섭이 전혀 이해 안 가는 것은 아니지만 지금의 통제는 지나쳐."

쩡!

마신과 천신의 말에 아수라의 몸에 균열이 늘어난다.

"……."

아수라는 고통스러워하지도, 분노하지도 않았다. 그냥 멍하니 금이 늘어나는 자신의 몸을 바라보고 있을 뿐. 그리고 그런 아수라에게 백발의 노인이 말한다.

"지금까지 수고하셨소. 우리 영계에도, 선인들에게도 당신의 간섭은 필요없소이다."

"나는… 명계의 대표… 당신의… 간섭… 무의미…….."

쩡!!

다섯 개의 커다란 균열과 거기에서 파생된 수많은 균열이 아수라의 몸을 가득히 채운다. 하지만 아수라의 얼굴에 떠오른 것은 공포나 두려움이 아니다. 있는 것은 오직 의문.

그가 묻는다.

"어떻게 이런 게 가능하지? 너희는 나에게 해를 끼칠 수 없다. 그것은 어떠한 개념으로도 불가능해."

"그야 물론이죠. 저희는 어떤 방법으로도 당신에게 해를 끼칠 수 없습니다."

시원스럽게 수긍하는 카인. 하지만 실제로 아수라는 궁지에 몰려 있다.

"그렇다는 건 설마."

"태초에."

아수라의 말을 끊으며 시리우스가 나선다. 황금빛으로 빛나는 날개에 별빛처럼 빛나는 눈동자. 마치 이 세상의 모든 미를 모아놓은 것 같은 그 사내. 하급의 염천사로 태어나 천계를 지배하는 천신조차 뛰어넘는 힘을 가지게 된 그 강대한 초천사는 나직이 입을 열었다.

"태초에 있었던, 그 이름조차 지어지지 않은 창조신은 무한(無限)의 허무(虛無)에 넋을 던져 대우주를 열었습니다. 이것이 탄생이죠. 하지만 사실 그건 [창조]의 개념이 아닙니다. 그것은 엄밀히 말하면 [변화]. 그는 세계를 창조한 게 아닙니다. 세계가 '된' 것이죠."

그야말로 깜짝 놀랄 창세의 비밀이었지만 그 자리에 있는 누구도 놀라지 않는다. 나만 몰랐나? 어쨌든 시리우스는 설명을 계속했다.

"가장 먼저 물질계가 만들어졌습니다. 하지만 세계는 난잡했죠. 네 송이의 신드로이아를 피웠지만 그럼에도 부족했습니다. 그래서 창조신은 세상에 있던 지나치게 밝은 모든 것을 모아 천계를 열고 지나치게 어두운 모든 것을 모아 마계를 열었지요."

처음 차원은 그렇게 세 개였다. 그리고 차원의 균형을 맞추기 위해 선인(仙人)들과 요괴(妖怪), 환수(喚獸)와 정령(精靈)들이 사는 영계를 열었고, 시간이 지나 [틀]을 벗어난 이들을 위해 신계를, 죽었던 자들을 정화하여 다시 세계로 돌아가게 하기 위해 명계를 만들었다. 즉,

"세계의 중심은 물질계인 것입니다. 그러기 위해 창조신은 당신을 만들었고요. 그렇지 않습니까?"

아수라는 모든 초월자들과 전 차원의 질서(秩序)를 관리하는 존재. 때문에 강하다. 마력이 몇 테트라이고 무슨 신기를 가지고 있고, 뭐 이런 문제가 아니라 아수라의 힘은 세계에 존재하는 그 어떤 이능과도 그 차원이 전혀 다르다. 한 방에 태양계를 날리든 은하계를 날리든 차원 하나를 날리든 말든 아수라 앞에서 무력하기만 하다.

"하고 싶은 말이 뭐지?"

"결국 당신도 창조신이 만들어낸 말 중 하나라는 겁니다. 창조신이 아니라."

"쉽게 말해 너는 운영자 캐릭터가 아니라 그냥 [무적]이라고 설정된 보스몹일 뿐이라는 거지. 물론 무적이라고 설정되어 있어서 게임 속 어떤 캐릭터도 널 이길 수는 없겠지만, 운영자가 마음만 먹으면 언제든 없애고 새로 만들 수 있는 프로그램."

쩌적. 쩌저적.

어느새 아수라의 몸에 수많은 금이 가 있다. 꽤 위험해 보이는 상태인

데도 그는 허탈하게 웃는다.
"즉, 너희는 내가 없었으면 좋겠다는 '의사'를 창조신에게 밝혔다는 말이군. 창조신에 가장 근접한 나를 이용해서."
"그래."
"후후후, 하지만 의사를 밝히기가 무섭게 이렇게 된다는 건 그분께서는 이런 상황을 기다리고 있었다는 건가. 더 이상의 통제없이도 유지되는 세계, 아수라가 없는 세상을……."
허탈한 웃음이지만 왠지 그리 슬프다거나 괴로워 보이지는 않는다. 어떻게 보면 묘하게 만족스러워 보이기도 한다.
"…좋다. 그냥 보내도 되는데 설명해 줘서 고맙군."
"아닙니다, 질서의 수호자여."
"후후후, 거기 인간."
"예, 예?"
갑자기 나를 부를 줄은 몰라서 깜짝 놀라 일어선다. 어느새 포박은 풀린 상태다.
"그만 끝내라."
그 말에 황당해한다. 뭘 끝내라는 말인가? 의아해하는데 다크가 말한다.
"어이~ 인간 대표~"
"엑? 나?"
헐, 물질계 대표가 왜 없나 했더니, 나였어? 난 당황했지만 무려 천신과 마신, 명왕과 영왕, 심지어 신들까지 보는 앞에서 당황하고만 있을 수는 없었다.
"흠흠, 나 이건영, 물질계에 더 이상 아수라의 간섭은 필요없다고 봅니다."

말하고 나서도 눈치를 살핀다. 이거 맞나? 하지만 그 순간 아수라의 몸에 있는 잔금이 점점 더 많아지기 시작하고…….

쩌엉!

산산이 깨져 흩어지기 시작한다. 마지막 순간임에도 그 표정은 평온하기만 하다.

우우우―!!

그리고 그 순간 기다란 울음소리를 들은 것 같았다. 약간은 슬프고, 약간은 허무해 보이는.

"새로운 질서의 시작이군."

"킥, 그게 마냥 좋아할 문제는 아니지. 창조신 나리의 맘이 언제 바뀔지 모르니까."

수군거리는 천신과 마신. 그리고 그때 카인이 입을 연다.

"자, 그럼 보상들은 준비되셨습니까?"

"보상?"

이 인간, 아니, 신 놈이 무슨 말을 하고 있는 건가, 하고 바라보니 뭐가 그렇게 좋은지 실실거리는 카인의 모습이 보인다. 하지만 그 말을 이해하지 못한 건 나뿐인지 육계의 대표자들은 다들 고개를 끄덕인다.

"그렇군. 우리를 아수라로부터 해방시킨 인간에게 어느 정도의 보상은 필요하겠지."

"하지만 아수라를 몰아낸 건 결국 우리다."

"아수라의 본신을 불러냈다는 것 자체가 대단한 일이 아닌가. 겨우 한 명의 인간이 이뤄냈다고 보기에는 기적이라고 해도 좋을 정도의 성과지."

천신과 마신 녀석이 수군거린다. 거, 최대의 숙적이라고는 하지만 의외로 친해 보이는군. 물론 어느 정도 친해 보이냐면 어느 한쪽이 빈틈을 보이는 순간 등 뒤로 칼을 찌를 정도의 친함이지만. 어쨌든 오랜 시간 알아온 건 틀림없는 것 같다.

"좋소, 그럼 나부터 하지."

치익!

아차하는 사이에 오른쪽 어깨 부분에 화끈한 통증이 밀려온다. 뭐, 뭐야? 깜짝 놀라서 바라보자 백색의 문양이 새겨져 있다.

"천상인(天上印)이다. 이걸 가지고 있는 것만으로 너는 권천사의 권위와 군세를 사용할 수 있으며 이는 또한 내가 인정한 자라는 뜻이니 천계의 누구도 너를 함부로 하지 못하리라."

치익!

이번에는 왼쪽 어깨에 검은색의 문양이 그려진다.

"킥, 마황인(魔皇印)이다. 이로써 너는 마족공의 권위와 군세를 사용할 수 있다. 또한 마계의 누구도 너를 함부로 못하겠지. 나한테… 죽을 테니까."

자다가 꿈에 나올까 두려울 정도로 음산한 웃음소리다. 이, 이거, 왠지 받고도 불안한데? 왠지 모르게 찝찝한 기분에 쓰게 웃는데 영왕이 나선다.

"영왕 아닐세."

"음? 마음을 읽으시는 겁니까?"

"뭐, 예의가 아닌 것 같아서 자제하곤 있지만 약간씩은. 뭐, 어쨌든 난 영왕이 아니네. 왜 그렇게 생각하는 건가?"

그야 영계 대표니까 영왕이라고 생각했지. 하지만 그 생각에 전형적인 선풍도골을 가지고 있는 백발의 노인은 고개를 흔들었다.

"영계에 영왕 같은 건 없네. 단지 정령신과 요괴왕, 그리고 옥황상제님과 환왕이 있을 뿐이지."

"그럼 당신은?"

"그냥 노군(老君)이라고 부르게. 상제님이 선계를 떠날 수 없어 대신 나왔지."

"선계가 영계의 대표인 겁니까?"

"어쨌든 개중에는 가장 강하고 역사도 기니까. 뭐, 어쨌든……."

노군은 오른손을 내밀더니 내 머리 위에 올렸다. 그리고 그와 함께 부드러운 기운이 전신에 들어찬다.

"보패나 단약 같은 걸 주려고 했지만 자네를 보니 그런 건 의미가 없어 보이는군. 대신 자네에게 인중신(人中神)의 칭호를 주지."

"인중신이라… 효과는 뭡니까?"

"타이틀이냐? 효과있게?"

뒤에서 다크가 빈정거렸지만 노군은 여전히 싱글싱글한 표정으로 말한다.

"이것은 영계의 총대표로서 온 내가 주는 선물이니 선계는 물론이고, 정령계에서도, 환계에서도, 심지어 요괴들 사이에서도 그 권위가 통할 걸세. 더불어 공식적인 루트로 요청한다면 상당 부분의 지원도 약속되네. 그것도 계속."

설명만 들어도 상당히 좋아 보인다. 무슨 대통령 표창 같은 거란 말이군. 물론 그것보다 훨씬 격이 높겠지만 대충 비슷한 느낌일 것이다.

"내가… 줄 것은……."

"잠깐 명왕님, 명왕님께는 따로 부탁하고 싶은 게 있는데… 괜찮겠습니까?"

내 말에 명왕의 눈초리가 축 처진다. '왜 나한테만 귀찮게 X랄이야?'라는 표정이다. 솔직히 이 방구석 폐인 히키코모리같이 생긴 녀석이 명왕이라니, 좀 믿음이 안 간다. 하지만 이 상황에 가짜일 리는 없지 않은

가? 게다가 이러니저러니 해도 아쉬운 쪽은 나이니 공손하게 묻는다.

"살리고 싶은 사람이 있는데 살릴 수 있겠습니까?"

"…그 여자?"

"아십니까?"

"안 돼."

너무나 단호한 대답에 당황한다.

"못 살린단 말입니까? 명왕인데?"

"당연히… 살릴 수… 있어. 명왕… 이니까."

그럼 뭐가 불만이란 말이야? 의아해하며 바라보자 녀석이 뭔가를 설명하고 싶은 듯 머뭇거린다. 그러나 부끄러워한다고 하기보다는 단지 설명하기 귀찮아하는 것 같은데?

"그냥 내가 설명하지. 에일렌은 신드로이아의 환생체야. 또 평범하게 죽은 것도 아니고, 이 영체 자체가 완전히 망가져서 이미 삼사라 시스템(Samsa-ra System)에 들어간 상태지. 물론 저 녀석이라면 거기에서도 얼마든지 에일렌을 꺼내올 수 있겠지만……."

"있겠지만?"

"저 녀석이 안 꺼내줄걸? 아니, 꺼내줘도 상당히 힘든 미래만 기다리겠지."

알 수 없는 소리다. 얼마든지 꺼내줄 수 있지만 안 꺼내주고 설사 꺼내줘도 문제가 된다니. 하지만 이내 명왕은 설명을 시작했다. 아니, 시작하려 했다. 하지만 문득 귀찮음을 느낀 것인지 다크를 바라보았다.

"…나보고 해달라고?"

"귀찮……."

"아, 알았어, 알았어. 망할 자식."

마음에 안 든다는 듯 인상을 찡그리는 다크. 그리고 그런 그의 모습에 노군이 입을 연다.

"뭐, 그럼 우리는 더 이상 용무가 없는 걸로 알고 가보도록 하지. 이제 아수라가 사라졌으니 전 우주가 좀 시끄러워 질 게야."

"나도 가겠다. 처리할 일이 많을 것 같군."

"큭큭, 고생해라, 호랑이."

천신과 마신, 그리고 노군이 사라진다. 남은 것은 신 패거리(?)들과 '나도 가고 싶다……' 라는 표정을 짓고 있는 명왕, 그리고 혼자 몸 달아 있는 나뿐이다.

"결국 왜 못 살린다는 겁니까?"

"에이, 제길. 뭐, 설명해 주지. 죽은 생명을… 다시 불러가는 건 사실 어렵지 않다. 굳이 초월자가 아니더라도 몇 가지 조건만 달성하면 사자 소생도 인체 연성도 간단한 일이지. 하지만 안타깝게도 그건 섭리에 어긋난 일이야. 혼자야 좋을지 모르지만 세계 자체에 부담을 주는 일이고, 때문에 그걸 막는 것이 규칙이지."

사람을 죽이는 것은 어려운 일이 아니다. 적당한 둔기로 머리를 내려쳐도 사람은 죽고, 칼로 심장을 찔러도 죽는다. 혹은 차로 치어 죽이는 법도 있을 것이다. 물론 사람 목숨이라는 게 생각보다는 질겨서 마냥 쉬운 일만은 아니겠으나 정말 하려고 하고 약간의 숙련도만 쌓인다면 사실 몇 분도 채 안 걸린다. 빠르면 몇 초도 채 안 걸리겠지.

하지만 그렇다면 사람들은 자신을 학대하는 부모, 툭하면 폭력을 행사하는 급우, 자신의 가계를 망하게 만드는 거대기업의 사장, 그리고 짜증나는 군대 선임을 왜 죽이지 않는가? 그것은 죽이는 자체는 어떻게 가능할지 몰라도 그 후가 문제가 되기 때문이다.

사람을 죽이는 것은 '죄' 다. 사람들이 살인을 하지 않는 것은 살인을 저질렀을 때 그에 걸맞은 '징계' 를 받기 때문이다. 사자 부활 역시 마찬가지다. 물론 죽었던 사람 하나 살아난다고 명계가 크나큰 타격을 받는 건 아니지만 그 숫자가 많아지면 그건 어마어마한 문제다. 때문에 부활 행위는 일종의 '불법'이다.

"지금까지 그걸 막아준 건 아수라였지. 하지만 이제 아수라가 없기 때문에 다른 수단을 사용해야 하는 거야. 그리고 그러기 위해 명왕 녀석은 존재하는 모든 생명체의 영혼에 프로텍트를 걸어놨지. 사실 이게 걸려 있던 건 훨씬 전이지만… 뭐, 어쨌든 그게 이제부터 사용되는 거야. 그리고 그 프로텍트에는 패스워드가 존재하지. 그걸 해제 못하면 사자를 소생시키는 건 불가능해."

"하지만 명왕이 여기 있는데 그게 왜 문제라는 거죠? 명왕은 그 패스워드라는 거, 알지 않나요?"

"당연하지. 하지만 말했다시피 에일렌은 영체가 망가져서 삼사라 시스템의 가장 중심부에서 복구를 시키고 있다고. 차라리 그전에 명왕이 따로 빼서 복구시켰으면 또 모르겠지만 이렇게 시스템에 들어가 버린 이상 그걸 빼내면……."

"그 여자의… 영혼에… 삼사라 시스템의 요소가 새겨져… 버려. 영락(靈絡)만 읽어도… 패스워드를 해석할 수 있게… 되겠지."

명왕의 말에 다크가 부연 설명을 덧붙인다.

"즉, 죽고 싶지 않은 모든 존재가 에일렌을 노리게 될 거라는 말이다."

그들의 설명에 이를 악문다. 말도 안 돼. 그런 게 어디 있어? 지금까지는 괜찮았는데 이젠 아수라가 없어서 못 살린다고? 아니, 살릴 수는 있는데 그러면 안 된다고?

"후……."

살짝 심호흡한다. 진정해야 해. 그들은 나에게 악의를 가져서 방해하는 게 아니다. 그래, 틀린 말은 아니다. 이제 나는 제법 강해졌지만 죽고 싶지 않은 모든 존재가 에일렌을 노리게 된다면 완벽하게 그녀를 지켜줄 수 있을지 장담할 수 없다. 심지어 패스워드의 존재를 알 정도라면 결코 약한 녀석들이 아닐 테니까. 하지만 그렇다면……

"잠깐, 그럼 에일렌이 정상적으로 환생한다면 어떻습니까?"

"그건… 그나마… 좀 나을… 것… 같군……. 하지만……."

아, 이놈, 말 왜 이렇게 질질 끌어? 짜증나게. 게다가 왜 말끝이 하지만으로 끝나지!

"하지만 뭐가 문제라는 거죠?"

"시간이… 좀 걸릴… 거다. 그리고… 어디서 환생할지도… 기밀 사항. 그것만 알아도 역추적이 가능한 이들이 꽤 된다. 네가 찾아야… 한다."

"어떻게?"

"……."

명왕은 잠시 손톱을 깨물며 고민하다가 품속에 손을 집어넣더니 뭔가를 꺼내 들었다.

"…안경?"

"시온의 눈… 한번 기억한 영체라면… 찾을 수 있다. 그리고 미리 명령을 주입시키면… 지정된 영체가 환생했을 때… 알 수 있다……."

녀석의 손에 들린 건 별다른 특징 없는 무테 안경. 하지만 나의 해석 능력으로도 그 구조를 파악할 수가 없다.

"즉, 이거라면 에일렌을 찾을 수 있다는 말이군요."

"그렇… 다. 이제 가도 되나?"

아무래도 급하긴 급한 모양이다. 자꾸 자리를 떠나려고 한다. 하지만 그전에 한 번 더 붙잡는다.

"죄송하지만 하나만 더 부탁해도 되겠습니까?"

"뭔데?"

"에일렌은 인간 여자로 환생시켜 주십시오. 또 동물이나 곤충 혹은 남자로 환생하면 여러모로 곤란하니까. 아, 그리고 가급적이면 미녀로 좀 부탁드립니다."

"정말… 바라는 거 많군……."

'왜 나만…….' 이라고 궁시렁거리는 얼굴로 돌아서긴 하지만 승낙의 표시인 것 같다. 바로 살리는 게 불가능하다는 건 좀 안타깝지만 방법이 생겼다는 걸로 만족하도록 할까?

팟.

혹여 뭔가 더 부탁하기라도 할까 봐 바로 사라지는 명왕.

"후, 뭐, 별로 기대하고 있던 것도 아닌데 다 받았군. 이제 남은 건……."

고개를 돌려 다크를 바라보자 그는 인상을 와락 찡그렸다.

"나한테 뭘 더 받아가려고, 캐새야. 뒈질래?"

"죄송."

그래, 양심이 있지, 이 녀석은 그만두자. 이 녀석이 나한테 베푼 은혜는 한두 가지가 아니니까.

"아, 그래도 난 줄 거 있어."

"준다고요?"

난데없이 끼어드는 카인의 모습에 의아한 표정을 짓자 카인은 사람 좋게 웃었다.

"정확히 말하면 해줄 게 있지."

한순간 호흡이 막히는 바람에 깜짝 놀라 주위를 돌아본 난 우리가 어느새 우주 한가운데로 나와 있다는 걸 깨달았다. 처음에는 지구 근처인 줄 알았는데 아무리 돌아봐도 지구가 안 보이는 걸 보니 좀 멀리 온 모양이다.
 "여긴?"
 "여긴 별로 중요한 데가 아니고… 저것 좀 봐."
 카이의 손가락을 따라 고개를 돌리자 수많은 별들이 보인다. 뭘 보라는 거야?
 "저거 모르겠어?"
 "음, 지구 쪽인가요?"
 "비슷하지만 좀 더 넓게 봐야지. 태양계(太陽系)야."
 [흠, 그런데 사도들은 다 사라졌군.]
 "라일레우드?"
 깜짝 놀라 돌아보자 내 키만 한 은색의 검이 보인다. 앗, 크기를 줄였군. 이제 완전히 회복된 건가?
 [뭘 봐? 뭐, 하여튼 사도들이 사라진 건 아수라가 소멸했기 때문인가?]
 "비슷합니다. 이제는 재생을 행할 주체가 없으니까요. 더불어 신드로이아는 어지간한 초월자들도 감히 찾을 수 없을 정도로 깊은 곳으로 숨어들어 갈 겁니다. 이제 다시는 신드로이아 관련으로 사고가 일어나지 않겠지요. 뭐, 어쨌든."
 웅—!
 그리고 말이 끝남과 동시에 몰아치는 마력! 놀라서 돌아보자 카인이 말한다.
 "지구가, 아니, 지구는 별문제 없구나. 인류가 거의 멸망한 건 알지?"
 "…그렇죠. 몇이나 살아남았습니까?"
 "어디 보자, 살아 있는 인간만 치면 여덟 명이군."
 "……."
 최악이었다. 생각보다 훨씬 적다. 이 정도면 차라리 차원이동이나 다른 별로 가서 살아야지 문명을 다시 부활시키기는 불가능해 보일 정도다.
"그 정도 숫자라면 일일이 불러주는 것도 가능하겠군요."
"그래. 일단 너하고 네 동생, 유리아, 레이그란츠, 키리에, 로안, 멜피스, 그리고… 제니카."
"응?"
뜻밖의 이름에 놀란다. 어라? 그 녀석 부정당하지 않았었나? 하지만 생각해 보면 내가 지금 그 녀석을 떠올릴 수 있다는 건 부정이 취소되었다는 말이다. 아수라가 사라졌기 때문인가?
"뭐 하냐, 너 찾는데."
"에, 역시 알고 계셨나요?"
슥, 하고 공간이 열리더니 멋쩍은 표정으로 제니카가 모습을 드러낸다.
"야, 인마……."
"하하, 안녕?"
어색한 표정으로 손을 흔든다.
"어떻게 된 거야?"
"오히려 내가 묻고 싶다고. 갑자기 살아나서 당황하던 중이니까. 그나저나 뭐가 어떻게 된 거야? 주시자, 그 녀석은 어디 갔고?"
어리둥절해하는 녀석에게 대충 상황을 설명한다. 굳이 필요성을 못 느껴서 내가 받은 선물들이나 에일렌에 대한 말은 하지 않았다.
"뭐, 어쨌든 지금 생존자는 그것밖에 안 돼."
"즉, 인류는 끝장이다?"
"그래서 대충 수를 쓰려고."
말과 함께 카인이 손을 들어 올려 허공에 선을 그어버린다. 그러자 그

선이 펼쳐져 거대한 면이 되더니 이내 태양계를 통째로 삼키는 게 아닌 가?

"······?!"

너무 놀라 카인을 바라본다. 이 녀석, 뭘 할 생각인거지? 하지만 녀석 은 태연한 얼굴로 말했다.

"1년. 되돌리겠습니다."

"1년이라니 무슨······."

"시간. 딱 1년 되돌리겠습니다. 일루젼을 처음 지구에 던져 줬을 때가 작년 이맘때 즈음이었으니까. 이것으로 지구에 가상 현실 게임 같은 건 없던 일이 되는 겁니다."

"하지만 죽었던 사람들은?"

"대부분 살아날 겁니다. 이건 명왕과도 합의한 내용이니까. 단지 에일 렌처럼 영혼이 파괴된 302명에 한해서는 부활이 불가능하군요. 뭐, 실종 처리되겠지만 60억 명 넘게 살려주는데 300명까지 어떻게 해줄 수는 없 죠."

아마 그 대부분이 도베라인에 베인 녀석들일 것이다. 지구에 마족들이 많았지만 그중 영혼 파괴를 하는 녀석들은 흔치 않았으니까. 물론 신기 중에 그런 기능을 가진 신기가 있었을 수도 있으니 확신할 수는 없다.

우웅—

태양을 중심으로 하고 있는 수많은 행성들이 시간을 거꾸로 돌림에 따 라 빠르게 움직이고 있다. 지구가 태양을 중심으로 공전하는 데 1년이 걸리니까 딱 지금쯤.

"완료."

카인이 손을 내린다. 그리고 태양계를 뒤덮고 있던 막이 사라진다.

"이렇게 쉽게?"

"마법의 신이라는 이름은 노름해서 딴 게 아니니까요."

가볍게 하는 말에 약간은 질리는 걸 느낀다. 우와, 이 녀석, 어딘가의 신룡하고 친척이기라도 한 건가. 지구 전체 인간들을 다 살리는 걸 이렇게 쉽게 해결해 버리다니. 황당해하는데 공간이 윙— 하고 열리더니 약간은 통통한 청년이 모습을 드러낸다. 돈신, 박정훈이었다.

"앗! 형, 오랜만."

"오랜만이군요. 어쩐 일이십니까?"

"카인 형한테 확인할 게 좀 있어서."

"뭐?"

"살아남은 마스터들을 어떻게 할지 물어보려고. 알지? 시간을 돌려도 그 녀석들한테는 적용 안 돼. 게다가 능력 회수도 좀 어려운 거, 알지? 유저들은 이쪽 지구로 보내는 순간부터 완전 독자적인 생명체라서 우리가 강제력을 발휘하기 힘들어. 물론 이젠 아수라도 없으니 직접 가서 털어버리고 기억 다 지운 다음에 힘 뺏어버리는 방법도 있지만 우리 때문에 고생한 녀석들을 그렇게 대접하기도 좀 애매하고."

정훈의 말에 카인은 뭐가 문제냐는 듯 어깨를 으쓱였다.

"그냥 놔둬. 다만 그 힘으로 행패 부리면 곤란하다고 경고나 하고. 네 말대로 이젠 아수라도 없으니 그놈들이 지구에서 난장판을 치든 마법이랑 내공을 전파하든 알 바 아니지. 물론 그렇다고 해서 정말 막장 짓을 벌이고 다니면 가서 혼내주면 될 일이고."

"오케이. 그럼 바로 공지 때릴게. 공지— 글자체, 박정훈체. 크기 1,500. 실행— 안녕하십니까, GM 녹턴이라고 합니다……."

말하면서 바로 공간의 틈을 열고 사라진다. 허, 공지 저렇게 치는 건가?

의아해하는데 하늘에 글자가 떠오른다.

"……?!"

물론 그럴 리가 없다. 여긴 지구도 아니고 우주다. 하늘에 글자를 쓰는 게 가능할 리가 있나.

"그렇군."

파니티리스에 있을 때 하늘에 쓰여 있던 글자는 실제로 하늘에 떠 있던 글자가 아니다. 유저의 인식을 조작해서 시야의 상단 부분에 글자를 만드는 것뿐이라는 건가.

안녕하십니까. GM 녹턴이라고 합니다. 자자, 난데없이 돌아간 시간 때문에 다들 당황하고 계실 텐데요. 뭐 어쨌든 모두 축하드립니다! 여러분은 살아남으셨어요! 우리 밀레이온 형이 끝판 왕을 해치웠군요. 여러분은 자유입니다~

다만 모두 아시다시피 지구에 살아 있는 사람이 몇 안 됩니다. 아니 안 되었었죠. 그래서 아쉬운 대로 지구의 시간을 1년 정도 되돌렸습니다. 예? 그런 게 되냐고요? 되죠. 저희가 신인데 뭐가 안 되겠습니까?

다만 사망하신 분들은 1년간의 기억이 모두 사라졌을 겁니다. 유저든 일반인이든 그건 마찬가지죠. 단, 살아남은 분들은 1년간의 기억이 고스란히 남아 있습니다. 더불어 마력이라든가 내공이라든가 아이템이라든가 인벤토리라든가… 다 남아 있습니다. 솔직히 딴 건 둬도 인벤토리랑 아이템만큼은 거둬갈까 말까 고민했는데 그냥 두기로 했어요. 그 정도는 고생한 상으로 치죠. 물론 너무 위험한 신기는 거둬갔지만 그것만 해도 대박 아닙니까?

단, 지구에서 너무 난리를 치시면 저희가 징계 차 내려갈 겁니다. 이제 상황이 좀 바뀌어서 저희도 언제든지 지구로 강림할 수 있으니 조심하셔야 되요. 능력 쓰는 걸 금지까지는 하지 않을 테니까 양심껏 쓰세요. 알았죠?

뭐, 어쨌든 이것으로 일루젼 서비스가 정말정말 종료되었습니다. 지금까지

고생하셨고, 즐거운 인생 살아가시길.

"흠, 생각보다 더 풀어주는군요."
"말했다시피 상이야. 게다가 생존자가 그리 많은 것도 아니고. 아차, 천화, 삼화."
"우왓!"
"꺅!"
카인의 말과 함께 공간이 열리더니 천화와 핸드린느를 뱉어놓고 닫힌다. 아무래도 강제로 끌려온 듯 얼떨떨한 분위기. 천화가 말한다.
"갑자기 뭔 짓… 오! 레인! 오랜만인데?"
"예, 천화님. 오랜만이군요."
천화의 말에 슥— 하고 공간이 열리더니 시리우스가 모습을 드러낸다. 어라? 그새 어디 갔다 온 거지? 의아해하는데 천화가 말한다.
"아, 그리고 혼자 나와서 미안. 그녀는……."
"괜찮습니다, 천화님. 방법이 생길 것도 같으니까."
"어? 진짜? 어떻게?"
"아직은 비밀."
씩, 하고 지어지는 미소는 매력적이다. 아닌 게 아니라 잠깐 방심하면 그대로 반할 것만 같다. 이런 제길, 정말 위험천만한 녀석이 아닌가?
"어쨌든 천화님은 어쩔 생각입니까? 지낼 곳이 없으시다면 저희 가게에 오셔도 되는데."
"아, 한동안은 이 녀석하고 같이 지낼 생각이야. 여러모로 불안한 것도 많고."
"삼화 양은?"
"지금 이름은 핸드린느예요. 뭐, 일단은 마족공이니 마계에 있으려고요. 아, 그리고 오라버니, 이것."

그렇게 말하며 정체를 알 수 없는 검은색 금속으로 만들어진 반지 하나를 나에게 넘긴다.

"…이건?"

"언제든지 저희 집에 들어오실 수 있는 일종의 열쇠랍니다~ 마음만 있으시다면 밤중에 몰래 숨어 들어오셔도 되요~♡"

헤헤헤, 하고 웃으며 말하는 핸드린느. 하지만 그 모습에 천화가 삐딱한 표정으로 말한다.

"난 이 교제 반댈세."

뭐라는 겨.

"그나저나 넌 어쩔 생각이냐? 1년 전이면 네 녀석이 우주로 나가기도 전이니 연구소에서는 네가 갑자기 사라진 걸로 돼 있을 텐데. 돌아갈래?"

"흠, 별로 거기에 남아 있는 애정은 없군요. 가족들한테 피해 안 가도록 뒤처리만 하고 잠시 여행이나 할 생각입니다."

그렇게 말하며 명왕에게 받았던 시온의 눈을 장착한다. 물론 단지 안경을 쓴 것뿐이니 장착이라는 단어는 어울리지 모르겠지만 이 안경에는 그만한 효과가 있다.

"…대단하군."

단지 끼는 것만으로 명도(冥途)가 보인다. 물질계를 떠나 명계로 내려가는, 혹은 새롭게 태어나는, 그리고 구천을 떠도는 모든 영혼의 모습이 보인다. 더불어 내가 알고 있는 영혼이라면 아무리 먼 거리에서도, 심지어는 다른 차원에 있어도 추적이 가능하다.

"아직 환생 안 했군."

생각해 보면 좀 기다려야 한다고 했다. 조급해할 필요는 없겠지.

"음~ 좋아, 그럼 난 건영이나 따라다녀야겠다."
"나를? 왜?"
"심심하거든. 이젠 뭐, 별로 하고 싶은 것도 없으니까. 그리고……."
"안 돼."
딱 잘라 대답하는 사람은 카인이다.
"엑? 왜요?"
"은혜를 갚아야지. 넌 한동안 내가 부려먹을 거야. 신드로이아를 욕심냈던 것도 괘씸하니 감시할 겸 옆에 둬야지."
"윽, 괘씸하다니. 그런데… 은혜?"
"당연한 거 아니냐? 아무리 아수라가 소멸했다고 해도 이미 부정당했던 대상이 살아나는 건 아니다. 그 증거로 그 연구소장은 돌아오지 않았으니까."
"……."
할 말을 잃는다. 정답이었으니까. 단순히 죽는 정도가 아니라 완전히 사라지는 걸 되살려줬으니 이만저만한 은혜가 아니다. 그런데 연구소장이 누구였지? 부정된 건 기억나는데 뭐 하던 인간인지가 기억 안 난다.
"너무 슬퍼하지 마. 제자로 키워줄게. 물론 교육 시간보다는 부려먹는 시간이 길겠지만."
"자, 자, 잠깐. 이러지 마세요. 저 독학으로도 충분……."
"부끄러워하긴."
질질질 끌고 간다. 제니카는 필사적으로 저항했지만 애초에 상대가 될 리 없다. 위잉— 소리와 함께 열리는 차원의 문. 그리고 그렇게 끌려 나가는 제니카에게 묻는다.
"잠깐, 그런데 결국 너 남자야, 여자야?"
"에, 그건……."

잠깐 생각하더니 검지를 흔들며,

"비밀~♡"

…여유로운 척해도 질질 끌려가는 중이어서야 폼이 안 난다.

[다들 가는군. 뭐, 나도 그만 가겠네. 이번 사건으로 손실된 힘이 너무 커. 복원하려면 꽤 걸리겠군.]

"예, 도와주셔서 감사합니다."

보통의 인간에게 들려지는 건 검의 신인 그의 입장에서 보면 수치스러운 일이다. 사실 그의 입장에서 보면 지구가 어떻게 되든 알 바 아닌데 도와준 것만 해도 대단한 일이다.

[훗, 별로. 은혜를 갚았을 뿐이지.]

"……?"

은혜? 무슨 소리야? 내가 의아해하거나 말거나 라일레우드 역시 사라져 버린다.

"나도 가보지. 뭐, 종종 생각나면 놀러와. 자세 정도는 봐 줄 테니까."

"하하, 저 같은 건 별로."

"너무 자신을 깎아내리지 마라, 밀레이온. 라일레우드한테 빌붙은 감이 없지 않아 있기는 했지만 네 마음은 틀림없이 하늘에 닿았어. 물론 무에 대한 네 재능은 널리고 널린 수준이지만… 무에 대한 깨달음이 꼭 재능만으로 결정되는 것은 아니다. 넌 이미 훌륭한 무인이야."

"아……."

왠지 부끄럽다. 우, 우와, 얼굴이 빨개질 것 같아. 별거 아닌 칭찬인데 왜 이래? 하지만 다크는 그런 내 모습에 신경 쓰지 않고 빙글 돌아 사라져 버린다. 시리우스도 가볍게 손을 흔들더니 사라져 어느새 우주 공간에는 나 혼자만이 남았다.

"흠흠."

잠시 진정한다. 뭐, 나름대로 해피엔딩이다. 하지만 연구소에서 날 찾아 부모님을 닦달하기 전에 손 정도는 써놔야겠군.

"글레이드론."

[오냐, 주인. 무서운 놈들은 다 갔냐?]

빼꼼, 고개를 꺼내 드는 모습이 꽤 귀엽다.

"가자."

[오케이, 주인.]

펄럭, 하고 펴지는 날개와 함께 움직이기 시작한다.

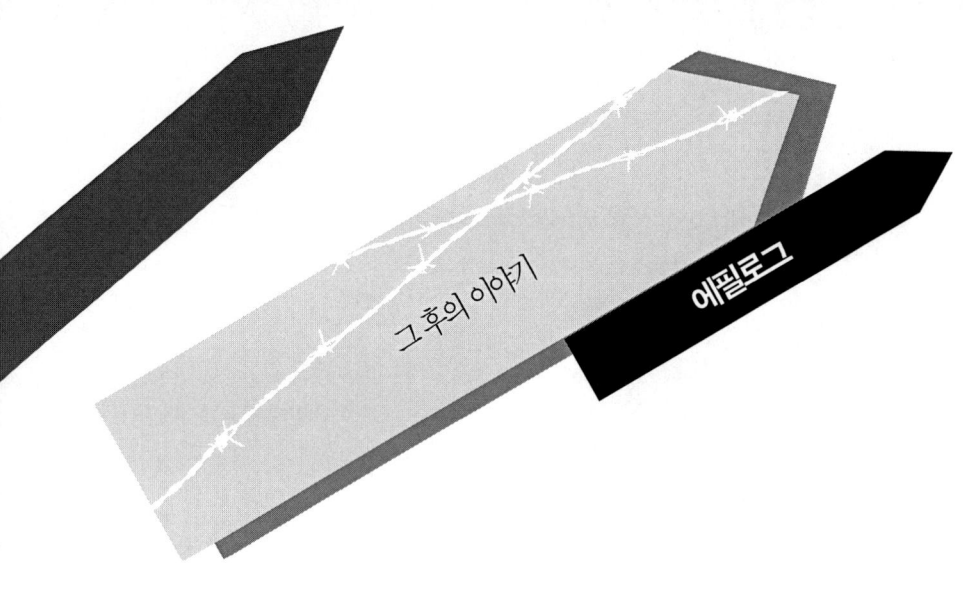

그 후의 이야기

에필로그

그 후의 이야기

Part 1

"…나지?"
"…으응?"
"일어나지?"
"…에?"
 정신을 차렸을 때는 이미 교실이었다. 따듯하게 내리쬐는 햇빛과 언제나 그렇듯 평화롭고 따분한 분위기. 주변에 앉아 있던 그의 급우들은 멍청한 표정의 그를 비웃었다.
 "킥! 또 자냐?"
 "아주 여관비를 내라. 응?"
 "좀 조심하지? 쪼다가 공부마저 못하면 아주 등신이 될 텐데."
 지루하고 따분한 일상 속에 벌어지는 작은 사건에 낄낄 대는 아이들. 하지만 레이그란츠의 귀에는 그런 웃음소리가 들어오지 않는다. 왜냐하면 신경 쓸 여력이 없으니까. 이미 현재 그의 머릿속은 혼란, 그 자체였던 것이다.

"자자, 다들 조용. 뭐, 피곤하면 어쩔 수 없다고 생각하지만 좀 정신 차렸으면 좋겠구나. 특히나 넌 영어 성적이 좀 부진하기도 하고… 알겠지?"

"…네, 죄송합니다."

"그래. 그럼 너는 됐고, 슬슬 발표나 해볼까? 오늘일 2021년 4월 25일이니까… 좋아, 숫자 다 더해서 16번!"

"아, 왜! 그냥 쟤 시켜요. 졸았는데!"

"존 게 확실한데 시키는 건 골탕 이상의 의미가 없잖아. 자, 졸지 않으신 윤정민 군? 방금 읽던 부분 이어 읽으세요."

"우우."

투덜거리면서도 일어나 뜨문뜨문 지문을 읽기 시작하는 학생. 그리고 그런 상황에서 레이그란츠는 멍한 표정으로 책을 바라보았다. 하지만 그렇다고 그가 책을 읽고 있는 것은 아니다. 그의 머릿속은 책 내용이 아니더라도 터질 것 같았으니까.

'…뭐지? 우리 반은 분명히 몰살에 가까운 피해를 입었던 걸로 기억하는데 어떻게 전부 살아 있는 거야? 게다가 2021년? 지금은 2022년 아냐?'

상황 정리가 되지 않는다. 그는 시간이 되돌아간 직후 그는 잠을 자고 있는 상태였던 터라 정훈의 통신을 보지 못했으니까. 하지만 그럼에도 일어나 발작을 일으키지 않는다. 환각이라고 하기에 주변 상황에서 어떠한 이상도 발견할 수 없었기 때문이다. 그가 있는 곳은 틀림없이 '진짜' 세계. 하지만 그렇다면…….

'…설마 꿈?'

생각한다. 느닷없이 나타난 가상 현실 게임, 그리고 그 안에서의 전투와 모험. 하지만 게임 속에서만 등장한다고 생각했던 마족들은 현실에 나타난 인류를 공격하기 시작했고 하늘에서 떨어진 검은 대지를 관통했다. 멸망에 가까울 정도로 망가진 지구. 그리고 그들은 인류의 마지막 보루로써 전쟁을 벌였던 마족과 마스터. 하늘을 가르고 태우던 검과 마법. 인세에 그 모습을 드러내던 신.

생각한다. 사실 그것들이 현실이라는 게 좀 웃기는 일이기는 하다. 보라, 이 평온하다 못해 따분하기까지 한 공기. 이게 현실이다. 허무맹랑한 1년보다는 이쪽이 더 신빙성이 넘친다는 건 더 설명할 필요도 없이 당연한 일이 아닌가?

그렇다. 모두 꿈이었다. 모든 것이 꿈…….

쾅!

"그럴 리가 있겠냐!!"

노호성을 지르며 몸을 일으키는 그의 모습에 모두 깜짝 놀라 그를 바라본다. 적어도 그들이 알기에 그는 언제나 조용해 절대 수준 이상의 소리를 내지 않는 인물이었다. 그런데 그가 그것도 수업 시간에 고함을 지르며 일어서다니… 학생들은 어이없다는 표정을 지었다.

"뭐야, 너? 이젠 아주 미쳐……."

쿠우우!!

"뭐… 뭐야?"

"우왁?!"

그때 굉음과 함께 창문으로 바람이 불어닥친다. 당황스러운 사태에 놀라 레이그란츠의 일을 까맣게 잊은 채 창밖을 바라보는 학생들. 그리고 운동장 한가운데로 내려서는 검은색의 전투기를 보았다.

"저, 전투기?! 운동장에 전투기?!"

"아니, 그걸 떠나서 저 모델은 T-13. 댄더 피닉스(Dander Phoenix)잖아?! 전투기 주제에 장시간 비행이 가능하다는 극초음속기(極超音速器)!! 저거, 분명히 우리나라에 없을 텐데?!"

꿈인지 현실인지 구분이 안 가는 황당한 광경에 경악하는 학생들. 하지만 잠시 후 그들은 한층 더 놀라야 했다. 아직 전투기가 땅에 내려서기도 전에 그 안에서부터 한 명의 여인이 몸을 날린 것이다.

"꺅?!"

10여 미터는 되어 보이는 높이에서 떨어지는 여인의 모습에 몇 학생이 짧게 비명을 질렀지만 그녀는 거짓말처럼 가볍게 착지하더니 그대로 학교를 향해 달려왔다. 전문 육상선수들이 봐도 비명을 내지를 정도로 엄청난 속도. 그녀는 그대로 달려 안까지 들어왔다. 한 번도 본 적 없는 장소일 텐데도 불구하고 단 한 점의 망설임도 없는 움직임에 레이그란츠는 슬그머니 다시 자리에 앉았다. 당연한 이야기지만 유리아의 등장으로 더 이상 그에게 신경 쓰는 학생은 없었다.

쾅!

교실 문을 부숴 버릴 것 같은 기세로 열고 들어오는 적발의 소녀! 그녀가 운동장에 모습을 드러낼 때부터 그 모습을 훔쳐보고 있던 선생과 학생들이었지만 설마 그녀가 자신들의 교실에 들어올 줄은 몰랐기에 눈만 동그랗게 뜬 채 그녀를 바라볼 뿐이다.

"잠깐, 잠깐만. 죄송하지만 무슨 일로……."

"방해 말고 비켜. 네 녀석들하고 할 말 없으니까."

"읏……."

자신있게 일어섰던 학생 중 하나가 말문이 막혀 물러선다. 물론 유리아에게 살기를 느꼈다거나 하는 이유 때문은 아니다. 이유는 단지 그녀의 모습, 그 자체 때문. 그녀는 백인이다. 새하얀 피부에 푸른색의 눈동자. 또 그녀는 적발이다. 대한민국에서는 염색이 아닌 이상 볼 일이 거의 없는 색. 학생들은 깨달았다. 그들 앞에 있는 이 깜짝 놀랄 정도의 미인은 아마도 미국인, 혹 그렇지 않더라도 유럽 계통 쪽 사람이라는 것을.

그리고 당연하지만 그들은 한국말을 쓰지 않는다. 지금 방금 그녀가 영어를 쓴 것처럼.

"웃……."

"으……."

모두 감히 말을 걸지 못하고 물러선다. 심지어 영어 교사마저도 나서지 못한다. 물론 그는 교사로서 상당한 영어 실력을 가지고 있었지만 그렇게 능수능란한 수준은 아니었던데다 유학파도 아니어서 직접 미국인과 대화를 하는 데 막연한 두려움을 가지고 있던 것이다.

멈칫거리는 교사와 학생들을 가볍게 지나쳐 한쪽으로 향하는 유리아. 그녀는 이내 레이그란츠의 자리 앞에 도착해 그와 마주섰다. 그녀가 자신의 앞에 섰음에도 '뭐야?' 하는 표정으로 유리아를 바라보는 레이그란츠. 그리고 그 표정에 유리아의 눈동자가 한순간 크게 떨렸지만, 그녀는 이내 조심스러운 표정으로 입을 열었다.

"날… 기억해?"

"……."

"제발. 아버지가 1년 동안의 일을 기억 못해. 아마 죽었기 때문이겠지. 로스 아저씨도, 은혜 언니도 기억을 잃었어. 다 죽어버렸었다고. 이제 이 기억을 가진 사람이 아무도 없어. 나, 난 어떻게 해야 할지 모르겠단 말이야."

"……."

아무런 말도 하지 않은 채 멍하니 그녀를 바라보는 레이그란츠의 모습에 유리아의 눈동자에는 이내 절망이 어리기 시작한다. 사실은 그녀도 큰 희망을 가지고 있지는 않았다. 그가 죽는 모습은 그녀의 눈으로 직접

목격했으니까. 하지만 그럼에도 그녀가 여기까지 달려올 수밖에 없었던 이유는, 그 1년의 기억을 가진 것이 자신 혼자뿐일지도 모른다는 공포와 그래도 그러면 어떻게든 살아 있었을지도 모른다는 한가닥의 미련 때문이었으니까.

"틀렸… 나."

초조가 실망이 되고, 그 실망은 다시 절망이 된다. 그녀의 양 눈에서 글썽이기 시작하더니 이내 흘러내리는 눈물. 하지만 그때 레이그란츠가 말한다.

"엑, 너 지금 설마 우는 거냐?"

"레… 이?"

"오~ 이거, 영광인데. 우리 아가씨, 우는 모습도 다 보고."

"…너."

"게다가 조금쯤은 생각이라는 걸 해라. 우리나라 사람들, 스피크(Speak)는 안 되도 리스닝(Listening)은 조금 되는데 그렇게 막 다 말해 버리면 어떡해? 게다가 저기 영어 교사도 있는데. 말할 거면 차라리 제이스 어를 사용하든지 해야지."

너무나 당연하다는 듯 영어로 말한다. 어쭙잖게 배웠다고는 믿을 수 없을 정도로 능수능란하고 자연스러운 목소리. 그리고 그 광경에 유리아보다는 오히려 학생들이 패닉에 빠진다.

"에엑? 영어?"

"우와, 자, 잘해. 원어민 수준인데?"

"저 망할 놈이 어느 틈에 영어를 저렇게 잘하게 됐지? 과외인가? 역시 과외인 건가?!"

경악하는 사람들. 하지만 그때 유리아의 손이 레이그란츠의 멱살을 잡더니 그 몸을 단숨에 일으켜 자신의 얼굴까지 끌어당긴다. 그 거친 손놀

림에 깜짝 놀라 입을 다물고 침묵에 빠지는 학생들. 레이그란츠는 잠시 유리아의 모습을 바라보다 작은 한숨과 함께 입을 열었다. 이번에는 영어도, 한국어도 아닌, 제이스 어다.

"아, 그래. 때려라, 때려. 울려서 정말 미안해. 하지만 나도 악의가 있어서 그런 건 아냐. 갑작스런 상황 변화에 당황할 수도 있는 거지 뭐."

"이번 건 영어도 아냐!"

"삼개국어? 삼개국어인 건가?!"

학생들이 경악성을 내질렀지만 유리아는 들리지 않는다는 듯 레이그란츠의 모습만을 바라본다. 이제는 맞을 각오(!)를 단단히 한 듯 어디 때릴 테면 때려보라는 듯 유리아의 손에 가만히 잡혀 있는 레이그란츠. 그리고 그대로 유리아의 눈에서는 눈물이 흘러내리고,

"흑, 흐윽."

"에, 유, 유리아?"

"우, 우우… 우와아앙!!"

당혹스러워하는 레이그란츠의 가슴에 머리를 대고 울음을 터뜨린다. 그야말로 갑작스러운 변화라 그는 놀랐지만, 놀란 건 그뿐이 아니었다.

"뭐야? 왜 난데없이 염장 모드?"

"아니, 그것보다 저런 미인이 왜 저런 녀석 품에서 울고 있는 거야?"

웅성거리는 학생들과 그런 그들의 시선 따위는 아무렇지도 않다는 듯 레이그란츠의 품에서 울고 있는 유리아. 레이그란츠는 멋쩍은 미소를 지으며 잠시 서 있다가 이내 왼손으로 그녀의 어깨를 감싸고 오른손을 아래로 늘어뜨려 자신의 책상을 두 번 두들겼다.

똑똑.

소란스러운 상황 때문에 보통사람들에게는 전혀 들리지 않는다고 해도 좋을 정도로 작은 울림. 하지만 그건 '공격'이다.

"어, 어?! 이거, 왜 이래?"

"꺼졌다?"

울고 있는 유리아와 그녀를 안고 있는 레이그란츠의 모습을 핸드폰 카메라로 찍으려고 하던 학생들은 갑자기 나가 버리는 액정의 모습에 당황하며 울상을 지었다. 물론 그들은 갑자기 핸드폰이 망가진 이유가 무엇인지는 짐작조차 하지 못했다. 당연하다. 온갖 무공이 난무하는 무림(武林)에서도 방금 그의 손에서 펼쳐진 수법을 알아볼 수 있는 이는 정말 손에 꼽을 정도일 것이다.

"우……."

"다 울었냐?"

좀 진정한 것 같은 유리아를 향해 조심스레 말을 거는 레이그란츠. 유리아는 잠시 그를 바라보다가 이내 마음에 들지 않는다는 듯 입을 연다. 이번에는 그녀 역시 제이스 어를 사용한다.

"젠장, 왠지 진 기분이라 열 받네."

"응? 져? 뭐가?"

"됐어. 어쨌든 멀쩡하면 같이 좀 나가자. 잠깐 가봐야 할 곳이 있으니까."

"에? 하지만 수업 중인데?"

"이제 와서 이런 수업 따위가 무슨 상……!"

띠리리리.

그때 핸드폰이 울린다. 아무래도 자신의 말이 끊긴 것에 화가 난 듯 유리아는 신경질적으로 핸드폰을 꺼버리려 했지만 액정에 떠오른 번호를 보더니 그냥 받는다.

"네, 전화 받았습니다. 아, 그거요? 그렇죠. 하지만……."

"네? 아, 잠깐 사정이 좀 있어서요."

"그거라면 처리했어요. 네? 아, 그건… 흠, 알았어요."
잠시의 대화. 그녀는 통화를 마치더니 핸드폰을 끊었다.
"무슨 일이야?"
"아니, 그냥 좀 귀찮은 문제가 생겨서. 역시, 아무리 바빠도 전투기를 타고 오는 건 좀 경솔한 짓이었을지도."
"이보세요. 지금 설마 네가 한 걸 '좀' 경솔한 짓이라고 말할 생각은 아니겠지? 선전포고라도 일어나면 네가 책임질래?"
"시끄러워! 어차피 내 건데 타든 안 타든 무슨 상관이야?"
"심지어 네 거냐?!"
레이그란츠는 어이가 없다는 표정으로 유리아를 바라보았다. 전투기라는 건, 그리고 그중에서 최신예기 전투기라는 건 결코 호락호락한 물건이 아니다. 국가 단위에서도 한 대 늘리고 줄일 때마다 골머리를 썩여야 하는 판에 개인용 전투기라니? 물론 지금의 그는 전투기가 수십, 아니, 수백 대 이상 몰려와도 모조리 격추시킬 수 있는 존재지만, 그래도 전투기를 타고 왔다는 대목에서는 질릴 수밖에 없었다.
"좋아. 그럼 난 잠깐 여기 아저씨들하고 타협 좀 하러 다녀올 테니까 넌 수업이나 마저 들어. 알았지? 어디 가버리기라도 하면 경찰이고 군대고 다 동원해서 찾아낸다!"
그렇게 외치고 단숨에 몸을 돌려 교실을 빠져나간다. 그 당당한 움직임에, 그리고 운동장에 내려서 있는 전투기의 모습에 정신이 팔려 몰려들기 시작하는 시선들. 그리고 그런 시선들 사이에 생긴 틈을 타 레이그란츠는 교실을 빠져나왔다. 어차피 수업 시간도 끝나고 점심시간이다.
"흠, 아무래도 1년 정도 시간이 되돌려진 건가? 게다가 분위기를 보아하니 죽은 사람들은 힘하고 기억을 잃은 모양이네."
그는 걸어가면서 자신의 몸 상태를 체크했다. 느껴지는 것은 그의 전신세맥에 흩어져 있는 거대한 기운. 그렇다. 흩어져 있다. 무극(武極)을 행하는 순간 열렸던 상단전은 이미 닫혀 버린 상태지만 그의 내공은 하단전이나 중단전은 물론, 전신세맥에 넓게 퍼져 그의 몸 자체의 구성물처럼 자리 잡고 있다. 그의 몸에 내공이 있음에도 유리아가 감지하지 못한 것 또한 같은 이유. 그 세포 하나하나에 스며들어 있는 힘은 정말 어지간한 탐지 능력을 가지지 않은 이상 읽을 수 없는 종류의 것으로 변해 있었다.

"꽤 괜찮은데? 전신에 퍼진 주제에 운용도 꽤 자유로운 편이고."

지금은 이렇게 가라앉아 있지만 일단 끌어올리면 그 힘은 바다를 가르고 하늘을 부술 정도로 어마어마해진다. 게다가 전신세맥에 퍼진 힘은 그 자체만으로 24시간 전신주천을 하는 효과를 발휘하기 때문에 아무리 퍼다 써도 삽시간에 복원되고 좀 더 무리하게 사용해 한계에 달한다고 해도 잠깐의 운기면 완벽하게 회복된다. 이제 그의 내력은 무한(無限)은 아니더라도 무진장(無盡藏)에 가까워진 것이다.

"어이, 너 잠깐 서봐."

"응?"

뒤에서 부르는 목소리에 몸을 돌린다. 그에게 다가오는 것은 두 명의 학생. 레이그란츠는 그들이 누군지 잠시 생각하다가 이내 그들이 자신을 고등학교 1학년 때부터 계속해서 괴롭혀 왔던 인물들이라는 것을 깨달았다.

"호?"

하지만 그는 순간 놀랬다. 왜냐하면 자신이 순간 그들을 완전히 잊고 있었다는 사실을 깨달았기 때문이다. 그들은 그로 하여금 학교를 지옥으로 느끼게 할 정도로 그를 힘겹게 만들던 인물들인데 어느새 아무것도 아닌 잡것 같은 걸로 밀려 기억의 저편으로 사라졌던 것이다.

뭐가 그렇게 신나는지 씩, 하고 웃으며 레이그란츠를 앞뒤로 포위하는 두 학생. 그리고 그중 정원이 말한다.

"이야, 너 영어 잘하더라? 게다가 스페인어 삘 나는 말도 하나 더 하고. 아주 성공하겠어."

언뜻 칭찬 같지만 낄낄거리며 다가서는 분위기는 절대 칭찬하는 사람의 그것이 아니다. 하지만 그럼에도 친근하게 다가서며 그의 어깨에 팔을 두르는 정원. 그는 말했다.

"아까 그 여자랑 아는 사이냐?"

그렇게 말하자 드디어 용건을 알 것 같은 기분이 들었지만 별 상관 없이 대답한다.

"아, 뭐, 좀."

"어떤 사이인데? 애인?"

"그렇게 말하기는 좀 애매한데."

레이그란츠는 진심으로 고개를 갸웃거렸다. 물론 유리아는 미녀에 속하는 존재이고 언제나 붙어 다니는 관계이기는 했지만 그렇다고 해서 딱히 연인이라고 생각한 적은 없다. 굳이 말하자면 오히려 전우(戰友)에 가깝다고 할까? 그녀와 함께 있던 시간 중 반 이상은 항상 뭔가와 싸우고 있었으니까.

"호~ 그렇게 보이지는 않았지만 자기 입으로 애인이 아니라니 잘됐네. 그럼 나 그 여자랑 소개시켜 주라."

"응? 하지만 말도 안 통할 텐데. 그 녀석, 한국 말 모르고."

"아니, 별로 말이 통하든 안 통하든 상관없지. 넌 그냥 불러주기만 하면 돼."

"그런데 그 여자, 대체 어디서 알게 된 거야? 완전 쌔끈하잖아? 얼굴도 상당하지만 몸매가 완전… 혹시 모델 아냐, 모델?"

"게다가 제트기를 타고 온 걸 봐선 집안도 잘사는 것 같던데. 이야, 이거, 잘하면 완전 신세 펴겠다."

"어디로 부를까? 아예 형들도 불러서 동영상을 찍는 것도 괜찮을 것 같고."

신나서 낄낄거리는 두 학생. 그리고 그런 그들의 모습은 레이그란츠는 어이가 없다는 듯 바라보았다. 예전이라면 그들의 그 악독한 심성과 그런 뜻을 들으면서도 그들의 말에 따를 수밖에 없는 자신의 모습에 경멸과 자괴감을 느꼈겠지만, 이제는 상황이 좀 다르다. 그냥 그 한심한 인생에 한숨만 나오는 것이다.

"우와, 너희, 진짜 쓰레기는 쓰레기구나. 찐따 짓도 이쯤 되면 경지다. 대체 인생을 왜 그따위로 사는지 신기해질 지경이야."

"그래, 그 계집을… 뭐?"

아무렇지도 않은 어투에 한순간 그의 말이 담고 있는 의미를 깨닫지 못하고 멍청한 표정을 짓는 두 학생. 그리고 그런 그들을 향해 레이그란츠는 다시 말했다.

"쯧, 그 형들이라는 놈들도 그렇고, 너희도 그렇고… 대체 왜 이렇게 한심하냐. 너희가 이렇게까지 싸구려면 내 괴로웠던 시간도 덩달아 같이 싸구려가 돼버리잖아. 뭔가 아예 뒷세계에서도 통할 정도의 다크 포스를 풍기던가 아니면 불량배지만 그래도 양심이 좀 있는 캐릭터가 된다던가 하는 게 있어야지, 이건 뭐, 등신들이 모여서 깝치고 있으니."

쯧쯧, 하며 혀를 차는 그의 모습에 두 학생의 얼굴이 험악하게 변한다.

"하? 이 새끼가 완전히 미쳤… 나!"

말과 동시에 빽! 하고 정원의 주먹이 레이그란츠의 가슴을 후려친다. 하지만 후려침과 거의 동시에 큭, 하는 신음성과 함께 물러서는 정원. 그는 주먹을 부여잡고 인상을 찡그렸다.

"악! 이 자식, 너 가슴팍에 뭘 넣은 거야?"

하지만 말하면서도 그게 아니라는 것쯤은 알고 있다. 때는 초여름. 그리고 그렇기에 그들이 입고 있는 것은 하복(夏服)이다. 아무리 용을 써도 그 얇은 하복 뒤에 뭔가를 숨기는 것은 불가능하리라.

"뭐가 들었냐니. 갑빠?"

"이 자식이 무슨 헛소리를……."

인상을 찡그렸지만 그럼에도 아무것도 없다는 것은 확실. 하지만 그렇다면 바위를 후려친 것 같은 이 느낌은 뭐란 말인가? 하지만 그가 황당해하거나 말거나 레이그란츠의 얼굴에는 미소가 가득하다.

"아아, 그래. 기억을 잃었단 말이지?"

성큼성큼 걸어 두 학생에게 다가서는 레이그란츠와 불길한 느낌에 한 발짝 물러서고 마는 두 학생. 그리고 그런 그들을 향해 레이그란츠는 주먹을 들어 올리며,

"일단 좀 맞자."

씩, 하고 웃어준다.

Part 2

눈을 뜬 소녀는 멍청한 표정을 지었다. 등 뒤로 느껴지는 것은 따스한 햇볕에 기분 좋게 달궈진 콘크리트의 감촉. 그녀는 잠시 멍하니 있다가 자신이 누워 있는 장소가 학교 옥상이라는 것을 깨달았다.

"…어?"

혼란스러워한다. 아니, 고등학교를 졸업한 지가 대체 언제인데 여기에서 깼단 말인가? 물론 망할 놈의 마족들 덕택에 제대로 된 대학 생활은 별로 즐기지도 못한 상태였지만 그래도 그녀는 대학생이었다. 게다가 그녀가 기억하기에, 그녀의 학교는 몇 번의 전투로 이미 쑥대밭이 된 상태다. 아무리 생각해도 이 멀쩡한 주위의 모습은 정상이 아니라는 말인 것이다.

"이게 대체……."

몸을 일으켜 주변을 둘러본다. 그곳은 틀림없이 작년까지 그녀가 매일

등교하던 학교. 너무나 따분하고 지겨워 언제나 빠져나가고 싶다 생각했던 공간.

"흠, 이 시간대라면 틀림없이 수업이 진행되고 있을 텐데. 이게 그 유명한 땡땡이라는 거냐?"

"우왁?!"

갑자기 들려온 목소리에 비명을 지르며 물러서는 은영. 하지만 그녀의 뒤에 서 있던 중년의 사내는 아무래도 상관없다는 듯 말한다.

"좀 조용히 하는 게 좋을 것 같군. 나야 은신이 가능하니 아무래도 상관없지만 이렇게 낮잠을 자던 모습을 누구에게 보이는 건 그렇게 좋지 않은 일일 테니까."

"체, 체르멘 아저씨?"

"그냥 체르멘이라고 해도 상관없다. 하지만 날 알아보는 걸 보니 기억은 그대로인 모양이군."

"기억이라니, 무슨 말인지 전혀 모르겠는데."

"간단한 말이지. 네 녀석의 대단하신 오라버니께서 신 나리를 쓰러뜨리고 싸움을 종식시켰다. 하지만 싸움이 끝났다 해도 지구 자체가 이미 괴멸 지경인지라 아군이라 할 수 있는 신 중 하나가 시간을 뒤로 돌려 마족들이 쳐들어온 사실 자체를 없던 일로 한 거지."

"헤, 그것참."

판타지스럽군요, 라고 중얼거리기는 은영. 하지만 별로 놀라지는 않는다. 그냥, 그녀의 오빠가 더 먼 곳으로 가버렸다는 사실만을 다시 실감했을 뿐. 하지만 아무리 그래도 신을 쓰러뜨리다니.

"에구, 그래, 그럼 그 대단하신 오라버니는 어디에 계시죠?"

"나도 정확히는 모르겠군. 녀석의 말로는 찾을 게 있어서 한동안 이 세계를 떠나 있겠다고 하던데."

"에, 그럼 오랫동안 못 보는 건가요?"

"글쎄, 종종 찾아온다고 했으니 오겠지."

"그럼 다행이겠지만 이거야 얼굴 한번 안 비추고 가버리다니."

은영은 투덜거리면서 다시 자리에 누웠다. 시간이 과거로 돌아갔다고 해서 수업에 들어갈 생각은 추호도 없다. 그 시시하기만 한 수업에 또다시 들어갈쏘냐? 혼자 피식거린 그녀는 체르멘이 뒤에 서 있거나 말거나 눈을 감았다.

그리고 눈을 떴다.

"어, 그러고 보니 1년이 되돌려졌으면 수능 다시 봐야 하네?"

"수능?"

잘 모르겠다는 표정으로 고개를 갸웃거리는 체르멘. 물론 그는 인터넷에 접속해 수많은 정보를 얻어 현대인과 크게 다르지 않은 상식 수준을 가지고 있었지만 그럼에도 그렇게까지 완벽한 수준은 아니었으니까. 은영은 설명했다.

"수학 능력 시험이라고 있어요. 전국 학생들이 치르는 시험. 저 그거 한 번 본 적이 있어서 답 다 기억하거든요? 근데 그걸 또 보는 거예요. 훗, 전에 열 문제나 틀렸는데 이번엔 만점 나오겠네."

아, 신난다, 라는 표정으로 싱글벙글한 표정을 짓고 있는 은영의 모습에 다시 고개를 갸웃거리는 체르멘. 그는 물었다.

"흠, 잘은 모르겠지만 그 수학 능력 시험이라는 거에서 열 문제만 틀렸다면 충분히 잘한 거 아닌가?"

"아니, 뭐, 그렇다면 그렇긴 한데, 열 문제 틀린 거하고 전 과목 만점은 차원이 다르니까요. 열 문제 틀린 사람은 저 말고도 꽤 많았고 매년 상당수 나오는 수준이지만 전 과목 만점자는 흔치 않거든요? 실제로 올해엔 한 명도 없었고. 아, 나 막 뉴스에 나오고 그러면 어쩌지~"

헤헤, 하고 몸을 일으키는 은영. 그리고 그런 그녀를 향해 체르멘이 말한다.

"아, 그리고 말인데."

"네?"

"나 지낼 곳이 없다."

"에?"

한순간 멍청한 표정을 짓는 은영에게 체르멘은 다시 말했다.

"밀레이온 녀석한테 네 신병을 부탁받았지. 하지만 지낼 곳이 없군. 너희 부모는 기억을 잃어서 찾아가기도 좀 애매하고. 그러니까 일단은 네 수완에 기댈 수밖에 없다."

"하지만."

"대신 호위는 확실하게 하지. 지금의 나와 파 시어라면 어지간한 국가와 싸워도 지지 않아."

"…아니, 별로 그렇게까지 위험한 삶을 살 생각은 없는데요."

어이없는 대답에 한숨 쉬는 은영. 하지만 그러다 문득 궁금해져서 묻는다.

"아! 그러고 보니 파 시어는 지금 어디 있죠?"

"모른다. 또 어디에 짱 박혀 있는 건지."

"하하."

은영은 투덜거리는 체르멘의 모습에 그와 같이 지내는 것도 꽤 재미있을지 모른다는 생각을 했다. 그는 장인으로서 곧은 신념을 가진 자. 그런 그가 곁에 있으면 도움이 되면 되었지 해가 될 것 같지는 않았으니까. 게다가 마침 그의 외형도 외국인이니 건영이 소개하고 간 외국인이라고 하면 신원에도 별문제는 없을 테고 말이다. 그리고 무엇보다, 전신에서 중화기를 꺼내 탄막을 펼칠 수 있는 위험 인물을 시야 밖에 내놓고 다닐 정도로 그녀는 담이 크지 못했다.

"좋아요. 그럼 바로 집에 갈까요?"

"수업은?"

"후후, 어차피 수능 만점자. 내신 좀 까이는 것 따위 두렵지 않답니다~"

자신만만하게 미소 짓는 은영. 그리고 그렇게 웃고 있는 그녀의 목에서는 은색의 팬던트가 햇빛을 받아 반짝이고 있었다.

Part 3

"이쪽으로 차! 패스, 패스!"
"좋아! 그대로 달려!"
운동장에서는 한창 축구가 진행되고 있다. 신나게 뛰어다니는 아이들. 그리고 그런 아이들 사이로 독보적으로 눈에 띄는 소년이 있다.
팡!
거의 쏘아진다고 해도 좋을 정도로 번개 같은 드리블. 그는 자신을 막아서는 수비수들을 아무렇지 않게 지나쳐 슈팅했다. 그 난데없는 공격에 골키퍼는 깜짝 놀라 손을 뻗었지만, 공은 부드럽게 휘어 골대의 모서리에 틀어박힌다.
철썩!
"골인!"
"우와! 뭐냐, 저 사기는! 아무리 잘해봤자 초딩인데 무슨 공이 저렇게 휘어?!"

"천재인가! 마라도나의 화신인 건가!"

"와, 너무 오버하지 마. 공이야 차다 보면 휘기도 하는 거지."

호들갑 떠는 친구들의 모습이 부담스러웠던 건지 너털웃음을 짓는 흑발의 소년. 그리고 그런 그를 바라보는 한 무리의 소녀들이 있다.

"멋져……."

그곳은 운동장이 한눈에 보이는 창가였다. 그리고 거기에 모여 있는 열댓 명 정도의 여학생들. 그녀들은 하나같이 풀린 눈동자로 인범의 모습을 보고 있다.

"아아, 진짜 한숨밖에 안 나온다. 너무 잘생긴 거 아냐?"

"진짜 짱이야. 인범이 같은 미소년이랑 같은 학교라니."

인범은 학교에서도 유명 인사였다. 뛰어난 운동신경과 뚜렷하면서도 여린 이목구비는 외모 지상주의의 사회에서 아무래도 눈에 띌 만한 종류의 것이었으니까.

"하지만 공부는 좀 못한다던데."

"성적이 무슨 상관이야? 저 정도 외모면 아이돌을 해도 어지간한 어른보다 훨씬 돈 많이 벌걸? 아니, 저 운동신경을 살리면 세계적인 스포츠 스타가 될지도 모르고!"

"맞아! 게다가 인범이는 성적은 나빠도 말하는 거나 처세술 같은 게 뛰어난걸!"

"말하자면 지능은 떨어지지만 지혜는 높은 캐릭터?"

"응, 그런 느낌!"

"하지만 그래도 장래를 생각하자면 머리는 좋은 편이 나은데……."

정작 본인이 들으면 화낼지도 모를 만한 말들을 아무렇지도 않게 나누는 소녀들. 그리고 그때 시합을 마친 인범이 근처에 있던 여학생에게 생수 한 통을 받았다. 마침 덥던 차에 받은 생수에 고맙다 인사하고 한 모

금 들이켜는 인범. 하지만 그럼에도 덥다고 느낀 것일까? 인범은 생수통을 머리에 통째로 들이부었고,

"꺄아아아악♡♡♡♡♡!!!!!"

"짱이야! 정말 짱! 머리칼이! 젖은 머리칼이……!!"

"성적이 낮아? 지능이 어째? 모두 닥쳐! 인범이 까면 무조건 사살이라는! 그냥 숭배하라는!!"

패닉에 빠져 꺅꺅거리는 여학생들. 그리고 그러다 문득 정신을 차린 것일까, 그들 중 한 여학생이 일어나 선언한다.

"아, 이참에 미리 말해두지. 인범이는 내 거다."

"뭣?! 저건 원래 내 거였어!"

"하! 어디서 돼지 녀석이 껴드나요."

"돼지라니! 난 육감적인 몸매를 가지고 있는 것뿐이야, 이 절벽아!"

"저, 절벽! 내가 왜 절벽이야! 난 아직 어리고 앞으로 얼마든지 클 수 있어! 매일 우유도 먹고 있는걸!"

"흥! 단지 우유를 마신다고 가슴이 커진다면 글래머 천지겠지. 세상에는 아무리 노력해도 안 되는 일이란 게 있는 법이야!"

"뭐가 어째?!"

"헹! 불만있으면 덤벼!"

정작 본인은 신경도 안 쓰고 있음에도 티격태격거리며 싸우는 여학생들. 그리고 당연하게도 그녀들에 대해서 눈치채지 못한 인범은 친구들과 작별 인사를 나누고 가방을 챙겼다. 수업도 끝났겠다, 바로 집으로 가기 위함이었는데, 뜻밖에도 교문에는 마중을 나온 사람이 있었다.

"엑, 외국인? 저 누나는 누구야?"

"예쁘다. 영화배우인가?"

늘씬한 몸매에 바닷물을 그대로 담아놓은 게 아닐까 싶을 정도로 선명

한 청색을 지닌 머리칼. 일반적으로, 아니, TV에서조차 보기 힘들 정도로 아름다운 여인의 모습에 학생들은 숨을 죽인 채 수군거렸다. 아름다움이라는 건 어느 나이대, 어느 장소에서나 먹혀들어 가는 것이니까. 그리고 그렇게 사람들의 숨을 죽이게 한 청발의 여인은 가방을 멘 채 걸어 나오고 있는 인범을 똑바로 바라보며 손을 들었다.

"여기다, 주인."

"주, 주인?!"

충격과 공포. 아이들의 표정을 다섯 자로 줄이면 딱 그렇게 정리되리라.

"아, 그렇게 부르지 말라고 했잖아, 하멜."

"…잘 모르겠군. 주인을 주인이라 부르는 게 잘못된 건가?"

"우우, 내가 미친다니까 정말."

한숨 쉬는 인범. 그리고 그를 바라보던 여학생들은 침묵에 빠져 있다.

"아… 아?"

"맙소사."

이쪽도 반응은 충격과 공포. 물론 그녀들이 놀란 건 주인이라는 단어 때문이 아니다. 사실 그녀들의 위치에서 하멜의 목소리는 전혀 들리지 않았으니까. 오히려 그녀들을 경악하게 만든 것은…….

"무, 무슨 가슴이."

"수, 수박."

그렇다. 가슴, 가슴이었다. 그것은 그녀들로서는 상상조차 못했던 사이즈. 그리고 그녀들은 그 여인의 손을 잡고 사라지는 인범의 모습에 부들부들 떨었다.

"이, 인범이는 저렇게 성숙한 쪽이 타입이었단 말인가?"

"우, 우유를 두 배, 아니, 세 배 이상 마시지 않으면……."

고뇌는 필사적이다. 물론 그렇다곤 해도 다 쓸모없다는 게 사실이기는 하지만.

"마중 나올 필요없다고 했잖아."
"심심했다. 게다가 이 모습은 인간과 흡사하니 다른 사람들한테 보여도 상관없지 않나?"
"아아, 내일 학교에 무슨 소문이 돌지… 우으……."
울고 싶다는 표정으로 이마를 부여잡는 인범. 하지만 그는 이내 진정하고 묻는다.
"그런데 그 몸은 괜찮은 거야? 지금은 원공진화력이 유지되고 있는 것도 아니라서… 넌 환왕이 아닐 텐데."
"형태만 빌려오는 거라면 어렵지 않다. 물론 이 상태에서는 힘이 제약돼 최상급 환수로서 힘의 80%밖에 발휘하지 못하지만, 어차피 이곳은 전투를 벌일 일이 없으니까."
"그래도 제약되는 건 사실이니 답답할 텐데."
걱정된다는 인범의 목소리에 하멜은 한숨 쉬었다.
"나도 인간 세계에 대한 상식 정도는 있다, 주인. 아무래도 커다란 늑대나 사자 같은 모습을 가지고 주인의 집에 머물면 눈에 띠니까 알아서 대처하는 것뿐이고."
'…그 모습도 눈에 띄는 건 마찬가지지만.'
마음속의 말을 삼키며 하멜의 옆을 걷는다. 그리고 당연하다는 듯 모이는 시선. 하지만 그래도 인범은 신경 쓰지 않았다. 하멜은 미녀의 외향을 가지고 있으니 시선이 모이는 건 어쩔 수 없는 일이라 생각했으니까. 그 시선들이 주로 가슴에 모이는 것도 어쩔 수 없다고 생각했다. 하지만 시선이 가슴에서도 더 한정적인, 그것도 그 가운데 있는 돌출부(?)에 모인다는 걸 알았을 때는…….

"……!"

노브라였다!!

"왜 그러나, 주인?"

"와악! 와아악! 너, 왜 속옷 안 입었어?!"

"아, 그 천 쪼가리라면 작아서 버렸다. 답답해. 왜 그런 걸 걸쳐야 하는지 이해를 못하겠군."

"그, 그야 가슴이 처지기도 하고……."

야하잖아! 라는 말을 차마 못해 버벅이는 인범. 하지만 하멜은 그런 그의 말에 어이없다는 듯 웃었다

"색다른 헛소리군. 이 몸은 단백질이 아닌 영력의 덩어리라는 걸 벌써 잊은 건가? 바보인 게 하루 이틀 일은 아니지만."

"시끄러! 시끄러! 하여튼 속옷을 안 입으면 나 소환 취소한다!"

"마음대로 해보시지. 하지만 명심해라, 주인. 난 이미 왕좌(王座)에 올라 일반적인 소환수들과는 달라. 일단 한번 강제 송환당하면 난 두 번 다시 네 녀석의 소환에 응하지 않을 테니까."

"우와! 뭐 이런 막돼먹은 소환수가 다 있나요!"

기가 막혀 입을 다물지 못하는 인범. 하지만 하멜은 그러거나 말거나 성큼성큼 걸어나가 한 상점 앞에 선다. 그곳은 아이스크림 전문 판매점. 그녀는 말했다.

"사라, 주인."

"돈 없어."

"여기서 빙정을 만들면 과연 몇 명이나 죽을까……."

"…산다, 사. 제길, 초딩인 내가 돈이 어디 있다고 자꾸 털어."

용돈도 슬슬 바닥이라며 투덜거리는 인범의 모습에 하멜은 고개를 갸

웃거렸다.

"응? 분명 주인은 부자였던 걸로 기억하는데?"

"인벤토리에 금화랑 보석이 잔뜩 쌓여 있으면 뭐 해. 나 같은 어린애가 이걸 팔러 갔다가는 먼저 경찰서에 끌려갈걸."

홀쩍, 요즘 금값 장난 아니라던데. 금 모으기 같은 데라도 가봐야 하나, 라고 중얼거리면서도 결국 아이스크림을 사는 인범. 그리고 하멜은 그런 아이스크림을 만족스러운 표정으로 먹다 문득 묻는다.

"그런데 어쩔 건가, 주인. 다른 마스터들도 몇 살아남은 것 같은데, 만나볼 생각은?"

"됐어. 살다 보면 어떻게든 만나게 되겠지. 누가 누가 살아있는지도 잘 모르겠는데 뒤지기도 귀찮고."

"하지만 쓸쓸하지 않나? 다른 마스터들을 만나지 않는 이상 그 1년간의 기억을 가진 게 주인뿐일 텐데."

일리있는 말. 하지만 인범은 뭐 어떠냐는 듯 어깨를 으쓱였다.

"응? 아, 다른 마스터들이야 그럴 수도 있겠지만 나는 아니지. 나한테는 너희가 있는걸. 뭐, 이지스 녀석은 너무 과묵해서 대화하기도 어렵지만."

"훗, 그런가?"

부드럽게 웃는 하멜의 웃음에 그녀를 바라보고 있던 사내들은 물론 여인들까지도 순간 얼굴을 붉힌다. 그만큼 그녀의 모습이란 매혹적인 것이었으니까. 그녀의 웃음에 홀리지 않은 건 아직 어린 인범뿐이었다.

"뭐, 어쨌든 앞으로도 잘 부탁해, 하멜. 오랫동안, 어쩌면 평생을 같이 할지도 모르는 나의 파트너."

"그것도 좋겠지. 뭐, 그런 기념으로……."

어느새 아이스크림을 다 먹은 하멜이 정면에 있는 진열대를 가리킨다.

이번에는 케이크였다.
 "사라, 주인."
 "아, 쫌!"

Part 4

딸각.

쟁반을 든 채 문을 지난다. 두 손 모두 쟁반을 잡고 있느라 문을 열기에는 힘들 텐데도 팔꿈치로 능숙하게 문을 여는 여인. 그 자연스러운 동작은 이미 그녀가 같은 자세로 수없이 많이 그 문을 지났다는 것을 알려 주고 있었다.

"후우……."

그러다 문득 한숨을 쉰다. 왜냐하면 또 이 식사를 먹이기 위해 한바탕 난리를 쳐야 한다는 걸 알고 있었으니까. 그녀의 하나뿐인 아들은 언제나 그랬듯이 내밀어진 죽 앞에서 고개를 흔들 것이다.

"정말… 안 되는 걸까?"

그녀의 아들이 아프기 시작한 건 아이가 겨우 다섯 살일 때부터였다. 즐겁게 뛰어놀던 아이가 갑자기 혼절하는 모습에 얼마나 놀랐던가. 그녀가 너무 이른 나이에 아이를 가졌고, 또 임신 기간에 몸조리를 잘못했기 때문일까? 아이의 몸은 천성적으로 약해 병이란 병에는 모두 시달리며 살았다. 심장이 약해 함부로 움직이지 못하고, 폐가 약해 대기가 오염된 도시 근처에도 가지 못한다. 언제 끊어질지 모르는 생명을 불안하게 이어나가야만 하는 삶. 그리고 그 때문일까? 그녀의 하나뿐인, 그리고 세상 그 무엇보다도 사랑스러운 그녀의 아이는 10살이라는 어린 나이에 미래에 대한 모든 희망을 접어버렸다.

식사도, 운동도 거부한 채 언제나 침대에 누워 하늘만을 바라보는 소년. 그리고 그렇기에 그녀는 화를 냈다. 당장 처먹지 못해?! 자꾸 엄마를 화나게 할 거야? 너 대체 어쩌려고 이러니?! 죽기라도 하겠다고?

소년은 긍정하지 않았다. 하지만 그렇다고 부정하지도 않았다. 그냥 언제나 그랬듯 슬픈 표정을 떠올리는 그의 모습을 볼 때마다 미란은 울음을 터뜨릴 것만 같은 절망을 느끼면서도 다시 화를 내야만 했다. 그렇지 않으면 언제나 하늘에 떠 있는 태양만을 훔쳐보는 그녀의 아이가 옛날 해바라기 꽃이 되었다는 이야기의 주인공처럼 되어버릴까 두려웠기 때문이다.

"후."

문 앞에 도착해 다시 심호흡한다. 이번엔 한숨이 아닌 기합의 의미. 그렇게 그녀는 잠시 숨을 고르다가 그대로 문을 박차고 방 안으로 들어섰다.

"일어나! 또 밥 안 먹는다고 징징 짜며… 언?"

기세 좋게 소리치다 말끝을 흐린다. 보이는 것은 창가에서 햇빛을 받고 있는 흑발의 소년. 하지만 그녀는 자신의 눈을 의심했다. 왜냐하면 소년이 자신의 다리로 서지 못하게 된 지 어느새 10개월이 지난 상태였기 때문이다. 그녀 말고 다른 간병인이 없는 상황에서 그가 창가에 선다는 건 현실적으로 불가능한 일인 것이다.

"오셨어요?"

대답과 함께 지어지는 미소는 그녀가 지금까지 단 한 번도 보지 못했던 것. 하지만 그녀는 멈칫거리기만 할 뿐, 감히 그에게 다가서지 못했다. 하늘 높은 곳에서부터 쏟아져 내려와 그의 어깨 위에서 부서져 내리는 햇빛. 날마다 정리하고 청소함에도 퀴퀴하던 방 안은 마치 아름다운 스테인드글라스가 반짝이는 성당 안처럼 변해 있다. 물론 실제로 뭔가가 바뀐 것은 아니다. 단지, 그가 창가에 서 있는 것만으로 방 안은 고요와 경이로 가득 차 있는 것이다.

"너… 대체……."

"언제나 원망스러웠어요."

말한다. 예전과 달리 너무나 건강하고 생기 가득한 목소리.

"내가 무슨 잘못을 했는지 이해할 수 없었거든요. 왜 나만 이럴까 하는 생각도 했었고."

그렇게 말하며 천천히 걷기 시작한다. 빠르지는 않지만 흔들림조차 없는 걸음걸이를 믿을 수 없다는 듯 바라보는 미란. 그리고 로안은 그런 그녀에게 다가서 그녀의 몸을 살며시 껴안았다.

"너… 대체 어떻게……."

한참 작은 키를 가지고 있어 약간은 우스꽝스러운 형태가 되어버렸지만 그럼에도 그녀의 몸을 감싸는 로안. 그리고 그는 그대로 정말 오랫동안 말하지 않았던 진심을 고백했다.

"저도 사랑해요, 엄마."

"아, 아니. 나, 나는……."

결국 참지 못하고 눈물을 쏟아낸다. 하염없이 눈물을 쏟다 소리없이 쓰러지는 미란. 로안은 가볍게 그녀를 들어 올려 침대에 눕혔다. 물론 어린 소년에 불과한 그가 여자라고는 하나 성인인 미란을 들어 옮기는 건 상당히 어려운 일이어야 하지만 그는 마스터 급 유저. 비록 간접계 직업인 신관이기에 비현실적인 근력을 가지고 있지는 않았지만 그래도 기본 스텟이 어디로 가는 건 아니기 때문에 어지간한 성인 남성보다 훨씬 강한 힘을 가지고 있다. 어쨌든 일루젼에서는 레벨 1의 능력치가 일반 성인 남성을 기준으로 하니까.

"와, 몸 상태가 말이 아니시네. 그만큼 내가 고생시켰다는 걸까나."

중얼거리며 미란의 머리를 가볍게 쓰다듬자 오랜 간병 생활로 창백하던 그녀의 얼굴에 혈색이 돈다. 이제 그녀는 건강하다. 아니, 그가 곁에 있는 한 천수를 다할 때까지 감기 한 번 걸리지 않으리라.

"웃차."

침대 위에 미란을 올려놓고 다시 창가에 선다. 창밖에 보이는 것은 푸르른 하늘과 그 위에서 빛나는 태양.

과거 그는 언제나 그 태양을 바라보려 애썼다. 드넓은 하늘 위에서 온 세상을 밝게 비추는 그 눈부심을 동경했기 때문이다.

"날씨 좋다."

하지만 그는 눈을 내려 태양이 아닌 땅을 본다. 웃으며 뛰어놀고 있는 아이들, 서로 사랑을 속삭이는 연인, 자식의 손을 잡고 나들이를 나온 어머니와 아들.

빛, 빛, 온통 빛뿐이다. 이제 그는 안다, 빛은 단순히 하늘 위가 아닌 세상 어디에나 존재한다는 것을.

"세상은 이렇게 빛으로 가득해요."

너무나도 즐겁게 웃으며 그는 먼 곳에서 느껴지는 자신의 신에게 말했다.

"그렇게 생각하지 않나요, 다리안?"

Part 5

"누나~! 3번 테이블에 용어탕(龍魚湯)이요!"

"응."

고개를 끄덕이고 석재로 만들어진 커다란 냄비를 나른다. 그 냄비는 무려 2미터에 달하는 지름을 가지고 있는데다 냄비 자체의 무게에 내용물의 무게까지 더해져 무려 1톤(!)에 달하는 무지막지한 물건. 게다가 내용물이 팔팔 끓는 만큼 맨손으로 만질 만한 물건이 아니었지만 키리에는 냄비의 끝만을 잡고 거짓말처럼 가벼운 발걸음으로 식당 내부를 가로질렀다.

"주문하신 요리 나왔습니다."

"그러니까!"

테이블 위에 앉아 있는 고양이가 버럭 소리를 지른다.

"몇 번을 말해야 하는 거죠? 이미 용족의 마법은 4문명에 들어서 있을 텐데요. 과학까지 탐낸다는 건 지나친 욕심 아닙니까?"

"훙, 능력껏 한다는데 뭐가 문제인가. 게다가 그건 너희 역시 마찬가지 아닌가, 마도 3문명?"

 "저, 저기, 모두 진정하시는 게……."

 테이블에는 전혀 다른 외양의 존재가 넷 앉아 있다. 먼저 테이블 좌측에 앉아 있는 건 앉은키만 해도 3미터에 가까운 용족. 용인(龍人)의 형태를 하고 있음에도 풍기는 기세가 보통의 아닌 것으로 보아 아마도 대단히 강력한 고룡[Ancient Dragon]일 것이다. 그리고 그와 언쟁을 하고 있는 것은 고아한 분위기의 하얀 털을 가지고 있는 고양이. 물론 그건 그냥 고양이가 아니다. 그건 프라야나(prajna)라고 불리는 종족으로, 용족에 맞먹는 몇 안 되는 초월 종 중 하나. 드래곤처럼 강대한 마력을 가지고 있지는 않지만 그럼에도 빼어난 지능과 슈퍼컴퓨터를 간단히 넘어서는 괴물 같은 기억력을 가지고 있는데다 태어날 때부터 어지간한 중급 미족은 간단히 눌러 죽일 수 있을 정도의 초능력을 발휘하기 때문에 우주에서도 강대한 세력 중 하나다.

 "하하하, 그만들 흥분하시고 원래 의제로 돌아와 주셨으면 하는데."

 그리고 한쪽에서 헛웃음 짓고 있는 건 인간이다. 물론 지구에 살고 있는 그 인간은 아니다. 키리에가 이 식당에서 일하면서 가장 놀랐던 게, 지구 말고도 인간이 꽤 많다는 것이었다.

 어엉? 그럼 설마 지구에만 인간이 있다고 생각한 거냐? 외계인은 문어라든지 오징어처럼 생기고? 아서라. 외계인도 지구인도 다 한 놈이 만든 거라 생긴 게 거기서 거기야. 물론 살아오면서 진화의 형태를 다르게 밟아서 크게 달라진 녀석들도 있지만 기본형은 다 똑같아. 지구에 고양이 있지? 개도 있지? 다른 별에는 그런 동물들이 훨씬 더 고등 수준으로 진화했을 수도 있지. 마찬가지로 인간이 너희보다 더 미개할 수도 있고.

[거기, 인간.]

이런저런 생각을 하고 있을 때 의자 위에 떠 있는 빛덩어리가 키리에에게 말을 건다.

'에, 그러니까 이 녀석은 종족명이……'

기억이 안 난다. 하지만 대략적인 특징은 기억하고 있기에 침착히 답한다.

"예, 무슨 일이시죠?"

이런 말투는 취미가 아니다. 그러나 시키면 해야 하는 게 종업원의 운명.

[노을을 좀 가져다줘. 이것들은 내가 먹을 수 없군.]

"예, 잠시만 기다리십시오."

하지만 그렇게 말하고 돌아서는 키리에의 머릿속에는 의문만 가득하다.

'노을? 노을을 먹겠다고? 노을이 뭐지? 설마 저녁노을의 그 노을인가?'

의아해하며 주방으로 들어선다. 주방에서는 도현이 뭔가 압력밥솥 비슷한 기구를 조작하고 있다.

"도현, 저 윌 오 위스프(Will O' Wisp)같이 생긴 녀석이 노을을 달라고 하는데?"

"지금 다 됐어요. 어차피 녀석 취향이야 알고 있으니까."

그렇게 말하는 순간 피쉭— 하고 압력밥솥 비슷한 물체에서 김이 뿜어져 나온다. 그리고 뚜껑이 열리자 그 안에서 나온 것은…….

"…진짜 노을?"

손바닥만 한 빛무리에 할 말을 잃어버린다. 그건 진짜로 그녀가 저녁

하늘에서 봐오던 빛깔. 도현이 말했다.

"켄딜러 성인들은 체내에서 핵융합을 일으켜 에너지로 삼기 때문에 진짜로 뭘 먹지는 않아요. 일종의 정신체 비슷한 녀석들이거든요. 다 기분 문제지."

그렇게 말하며 노을을 가볍게 손으로 주무르자 사과 모양으로 변한다. 영롱하게 빛나는 그건 음식이라기보다 마치 고급 보석인 것 같다.

"그나저나 복장이 그게 뭔가요?"

"응?"

키리에는 한복을 입고 있다. 그건 한 달 전 도현에게서 받았던 옷. 그러나 도현은 화를 냈다.

"그거 이미 시일이 지났다고 했잖아요! 이제 이 옷을 입으라니까!"

손으로 가리키는 옷은 차이나 드레스. 하지만 그 옆트임은 좀 부담스럽다. 게다가 가슴과 등 부분이 좀 심각하게 파인 물건이 아닌가?

"아, 안 돼."

"왜 못 입겠다는 거죠?"

"차, 창피해, 이런 옷은……!"

"그러라고 입는 거라고요!"

"뭐!"

손을 휘두르자 공간이 열리고 설영이 그녀의 손에 잡힌다. 그리고 그 모습에 도현의 눈썹이 꿈틀거린다.

"오! 칼은 왜 꺼내죠? 싸우려고?!"

"아, 아니, 그냥 화가 나서."

"종업원이 화가 난다고 칼을 꺼내다니! 허! 말세야. 부탁하고 부탁해서 써주는 건데 고마운 줄 모르고! 혹, 내가 더 약하기라도 했으면 휘둘렀겠네! 아, 진짜. 나 서러워서."

"……."

능청을 떠는 그의 모습에 부들부들 떤다. 그렇다. 신들이 경영하는 식당. 십이지객잔에서 일하게 해달란 건 그녀였다. 단순히 단련만 해서는 벽을 넘기 힘들다는 걸 깨달았기 때문이다. 하물며 파니티리스도 아니고, 라비린토스도 아닌, 지구에서 수련을 할 만한 장소는 어디에도 없다. 실력이 오히려 퇴보하지 않으면 다행인 것이다. 그리고 그렇기에 좋은, 아니, 좋은 정도가 아니라 심하게 뛰어난 이곳 신들에게 교육을 받을 수만 있다면 약간의 알바 정도야 괜찮다고 생각했는데…….

"그, 그러니까 다 한다고 했잖아. 그냥 이 복장으로……."

"인테리어 담당으로서 참을 수 없는 일이에요! 종업원은 가게를 꾸밀 수 있는 화사함이 되어야 한다고요! 솔직히 누나, 안 예뻤으면 짤 없었거든요? 무려 신들의 강의를 받는데 이 정도는 해야죠!"

맞는 말이었기에 사정없이 밀리면서도 간신히 입을 여는 키리에.

"그, 그건… 다, 다른 대가는 안 돼?"

"뭐요?"

"돈… 이라든가."

그의 말에 도현이 피식하고 웃는다.

"금."

툭.

"다이아몬드."

툭.

"미스릴."

툭.

말과 함께 아무것도 없던 빈 허공에 귀금속과 보석이 나타나 떨어진다. 어디서 가져온 게 아니다. 그것은 일종의 물질 창조(物質創造). 십이

지신 중에서도 제일의 권능이라고 할 수 있는 서신의 힘. 그리고 그런 기적을 당연하다는 듯 일으킨 도현은 다시 피식하고 웃었다.
"장난?"
"……."
할 말이 없다. 세상 누가 있어 그에게 돈으로 값을 치른단 말인가?
"당장 갈아입고 손님께 메뉴 갖다 드리세요."
"아, 저……."
"Now."
"…훌쩍."
자신의 처량한 신세에 서글픔을 느끼며 옷을 갈아입고 캔딜러 성인에게 노을을 가져다준다.
[고맙군.]
그렇게 말하며 노을을 바라보자 노랗게 빛나던 노을이 점점 불그스름해지기 시작한다. 잘은 모르겠지만 저게 식사 과정인 모양이다.

"수고하셨습니다!"
영업 종료 시간. 키리에는 심하게 하늘하늘거리던 드레스를 당장 벗어버리고 청바지와 티셔츠를 입었다.
"아아, 오늘도 보람찬 하루."
"수업은 언제지?"
"우와, 지금 막 끝났는데. 1시간만 쉬다가 훈련장으로 나갈게요."
늘어지게 한숨을 쉬며 건물 안으로 들어가는 도현을 두고 키리에는 방문 중 하나를 열었다. 문은 틀림없이 보통 문이었지만 문을 열자 나온 곳은 거대한 설산이다.
"후우……."

차가운 냉기가 가득한 공간이지만 키리에는 아무렇지 않게 걸었다. 그녀의 발아래는 허벅지까지 푹푹 파일 정도로 눈이 쌓였지만 걸어가는 그녀의 뒤로는 발자국 하나 없다.

우어엉—!

눈발을 헤치며 거대한 곰이 모습을 드러낸다. 그것도 보통 곰이 아니다. 신장이 무려 6미터에 이르는 괴물 곰. 그러나 그 순간 키리에의 엄지손가락이 검의 손잡이를 살짝 밀어냈고, 그에 따라 설영의 칼날이 살짝 드러난다.

키잉!

한순간, 뭔가 갑자기 시원함을 느낀 곰은 몸을 멈췄다. 경험한 적 없는 느낌이다. 마치 설원의 찬바람에 무방비로 노출된 것 같은……

후두둑.

새하얀 털이 새하얀 눈 위로 떨어진다. 어느새 괴물 곰은 알몸으로 설원에 서 있다. 어이없게도 온몸에 있는 털이 몽땅 잘려 나간 것이다. 심지어 눈꺼풀마저 남은 게 없다.

피쉭!

가슴 부분, 얼굴 부분, 그리고 등 부분에서 살짝 피가 튄다. 작은 검상이 세네 개 정도 나 있어 털을 깎아낸 것이 검이라는 것을 알려주고 있다.

우엉! 우엉! 우엉!

처절한 비명을 지르며 도망가는 괴물 곰. 그리고 그 모습에 키리에는 한숨 쉬었다.

"또 상처가 나다니. 아직도 멀었군."

오히려 얼굴이나 겨드랑이 사이같이 깎기 어려운 부분보다 가슴이나 등 부분에 더 쉽게 상처가 났다. 방심하기 때문일까, 하고 투덜거리며 계속 걸어가는 키리에. 여전히 눈 위에는 발자국 하나 남지 않는다.

"뭐, 실력이 나아지고 있는 것 같기는 하군. 기분 나쁜 옷을 입게 하기는 하지만."

이왕이면 무신(武神)이라고 불리는 다크에게 직접 배우고 싶은 마음이었지만 그는 요즘 바빠서인지 얼굴을 보기 힘들었다. 그 대신이 도현. 물론 다크도 가끔 와서 도와주고 있었기에 불만은 없다. 아르바이트와 교육, 그리고 자습으로 하루하루가 충만하다.

"멀지 않았습니다. 기다리십시오, 건."

하늘을 바라보며, 주먹을 불끈 쥔다.

"내가 당신의 옆에 서는 그날까지."

Part. 0

　　쿵! 하는 소리와 함께 천 년의 세월 동안 외적의 침입을 막아왔던 성벽이 산산이 부서져 내린다. 부서진 성벽의 잔해 사이로 성큼성큼 들어서는 것은 생물체의 그것이라고는 믿을 수 없을 정도로 거대한 덩치를 가진 흑색의 마수. 그리고 그에 따라 성안에서는 기다렸다는 듯 공격이 쏟아진다.

　　타오르는 폭염, 살을 에는 냉기, 그리고 그 사이를 빽빽하게 뒤덮고 있는 수백의 화살.

　　그 공격은 실로 매섭고 촘촘하다. 만약 그 앞에 누군가 서게 된다면 그 존재가 제아무리 강력한 힘을 가지고 있다고 해도 사멸하고 말 것 같을 정도로 무자비한 공격. 하지만 그럼에도 성벽을 부수고 들어온 흑색의 마수는 고개를 들어 올리며 포효한다.

　　[……!!]

　　너무나 거대해 오히려 들리지 않는 강대한 파동. 그래, 그건 소리라기보다 파동에 가깝다. 흑색의 마수를 향해 폭포수처럼 쏟아져 내리던 공격들은 그 포효 한 번에 모조리 튕겨 나간다. 어디 그뿐인가. 흑색의 마수와 비교적 가깝게 있던 병사들은 모조리 견디지 못하고 피를 토하며 쓰러져 버린다.

"와하하하하!! 그 대단하시다는 범무리족도 우리 암흑룡 앞에서는 별 수 없군!"

"네놈! 신성한 전쟁에 마(魔)의 존재를 끌어들이다니. 마계(魔界)로의 접촉은 초대 황제께서 정하신 금기 중의 금기! 네놈이 그걸 어기고 무사할 줄 아는……."

맞닥뜨려 오는 적 앞에서도 당당히 소리치던 자의 가슴에 화살이 박힌다. 시위를 놓은 것은 흑색 마수의 머리 위에 서 있던 사내.

"신성한 전쟁? 금기?"

그는 잠시 어처구니없다는 듯 사내의 말을 곱씹더니 이내 웃음을 터뜨린다.

"푸하하, 푸하하하! 멍청한 놈들. 그러니까 너희는 나한테 안 되는 거야, 이 미련한 것들아."

화살이 심장에 박힌 사내의 몸이 쓰러진다. 한순간에 경직되는 분위기. 하지만 그 분위기는 오래가지 못한다. 부서진 성벽으로부터 어마어마한 야만족들이 쏟아져 들어오기 시작했기 때문이다.

"와하하하! 마음껏 죽여라! 마음껏 빼앗고, 마음껏 범해라! 오늘 이곳! 범무리족의 성지는 너희들의 것이다!"

"와아아아!"

일단 성벽이 무너져 내리고 적들이 내습하기 시작하자 범무리족이 밀리는 건 그야말로 순식간이었다. 애초부터 야만족과 범무리족의 숫자 차이는 너무 심했으니까. 그나마 용맹한 범무리족의 투사들이 수화(獸化)

해 야만족들에게 맞섰지만 용의 머리에 사자의 몸통을 가진 암흑룡이 한 번 움직일 때마다 그 모두가 허망하게 쓰러진다. 이빨 하나가 어지간한 어린아이보다 클 정도로 압도적인 덩치를 가진 주제에 암흑룡의 움직임은 육안으로 확인하기 힘들 정도다.

[······!!]

다시 한 번 이어지는 포효. 그리고 그것으로 외곽의 성벽은 완벽하게 뚫린다.

"와아아아!!"

어마어마한 숫자의 야만족들이 도시 전체를 뒤덮는다. 필사적으로 저항하지만 그 압도적인 숫자에 버티지 못하고 쓰러지는 범무리족.

"아버님!!"

여닫이문을 거칠게 열어젖히며 한 명의 소녀가 방 안으로 뛰어든다. 온몸을 빈틈없이 뒤덮은 경갑에 자신의 키만큼이나 기다란 창을 들고 있는 흑발의 소녀. 그녀는 자신의 갑옷에 묻은 피를 닦아낼 생각조차 하지 못한 채 소리쳤다.

"벌써 녀석들이 내성에까지 들어왔는데 여기서 뭐 하는 거예요?! 더 늦기 전에 빨리 몸을 피하······."

"호연아."

범무리족의 왕, 호영은 차분한 눈으로 자신의 딸을 바라보았다. 그의 몸을 뒤덮고 있는 것은 전쟁용이라기보다는 예식용으로 보일 정도로 화려한 중갑. 게다가 그는 어지간한 천하장사도 들기 힘들 것 같은 크기의 중도를 든 채 나직하게 말한다.

"나는 가지 않는다."

"아버님."

"그런 눈으로 보지 마라. 이곳은 우리 범무리족이 폐하께 하사받아 천

년을 지켜온 성지. 범무리족의 우두머리라는 작자가 그런 곳을 빼앗기면서 등을 돌린다는 건 있을 수 없는 일이지."

문밖의 고함 소리가 점점 가까워지고 있음에도 한 점의 흔들림조차 없는 태도와 목소리. 그리고 그 모습에 호연 역시 가볍게 한숨 쉰다.

"에휴, 그럼 저도 남죠, 뭐."

"호연아."

"어차피 늦었어요. 성지를 빼앗긴 범무리족의 공주가 갈 곳 따위 있을 리 없으니까. 게다가……."

콰직! 하는 소리와 함께 그녀의 손에 들린 창이 거대한 호를 그린다. 문과 함께 통째로 휩쓸려 지나가는 세 명의 야만족. 그녀는 소리쳤다.

"저는 후기지수 중에서도 최강이거든요! 이까짓 것들, 다 쓸어버리면 그만이에요!"

쾅!

문을 부수듯 뛰쳐나가 몰려드는 야만족들에게 창을 내찌른다. 괴성을 지르며 달려들었다가 내찔러지는 창과 거기에 담긴 풍압에 휩쓸려 나가는 수십의 야만족. 호연은 부서져 튕겨 나온 판자를 밟고 다시 한 번 뛰어올라 전장의 한가운데로 날아올랐다. 거기에 있는 것은 해일같이 몰아치고 있는 야만족들과 그 앞에서 힘겹게 버티고 있는 소수의 범무리족. 그녀는 창끝을 잡고 전력을 다해 창을 휘둘렀다. 웡— 하는 소리와 함께 금속으로 만들어졌다고는 믿을 수 없을 정도로 크게 휘는 창. 그녀는 그대로 팔을 휘둘렀고, 급격하게 휘었던 창은 단숨에 펴지며 대지를 내려친다.

쾅!

폭음과 함께 수십의 야만족들이 사방으로 튕겨 나간다. 실로 매서운 공격 능력. 그리고 그 모습에 한참 밀리고 있던 범무리족들이 환호성을 지른다.

"공주님!!"

"와하하하! 어떻게 안 죽고 잘 살아 있냐, 머저리들아?"

소리치며 창을 휘두르는 그녀를 아무도 막아서지 못한다. 수백 개나 되는 창의 잔영이 사방을 남김없이 휩쓸었기 때문이다.

"조심해라."

"헹! 아버님이나 조심하세요. 녀석들, 꽤 많으니까."

호연과 호영이 전투에 참가함과 동시에 밀리고 있던 범무리족이 반격을 시작한다. 단 두 명에 불과하지만 호연과 호영의 기세는 그야말로 일기당천(一騎当千)!! 하지만 그렇다고 해서 그들만으로 전쟁에서 이길 수는 없다. 당연하다. 만약 그런 게 가능하다면 애초부터 이렇게 밀리지도 않았을 것이다.

푹.

"웃?!"

매섭게 적들을 몰아치던 호연의 몸이 움찔거린다. 이를 악물며 자신의 어깨를 바라보는 호연. 어느새 그녀의 어깨에는 통짜 쇠로 만든 화살이 어깨를 관통한 채 박혀 있다.

"확실히 대단한데? 범무리족의 공주님한테는 친위대도 안 붙는다는 소리는 들어봤지만, 이 정도일 줄이야."

"네놈……."

사내의 모습에 호연은 이를 갈며 땅을 박차려 했지만, 그 순간 자신을 겨누는 화살촉들의 모습에 멈칫한다. 그리고 그 뒤로 보이는 것은…….

"맙소사."

"…엄청나군."

실로 어마어마한, 그 끝을 알 수 없을 정도로 펼쳐진 수만의 군세. 그 숫자가 어찌나 많은지, 지평선에 가득히 들어찼다고 생각이 들 정도다.

"언제나 짜증난다고 생각했었지. 겨우 5천밖에 안 되는 범무리족이 신지(神地) 전체를 통치한다는 것 자체가 웃기는 일이니까."

커다란 덩치의 사내, 흑웅은 자신의 키만큼이나 큰 활의 시위에 새로운 화살을 걸자 그것만으로 범무리족의 전사들이 주춤거리며 물러선다.

그는 야만족 중에서도 신궁이라 불리는 존재. 게다가 그 뒤에 있는 것은 지평선을 가득히 메울 정도로 들어찬 10만의 대군.

"큭……."

범무리족의 얼굴에 절망이 어린다. 그랬다. 애초부터 승산이 없었다. 범무리족의 용맹과 무력이야 천하가 다 아는 사실이라지만 애초부터 5천 대 10만이라는 것 자체가 말이 되지 않는 승부였으니까. 더군다나 야만족 10만은 전부가 전사들이지만 범무리족은 일반 백성은 물론, 노약자들까지 모두 포함시켜야 간신히 5천이다. 거기에다 야만족들에게는…….

쾅!

폭음과 함께 한쪽 성벽이 무너져 내리고 거기에서부터 흑색의 괴물이 모습을 드러낸다. 그것은 집채만 한 덩치에 철갑 같은 비늘로 전신을 뒤덮고 있는 흑색의 마수. 범무리족은 공포로 몸을 떨었다. 그 흑색의 마수야말로 그들의 성벽을 무너뜨리고 주력 부대를 괴멸시킴으로써 범무리족을 멸망시킨 주범. 황제의 기갑여단(機甲旅團)조차 토벌은커녕 전멸을 면치 못했다는 공포의 존재.

"끝인가."

체념한다. 성 전체를 뒤덮고 있는 수천, 수만의 적. 황제조차 두려워한다는 최흉(最凶)의 마수.

그렇다. 끝, 끝이었다.

하지만 그 순간 범무리 족 중 하나가 투덜거린다.

"아, 젠장. 이렇게 될 줄 알았으면 공주님한테 고백이나 해보는 건데."

그리고 그의 투덜거림에 호연은 웃는다.

"얼씨구, 건, 이 녀석아. 넌 머리가 커서 안 돼."

"커억, 공주님 최후의 최후까지 신체적 약점을 이용한 인격 모독을 하시다니."

"뭐야, 인마?"

어깨에 화살이 박힌 상태에서도 눈을 부라리는 그녀의 모습에 딱딱하게 굳어 있던 범무리족의 표정이 풀어지기 시작한다. 주변을 빽빽하게 들어찬 적들의 모습에도 더 이상 공포에 떨지 않고 자신의 무기를 부여잡는 수백의 전사들. 그리고 그것으로 범무리족으로부터 맹렬한 투기가 뿜어지기 시작한다.

패배를 각오한다. 죽음을 각오한다. 그러나 치욕은 당하지 않는다. 그들은 긍지 높은 범무리족의 전사들이니까.

"준비됐냐! 멍청이들아!!"

"예, 공주!!"

"이런, 왕은 난데……."

전사들의 외침에 쓰게 웃으며 자신의 검을 잡아 드는 호영. 그리고 그렇게 그들 모두가 죽음을 각오하는 순간,

아무것도 없던 하늘을 찢고

한줄기 번개가 세상을 내리친다.

"뭐……?"

번쩍! 이라던가, 콰릉! 이라던가 하는 소리는 들리지 않는다. 내리치는 것은 단지 빛. 모두의 인식을 벗어나는 신비(神秘)이자 신성(神聖).

[……!!]

멈춘다. 그 경이적인 힘에 모두가 압도된다. 그것은 정상적인 낙뢰가 아니었다. 그 두께만 해도 어지간한 귀족의 장원을 통째로 뒤덮어 버릴 정도. 그리고 그들에게 내리친 뇌전은······.

"쿠오오.

땅에 뚫린 구멍을 통해 사라진다. 아니, 정확히 말하면 구멍이 뚫린 것은 땅이 아니다. 구멍이 뚫린 것은 '세계', 그 자체. 청색의 뇌전은 차원을 찢어발기며 내리쳐 다시 차원을 찢고 사라져 버린 것이다.

"뭐, 뭐야? 방금 뭐야?"

"번개? 마른하늘에 번개?"

"게다가 이 말도 안 되는 규모는 뭐지?"

땅에 뚫려 있던 검은색의 구멍이 공간의 일렁임과 함께 사라지자 압도되어 있던 사람들이 조심스레 입을 열기 시작한다. 전쟁 중이었다는 것도 잊은 채 낙뢰 지점을 바라보는 사람들. 그리고 그들은 이내 번개가 떨어진 지점이 반짝반짝 빛나고 있다는 것을 깨달았다.

"···유리?"

누군가의 신음 소리에 사람들은 그제야 땅위에서 반짝이는 물체의 정체를 눈치챘다. 그것은 유리. 한순간에 내리쳐진 어마어마한 고열이 주변의 흙을 단숨에 유리로 만들어 버린 것이다.

"대단한 위력이군. 아무리 봐도 보통의 번개는 아닌데··· 주술인가?"

"뭐? 대단한 위력?"

호연은 사람들의 말에 어처구니없다는 표정을 지었다. 대단한 위력? 대단한 위력이라고? 그게 겨우 '그따위' 말로 표현이 가능한 수준이란 말인가?

"웃기는 소리."

적어도 그녀가 느끼기에 그 번개에 담긴 힘은 대단하다는 말이 오히려 모독에 가까울 정도로 막대했다. 주술이라니, 정말 웃기지도 않는 소리다. 만약 그 번개가 세상에 실망한 신의 일격이고, 그리고 그래서 '그 한 방으로 세상이 멸망했습니다' 라는 결말로 끝나 버렸다고 해도 그녀라면 충분히 납득할 수 있었을 것이다. 그 정도로 낙뢰에 담긴 기운은 막대했다.

실제로 낙뢰는 땅을 후려치지 않았다. 그것은 차원을 '찢고' 내리쳐 다시 '찢고' 사라졌으니까. 흙이 유리가 되었다고는 하지만 번개가 땅에 닿은 시간은 문자 그대로 일순간. 만약 정말로 충돌했다면 도시 전체가, 어쩌면 나라 자체가 지도에서 사라졌을지도 모르는 일이다.

"…느꼈느냐?"

"네, 아버지. 방금 번개, 절대 정상이 아니에요. 그건 차라리… 응?"

주위의 적들을 의식해 속삭이던 호연의 말이 멈춘다. 불어오는 바람에 천천히 퍼져 나가는 열풍. 그 열기는 생각보다 뜨거워 범무리족이고 야만족이고 기겁하며 물러났지만 정작 그 정면에 있던 호연은 물러서기는커녕 고개조차 돌리지 못한다.

그곳에, 그가 있었다.

탁, 하고 너무나도 가벼운 발걸음으로 내려선다. 물론 그가 서 있는 곳은 초고열의 뇌전에 화상을 입을 만큼이나 달궈져 있었지만 그는 아무렇지도 않게 서 있다. 그건 그가 열기를 견뎌낸다기보다, 마치 주변의 열기가 감히 그에게 다가서지 못한다는 느낌이다.

"뭐, 뭐야, 저 녀석은?"

"어디서 나타난 거지?"

그 느닷없는 등장에 모두들 당황한다. 물론 사람 하나 나타나든 말든 그렇게 중요한 문제는 아니다. 이곳은 전장. 셀 수 없이 많은 인간들이 서로 죽이고 죽어가는 곳. 그리고 그런 곳에서 단 한 명이 할 수 있는 건 그렇게 많지 않을 테니까.

하지만 그럼에도 압도된다.

유리로 반짝이는 대지 위에 그는 서 있다. 약간은 낡아 보이는 가죽 코트와 부츠. 이 세상의 것이 아닌 것 같은 연두색 머리카락.

사내는 서 있다. 두 눈을 감은 채 단지 서 있을 뿐이다. 그리고 그 알 수 없는 존재감에 점차 커져 가는 웅성거림. 하지만 그가 눈을 뜨는 순간,

홍—

순간 주위가 단숨에 정적으로 물든다. 전해지는 것은 뭐라 말로 표현할 수 없는 감각. 그리고 그렇게 모두가 침묵에 빠졌을 때 사내는 조용히 걷기 시작한다.

저벅저벅.

수천, 수만의 병력이 서 있음에도 들리는 것은 단지 그 한 명의 발소리뿐. 수많은 야만족도, 그리고 그들이 들고 있는 병기와 뿜어내는 살기도 모두 소용없다. 마치 그 혼자서만 완전히 다른 세상에 서 있는 것 같은 느낌.

하지만 그때, 그의 앞으로 검은색의 그림자가 끼어든다.

[크르르……]

"암흑룡."

호연은 신음했다. 사내의 앞을 막아선 것은 과거 지국(地國)의 황제가 파견했던 3만의 기갑여단을 단숨에 멸망시켰다는 파멸의 마수. 하지만 동시에 그녀는 사내가 암흑룡을 쓰러뜨리는 전개를 기대했다. 사내에게서 느껴지는 존재감은 일격에 암흑룡을 베어버려도 납득할 수 있을 것 같을 정도로 막대했기 때문이다.

하지만 사내의 눈이 암흑룡을 향하는 순간, 그녀로서도 도저히 상상하지 못했던 일이 벌어진다.

털썩.

"뭣……?"

"아, 아니, 이게 무슨?"

몸을 엎드리더니 그대로 머리를 땅에 처박는 암흑룡의 모습에 모두가 할 말을 잃는다. 그것은 명백한 굴종의 자세. 그리고 그런 암흑룡을 사내는 무심히 지나친다.

사람들은 몰랐다, 지금 이루어진 행위가 테이밍(Taming:길들이기)이고 이제 암흑룡은 사내의 말 한마디에 목숨까지 아끼지 않을 정도로 충실한 수하가 되었다는 것을. 그리고 그들은 또 몰랐다. 이미 천신과 마신, 그리고 태상노군의 인장을 받은 그의 테이밍 능력은 신, 마수 클래스의 존재조차 도저히 피해갈 수 없는 수준인데다 구태여 다른 행위조차 필요없이 단지 시선을 마주치는 것만으로 그 존재가 사로잡히는 것을 말이다.

방금 자신의 대륙 모두가 두려워하던 공포의 존재를 굴복시킨 걸 아는지 모르는지 거침없는 걸음을 멈추지 않는 사내. 그리고 그는 그대로 걸어나가 마침내 호연의 앞에 선다.

"자, 잠깐. 넌 대……."

"…죠?"

"에?"

부드러운 목소리에 멈칫하는 호연. 하지만 사내는 아랑곳하지 않고 다시 물었다.

"이름이 뭐죠?"

낡은 외투, 지친 눈동자. 하지만 그럼에도 그의 얼굴에는 미소가 걸려 있다. 그것은 정신이 아득해질 정도의 편안함. 호연은 자기도 모르게 답했다.

"여, 연(蓮)이라고 해요."

"……?!"

그 순간 범무리족은 물론 호연까지 마음속으로 비명을 질렀다. 아니,

이 양반집 규수 같은 말투는 대체 뭐란 말인가. 하지만 그 순간 그녀는 무언가가 자신의 볼을 지나 쉴 새 없이 흐르고 있다는 것을 깨달았다.

"에? 에에에?"

깜짝 놀라 두 손으로 자신의 눈물을 훔치는 호연. 하지만 눈물은 멈추지 않고 계속해서 흘러내린다. 이유조차 알 수 없다. 그저, 쉴 새 없이 흘러내리는 눈물과 그런 그녀의 앞에서 눈물이 그치길 아무 말 없이 기다리는 사내. 그리고 그렇게 잠시의 침묵에 정신을 차린 것일까? 흑웅이 이를 갈며 소리친다.

"제, 젠장, 뭘 보고 있는 거야? 당장 저 녀석들 모두 죽……."

순간 세차게 터져 나오던 목소리가 끊긴다. 그를 바라보고 있는 것은 조용히 가라앉아 있는 눈동자.

바라본다. 단지 그것뿐이었다. 살기를 뿜어낸다던지 강대한 압력으로 누르는 것도 아닌, 단순한 시선. 하지만 그 시선만으로도 흑웅은 물론 10만의 대군 전체가 꼼짝도 하지 못한다. 목에 검이 드리워져 있는, 그런 단순한 수준이 아니라 완전히 포박된 상태에서 단두대에 올라 있는 것만 같은, 도저히 항거할 수 없는 공포를 느낀다. 움직일 수 없다. 믿을 수 없지만, 그러면 언제든 그들 전부를 한순간에 없애 버릴 수 있다고 본능적으로 느껴 버리고 말았으니까.

그리고 그렇게 야만족들을 제압한 사내는 다시 몸을 돌렸다. 약간의 시간이 지났기 때문일까. 간신히 진정하고 그를 마주 보고 있는 호연. 사내는 뭔가 말하기 위해 입을 열었지만, 그보다 호연이 먼저 묻는다.

"당신."

"네, 아가씨."

뭐가 그렇게 기쁜 것일까, 부드럽게 미소 짓는 사내를 향해 호연은 물었다.

　　　　　＊　　　　＊　　　　＊

　치천(治天)을 이용해 또다시 차원을 찢어발긴다. 그는 문득 자신이 세상에 구멍을 내는 게 벌써 몇 번째일까, 하는 생각을 떠올렸다가 이내 지우고 땅에 내려섰다.
　탁.
　새로운 세계로의 첫발. 다행이라면 다행이랄까, 그곳은 물리법칙이라든지 마나 성질이라든지 모든 면에서 그렇게 특별하지 않은 곳이다. 벌써 수백, 수천, 수만의 차원을 여행해 온 그에겐 아무런 신기함도 느껴지지 않는 그런 곳.
　하지만 전율한다.
　온몸이 떨리는 것을 느꼈다. 머릿속이 하얗게 돼서 정상적인 사고를 하기 힘들 정도였다. 눈물이 날 것 같고, 정신이 혼미하다. 마치 꿈을 꾸는 것처럼.
　웬 상급 마수 하나와 잔뜩 몰려 있던 야만족들을 제압했지만 그런 것 따위 그에게 아무런 상관도 없고, 관심도 없다. 그의 정신은 온통 자신의 앞에 서 있는 소녀에게 몰려 있었기 때문이다.
　"당신."
　"네, 아가씨."
　그녀의 부름에 부드럽게 답한다. 자꾸만 떠오르는 미소.
　"저, 저는 아직 당신의 이름을 못 들었어요. 당신의 이름은 뭐죠?"
　얼굴을 붉히고, 이 당황스러운 사태에 당황스러워하면서도 당당히 얼굴을 마주하고 있는 흑발의 소녀. 그래, 알 수 있다. 그 외모도, 이름도 다르지만 그는 그녀를 알 수 있다.

얼마나 오랫동안 헤맸던가.

"이름이라… 그래, 그러고 보니 제 소개가 늦었군요."

얼마나 애타게 찾아다녔던가.

흔들림없이 서 있는 사내와 그런 그를 바라보는 소녀. 한 없이 높기만 한 하늘과 내리쬐는 햇빛.
잠시의 침묵 속에서 서 있던 사내는 다시금 입을 열어 말한다.
"나는……."
홍.
순간 마주 보고 있는 그들의 사이로 부드러운 바람이 불어온다.
이름 모를 차원, 이름 모를 행성.
이름 모를 나라의 어느 이름 모를 성안.
한없이 길기만 했던 기다림과 추억, 그리고 그리움이 결실을 맺은.

그 어느 날의 일이었다.

『올마스터』 끝

마치며

 올 마스터를 쓰기 시작한 지 어느새 4년 가까이 되었군요. 심지어 그 중간에 군대도 다녀왔으니 정말 이 작품은 저랑 많은 시간을 보낸 셈입니다. 에필로그를 쓰면서도 '진짜 끝나는 건가?'라는 의심이 계속 들었답니다. 뭐, 그만큼 늦장을 부렸다는 말이지만(웃음).
 과연 아직까지 올 마스터를 기억하는 분들이 있을까 살짝 걱정이 될 정도로 긴 시간이 지났군요. 9권까지만 출판한 후 군 입대를 해서 상병 때 10권을 내고, 전역한 다음 11권을 냈으니, 1년 텀으로 책이 나온 셈입니다. 사실 욕을 먹어도 싸지 말입니다.

 막상 끝났다고 생각하니까 떠오르는 얼굴들이 꽤 많습니다. 빨리 완결 내라고 갈구던 선, 후임들과 아들 군번—그런 게 있습니다. 민간인은 모르셔도 되지 말입니다—이 없던 나에게 양아들 한다던 김근옥, 열심히 살아서

존경스러울 정도였던 동갑(웃음) 이효인, 나의 사랑하는 동기 김동균, 김현일, 박종관!(후후, 난 진짜 동기 너무 잘 만나서 다행이라고 생각해. 너희들도 나 만나서 영광인 줄 알아, 이것들아. ^-^)

그리고 우리 10생활관 헌병들, 못난 내가 분대장을 7개월이나 해먹어서 고생이 많았다. 임성묵, 너는 몸 좀 그만 만들고—그러다 괴물 된다. 내가 너랑 구자림 보면 가끔 무서워, 인마—상빈이랑 준호는 약삭빠르게 잘살 것 같고.
강신우, 정지용 모두 잘 지내라! 우리 막내 응표는 슬슬 막내가 아닐지도 모르겠구나(웃음).

아아, 마음 같아서는 부대원 이름 다 써넣고 싶지만 지면의 한계상 많이 적을 수가 없다. 솔직히 말하면, 이미 지면 초과가 장난이 아니거든;; 뭐, 영휘는 전역하면 학교에서 보기로 하고! 배재석, 너는 꿈속의 그 여인과 잘되길 빈다. 아, 그리고 우리 꽃미남 임수용! 넌 아무리 벼르고 별러도 나한테 철권 영원히 안 돼. 쯔쯔(응?).

헉헉, 부대원 그만 쓰려고 했는데 더 써버렸다. 마지막으로 하사가 돼버린 현영아! 아니, 왜 하필 군인을 하다니… 뭐, 너는 워낙 열심히 살아서 뭘 해도 잘하니 나라도 잘 지킬 거라 믿는다. 난 이제 그만 지킬게. 예비역만 좀 하고.

아, 그리고 이등병 시절 팬레터—그때 너무 놀라서 누군가의 음모인 줄 알았지 말입니다—를 보내주신 방선아 양! 우와, 아직도 이름이 다 기억나네. 너무 충격(어?)적인 일이어서. 매일이나 쪽지는 많이 받아봤지만 편지 정말 감동이었습니다~! 선임들이 답장하라고 갈구기는 했습니다만 방선아 양은 여고생이고 전 군인이라 답장 받으면 무서워할까 봐 안 보냈(아. 말하고 나니 왠지 스스로가 불쌍하다…….)지 말입니다. 뭐 이미 너무 늦었지만 감사합니다! 이제 대학생이겠네요(…….).

그리고 마지막으로 우리 정훈이! 10권 나올 때 입대했는데 11권 다 쓰고 나니 상병이로구나! 이제 많이 했으니까 조금만 더 열심히 하면 언젠가 끝날 거야. 물론 난 지금 끝났고 말이지. 후후후(…….).

뭐, 제일 고마운 건 역시 부족한 자식 믿고 지켜봐 주시는 부모님. 그리고 많이 부족한 작품과 그것보다 살짝 더 부족한 저를 응원해 주신 독자분들입니다. 사랑하는 아버지, 어머니, 그리고 항상 늦은 글을 기다려 오신 많은 독자분들 모두 고생하셨습니다! 그럼 저는 다음 글로 찾아뵐 수 있도록 하겠습니다~!

2009년 8월 31일
지나간 시간을 되새기며.